中国文学研究

教育部人文社会科学重点研究基地
复旦大学中国古代文学研究中心 主办

第三十四辑

復旦大學出版社

主　编　陈尚君
副主编　陈维昭　黄仁生　朱　刚
编辑部主任　罗剑波
编　委（排名以拼音为序）

陈广宏（复旦大学）	刘跃进（中国社会科学院）
陈国球（香港教育学院）	马泰来（美国芝加哥大学）
陈　洪（南开大学）	莫砺锋（南京大学）
陈庆浩（法国国家科学研究中心）	孙　逊（上海师范大学）
陈尚君（复旦大学）	谭　帆（华东师范大学）
陈维昭（复旦大学）	王瑷玲（"中研院"文哲所）
陈文新（武汉大学）	王德威（美国哈佛大学）
陈引驰（复旦大学）	王靖宇（美国斯坦福大学）
崔溶澈（韩国高丽大学）	魏浊安（意大利那不勒斯东方大学）
大木康（日本东京大学）	吴承学（中山大学）
董乃斌（上海大学）	项　楚（四川大学）
杜桂萍（黑龙江大学）	姚　申（《高等学校文科学术文摘》编辑部）
关爱和（河南大学）	詹福瑞（中国国家图书馆）
郭英德（北京师范大学）	赵逵夫（西北师范大学）
黄　霖（复旦大学）	赵敏俐（首都师范大学）
矶部彰（日本东北大学）	郑杰文（山东大学）
金文京（日本京都大学）	郑利华（复旦大学）
李　浩（西北大学）	朱　刚（复旦大学）
廖可斌（北京大学）	朱万曙（中国人民大学）

目 录

邛竹杖人文意象的塑造与定型　　　　　　　　　　汤　洪　任敬文（001）

"数奇"与"天幸"的背后
　　——司马迁"右李广而左卫、霍"解读　　　　　　　　杨　智（008）

释"遒"　　　　　　　　　　　　　　　　　　曹　旭　蒋碧薇（020）

论《文心雕龙》中的"清"范畴　　　　　　　　韩高年　杨晓芳（027）

"舞马"朝贡与南朝《舞马赋》的文化自许和政治期待　　李　凯（036）

正史叙事传统与汉唐志怪传奇　　　　　　　　　　　张慧敏（048）

"长笛一声人倚楼"
　　——论赵嘏的诗歌特色及诗史意义　　　　　张永吉　李定广（058）

陈德文《石阳山人蠡海》诗学批评思想述论　　　胡建次　林泽靖（071）

新发现最早的《金楼子》辑本　　　　　　　　　　　陈志平（082）

论明代茅坤家族的家族特征　　　　　　　　　　　　赵红娟（093）

论《儒林外史》的无名群体书写　　　　　　　　陈文新　王安琪（104）

接受视域下精英话语与民间话语的分野
　　——以古代小说经典文本的评论与刊刻为中心　　　　邓　雷（117）

柳莺英故事演变考论　　　　　　　　　　　　　刘天振　曹明琴（128）

从"国民之母"到"女国民"
　　——近代报刊女性政论文的演变　　　　　　李德强　王彩虹（137）

从柳亚子到陈独秀：论"五四"时期旧文人的文学取向　　　　罗紫鹏(146)

王钟麒报人活动考论　　　　邓百意(157)

宇文所安《文心雕龙》英译指谬　　　　赵树功　李　莉(169)

"合理"的荒诞
　　——论余华《活着》的死亡文本设计　　　　林静声(179)

"杨氏词学厅堂"的建构
　　——再读《杨海明词学文集》　　　　陈国安(187)

邛竹杖人文意象的塑造与定型*

汤 洪 任敬文

[摘 要] 《史记》载张骞在大夏国所见邛竹杖原产川西邛崃山系。魏晋以后,邛竹杖逐渐为文士所青睐,其诗文不断叠加丰富邛竹杖的人文蕴涵。王羲之《邛竹杖帖》第一次记载友人互赠邛竹杖的时代风尚,庾信《邛竹杖赋》创造性地以邛竹杖的人文意象借物咏怀,完成邛竹杖由实用向审美的蝶变,影响后世甚远。唐诗赋予邛竹杖孤寂、劲节之情操,多以拟人化书写象征诗人的精神情怀,不断拓展升华邛竹杖的文化意象。宋代文士统摄儒释道,创作大量作品书写邛竹杖所象征的人格品性,黄庭坚《邛竹杖赞》为抒发入世政治理想的极致之作,而蔡戡《筇竹杖歌》以其劲节独立寄托士大夫风骨,形成独具宋人品格的文化意象,堪称登峰造极的化境之作。自此,邛竹杖超越生活实用,以超凡脱俗的人文意象积淀为中华文化的深层记忆。

[关键词] 邛竹杖 人文意象 《邛竹杖赋》《筇竹杖赞》《筇竹杖歌》

邛竹杖为邛竹加工制作而成。邛竹别称繁多,亦名石竹、罗汉竹、佛肚竹、密节竹、大节竹、人面竹、布袋竹、算盘竹等。邛竹种类亦夥,包括大叶邛竹、细竿邛竹、平竹、柔毛邛竹、光竹、实竹、三月竹等。此一品种世间并不多见,为川西邛崃山脉特定区域所独有。此竹植株矮,幼苗为绿色,而老竹呈橙黄色。邛竹竹结较细,竹节间距短而节点膨大,极似弥勒佛之肚,又似一串叠起的罗汉,因名罗汉竹、佛肚竹。"中、小型竹类,地下茎呈复轴型,节间呈圆筒形或少数种类基部呈方形,下部节间实心或近实心。"[①]此与《史记》裴骃集解所谓"节高实中"正相吻合。邛竹因其竹竿奇形多姿,适宜用作手杖、伞柄等生活实用工艺品。自《史记·西南夷列传》"博望侯张骞使大夏来,言居大夏时见蜀布、邛竹杖"[②]所记,邛崃山区至今尚多此产业,邛竹杖今日仍然是邛崃山系民间流行工艺品。新采的邛竹经过微火去水,用人工将邛竹一端弯成勾型,以便手握,遂成邛竹杖。峨眉山、青城山等川西山区至今仍有热售,登山者多依此为登山助力之用。这一绵延几千年的蜀地特产,当年即是通过横断山脉的千沟万壑,承载着商旅的货物源源不断地流向印缅地区,越

---

* 本文系教育部人文社会科学重点研究基地重大项目"古代巴蜀与南亚的文化互动与融合"(项目批准号: 16JJD770034)的阶段成果。

① 李德珠、薛纪如《中国筇竹属植物志资料》,《云南植物研究》1989 年第 10 期。

② 司马迁《史记》,北京:中华书局,1959 年,第 2995 页。

过印度河和恒河,到达大夏国,融入中亚人的生活,成为蜀地与南亚、中亚物质交流的重要历史凭证。

邛竹杖因《史记》载录而牵涉中国早期中外物质交流,故被历史学家密切关注。此外,邛竹杖因其生活实用价值和独特的美学感观,亦深得文人学士青睐,赢得历代墨客骚人的深情赞誉。他们或叙写邛竹杖情状直抒赞词,或托邛竹杖以言心志,或刻写邛竹杖物性以隐喻人之品行,以邛竹杖为情感抒泄的物质载体和言语意象,表达自己的品行和操守,为邛竹杖不断叠加层层文化意蕴,从而使物质的竹杖逐渐升华为士人内心的精神象征。

一、邛竹杖审美意象的蝶变成型

邛竹杖成为巴蜀山地实用工具甚早,但进入文人审美视域或要晚至魏晋。王羲之草书代表《十七帖》丛帖第十二通尺牍记其《邛竹杖帖》:

> 去夏得足下致邛竹杖,皆至。此士人多有尊老者,皆及分布,令知足下远惠之至。①

"足下"为谁? 宋淳化三年(992),宋太宗命翰林侍书王著出内府所藏历代墨迹,编次摹勒于石而成《淳化阁帖》,其帖卷八《周益州帖》所记正与《邛竹杖帖》相关:"周益州送此邛竹杖,卿尊长或须,今送。"②周益州即东晋镇蜀三十年的益州刺史周抚,也即是《邛竹杖帖》所言"足下"。王羲之《邛竹杖帖》叙写友人周抚从益州赠送邛竹杖,且数量不寡。王羲之将周抚所送邛竹杖转赠身边年长诸友,申明乃周抚远惠之物,并书写尺牍答谢周抚。由此可知,自西汉张骞在大夏亲见蜀地所产邛竹杖并还报朝廷以来,邛竹杖一直在民间广为使用。至迟在4世纪王羲之所生活的东晋时代,邛竹杖已是民间珍爱的工艺品,遂成为文人士子之间盛行的互赠礼品,风靡一时。

如果王羲之笔下的邛竹杖还更多为"扶老"之用,那么,经过魏晋玄学清流的濡染,谈佛论老、名士风度盛行一时,邛竹杖以其自身特性正迎合了当时士大夫阶层追求枯淡飘逸的审美风尚。产于益州的邛竹杖持续受到文人学士的青睐。两百年之后,南北朝文学集大成者庾信《邛竹杖赋》,运用生花妙笔,第一次细致深度刻画邛竹杖别具一格的外形和殊异的象征品格。其辞曰:

> 沉冥子游巴山之岑,取竹于北阴。嫋娟高节,寂历无心,霜风色古,露染斑深。每与龙钟之族,幽翳沉沉。文不自殊,质而见赏,蕴诸鸣凤之律,制以成龙之杖。拔条劲直,璘斌色滋,和轮人之不重,待羽客以相贻。青春欲暮,白云来迟。谋乎长者,操以从之。执末而献,无因自持。诸蔗虽甘,不可以倚;彼藜虽实,不可以美。未若处不材之间,当有用之始。鲁分以爵,汉锡以年。昔尚尔齿,今优我贤。书横几,玉尘筵,则函之以后,拂之以前。尔其摘芳林沼,行乐轩除,间尊卑之垂悦,随上下之游

---

① 王羲之《王羲之十七帖》,上海:上海书画出版社,1988年,第12页。
② 王著编《宋拓淳化阁帖》(游相本),天津:天津古籍书店影印,1986年,第396页。

纤。夫寄根江南,淼淼幽潭;传节大夏,悠悠广野。岂比夫接君堂上之履,为君座右之铭,而得与绮绅瑶珮,出芳房于蕙庭。①

邛竹杖不但外形高古、色泽雅致,而且有扶持之实用功能。甘蔗虽可食用,但不能扶持;蒺藜虽坚,但又不具备美好的外形,只有邛竹杖处不材与有用之间,兼具形实与审美双重功能,为世间难得之宝货。此外,庾信还著有《竹杖赋》,其借物咏怀的情思,与《邛竹杖赋》有异曲同工之妙。诗人"正是为了要摆脱这种被当做点缀品、当做工具和手段的屈辱地位,以保持自己作为文人和作家的独立地位与自尊,庾信才在形质兼美的邛竹杖身上寄以痛悔,对以形质自晦的藜藿寄以羡慕,而'一篇三致意'地向往隐遁"②。自此,邛竹杖已完成审美蝶变,从此融入中国文士的内在精神空间。

二、邛竹杖文化意蕴的深层拓展

庾信塑造的邛竹杖形象影响后世甚远,邛竹杖的孤寂形象常伴随劲节人格出现于唐诗,成为诗人们借物咏怀的特殊意象。李白写诗长于倾注内心真情实感,在李白笔下,邛竹杖已经与诗人融为一体,成为孤独诗人的无言密友,其《送殷淑其三》中邛竹杖已被人格化为默默陪伴自己痛饮的灵魂知己:

> 痛饮龙筇下,灯青月复寒。醉歌惊白鹭,半夜起沙滩。③

"筇竹"即"邛竹",因邛竹遒曲外形、饱满劲节与龙头把手的外在造型,诗人将邛竹意化为龙筇,从此定型为邛竹杖文化的重要意象。

王维《过感化寺昙兴上人山院(与裴迪同作)》以邛竹杖开篇,言说自己与邛竹杖相携溪头的晚景:

> 暮持筇竹杖,相待虎溪头。催客闻山响,归房逐水流。野花丛发好,谷鸟一声幽。夜坐空林寂,松风直似秋。④

在清幽山水的画境之中,邛竹杖所隐喻的意象岂止仅为生活实用的"扶老",策杖待友的诗人,俨然将邛竹杖化为空山幽寂的灵魂伴侣,邛竹已深化为文人内心的精神慰藉。

杜甫《送梓州李使君之任》以辛酸之笔写出年老者宝重邛竹杖犹如冬天珍爱暖和的锦被,颇耐人寻味:

> 籍甚黄丞相,能名自颍川。近看除刺史,还喜得吾贤。五马何时到,双鱼会早

---

① 庾信撰,倪璠注,许逸民校点《庾子山集注》,北京:中华书局,1980年,第42—44页。
② 吴先宁《北朝文化特质与文学进程》,北京:东方出版社,1997年,第91页。
③ 李白著,王琦注《李太白全集》,北京:中华书局,1977年,第831页。
④ 王维著,陈铁民校注《王维集校注》,北京:中华书局,1997年,第437—438页。

传。老思筇竹杖,冬要锦衾眠。不作临岐恨,惟听举最先。火云挥汗日,山驿醒心泉。遇害陈公殒,于今蜀道怜。君行射洪县,为我一潸然。①

此后,邛竹杖意象不断丰富,诗人们超尘出想,不断将物质的邛竹杖拟人化,从而含蕴自己的情感依托。贾岛《延寿里精舍寓居》用"青瘦"刻拟邛竹杖,此一创新,不但将邛竹杖人格化,而且正好与自己孤寂冷落的人生境况相契合:

旅托避华馆,荒楼遂愚慵。短庭无繁植,珍果春亦浓。侧庐废肩枢,纤魄时卧逢。耳目乃鄘井,肺肝即岩峰。汲泉饮酌余,见我闲静容。霜蹊犹舒英,寒蝶断来踪。双履与谁逐,一寻青瘦筇。②

其后杜光庭《题龙鹄山》沿用"瘦""青"以刻写邛竹,并以此隐喻淡泊从容的人生态度:"抽得闲身伴瘦筇,乱敲青碧唤蛟龙。道人扫径收松子,缺月初圆天柱峰。"③此一意象,直至北宋张耒《清明卧病有感》尚活跃于诗人笔端,用以表现失意文人内心的孤寂和落寞,形成邛竹杖特有的情感寄寓:"支离卧病逢佳节,漂泊西游寄洛城。重帽畏风惟益睡,青筇扶步不禁行。"④

王维、杜甫、贾岛、杜光庭等唐诗大家援邛竹杖入诗,借邛竹杖"扶老"的实用特性,将此物与诗人年迈孤寂的心境融合在一起,不断为邛竹杖叠加深层人文意蕴。

同样以"青"之意象入诗,白居易《题玉泉寺》以怡然自得的心境将青筇杖融于闲淡的外在物境之中,表现与贾岛不一样的情志:

湛湛玉泉色,悠悠浮云身。闲心对定水,清净两无尘。手把青筇杖,头戴白纶巾。兴尽下山去,知我是谁人。⑤

青色的竹杖、白色的头巾与清净的碧水之色、悠然飘荡的白云完美融合成一幅闲静山水画图。在贾岛"青瘦"之外,为邛竹杖增添闲适淡雅的文化情怀。

孤寂、孤闲之外,晚唐诗人以邛竹杖叙写友情,不断丰富拓展其文化内涵。李商隐和高骈皆用邛竹杖寄赠友人,言物以传情,表达对友人的切切关爱之情。李商隐《赠宗鲁筇竹杖》从历史写来,此亦别有洞天:

大夏资轻策,全溪问所思。静怜穿树远,滑想过苔迟。鹤怨朝还望,僧闲暮有期。风流真底事,常欲傍清羸。⑥

---

① 杜甫著,仇兆鳌注《杜诗详注》,北京:中华书局,1979年,第916—918页。
② 贾岛著,李嘉言新校《长江集新校》,上海:上海古籍出版社,1983年,第8页。
③ 杜光庭《题龙鹄山》,载《全唐诗》,北京:中华书局,1960年,第9666页。
④ 张耒撰,李逸安点校《张耒集》,北京:中华书局,1990年,第455页。
⑤ 白居易著,谢思炜校注《白居易诗集校注》,北京:中华书局,2006年,第587页。
⑥ 李商隐著,冯浩笺注《玉溪生诗集笺注》,上海:上海古籍出版社,1979年,第569页。

李商隐借《史记》所记张骞于大夏见邛竹杖的史实为背景,刻写邛竹杖非同凡响的功用。高骈《筇竹杖寄僧》所刻画邛竹杖意象与李商隐十分近似:"坚轻筇竹杖,一枝有九节。寄与沃州人,闲步青山月。"[①]在竹杖、隐士、青山、明月的诗情画意里,高骈似乎已赋予邛竹杖闲云野鹤般的人格品性。

三、邛竹杖人格寓意的宋代定型

儒、释、道各种思想观念整合、融通,是宋代文化所呈现的时代特质。宋代文人持续怀有对邛竹杖的钟爱之情,其热度不减唐人。宋代前期文士更多赋予邛竹杖特殊的扶持实用功能,他们往往将劲直高节的竹杖比作君子和圣贤,附加儒家文化对君子戒慎品格、克制中和以及忘我助人的德行,并以此强调竹杖在君臣际会关系中的政治辅佐比附功能。此一意象的运用,黄庭坚堪称大家,其诗尚秉持塑造邛竹杖忠信笃恭、圣廉直节的君子人格精神象征。但是,最能体现宋人典型的邛竹杖审美观念,则是蔡戡《筇竹杖歌》"孤根端有岁寒操,劲节自染京尘红。飘然飞去不可执,西山南浦聊从容。放行天地无障碍,倚观宇宙皆虚空。横挑斜曳任所适,去来无定如飞鸿"的个体精神刻写,在诗人笔下,邛竹杖已被赋予节操、脱俗、闲适、飘逸的人格品性,这正是宋人写邛竹杖的时代特色所在。由此,宋代文士在宋代文化的浸染之中,将邛竹杖的文化寓意带向超脱、逍遥、恬淡的人格情怀,逐渐淡化邛竹杖中寓示的积极入世与政治理想意蕴。

北宋魏野《送刘大著赴任益州司理》中邛竹杖寄托着诗人内心的政治抱负:

> 金口亲除向锦川,一般监郡最荣迁。从来才已欺鹦鹉,此去冤应雪杜鹃。迎接僧携筇竹杖,歌谣民写浣花笺。移风定不妨吟笑,绝唱宜磨玉垒镌。[②]

魏野本为蜀人,后迁居河南陕县。魏野送友人刘大著赴成都任司理,司理掌管狱讼,魏野期待刘大著前去益州昭雪冤情,并想象着蜀地僧人拄携邛竹杖迎接的场景,诗歌着眼政治,其意境已与唐人迥然有别。

之后,黄庭坚对邛竹杖可谓一往情深,惯援邛竹入诗,其笔下的邛竹多赋予扶危救困的人格形象,从而隐喻自身宦海浮沉、一再被贬的人生况遇。其《筇竹杖赞》以隐者情怀颂扬邛竹杖的高洁品格:

> 厉廉隅而不刿,故窃比于彭耼之寿。屈曲而有直体,能独立于雪霜之后。伯夷食薇而清,陈仲咽李而瘦。涪翁昼寝,苍龙挂壁。涪翁履危,心如铁石。穷山独行,解两虎争。终不使卞庄乘间,而孺子成名。[③]

邛竹杖屈曲直体,傲霜独立,正是诗人理想的人格追求。此外,其《筇竹颂》"君子遗

---

① 高骈《筇竹杖寄僧》,载《全唐诗》,第6919页。
② 魏野《送刘大著赴任益州司理》,载《全宋诗》,北京:北京大学出版社,1995年,第918页。
③ 黄庭坚《黄庭坚全集》(一),成都:四川大学出版社,2001年,第566页。

我,扶于涧珂"①、《走笔谢王朴居士挂杖》"千岩万壑须重到,脚底危时幸见持"②以及其父黄庶《筇竹杖诗》"生来节更高,故有扶危力"③等皆化邛竹扶持之实用特性于自己扶危济国的政治理想抱负之中,可谓将邛竹杖此一政治文化意象创造入诗并实践到极致。

南宋郭印《和许觉民麈尾筇竹杖》以戏谑的笔触,苦言微弱躯体与邛竹杖相依相伴的孤独情怀,为邛竹杖文化意蕴增添别样异趣:

> 拂秽清尘志自殊,斯文危弱更当扶。嘉言亹亹手尝御,高步徐徐身与俱。驱犊几曾遭戏笑,化龙应亦在斯须。龟毛兔角人人用,莫道吾家此物无。④

与郭印相和,周南《筇竹杖》亦用苍老笔调描写自己凄凉不堪的生活:"四十龙钟欠一年,不应鹤骨会乘轩。杖头无用燃藜烛,倚向荒畦印屐痕。"⑤在周南笔下,竹杖已经超越物质层面,俨然成为孤独诗人的精神寄托之友。继郭印、周南之后,此一邛竹杖文化主题的集大成者当推蔡戡《筇竹杖歌》,诗歌以飘逸的歌行体气势磅礴地描写诗人与邛竹杖一起登天入地、遍履山河的豪情追忆以及老病缠身后对邛竹杖左右扶持的感激情怀:

> 我有一枝筇,夭矫如游龙。由来博望使西域,万里持寄衰病翁。自蜀历楚入吴越,名山胜地多留踪。先排衡山云,直上南台升祝融。次登岘山首,北望京洛浮尘中。白鹭洲前弄明月,黄鹤楼上迎清风。东游秦望探禹穴,天台雁荡观奇峰。孤根端有岁寒操,劲节肯染京尘红。飘然飞去不可执,西山南浦聊从容。放行天地无障碍,倚观宇宙皆虚空。横挑斜曳任所适,去来无定如飞鸿。提携九节常在手,四方上下俱相从。我常病足不能履,赖汝左右扶持功。老形已具身伛偻,讵可一日无此公。杖兮切勿化龙去,留取百岁扶衰慵。⑥

身体羸弱的诗人多么希望手里的邛竹杖能矫若游龙,带领自己游历大好河山。在诗人笔端,孤根劲节的邛竹杖绝不俯身从俗,其志在天地宇宙之间,来去从容宛如飞鸿,诗人的寄托何其高远,堪称文学史上刻写邛竹杖登峰造极的化境之作,为邛竹杖人文意蕴的延展积淀书写了浓墨重彩的篇章。

文化主流认同之外,也有灵动的变体。南宋末年舒岳祥《忆筇竹杖词》则以轻快的笔触,追忆自己的逝水流年:

> 筇竹杖,筇竹杖,敬斋惠我伴璆玊。万里岷江下峡船,大竹一筒中贮两。四明直在海东头,我得一条长在掌。蛟龙已蜕脊骨全,色如黄玉中心坚。节围五寸茎似笔,

---

① ② 黄庭坚《黄庭坚全集》(一),成都:四川大学出版社,2001年,第594、263页。
③ 黄庶《筇竹杖诗》,载《全宋诗》,第5481页。
④ 郭印《和许觉民麈尾筇竹杖》,载《全宋诗》,第18728页。
⑤ 周南《筇竹杖》,载《全宋诗》,第32271页。
⑥ 蔡戡《筇竹杖歌》,载《全宋诗》,第30042页。

重如铁石声铿然。杖兮杖兮吾与尔,曾入千岩万壑里。虎豹远遁兮魑魅不逢,走及狙公兮追及鹿子。忽不见兮谁从,宁入水兮为龙。①

在诗人笔下,邛竹杖似蛟龙蜕皮,其色如黄玉,中心坚实,竹节劲挺,完全是诗人珍爱的宝物。竹杖陪伴自己踏勘千岩万壑,已经成为自己形影不离的伙伴,其情其意,跃然纸上。

犹如贾岛以"青瘦"开创拓展邛竹杖文化外延,在宋代诗坛中,陆游也常自拟新语以赋写邛竹杖,表达自己独特的情感和灵魂,且邛竹作品之多,堪称宋时之冠。陆游援邛竹杖入诗,惯用筇枝、筇杖等词汇,表现苍老横斜的独特诗歌意象。其《眉州披风榭拜东坡先生遗像》云:

百年醉魂吹不醒,飘飘风袖筇枝横。②

诗歌以筇枝刻写苏轼苏世独立、横而不流的傲然气概。其《游西村》曰:"昨夜雨多溪水浑,不妨唤渡到西村。出游始觉此身健,无食更知吾道尊。药笈可赊山店酒,筇枝时打野僧门。归来灯火茅檐夜,且复狂歌鼓盆盆。"③诗人活脱脱展现出山村野老的洒脱形象,赋予筇枝不羁世俗、尽情欢愉的人格象征。其《倚筇》曰:"老翁愈老欲安归,归卧稽山饱蕨薇。未免解牛逢肯綮,岂能相马造精微。灵山有士拈花笑,阙里何人鼓瑟希。我亦倚筇桑竹下,白髯萧飒满斜晖。"④白髯萧飒的老者,倚筇桑竹之下,诗人用一系列苍老的具象展现隐居老翁的超然物外,在这些意向之中,筇杖更是孤独诗人寂寞的陪伴和精神寄托。其《破阵子·看破空花尘世》以筇杖为寄托,描写自己看破浮名后身心自由自在的清旷闲适:"看破空花尘世,放轻昨梦浮名。蜡屐登山真率饮,筇杖穿林自在行。"⑤

宋代士人独特的人生价值和思想情怀孕育出他们特有的审美情趣。综观宋人塑造的浸染主观色彩的各种邛竹杖形象,他们对邛竹杖充满来自心灵深处的喜爱之情,偏爱来自山野的自然奇货,这与宋代禅宗盛行不无关系。宋代文士以浓烈的主观情感为邛竹杖附加枯、曲、瘦、孤、轻等人格化的品性特质,从而使邛竹杖内化为诗人文士内心深处的精神诉求,因而使一根简单的竹杖涂染点缀更为丰富的文化象征。在精神和情感依托之中,文士水到渠成、自然圆融获得更高境界的人生感悟,此以苏轼《定风波》"竹杖芒鞋轻胜马,谁怕?一蓑烟雨任平生"最为典型,在竹杖芒鞋与马的比对中,诗人深刻体会到不受外物羁绊的恬然与自由心境,从而丰富升华了竹杖的寄托隐喻和人文意蕴。从此,邛竹杖已超越生活实用,内化并凝固在中国知识分子的意识底层,以超凡脱俗的人文意象不断丰富着中国士大夫的精神情怀,并积淀为中华文化涂抹不掉的记忆。

[作者简介]　汤　洪,四川师范大学中国传统文化学院教授,博士生导师。
　　　　　　任敬文,四川师范大学文学院博士研究生。

---

① 舒岳祥《忆筇竹杖词》,载《全宋诗》,第40915页。
②③④ 陆游《剑南诗稿》,载《陆游集》,北京:中华书局,1976年,第265、1200、1589页。
⑤ 陆游《渭南文集》,载《陆游集》,第2486页。

"数奇"与"天幸"的背后
——司马迁"右李广而左卫、霍"解读

杨 智

[摘 要] 李广、卫青、霍去病均为汉匈战争中的名将,《史记》在记载三人事迹时明显体现出"右李广而左卫、霍"的倾向。究其原因,表面上看与李、卫、霍三人不同的命运有关:李广因"数奇",卫、霍有"天幸"。在"数奇"与"天幸"的背后,则与汉武帝亲外戚而疏良家子的态度有关。作为有着精神追求和独立人格的史学家,司马迁采取了与武帝相反的做法:重良家子而轻外戚,由此也折射出武帝时代良家子与外戚的不同命运,折射出司马迁对武帝和汉匈战争的看法,更折射出司马迁在"文直事核"的基础上"成一家之言"的历史书写态度。

[关键词] 司马迁 《史记》 数奇 天幸 良家子 外戚

汉武帝之所以被谥为"武",是因为征伐乃其一生之绝大事业。自元光二年(前133)起,直至征和四年(前89)止,武帝发动了一系列征伐四夷的战争,其中最重要的莫过于汉匈战争,"征大宛,平两越,开通西南夷等战争都是围绕征匈奴进行的"①。关于这一重大历史事件,司马迁在《史记》中给予了高度关注,颇用心力。除在《李将军列传》《匈奴列传》和《卫将军骠骑列传》等"恢弘大传"中给予专门记载之外,还在《大宛列传》《平准书》《韩长孺列传》《平津侯主父列传》《司马相如列传》《酷吏列传》《建元以来侯者年表》《汉兴以来将相名臣年表》等篇中也多有涉及。

战争中最重要的因素是人,而用兵必先择将,故在《史记》关涉汉匈战争诸篇中又以记载李广、卫青、霍去病等人事迹的《李将军列传》和《卫将军骠骑列传》尤为引人注目。前者写李广一生征战,有功不得封侯,最终自刎的不幸遭遇。后者以卫青、霍去病二人为传主,附传公孙贺等十六人,兼及李广,内容更为丰富。吴见思《史记论文》说:"此传是一篇大文字,载大将军击匈奴者七,骠骑击匈奴者六,诏书、封禅叙拜功者八,附序诸将军十六。而匈奴之人,皇后、王夫人之宠,两将军之为人,经纬穿插,埋伏布置,首尾浑然,不露堆叠痕迹,岂非神手!⋯⋯正序片段大文字中,复带风流感慨,然俱在无意中,不露一毫

---

① 张大可《司马迁写汉武帝征伐匈奴》,《史记文献研究》,北京:民族出版社,1999年,第314页。

形迹,是史公妙处。"①

综观二传,我们可以看到:传文在保持了"文直事核"的写作原则的同时,还明显地体现了司马迁"抑扬予夺"的情感倾向——这一点已为后世许多学者所揭示。比如黄震就指出:

> 看《卫霍传》,须合李广看,卫、霍深入二千里,声振夷夏,今看其传,不直一钱。李广每战辄北,困踬终身,今看其传,英风如在。史氏抑扬予夺之妙,岂常手可望哉?②

黄震此言不虚,如果把《李将军列传》和《卫将军骠骑列传》两相对读,不难发现史公"右李广而左卫、霍"的倾向。进一步细考,在卫、霍之间,史公实际上也有抑扬褒贬。姚苎田通过精读,在《史记菁华录》中归纳道:"以卫将军、李广相提而论,则抑卫而右李;以霍骠骑与卫青相提而论,则右卫而贬霍。"③曾国藩对此进一步发挥道:"《卫青霍去病传》右卫而左霍,犹《魏其武安传》右窦而左田也。卫之封侯,意已含风刺矣;霍则风刺更甚。"④

司马迁写《史记》,在坚持"其文直,其事核,不虚美,不隐恶"(班固语)的实录精神的同时,还寄托了自己的情感和判断。如顾炎武就指出史公常"于序事中寓论断":

> 古人作史,有不待论断,而于序事之中即见其指者,惟太史公能之。《平准书》末载卜式语,《王翦传》末载客语,《荆轲传》末载鲁勾践语,《晁错传》末载邓公与景帝语,《武安侯田蚡传》末载武帝语,皆史家于序事中寓论断法也。后人知此法者鲜矣。惟班孟坚间一有之,如《霍光传》载任宣与霍禹语,见光多作威福;《黄霸传》载张敞奏,见祥瑞多不以实,通传皆褒,独此寓贬,可谓得太史公之法者矣。⑤

无独有偶,刘大櫆也认为司马迁文字有"寄微情妙旨于笔墨蹊径之外"的特点:

> 昔人谓子长文字,微情妙旨,寄之笔墨蹊径之外;又谓如郭忠恕画天外数峰,略有笔墨,而无笔墨之迹。……意尽而言止者,天下之至言也,然言止而意不尽者尤佳。意到处言不到,言尽处意不尽,自太史公后,唯韩、欧得其一二。⑥

那么,为何司马迁要"右李广而左卫、霍"呢?其背后暗含着什么样的隐情?这是我们需要深入探讨的问题。

---

① 吴见思《史记论文》,上海:上海古籍出版社,2008年,第66—67页。
② 黄震《黄氏日钞》卷四十七,元后至元刻本。
③ 姚苎田《史记菁华录》,上海:上海古籍出版社,2007年,第190页。
④ 曾国藩《求阙斋读书录》卷三,清光绪二年传忠书局刻本。
⑤ 顾炎武著,陈垣校注《日知录校注》,合肥:安徽大学出版社,2007年,第1432页。
⑥ 刘大櫆《论文偶记》,北京:人民文学出版社,1959年,第8页。

一、李广的"数奇"与卫、霍的"天幸"

直观而言,司马迁"右李广而左卫、霍"的原因与三人的不同遭遇和结局有关。

"飞将军"李广才气无双,精于骑射,作战勇敢,爱惜士卒,号令不烦,一生与匈奴大小七十余战却终难封侯,最后自刎身亡。不止如此,除了他本人,其家族的结局也极为悲惨:儿子李敢被霍去病所杀,武帝却没有追究,死得不明不白;孙子李陵不得已投降匈奴,最终妻子被族诛,个人身败名裂。李氏一门最终落得个"陵迟衰微"的结局。相比之下,卫青、霍去病不仅早早封侯,而且还不断得到武帝的加封,连跟随他们的副将、裨将也多有封侯。据《卫将军骠骑列传》载,卫青受封长平侯,后经两次益封,食邑"凡万一千八百户。封三子为侯,侯千三百户。并之,万五千七百户。其校尉裨将以从大将军侯者九人。其裨将及校尉已为将者十四人"①。霍去病受封冠军侯,后益封四次,食邑"凡万五千一百户。其校吏有功为侯者凡六人,而后为将军二人"②。卫、霍二人后来同为大司马,权倾天下,名重一时。李、卫、霍三人同为名将,结局却有如此天壤之别,真令人有"无限不平之意"。

进一层看,以"原始察终,见盛观衰"为写作原则的《史记》,不仅写出李广与卫、霍的命运,而且还暗示了三人命运判若云泥的原因:前者因"数奇",后者有"天幸"。陈仁锡在评价《李将军列传》和《卫将军骠骑列传》时曾明言:

> 子长作一传,必有一主宰,如《李广传》以"不遇时"三字为主,《卫青传》以"天幸"二字为主。③

这里的"不遇时"其实就是"数奇"的表现。所谓"数奇",就是命数不好(古代占卜以偶为吉,奇为凶)。在元狩四年(前119)的漠北之战中,李广身为前将军,却被调离先锋位置,失去了与单于正面作战立功的机会,以致后来迷失道路,不忍刀笔吏之辱而自刎,造成这一连串悲剧的重要原因就是"数奇"。《李将军列传》就明确点出:"大将军青亦阴受上诫,以为李广老,数奇,毋令当单于,恐不得所欲。"④其实,李广一生又何止此处"数奇",牛运震《史记评注》就指出司马迁在文中其实再三致意:

> 篇首"而文帝曰:'惜乎,子不遇时'"云云,已伏"数奇"二字,便立一篇之根。后叙广击吴、楚,"还,赏不行",此一"数奇"也;马邑诱单于,"汉军皆无功",此又一"数奇"也;"为虏[所]生得,当斩,赎为庶人",又一"数奇"也;出定襄,而"广军无功",又一"数奇"也;出右北平,而"广军功自如,无赏",又一"数奇"也;出东道,而失道,后大将军,"遂引刀自刭",乃以"数奇"终焉。至"初,广之从弟李蔡"云云,以客形主。及广与望气语,实叙不得封侯之故,皆着意抒发"数奇"本末。上"以为李广老,数奇"云

---

① ② ④ 司马迁《史记》,北京:中华书局,1959年,第2941、2945、2874页。
③ 凌稚隆《史记评林》引,韩兆琦《史记笺证》,南昌:江西人民出版社,2004年,第5453页。

云,则明点"数奇"眼目。传末叙当户早死,李陵生降,曰"李氏陵迟衰微矣",又曰"李氏名败"云云,总为"数奇""不遇"余文,低徊凄感。①

与"数奇"形成鲜明对照的是卫、霍的"天幸"。在《卫将军骠骑列传》中,"天幸"一语出现在骠骑将军霍去病身上:"诸宿将所将士马兵亦不如骠骑,骠骑所将常选,然亦敢深入,常与壮骑先其大军,军亦有天幸,未尝困绝也。"②从字面上看,这里的"天幸"是指霍去病的军队运气好,没有遇到困绝的情况——卫青又何尝不是如此?

观卫、霍用兵,常采用突袭作战的方式,通过精锐骑兵长驱直入,以最快的速度完成迂回穿插,闪击致胜。比如元朔二年(前127),卫青率四万大军出云中,采用迂回侧击战术西绕到匈奴军后方,攻占高阙,切断了匈奴白羊王、楼烦王同单于王庭的联系,而后飞兵南下,形成对二王的包围并一举歼灭。此役斩杀两千多人,活捉三千多人,夺取牲畜一百多万头,完全控制了河套地区,卫青因此受封长平侯。元朔六年(前123),霍去病随卫青出征匈奴,亲率八百铁骑深入匈奴腹地,杀敌二千零二十八人,获封冠军侯。类似的战例在卫、霍征战生涯中所在多有。尤其是霍去病,命运之神似乎对他特别眷顾。他六次出击匈奴,每次都异常顺利,且战果一次比一次辉煌。元狩二年(前121),霍去病率一万骑兵,过乌鳌山,渡狐奴河,一路转战六日,越过焉支山一千余里,杀折兰王,斩卢胡王,诛全甲,首虏八千余级,获匈奴祭天金人。元狩四年(前119),霍去病率五万骑出代郡,深入匈奴腹地一千余里与左贤王大战,封狼居胥,首虏七万余级,大胜而归。据《匈奴列传》可知,匈奴在极盛期冒顿单于时代,已有"控弦之士三十余万",卫、霍多次领军深入,竟没有被匈奴大军包围,最终犁廷扫穴,成就不世之功,不能不说是一种幸运。

与卫、霍相比,同一时代的其他将领就没有如此幸运了。比如同是在第二次河西之战(前121)中,霍去病过居延泽,攻祁连山,杀敌三万零二百人。而合骑侯公孙敖迷路,博望侯张骞行军滞留,郎中令李广则被匈奴左贤王数万骑兵围困,力战两日,死者过半。在漠北之战(前119)中,李广与右将军赵食其合军出东道,结果因"亡导"(失去向导)而迷路,延误了与大将军卫青会师的时间。李广作为征讨匈奴的老将,曾多次出塞,可每次不是劳而无功,就是失道迷途,或是被数倍于己的敌军围困,甚至还有被活捉的经历。其孙李陵也曾深入匈奴二千余里,却一无所获。最后在天汉二年(前99)秋,李陵及麾下五千步卒被八万匈奴军队围击,连战八日,弹尽粮绝,无奈投降。祖孙二人,同样命运困塞。

通过梳理李广与卫、霍的战场经历,我们应当承认:在他们或失败或成功的背后,确实有运气的成分。这一点就连李广自己似也有此想法。他曾找"望气者"王朔求问自己终难封侯的原因:"自汉击匈奴而广未尝不在其中,而诸部校尉以下,才能不及中人,然以击胡军功取侯者数十人,而广不为后人,然无尺寸之功以得封邑者,何也?岂吾相不当侯邪?且固命也?"③连续三个问句,表达了对命运的困惑和哀叹。

但问题是:李广的"数奇"仅仅只是指"运气差"吗?同样,卫、霍的"天幸"仅仅只是归

---

① 牛运震撰,魏耕原、张亚玲整理点校《史记评注》,西安:三秦出版社,2011年,第275页。
②③ 司马迁《史记》,第2931、2873—2874页。

结于"运气好"吗？联系到司马迁《伯夷列传》中对于"天道"理解："若至近世，操行不轨，专犯忌讳，而终身逸乐，富厚累世不绝。或择地而蹈之，时然后出言，行不由径，非公正不发愤，而遇祸灾者，不可胜数也。余甚惑焉，倘所谓天道，是邪非邪？"①看来答案恐怕并非如此简单。

二、"数奇"与"天幸"的背后

让我们再次细读文本，爬梳卫、霍与李广的成败经历。我们发现，在"卫青不败由天幸，李广无功缘数奇"（王维《老将行》）的背后，还潜藏着人为的因素。

以漠北战役为例，这是武帝时期汉匈之间的战略大决战。为打赢这场关键战役，武帝做了充分准备，派出当时最豪华的将军阵容，以卫青、霍去病为统帅各率五万骑兵分两路深入漠北，力求全歼匈奴主力，并组织步兵及后勤数十万以保障作战。李广当时已经年老，深知这是自己最后一次建功立业的机会，所以"数自请行"，但"天子以为老，弗许；良久乃许之，以为前将军"。《史记》在这里其实已暗下伏笔，说明武帝对李广的不信任和不重用的态度。出塞之后，作为前将军的李广被卫青强令改变行军路线，走迂远的东道为偏师。卫青这样安排原因有三：第一，与卫青本人有关。卫青通过俘虏口中得知单于所在，便"自以精兵走之"，显有抢功之意。第二，与公孙敖有关。"而是时公孙敖新失侯，为中将军从大将军，大将军亦欲使敖与俱当单于，故徙前将军广"②，这个公孙敖与卫青的关系非同一般。当初卫青是平阳公主家的骑奴，因姐姐卫子夫的关系而受到武帝宠幸。后卫子夫有孕，威胁到皇后陈阿娇的地位，阿娇之母馆陶长公主便迁怒于卫青，欲害其性命，幸得骑郎公孙敖及时带人赶到才救下卫青一命。不止如此，公孙敖之父公孙贺娶了卫青之姊卫孺为妻，是卫青的姐夫，这样算来，公孙敖与卫青也沾亲带故。一则有恩，一则有亲，卫青当然要关照这位"新失侯"的公孙敖，给他创造重新立功封侯的机会。第三，与汉武帝有关。即前文已经提到的"大将军青亦阴受上诫，以为李广老，数奇，毋令当单于，恐不得所欲"，这说明武帝此前虽同意李广出征，但已不再重视他，甚至还阴为绊阻。总之，于公于私，卫青都不会给李广直面单于的立功机会。这也是为什么尽管李广反复要求"先死单于"，卫青都不予批准，甚至还强硬地"令长史封书与广之莫府"，严令李广立即执行命令，最终造成了李广一步步走向悲剧的结局。

反观卫、霍，在漠北战役中又是一番光景。尤其是霍去病，始终压卫青一头，实为此次战役的最大获益者。第一，从兵力分配看，卫、霍已然分庭抗礼。霍去病同卫青一样，均带五万骑，"车重与大将军军等"，但值得注意的细节是霍去病"无裨将"，而卫青手下却有前将军郎中令李广、左将军太仆公孙贺、右将军主爵都尉赵食其、后将军平阳侯曹襄等一大批副将。副将多，一方面管理起来头绪更杂，另一方面将来分功者亦多，再者可能武帝这里也有监视之意。霍去病那一路则全由他一人专断，打起仗来灵活机动，而且能独获全功。这说明与卫青相比，武帝给予了霍去病更多的信任和照顾。第二，从出击方向看，武帝围绕霍去病进行了二次调整。起初安排霍去病部出定襄，直面单于军队。后通

---

①② 司马迁《史记》，第 2125、2874 页。

过俘虏得知单于军队在东面,又让他出代郡,转而让卫青部出定襄,其目的非常明显,就是为了让霍去病擒杀单于,独建大功。第三,从士兵选派看,武帝也尽力向霍去病倾斜。从"诸宿将所将士马兵亦不如骠骑,骠骑所将常选"和"敢力战深入之士皆属骠骑"可见霍去病所率部队皆为精锐。同时,从霍去病任用李广之子李敢为军中大校这一细节可以看出其手下应为年轻的生力军,与卫青手下的"宿将"相比,在士气和斗志上均有明显优势。在上述诸因素的影响下,霍去病成就大功就并非全凭"天幸"了。虽然他最终没有遇到单于,但却重创左贤王部,捕获、杀敌七万零四百四十三人,显功瀚海,封狼居胥(平心而论,之所以能取得如此战果,也有卫青的功劳。若不是卫青率军吸引和拖住单于主力这块"硬骨头",恐怕霍去病未必能如此顺利)。此战结束,霍去病益封五千八百户,部下要么封侯,要么晋爵,连李敢也获封食邑二百户的关内侯。而卫青一路虽然斩杀和捕获敌兵一万九千人,但本人却没有获得加封,其部下也无封侯者。当然,武帝后来增加了大司马位,卫青和霍去病均为大司马,官阶和俸禄相同。表面上看,卫、霍都得到了平等的封赏,但背后扬霍抑卫之意甚明,这是武帝借霍去病牵制卫青,以实现权力的平衡。

综上所述,李广的"数奇"中亦有"人为",卫、霍的"天幸"中亦有"人幸"。正是由于汉武帝不公正的用人态度,才造成了三人的不同命运——司马迁在文中对此多有揭示。一方面,他点出李广受到不公正的对待与卫青"阴受上诫"大有关联;另一方面,他在描写卫、霍(尤其是霍去病)战功之时,多引天子诏书代替叙事,借武帝之口来交待战果。此举意在说明"两将军之功,必自天子亲言之,则天子之意也"①。可见,在李广的不幸和卫、霍的天幸背后,其实都有汉武帝的影响。那么,汉武帝这种不公正的态度的成因何在?这是我们接下来要分析的问题。

三、亲外戚而疏良家子:武帝不公正态度的成因

深入一层看,李广的悲剧,不仅是他一个人的悲剧,而是一类人的悲剧;卫、霍的幸运,也不只是个人的幸运,而是一类人的幸运。李广与卫、霍不同的人生轨迹,体现的是汉武帝时代良家子与外戚的不同命运。正如钱穆在《秦汉史》中指出的:

> 惟当时军人中,豪杰与近宠判为两党。卫、霍、李广利之属,名位虽盛,豪杰从军者贱之如粪土。李广父子愈摈抑,而豪杰愈宗之。史公亲罹李氏之祸,故其为《史纪》,于两党瑕瑜,抑扬甚显。今平心论之,则两党中亦各有奇材,惜乎武帝之未能以公心善用之耳。②

《国史大纲》亦云:

> 时李广亦称名将,卫、霍皆以亲贵任用,而李广则为豪杰从军。(时称"良家子"

---

① 蒋彤《丹棱文钞》卷二,清代诗文集汇编编纂委员会编《清代诗文集汇编》(第615册),上海:上海古籍出版社,2010年,第627页。
② 钱穆《秦汉史》,北京:生活·读书·新知三联书店,2005年,第161页。

从军,即今之义勇队也。)……惟当时亲贵与豪杰判为两党,卫、霍虽贵盛,豪杰不之重;李广父子愈摈抑,豪杰亦愈宗之。史公亲罹其祸,故为《史纪》抑扬甚显。①

上述观点极为透辟,"豪杰从军者"与"近宠"明确区分了李广与卫、霍的身份。对于我们理解汉武帝对待李广和卫、霍的不同态度极有帮助。

《李将军列传》说李广为"陇西成纪人",出身"良家子"。所谓"良家子",司马贞《索隐》引如淳语云"非医、巫、商贾、百工也"②。据有关学者考证,良家子应是指"有一定赀产,不在商贾、医、巫、百工之列,没有家族犯罪史,能遵循伦理道德,品行端正的人家"③。作为汉代的一个特定社会阶层,良家子受到国家的重视,有进入社会上层的机会,其中尤以"六郡良家子"最为明显。"六郡"主要指天水、陇西、安定、北地、上郡、河西,这些地方靠近北疆,人民生活习惯更接近游牧民族,尚武尚勇,善于骑射。《汉书·赵充国辛庆忌传》说:"秦汉以来,山东出相,山西出将。……山西天水、陇西、安定、北地处势迫近羌胡,民俗修习战备,高上勇力鞍马骑射。"④优秀的六郡良家子常被选拔出来成为皇帝的亲军,乃至成为将领。《汉书·地理志》云:"汉兴,六郡良家子选给羽林、期门,以材力为官,名将多出焉。"⑤《汉书·匈奴传》也记载文帝中年时"赫然发愤,遂躬戎服,亲御鞍马",其跟随者就是"六郡良家材力之士"⑥。总之,六郡良家子因地理位置和个人素质的原因,成为国家选兵择将的重要来源。

李广正是六郡良家子的杰出代表,身上处处洋溢着英豪之气,具体表现在:第一,出身好。李广先祖为秦代名将李信。第二,善骑射,有材力。李广"才气天下无双",在多次战役中都表现出过人的胆略。当李广率领百余名骑兵遭遇匈奴数千大军时,手下士兵惊恐欲逃,他却冷静地分析道:"吾去大军数十里,今如此以百骑走,匈奴追射我立尽。今我留,匈奴必以我为大军(之)诱,必不敢击我。"⑦接着,他命令士兵靠近匈奴军队,解鞍纵马,用疑兵之计使匈奴不敢轻举妄动,最后化险为夷,全身而退。元狩二年(前121),当遭遇"汉兵死者过半,汉矢且尽"的险境时,"吏士皆无人色,而广意气自如"。面对生死考验,不愧名将之风。第三,善养士卒,为人廉洁。《史记》本传载:"广廉,得赏赐辄分其麾下,饮食与士共之。终广之身,为二千石四十余年,家无余财,终不言家产事。……广之将兵,乏绝之处,见水,士卒不尽饮,广不近水,士卒不尽食,广不尝食。宽缓不苛,士以此爱乐为用。"⑧

如果说李广代表着良家子的话,卫、霍则是外戚的典型代表——司马迁在记载卫青的出身时笔墨颇详,似有意在提醒读者注意这一点。卫青生父郑季在平阳侯曹寿家供事,与平阳侯小妾卫媪通奸生卫青。卫青幼年微贱,回到生父家中,郑季让其牧羊。郑季前妻诸子也把他当作奴仆来对待,并不看作兄弟。而关于霍去病的出身《史记》言之甚略,但《汉书·霍光传》却记载甚详。霍去病是卫青的外甥,其母卫少儿乃平阳公主家婢,

---

① 钱穆《国史大纲》(修订本),北京:商务印书馆,1996年,第207页。
②⑦⑧ 司马迁《史记》,北京:中华书局,1959年,第2867、2868、2872页。
③ 宋艳萍《汉代"良家子"考》,《南都学坛》,2012年第1期。
④⑤⑥ 班固《汉书》,中华书局,1962年,第2998—2999、1644、3831页。

与县吏霍仲孺私通生霍去病。可见,舅甥二人皆为私生子,出身低微且来历不明不白。这一点,与出身清白的良家子李广形成鲜明对比。同时,他们的得宠与平阳公主及皇后卫子夫有着千丝万缕的联系。陈仁锡曾就此专门点出:

> 卫青起自外戚,太史公叙青事,若"姊子夫得幸于天子",若"子夫入宫幸上",若"子夫为夫人",若"卫夫人立为皇后",若"徒以皇后故",若"大将军得尚平阳公主",皆传中之血脉也。①

了解了李广与卫、霍的出身,再看武帝对良家子与外戚的亲疏态度就不难理解了。外戚因为裙带关系天然与皇帝亲近,与后宫互为表里。汉武帝即位后,为加强中央集权,一改西汉前期的"无为之治",外伐四夷,内兴功业,一方面,有意识地大量提拔、重用外戚,将其作为维护和强化皇权的工具;另一方面,又用新外戚打压旧外戚,使之达到政治平衡。外戚由此成为武帝时代朝政舞台上举足轻重的政治力量。

当然,汉武宠爱卫、霍除了外戚这一层因素外,还与卫、霍的为人处世方式息息相关。卫青出身贫贱,这对他之后的处世态度影响极大。早年有人曾给卫青相面,说他能封侯,卫青的回答是"人奴之生,得毋笞骂即足矣,安得封侯事乎!"②后来即使他功成名就,位极人臣,这种"以奴事主"的心态和处世原则却保留了下来。从《史记》本传可知,面对武帝,他"仁善退让,以和柔自媚于上"③;在处理苏建的问题上,或言当斩,或言当赦,他却认为"以臣之尊宠而不敢自擅专诛于境外,而具归天子,天子自裁之,于是以见为人臣不敢专权"④;而当苏建劝其选贤招士时,他的回答是"彼亲附士大夫,招贤绌不肖者,人主之柄也。人臣奉法遵职而已,何与招士!"⑤总之,一切都是围绕武帝的好恶行事,一切唯武帝之命是从。霍去病也"亦放此意",说明卫、霍在这一点上是一致的。这不禁令人联想起《酷吏列传》中的大酷吏张汤,其人"非肯正为天下言,专阿主意。主意所不欲,因而毁之;主意所欲,因而誉之"⑥。还有"专以人主意指为狱"的杜周,曾公然宣称:"三尺安出哉?前主所是著为律,后主所疏为令,当时为是,何古之法乎?"⑦再如《平津侯主父列传》中的公孙弘,他"每朝会议,开陈其端,令人主自择,不肯面折庭争",一切都由武帝决定,从不当面争论,这与卫青"具归天子,天子自裁之"的做法如出一辙。至于"尝与公卿约议,至上前,皆倍其约以顺上旨"的做法,则愈见公孙弘人格之虚伪。在武帝性格中,有很强烈的刚愎自用色彩,对于始终曲迎上意,凡事不肯自专的臣子,向来是喜爱有加的。对此,东方朔《答客难》说得好:"故绥之则安,动之则苦;尊之则为将,卑之则为虏;抗之则在青云之上,抑之则在深渊之下;用之则为虎,不用则为鼠,虽欲尽节效情,安知前后?"⑧可见武帝时代臣子的"遇与不遇",用与不用全在于君主的好恶。

与外戚相比,良家子虽然出身清白,能力很强,但他们没有可以依靠的势力,其上升全靠战功累积。武帝厚赏军功,这些非外戚出身的将领中有许多人相继以战功封侯。表

---

① 凌稚隆《史记评林》引,韩兆琦《史记笺证》,第 5595 页。
②③④⑤⑥⑦ 司马迁《史记》,第 2922、2939、2928、2946、3110、3110、3153 页。
⑧ 萧统编,李善注《文选》,上海:上海古籍出版社,1986 年,第 2001—2002 页。

面上看,武帝对这些六郡良家子给予了足够的重视和平等的对待。比如李广同时代的公孙贺、公孙敖等俱为出身于六郡的良家子,最后都功成名就。但实际上,这些封侯者都是跟从卫、霍征战的裨将或校尉,虽非外戚但依附于外戚。尤其公孙贺、公孙敖父子。如前文所述,公孙家族本就与卫氏家族沾亲带故:公孙贺娶卫孺为妻,是大将军卫青和皇后卫子夫的姐夫,其子公孙敖早年与卫青为好友,还是卫青的救命恩人。因此公孙贺"七为将军,出击匈奴无大功,而再侯,为丞相",公孙敖"凡四为将军,出击匈奴,一侯"。他们能够几落几起,恰恰证明了外戚的影响。对此,黄震说得透彻:"公孙敖尝脱卫青于难,亦官之至将军;青之长姊嫁公孙贺,贺为将军,且至宰相;其余侯者,非两将军亲戚,则其门下人也。"①当然,李广本人也曾作为裨将两度随卫青出征,但卫青并未把他视为嫡系,也没有给予重视。

另外,这些六郡良家子虽然有的成功封侯,但却难有机会出任统帅。汉朝建立后,军中大权掌握在军功集团(如曹参、樊哙、周勃等丰沛旧部)手中,而到了武帝时代,军功集团及其后代都已凋零殆尽。面对军事战争的迫切需求,武帝转而起用外戚担任统帅。在武帝心中,统帅之位只能给"自己人",当然如果这个"自己人"本身也颇有才具,那自然是上上之选,像卫青"自以边功为大将军,代为帝出脱私外戚之名与迹,尤帝之所心醉也"②。退一步讲,哪怕"自己人"才能平庸,只要皇帝欲其建功,也照样重用。汉匈战争后期,武帝"欲侯宠姬李氏"而任用平庸无能的外戚李广利为贰师将军即是明证。

四、重良家子而轻外戚:司马迁"右李广而左卫、霍"的原因

作为有着独立思想的历史写作者,面对良家子和外戚,司马迁恰恰采取了与武帝相反的态度:武帝是亲外戚而疏良家子,司马迁则是重良家子而轻外戚,表现在《史记》文本中就是"右李广而左卫、霍"。为何司马迁要这样做,答案还要回到《史记》的创作宗旨上来。

在《报任安书》中,司马迁明确提出写作《史记》是为了"究天人之际,通古今之变,成一家之言",说明在他的灵魂深处是有着明确的精神追求和独立人格的。

其一,对悲剧英雄的偏爱使司马迁"右李广而左卫、霍"。从屈原到项羽,从韩信到李广,在一个个不幸而又倔强的灵魂身上,司马迁看到了自己的影子,寄寓了深深的悲慨和同情。正如他在《报任安书》中的自白:"拳拳之忠,终不能自列。因为诬上,卒从吏议。家贫,财赂不足以自赎,交游莫救,左右亲近不为一言。身非木石,独与法吏为伍,深幽囹圄之中,谁可告愬者!"③也正因如此,他才为李广立专传(相较而言,卫、霍只是合传,且后附公孙贺等十六人事迹),用饱含深情之笔墨,把李广的一生写得悲壮激越,令人扼腕不平。李广的抗争,代表着受到不公正待遇的豪杰良家子与外戚近宠的较量,但由于双方实力的悬殊,其悲惨的结局是注定的。李广自刎后,"广军士大夫一军皆哭。百姓闻之,

---

① 黄震《黄氏日钞》卷四十六,元后至元刻本。
② 钟惺著,李先耕、崔重庆标校《隐秀轩集》,上海:上海古籍出版社,1992年,第415页。
③ 班固《汉书》,第2730页。

知与不知,无老壮皆为垂涕"①,这"一军皆哭",不单是为李广,更是为在汉匈战争中含冤不平的六郡豪杰良家子一哭,为他们的共同委屈和不幸命运一哭。②

其二,对武帝任人唯亲的不满使司马迁"右李广而左卫、霍"。

对待人才,司马迁期望君主能任人唯贤,而非任人唯亲;能公正对待,而非亲疏迥异。李广一生,从以良家子身份从军击胡开始,一步一个脚印,凭借自己的真才实能而逐步提升。而卫、霍出身低微,却因皇后卫子夫和平阳公主的缘故成为外戚,一步登天,平步青云。这是司马迁所不满的,因此他反复提到卫青"天下未有称也""天下之贤大夫毋称焉",也写出漠北之战中卫青对李广的排挤。司马贞在《卫将军骠骑列传》文末评论说:"君子豹变,贵贱何常。青本奴虏,忽升戎行。姐配皇极,身尚平阳。宠荣斯僭,取乱彝章"③,也是这个意思。

但卫青身上也有与李广相同之处,即爱惜士卒,这一点又是司马迁所赞许的,所以他在《淮南衡山列传》中借伍被之口对卫青给予肯定:

> 大将军遇士大夫有礼,于士卒有恩,众皆乐为之用。骑上下山若蜚,材干绝人。被以为材能如此,数将习兵,未易当也。及谒者曹梁使长安来,言大将军号令明,当敌勇敢,常为士卒先。休舍,穿井未通,须士卒尽得水,乃敢饮。军罢,卒尽已度河,乃度。皇太后所赐金帛,尽以赐军吏。虽古名将弗过也。④

至于霍去病,司马迁一方面略写其战斗过程,以武帝诏书转述战斗结果,是"于去病之功,悉削之不书,而唯以诏书代叙事,则炙手之势,偏引重于王言"⑤。另一方面,也写出他不善待体恤士卒,浪费铺张的缺点:"其从军,天子为遣太官赍数十乘,既还,重车余弃粱肉,而士有饥者。其在塞外,卒乏粮,或不能自振,而骠骑尚穿域蹋鞠。事多此类。"⑥尤其是"事多此类"四字,看似闲笔,实则说明类似情形非止一件,实在别有深意。

对于汉武帝,司马迁虽然未直接予以褒贬,但却"寄微旨于笔墨之外",在《匈奴列传》篇末意味深长地说:

> 孔氏著《春秋》,隐桓之间则章,至定哀之际则微,为其切当世之文而罔褒,忌讳之辞也。世俗之言匈奴者,患其徼一时之权,而务谄纳其说,以便偏指,不参彼己;将率席中国广大,气奋,人主因以决策,是以建功不深。尧虽贤,兴事业不成,得禹而九州宁。且欲兴圣统,唯在择任将相哉!唯在择任将相哉!⑦

这段话表面上是针对李广利兵败事件讲谨慎选择将相的重要性,实则通过"人主因以决策,是以建功不深"一句暗暗地批评武帝。这里先说孔子的《春秋》写隐公、桓公时期非常

---

① ③ ④ ⑥ ⑦ 司马迁《史记》,第 2876、2947、3089、2939、2919 页。
② 参看林聪舜《李广之死与"一军皆哭"——六郡良家子的共同委屈》,《信阳师范学院学报(哲学社会科学版)》,2015 年第 1 期。
⑤ 姚苎田《史记菁华录》,第 191 页。

清楚,而到定公、哀公之际,文辞就变得委婉而含蓄,是因为忌讳的缘故。之后虽然笔锋一转,开始评论对匈奴的政策,实则在提醒读者:这里也是用了"春秋笔法"的。

结　语

　　最后需要补充的是:司马迁还是无愧于"良史"称号的。他虽然在记载中体现出情感倾向,但"文直事核"的实录精神却是一以贯之的。在这种精神的指导下,他虽然"右李广而左卫、霍",但也通过霸陵尉事件写出良家子出身的李广心胸狭窄的一面。同时,卫、霍虽为外戚,但司马迁对他们的才能还是给予肯定的。比如他虽把卫、霍放入《佞幸列传》,却又把他们和那些平庸无能的外戚区别开来:"自是之后,内宠嬖臣大底外戚之家,然不足数也。卫青、霍去病亦以外戚贵幸,然颇用材能自进"①,彰显了公正的态度。

　　对于汉匈战争这一重大历史事件,司马迁没有直接下评断,而是"寓论断于序事之中",一方面肯定其正面意义,比如:"自三代以来,匈奴常为中国患害;欲知强弱之时,设备征讨,作《匈奴列传》第五十。直曲塞,广河南,破祁连,通西国,靡北胡。作《卫将军骠骑列传》第五十一。"②因"匈奴常为中国患害"所以需要"设备征讨","直曲塞,广河南,破祁连,通西国,靡北胡"则概括了征讨的辉煌战果。

　　另一方面,漠北大捷后"匈奴远遁,而幕南无王庭",加上元鼎二年(前115)张骞使西域,连乌孙,断匈奴右臂,危害汉朝百余年的匈奴边患已基本得到解决。但武帝并没有利用匈奴单于"好辞甘言求请和亲"的机会偃兵息鼓,修养生息,而是继续推行战争政策。从太初元年(前104)到征和三年(前90),派贰师将军李广利先后征伐大宛、匈奴,结果连遭败绩,最终李广利全军覆没,投降匈奴。长年累月的战争使海内空虚,萧然烦费,造成一系列社会问题。这一点,《平准书》和《酷吏列传》都已点明,前代学者之述备矣:

　　　　太史公于武帝征伐事,先之以文景和亲,匈奴信汉。然后论两将军连年出塞,又必随之以匈奴入塞,杀略若干。于今《酷吏传》,先之以吏治烝烝,民朴畏罪,然后论十酷吏更迭用事,又必随之以民益犯法,盗贼滋起。然则匈奴、盗贼之变,皆武帝穷兵酷罚致之。③

　　　　《酷吏传》与《平准书》相表里。《平准书》每纪匈奴用兵之事,而见知之法,废格沮诽穷治之狱,直指之使张汤、减宣、杜周、义纵之用事本末,往往及之。《酷吏传》亦著兴兵伐匈奴之事,而造白金、出告缗令,以及征发徒卒之役事,载《平准书》者,亦并记之。盖酷刑、厚敛未有不相济者,而害国本、剥民命,其源俱由于此。④

　　综合来看,司马迁对汉匈战争的态度并不是简单的赞扬或反对,而是需要做具体分析。他认为国家不能没有武备,面对匈奴,"设备征讨"是必要的,但如果穷兵黩武,滥用

---

　　①② 司马迁《史记》,第3196、3317页。
　　③ 黄震《黄氏日钞》卷四十六,元后至元刻本。
　　④ 牛运震撰,魏耕原、张亚玲整理点校《史记评注》,第321页。

民力,则极不可取。正如《太史公自序》所言:"非兵不强,非德不昌,黄帝、汤、武以兴,桀、纣二世以崩,可不慎欤?"①

　　透过司马迁的"右李广而左卫、霍",我们看到了"数奇"与"天幸"的背后真实原因,看到了武帝时代良家子与外戚的不同命运,看到了司马迁对武帝和汉匈战争的看法,也折射出司马迁在"文直事核"的基础上"成一家之言"的历史书写态度。

[作者简介]　杨智,武汉大学文学院博士研究生,汉口学院教授。

---

① 司马迁《史记》,第3305页,同时参见张大可《史记文献研究》,第332页的相关论述。

释"遒"

曹 旭 蒋碧薇

[摘　要]　在六朝时期,"遒"字频繁地出现在文学评论著作中,也多见于品评歌声、人物、书画。但学界对其的定义一直不够准确,大多认为是雄劲有力之意,事实上,"遒"在魏晋南北朝时期,根本没有雄劲之意,这一含义是在后世的流传过程中,演变出来的。本文从"遒"之本意入手追根溯源,考察"遒"字意义不断变化的过程,给予"遒"字更准确的定义,从而解决六朝文论中的一些疑难问题。

[关键词]　遒　遒劲　风　风力

"遒"字多见于六朝典籍中,不仅用于品评诗文,如"一章之中,自有玉石。然奇章秀句,往往警遒"①;还常用于品评画作和歌咏之声,如"体韵遒举,风彩飘然。一点一拂,动笔皆奇"②、"时日已西倾,凉风激水,女伶歌声甚遒,因赋落叶哀蝉之曲"③;甚至还用于品评时人,如"天资高朗,风韵遒迈"④。然而"遒"字究竟含义为何？至今都没有人深入研究,只是简单的解释为"雄劲有力"。这直接导致部分文献无法被正确的解读,甚至引发了学术争论。最有代表性的是《诗品》评沈约之语中有一句:"谢朓未遒,江淹才尽。"⑤众所周知,谢朓擅长山水诗,诗风清丽流美,与雄劲刚健之风相去甚远。钟嵘何以说"谢朓未遒",至今都没有一个能令人信服的答案。要解开这个谜题,就要从"遒"字的本意入手,探寻"遒"字含义的流变过程。也只有这样,才能更好地理解《世说新语》《文心雕龙》《诗品》等六朝古书中的"遒"字含义。

一、"遒"的本意

"遒"本作动词,和别的字组合又能变成专有名词,如"遒人""遒豪"等。

---

* 本文系上海师范大学中国语言文学创新团队、国家社科基金重大项目"东亚《诗品》《文心雕龙》文献研究集成"（项目批准号：14ZDB068）的阶段性成果。
①⑤ 钟嵘撰,曹旭集注《诗品集注》,上海：上海古籍出版社,1996年,第298、321页。
② 谢赫、姚最撰《古画品录·续画品录》,北京：人民美术出版社,1959年,第10页。
③ 王嘉撰,孟庆祥、商微姝译注《拾遗记》,黑龙江：黑龙江人民出版社,1989年,第140页。
④ 刘义庆撰,刘孝标注,余嘉锡笺疏《世说新语笺疏》,北京：中华书局,2007年,第119页。

1. "遒"释为"聚""敛""固"

较早出现"遒"的文献有《六韬》①,其文曰:

> 文王问太公曰:"圣人何守?"太公曰:"何忧何啬,万物皆得;何啬何忧,万物皆遒。政之所施,莫知其化;时之所在,莫知其移。圣人守此而万物化,何穷之有,终而复始……"②

"何忧何啬,万物皆得;何啬何忧,万物皆遒"的意思是"圣人无所忧虑吝啬,而万民自得所自聚集"③。即将"遒"解释为"聚",而"聚"和"敛""固"的意思相近。《毛诗》"四国是遒"的注文解释得最为详细:

> 遒,固也。《笺》云:"遒,敛也。遒,在羞反,徐又在幽反。"
> 【疏】《传》:"遒,固。"《正义》曰:"遒,训为聚,亦坚固之义,故为固也,言使四国之民心坚固也。《笺》以为之不安,故易之。"《释诂》云:"遒,敛聚也。彼遒作揫,音义同。是遒得为敛言,四国之民于是敛聚不流散也。"④

与之相似的用法还出现在《诗经·商颂·长发》:"敷政优优,百禄是遒"。"遒"字可以解释为"聚""敛""固",即聚之、敛之,使之固也。

2. "遒"释为"迫""尽""终"

《说文解字》:"遒,尽也。"⑤又《经典释文》:"遒,迫也。谓丛攒迫而生。"⑥《楚辞》中的"遒"大多是这个意思。

"遒"解释为"迫"的情况,如《招魂》"遒相迫些",其注曰:

> 遒,亦迫。言分曹列偶,并进技巧,役箸行棋,转相遒迫,使不得择行也。⑦

"遒"解释为"尽"的情况,如《九辩》"岁忽忽而遒尽兮",其注曰:

> 年岁逝往若流水也,遒,一作遗。五臣云:"忽忽运行。"兒补曰:"遒,即由即秋二

---

① 《六韬》相传为周代姜太公吕望之作,然自宋以来,学者便多有质疑,尤其清两代,或以为是魏晋间谈兵之士掇拾古书而成:明胡应麟《少室山房笔丛》曰:"《六韬》称太公,厥伪已然。考《汉志》有《六弢》,初不云出太公,盖其书亡于东京之末,魏晋下谭兵之士掇拾剩余为此。"或以为原书已佚,楚汉好事者所补:明张萱《疑耀》:"兵家《六韬》《三略》相传为太公望之书,第骑战之法,始见于赵武灵王,而《六韬》首列其说,何也? 余意太公望尝为此书,久或亡去,今所传《六韬》《三略》乃楚汉间好事者所补,非望笔也。班固《志》又有《六弢》下篇,则周史所作,乃定襄时人,又曰显王之世。《崇文总目》谓汉世已失,此书又不知作何语也。"或以为秦汉之作也。清崔述《考信录》:"《六韬》所言术浅而文陋,较之孙武吴起之书犹且远出其下,必秦汉间人之所伪撰。"但这不影响我们引用其文,探索"遒"的含义。
② ③ 吕望《六韬》,清平津馆丛书本。
④ 毛亨《毛诗注疏》,清嘉庆二十年南昌府学重刊宋本十三经注疏本。
⑤ 许慎《说文解字》,北京:中国书店,1998年。
⑥ 陆德明撰,黄焯断句《经典释文》,北京:中华书局,1983年,第129页。
⑦ 萧统编,李善、吕延济、刘良、张铣、吕向、李周翰注《六臣注文选》,北京:中华书局,1987年,第632页。

切,迫也,尽也。"①

"遒"最早应该是指一种捕捉的动作,如汉刘安《淮南鸿烈解》:"遒孔鸾促骏骏"之"遒"可解释为"迫",迫之使之尽、使之终。由此从一种具体的动作衍变成抽象的动词,甚至是形容词,故而有了"岁忽忽而遒尽兮""不遒之道"等用法。

3. 遒人、遒豪、遒县等专有名词

遒人,宣令之官也,即古时的采风之官,执木铎徇于路,采取百姓讴谣以知政教得失。"遒人"之"遒"可能也是由"聚"之意衍生而来的。②

遒豪:"西戎无君名,强大有政者为遒豪。"③南北朝萧统《文选》注"《说难》既遒"曰:"遒作酋,按遒、酋古通,酋之言就也,言《说难》既就也。"笺曰:"《汉书注》引应劭:'酋,音酋豪之酋,酋雄也。"可知,遒豪,即酋豪也,乃西戎执政之人。

遒县,地名。张守节注《史记正义》曰:"遒县,在易州涞水县北一里,故遒城是也。"④同为地名的还有逡遒。

综上所述,"遒"原本大约是指迫使物体聚敛起来的动作,聚物而固,敛物而尽,故衍生出固、尽、终等意。除此之外,还有一些专有名词的用法,但与作为美学术语的"遒"关系不大。

二、"遒"字含义在魏晋南北朝时期的演变

魏晋南北朝时期,"遒"字之意产生了巨大的变化。

一方面,"遒"字仍然保留了动词用法;另一方面,"遒"字成为了一种美学术语,不仅出现在《文心雕龙》《诗品》等文学理论著作中,还出现在《书品》《继画品》中,用来品评书画,甚至还出现在《世说新语》中,用来评点人物。

1. 魏晋间"遒"的传统用法

在魏晋时期,"遒"一般作动词用,可以释为"聚"或者"尽"之意。

"遒"解释为"尽"的用法由来已久,譬如《九辩》"岁忽忽而遒尽兮",用"遒"来表示时光飞逝。又如魏曹植《箜篌引》"盛时不再来,百年忽我遒",晋陆机《董桃行》"但为老去年遒,盛固有衰不疑",再如梁沈约《宿东园》"飞光忽我遒,岂止岁云暮"。可见这种用法在魏晋南北朝时期一直延续着。

"遒"解释为"聚"的用法,亦见于魏晋文献中。曹丕《与吴质书》:"公干有逸气,但未遒耳,其五言诗之善者,妙绝时人。"⑤以前学界大多认为"遒"是形容词,可以解释为"雄劲有力",指的是刘桢作为诗人的艺术风格,但又无法解释"仗气爱奇,动多振绝"⑥的刘

---

① ⑤ 萧统编,李善、吕延济、刘良、张铣、吕向、李周翰注《六臣注文选》,第 626、787 页。
② 《尚书·胤征》孔疏曰:"遒人,不知其意,盖训遒为聚,聚人而令之,故以为名也。"清嘉庆二十年南昌府学重刊宋本十三经注疏本。
③ 《尚书·旅獒》孔疏。
④ 司马迁《史记》,北京:中华书局,1963 年,第 1374 页。
⑥ 锺嵘撰,曹旭集注《诗品集注》,第 169 页。

桢,何以被曹丕评价为"未遒"。有一些学者认为这是指刘桢艺术风格变化的过程,但显然与事实不符。其实通过全面考察魏晋间文献"遒"字的用法就可以发现,"遒"字都作动词解。这里也是一样,即指刘桢"逸气未遒","遒"解释为"聚",翻译成白话:刘桢虽然有逸气,但尚未聚敛在一起。

2. 晋宋间"遒"的引申用法

晋末宋初,"遒"出现了形容词的用法。《广雅疏证》曰:"遒,急也。"① 鲍照诗里多次出现"风遒",即指"风急",如《浔阳还都道中》"猎猎晚风遒",又如《从临海王上荆初发新渚》"戾戾旦风遒"。"遒"又通过其"聚""急"的含义,引申出了更多的形容词用法。

从"风遒"引申出"声遒",从此"遒"有了"高"的含义。如东晋王嘉《拾遗记》:"时日已西倾,凉风激水,女伶歌声甚遒,因赋落叶哀蝉之曲。"② 风和声都是无形之物,具有相似性,因此"遒"字"风聚而急"的含义被借鉴到声音上,就产生了"声聚而高"的意思。刘孝标《广绝交论》更能说明"遒"字有"高"的含义:"于是有弱冠王孙、绮纨公子,道不挂于通人,声未遒于云阁,攀其鳞翼,丐其余论。"③"云阁"泛指高耸入云的楼阁,或指东汉明帝追念中兴功臣而建的云台,这里指代权力的中心。"声未遒于云阁"字面意思是声音没有高亮到能通往高耸入云的楼阁,暗指"弱冠王孙、绮纨公子"在权力中心没有名声。

"遒"字"高"的含义又引申出"好""美""妙"等意思。《广雅疏证》曰:"遒,好也。"④ 李周翰注《文选》曰:"遒,犹美也。"⑤ 刘孝标注《世说新语》引成书于东晋后期的《文士传》曰:"象作庄子注,最有清辞遒旨。"⑥"遒旨"即指"妙旨"。相似的还有《世说新语》:"殷中军与人书,道谢万:'文理转遒,成殊不易。'"⑦ 又如沈约《宋书》:"鲍照字明远,文辞赡逸,尝为古乐府,文甚遒。"⑧

由"声遒"引申出的"文遒"或许还有"音韵铿锵"之意。萧绎《金楼子》:"如文者,惟须绮縠纷披,宫徵靡曼,唇吻遒会,情灵摇荡。"⑨ "宫徵靡曼,唇吻遒会"都是指音韵方面的和谐,因此"遒"或许也带有这方面的含义。

3. "风力遒也"释意

"风力"一词首先出现于魏晋南北朝时期的佛教文献中。《大智度论》:

> 复有人言:"于四大中风力最大,无色、香味故,动相最大。所以者何?如虚空无边,风亦无边,一切生育成败,皆由于风。大风之势,摧碎三千大千世界诸山。以是故佛言:'能以一指障其风力,当学般若波罗蜜。'所以者何?般若波罗蜜实相,无量无边,能令指力如是。"⑩

---

①④ 王念孙撰,钟宇讯点校《广雅疏证》,北京:中华书局,1983年,第92、27页。
② 王嘉撰,孟庆祥、商微妹译注《拾遗记》,第140页。
③⑤ 萧统编,李善、吕延济、刘良、张铣、吕向、李周翰注《六臣注文选》,第1016、946页。
⑥⑦ 刘义庆撰,刘孝标注,余嘉锡笺疏《世说新语笺疏》,第244、560页。
⑧ 沈约《宋书》,北京:中华书局,1974年,第1477页。
⑨ 萧绎《金楼子》,四库全书文渊阁本。案:从源流上来讲,《金楼子》四库全书本要优于知不足斋本,考证详参笔者《〈金楼子〉辑录校勘者考——兼谈版本优劣》一文。
⑩ 迦叶摩腾《大智度论》,大正新修大藏经本。

在佛教中，"风"是组成世界的四大元素之一，"风力"是决定一切生育成败的力量。

而在我们中国的传统文化中，"风"有时是个比拟词。《毛诗序》："风，风也，教也。风以动之，教以化之……上以风化下，下以风刺上，主文而谲谏，言之者无罪，闻之者足以戒，故曰风。"①孔颖达正义曰："风之所吹，无物不扇，化之所被，无往不沾，故取名焉。"又曰："其作诗也，本心主意，使合乎宫商，相应之文播之于乐，而依违讽谏，不直言君之过失，故言之者无罪。……人君知其过而悔之，感而不切，微动若风，言出而过改，犹风行而草偃，故曰风。"②寇效信先生在论风骨时说："第一，用风作比拟，取其普遍而巨大的感动力量。……第二，用风作比拟，取其潜移默化，滋养万物的特点。文学作品要教育人，首先必须适应人，满足人的审美需要，而不能直言训诫。它用洋溢着激情的艺术形象供你欣赏，使你沉浸在深沉的美感享受中，从而收到潜移默化的效果。这种作用，比拟于物，犹如煦风拂人。"③王运熙先生也认为"风"指作者思想感情在作品中的表现效果即艺术感染力。④

熟悉佛典的刘勰将"风力"这一概念和中国传统的"风教"观念结合起来，创造了"风力遒也"这一品评诗词文章的美学术语。"遒"本是形容风速大，"风力遒也"则是形容文学作品的感染力强。《文心雕龙》："相如赋仙，气号凌云，蔚为辞宗，乃其风力遒也。"⑤"相如赋仙"指的是司马相如的《大人赋》，相传"武帝读《大人赋》，飘飘然有凌云之志"⑥，这就是文学作品感染力强的表现，也是刘勰说司马相如"风力遒也"的历史原因。

三、"遒"的疑难问题

上文已剖析了"遒"字含义在魏晋南北朝时期的演变过程，我们将其代入具体文献中，就能解决之前不能解决的问题。在刘宋时期，包含"遒"的双音节词开始频繁出现，这也导致了"遒"含义的进一步变化。

1.《诗品》与《文心雕龙》中"遒"的释意

上文已经阐释了相如"风力遒也"以及公干"逸气未遒"的含义，但在魏晋南北朝的文学品评著作中，仍然有许多关于"遒"的未解之谜。要弄清"遒"字的真意，就需要结合语境去理解。

《诗品中·梁左光禄沈约诗》："于时谢朓未遒，江淹才尽，范云名级故微，故约称独步。虽文不至，其工丽，亦一时之选也。"⑦一般学界都认为"谢朓未遒"指的是谢朓遒劲老成的风格尚未形成，其实"谢朓未遒"和《诗品中·晋吏部郎袁宏诗》："彦伯《咏史》，虽文体未遒，而鲜明紧健，去凡俗远矣"⑧中的"未遒"是一个意思。曹旭《诗品集注》"未遒：未尽美"⑨，早就指出了"未遒"的真正含义。

同样的，与钟嵘同时代的刘勰所著《文心雕龙》中的"遒"也是差不多的意思，即"好"

---

① ② 毛亨《毛诗注疏》，清嘉庆二十年南昌府学重刊宋本十三经注疏本。
③ 寇效信《论"风骨"——兼与廖仲安、刘国盈二同志商榷》，《文学评论》1962年，第83页。
④ 王运熙《〈文心雕龙〉风骨论诠释》，《学术月刊》1963年，第47页。
⑤ 刘勰撰，黄叔琳注，李详补注，杨明照校注拾遗《文心雕龙》，北京：中华书局，2008年，第388页。
⑥ 常璩撰，刘琳校注《华阳国志》，成都：巴蜀书社，1984年，第705页。
⑦⑧⑨ 钟嵘撰，曹旭集注《诗品集注》，第321、253、253页。

"美""高"。《文心雕龙》"仲宣靡密,发端必遒"①,意思很简单,就是指王粲文章发端必高。

但并不是所有魏晋南北朝文献中的"遒"都可以解释为"好",如萧纲《弹筝》"弹筝北窗下,夜响清音愁。张高弦易断,心伤曲不遒"②,"遒"一作"成",因此这里"遒"作动词,即曲不尽,曲不终。

又如《诗品中·梁太常任昉诗》:"彦升少年为诗不工,故世称'沈诗任笔',昉深恨之。晚节爱好既笃,文亦遒变。"③有些学者把"遒变"解释为大变,或云变得遒劲有力。④ 其实都是不对的,"遒"当解释为"急",形容词作副词,强调任昉诗风变化之快。

2. "遒"双音节词释意

"遒"与别的字组合的情况最早出现在刘宋时期,如《异苑》:"陈思王游山,忽闻空里诵经声,清远遒亮。解音者则而写之,为神仙声。道士效之,作步虚声也。"⑤之后包含"遒"字的双音节词呈现出爆发性的增长趋势,譬如:遒爽、遒逸、遒媚、遒亮、清遒、遒丽、遒艳、遒雅、遒举、遒劲、遒止、遒健、遒炼、遒迈、遒畅、遒紧、遒美、遒利、遒上、遒直、遒放、遒密等等。"遒"字的含义之所以一直含混不清,原因之一就是包含"遒"字的双音节词含义范围太广,导致我们无法从中提取出"遒"字的真正含义,并且一直忽略了"遒"有"好""美"的意思,偏执地认定"遒"就是"雄劲有力"之意。

包含"遒"的双音节词可分为两种情况。第一种,"遒"与意思相近的字组合成双音节词,如"遒上""遒丽"等。《世说新语》"王右军道谢万石:'在林泽中,为自遒上'"⑥,"遒"有"高"的含义,与"上"相近;又如沈约《宋书》"自建武暨乎义熙,历载将百,虽缀响联辞,波属云委,莫不寄言上德,托意玄珠,遒丽之辞,无闻焉尔"⑦,"遒"有"美"的含义,与"丽"相近。第二种,"遒"与意思不同的字组合成双音节词,如"清遒""警遒"等。《诗品》"奇章秀句,往往警遒"⑧;《异苑》"陈思王曹植字子建,常登鱼山,临东阿。忽闻岩岫里有诵经声,清遒深亮,远谷流响,肃然有灵气"⑨。在这种情况下,"遒"字当作"好""美"解,因此可以和其他字组合,形成偏义复词。

3. "遒"带有"雄劲有力"含义的原因

正因为"遒"灵活的组合性,南北朝时期出现了许多这样的偏义复词,并从品评人物、文章、歌声转移到品评书法和绘画上。谢赫《古画品录》评毛惠远:"画体周赡,无适弗该,出入穷奇,纵横逸笔,力遒韵雅,超迈绝伦。"⑩姚最《续画品录》评毛惠秀:"右其于绘事,颇为详悉,太自矜持,番成羸钝,遒劲不及惠远,委曲有过于稜。"⑪

在这之后,"遒劲"的用法被广泛接受。通过中国古籍基本库的粗略统计,"遒劲"在所有数字化文献中出现的次数约为2 677条,是"遒逸"的4.4倍,"遒媚"的4.7倍,"清遒"

---

① 刘勰著,黄叔琳注,李详补注,杨明照校注拾遗《文心雕龙》,第96页。
② 徐陵编,吴兆宜注,程琰删补,穆克宏点校《玉台新咏笺注》,北京:中华书局,1985年,第511页。
③⑧ 锺嵘撰,曹旭集注《诗品集注》,第316、298页。
④ 张朵、李进铨注译《诗品》,郑州:中州古籍出版社,2010年,第195页。
⑤⑨ 刘敬叔撰,范宁校点《异苑》,北京:中华书局,1996年,第48页。
⑥ 刘义庆撰,刘孝标注,余嘉锡笺疏《世说新语笺疏》,第557页。
⑦ 沈约《宋书》,第1778页。
⑩⑪ 谢赫、姚最撰《古画品录·续画品录》,1959年,第14、12页。

的14.1倍,"遒爽"的54倍。

"遒劲"一词传承到如今,"遒"自然而然带上了"劲"的含义,但在魏晋南北朝时期,"遒"并没有"雄劲有力"的意思。

四、余　　论

"遒"字意义甚多,在汉及其以前,往往解释为"聚""敛""固""迫""尽""终"。即聚之、敛之,使之固也。迫之使之尽、使之终。原本大约是指迫使物体聚敛起来的动作,聚物而固,敛物而尽,故衍生出固、尽、终等意。

魏晋之间,"遒"字依然多以动词的形式出现。晋宋以来,"遒"衍生出了形容的含义,并成为了一种美学术语。以前学界都把六朝文论中的"遒"解释为"雄劲有力",导致了文献的无法解读,其实在魏晋南北朝时期,"遒"根本没有"雄劲"之意,这一含义是在后世"遒劲"一词广泛传播之后,才逐渐形成的。而六朝文论中,"遒"多作"好""美"解,但也有特例。通过梳理"遒"字含义的流变,才能真正地读懂六朝文论,从而解决一些疑难问题。

[作者简介]　曹　旭,上海师范大学文学院教授,博士生导师。
　　　　　　蒋碧薇,上海师范大学古典文献学博士研究生。

论《文心雕龙》中的"清"范畴

韩高年　杨晓芳

[摘　要]　"清"是中古时期重要的文学批评范畴,其本意为水之清澈,之后用以形容声音之清远高扬,以及于人之德行清纯。随着人物评品之风兴起,"清"由论人而及于文艺,发展出乐之"清"与辞之"清"。《文心雕龙》对"清"的运用,意涵层面丰富,涉及语言风格、文章风格、文体特点,使其正式具备范畴价值,也使其成为后世文学批评的一个重要范畴。

[关键词]　《文心雕龙》　文学理论　"清"范畴

"清"是《文心雕龙》中出现频次很高的一个范畴,其本义指水的清澈、纯净貌,后用来品评人物,多指人的品性高洁、为官者的清正廉洁。魏晋士人挣脱了名教的束缚,建构了以老庄思想为基础的魏晋玄学,玄学影响下的人物品评是对人的仪容、风度、气韵等美的发现、欣赏与赞叹,具有超功利性,是审美性的人物品藻。魏晋时期是审美性的人物品藻盛行的时期,也是文学理论和文学创作的繁盛期,对具有玄味气质的人的美的欣赏与赞叹,促进了文学理论的发展,如宗白华先生所说,"中国艺术和文学批评的名著,谢赫的《画品》,袁昂、庾肩吾的《画品》,锺嵘的《诗品》,刘勰的《文心雕龙》,都产生在这热闹的品藻人物的空气中"[①],甚至有些文论范畴直接借用了人物品藻范畴,如"清"范畴,故本文以《文心雕龙》为中心,探中古时期"清"范畴的内涵及其确立过程。

一、"清"作为文论范畴的确立

"清"表示水纯净之貌。《说文·水部》:"清,朖也。澂水之皃。"与浊相对。如《诗经·小雅·四月》"相彼泉水,载清载浊。我日构祸,曷云能谷?""清""浊"是人眼对水外部特征的反映。流水因地势和流量,或汹涌澎湃、或一泻千里、或涓涓细流,呈现出不同的形态,发出不同的声响,作用于人耳,产生了不同的流水声。水沟通了人的视觉和听觉,所以表示水外部特征的"清"和"浊"很早就与音乐发生了关系。如《国语·周语》曰:"耳之察和也,在清浊之间,其察清浊也,不过一人之所胜。"《韩非子·解老》曰:"目不明则不能决黑白之分,耳不聪则不能别清浊之声,智识乱则不能审得失之地。目不能决黑

---

① 宗白华《论〈世说新语〉和晋人的美》,《宗白华全集》第二卷,合肥:安徽教育出版社,2008年,第269页。

白之色则谓之盲,耳不能别清浊之声则谓之聋,心不能审得失之地则谓之狂。"《吕氏春秋·听言》曰"目不失其明,而见白黑之殊;耳不失其听,而闻清浊之声。"都是音乐术语,分别指清音和浊音。《荀子·法行》曰:"其声清扬而远闻。"皆用"清"形容高扬而远播的声音。《史记·乐记》曰:"倡和清浊,代相为经。"裴骃集解引郑玄曰:"清谓蕤宾至应钟也,浊谓黄钟至仲吕。"又如汉代张衡的《西京赋》曰"女娥坐而长歌,声清畅而蜲蛇",把形容声音的"清"与人的听觉感受联系到了一起。在人类文化的早期,诗、乐、舞是三位一体的,后来随着文化的渐进,三种艺术逐渐分离了,但"在诸艺术中,诗与乐也最相近。它们都是时间艺术,与图画、雕塑只借空间见形象者不同。节奏在时间延绵中最易见出,所以在其他艺术中不如在诗与音乐中的重要。诗与乐所用的媒介有一部分是相同的。音乐只用声音,诗用语言,声音也是语言的一个重要成分。声音在音乐中借节奏与音调的'和谐'(harmony)而显其功用,在诗中也是如此"①。正因为诗歌与音乐这种内在的联系,所以在汉末魏晋时,"清"除被用来品藻人物外,还用来评价文学与艺术,如《世说新语》中的《文学》第二十五则曰:"南人学问,清通简要。"又《任诞》第二十二则曰:"闻弦甚清,下船就贺,因共语。"又《忿狷》第一则曰:"魏武有一妓,声最清高,而情性酷恶。"正如蒋寅所说:"更值得注意的是用于形容文辞——'清辞'。尽管这'清辞'指的是人的言语,但言语具有的'清'味,不是一端联系清雅脱俗的胸襟,一端联系清华明丽的风物么? 二者交织了清新隽永的言辞。正是由此肇端,'清'逐渐与文学批评联系起来。"②"清"与文辞联系在了一起。同时,在《世说新语》出现了以"清"品评诗文的例子,该材料见于《轻诋》第十三则刘孝标注引《柔集叙》曰:"柔字世远,安乐人。才理清鲜,安行仁义。婚泰山胡毋氏女,年二十,既有倍年之觉,而姿色清惠,近是上流妇人。柔家道隆崇,既罢司空参军、安固令,营宅于伏川。驰劲之情既薄,又爱玩贤妻,便有终焉之志。尚书令何充取为冠军参军,俾俛应命,眷恋绸缪,不能相舍。相赠诗书,清婉辛切。"此处用"清"来品评诗文,这是用"清"来批评诗书的开端,从此一发而不可收,"清"在《文心雕龙》中成了一个出现频率很高的范畴,正如兴膳宏在《人物评论与文学评论中的"清"字》一文中说:"文学评论在魏晋南北朝时期有了显著的发展。陆机的《文赋》已早着先鞭,其后《文心雕龙》、《诗品》等代表当时的文学评论著作也经常用'清+某'式的评语。它们一面受到人物评论的影响,从那里引进了'清英'、'清通'、'清和'、'清畅'、'清峻'、'清允'等一些评语(均见《文心雕龙》),但一面又创造了很多新的文学评论固有的词汇,更加扩大了'清'字的用法和概念。"③除此之外,还有"清朗""清鲜"等。形成了围绕"清"字这个中心的"批评话语群"。

二、"文丽而不淫":语言形式之"清"

刘勰生活的时代,骈文盛行,而骈文的写作特别注重用典、对偶和声律,对辞藻之美非常重视,受时代风气的浸润,刘勰也不例外。《文心雕龙》一书就是用骈文写成,辞藻华

---

① 朱光潜《诗论》,北京:北京出版社,2005年,第147页。
② 蒋寅《古典诗学中"清"的概念》,《中国社会科学》2000年第1期,第149页。
③ 兴膳宏《人物评论与文学评论中的"清"字》,《中国文学研究》(辑刊)2012年第1期,第8—9页。

美。据陈聪发统计,"清"在《文心雕龙》中出现了47次①,有些地方以单音节形式出现,有些地方以双音节形式出现,而在有些地方,刘勰直接用"清"来形容语言形式之美,如《声律》篇在论述诗赋的声韵时说:"又诗人综韵,率多清切,楚辞辞楚,故讹韵实繁。"刘勰在《宗经》中指出,作文要以《五经》为楷模,提出了指导写作和评价作品的六条标准,其中之一就是"文丽而不淫"。"文丽"即语言形式之美,包括遣词造句、用韵、修辞的运用等多个方面。作者提倡文辞之美,但强调要以《五经》尤其是要以《诗经》典雅的语言为典范,因此,他认为《诗》三百篇的用韵"清切",而以楚语成篇的《楚辞》就有"讹韵实繁"的缺陷。刘勰非常重视作品的辞采之美,在《情采》《夸饰》《丽辞》《练字》等篇专门论述了文辞的问题,《章句》篇在论述篇章字句的关系时提出:"篇之彪炳,章无疵也;章之明靡,句无玷也;句之清英,字不妄也;振本而末从,知一而万毕矣。"作者从作品必须由字而句,由句而章,积章成篇的过程,说明"句之清英,字不妄也"在积章成篇中的重要性。

《宗经》中提出的六项标准之一的"体约而不芜",与上面提到的"文丽而不淫""同属语言运用范围,关系非常密切,故上引《哀吊》说'奢体为辞,则虽丽不哀'。体制芜杂与文辞淫丽当然不是一回事,但文辞淫丽往往带来体制的芜杂,两种弊病容易合在一起"②,所以,在对文体做分体讨论时,也涉及了对文辞的要求。古人在长期的写作实践中,对个别文体的特点做过一些总结和概括,对于文体与语言的关系,早在刘勰以前,曹丕就有论述,《典论·论文》曰:"夫文本同而末异,盖奏议宜雅,书论宜理,铭诔尚实,诗赋欲丽。"③论述了八种文体,"雅""丽"主要针对的是奏议和诗赋的语言风格提出的。晋代的陆机在《文赋》中论述了十种文体,"诗缘情而绮靡,赋体物而浏亮。碑披文以相质,诔缠绵而凄怆。铭博约而温润,箴顿挫而清壮。颂优游以彬蔚,论精微而朗畅。奏平彻以闲雅,说炜晔而谲诳。"④相对于曹丕论述的四组八种文体,陆机扩大了论述的范围,并指出了不同文体的不同的体貌风格,但仍很粗略。对文体做全面详细总结和论述的是刘勰。刘勰在《文心雕龙》一书中,用大量的篇幅对文体做了分体讨论,据王运熙统计,从《明诗》开始以下二十篇篇名中提到的大的文体就有三十三类⑤,对这些文体的论述遵循着《序志》篇提出的"原始以表末,释名以章义,选文以定篇,敷理以举统"的原则,对各个文体的名称、源流、代表作家作品、体制规范等做了全面细致的论述,这其中也牵涉到了对语言的要求。王运熙说:"刘勰心目中的文学范围虽很宽泛,品种虽很繁多,但他认为其中的重点则是诗歌、辞赋和富有文采的各体骈散文,特别诗赋尤为重要,这不但体现于《明诗》以下二十篇的篇名中,还在《文心》不少地方的论述和安排中显示出来。"⑥

有学者指出:"刘勰所说之'清',有一些侧重言辞方面,但已与前期的'清省'不同,不是很强调语辞的简约,更多的是和'丽'字结合在一起,指经过锤炼的语言的精致之美。"⑦在文体论的第一篇《明诗》中,刘勰把诗划分成了四言和五言。通过对诗歌源流、对历代

---

① 陈聪发《中国古典美学清范畴研究》,复旦大学博士学位论文2007年,第57页。
②⑤⑥ 王运熙、杨明《中国文学批评通史·魏晋南北朝卷》,上海:上海古籍出版社,1996年,第377、367、369页。
③ 魏宏灿《曹丕集校注》,合肥:安徽大学出版社,2009年,第313页。
④ 杨明《陆机集校笺》,上海:上海古籍出版社,2016年,第17页。
⑦ 王承斌《"清":作为文学审美范畴的确立》,《宜宾学院学报》2011年第2期,第19页。

具体作家作品的品评,得出了"四言正体,则雅润为本;五言流调,则清丽居宗",又如《定势》篇曰:"赋颂歌诗,则羽仪乎清丽。"受齐梁审美风尚的浸润,刘勰重视语言形式之美,但受宗经思想的影响,他以"四言为正",如《章句》篇曰:"至于诗颂大体,以四言为正。"体现了刘勰视四言为正体的思想,在对作品的评论中也反映了以"四言为正"的观点,如《明诗》"至于张衡《怨篇》,清典可味"。持这一看法的还有挚虞,其《文章流别志论》曰:"夫诗虽以情志为本,而以成声为节。然则雅音之韵,四言为正。其余虽备曲折之体,而非音之正也。"又曰:"古诗率以四言为体,而时有一句两句杂在四言之间。后世演之,遂以为篇……五言者,……于俳谐倡乐多用之。"①随着时代的发展,四言诗已不能满足人们表达的需要,正如《诗品序》所言:"夫四言,文约意广,取效风骚,便可多得。每苦文繁而意少,故世罕习焉。五言居文辞之要,是众作之有滋味者也;故云会于流俗。"②于是五言诗兴起,魏晋以来,涌现出大量的五言诗,到齐梁已成为诗体的主流。刘勰虽然看到了文学发展的趋势,以四言五言并重,但"正体""流调"之别还是夹杂了作者鲜明的感情色彩。他紧接着说:"故平子得其雅,叔夜含其润,茂先凝其清,景阳振其丽。兼善则子建、仲宣,偏美则太冲、公干。"张衡、嵇康、张华、张协四人各善其一,而曹植和王粲二体兼善,不同作家在创作上各有特色,是由于"华实异用,惟才所安"(《明诗》)。

三、"风清而不杂":文章风格之"清"

文学作品的不同风格是作者各自才能的反映,早在先秦的典籍中就有对才能的论述,如《论语·先进》曰:"德行:颜渊,闵子骞,冉伯牛,仲弓。言语:宰我,子贡。政事:冉有,季路。文学:子游,子夏。"③孔子依据德行、政事、言语、文学来论弟子各自所长,实际是对各自才能的一种反映。汉代选官的首要标准是德行,其次是才能,魏武帝曹操出于政治的考虑提倡"唯才是举",打破了先秦两汉以来重德轻才的选人标准,使人物品藻由重德向重政治之才的方向转变,具有审美的意味,而魏晋的人物品藻,是纯审美性的人物品藻,对才能的欣赏与赞叹是人物品藻的一部分,其中包括文学才能。人物品藻的风气影响了文学批评,陆机在《文赋》中说:"余每观才士之所作,窃有以得其用心。"④刘勰在《文心雕龙》中多处有论述,如:"唯张载《剑阁》,其才清采"(《铭箴》);"魏文之才,洋洋清绮"(《才略》);"昔庾元规才华清英,勋庸有声,故文艺不称"等(《程器》)。关于作家的才能与创作特点的关系,《才略》篇有全面的论述,此篇按照时代的先后,选取了具有代表性的作家作品,以诗赋为中心,从才力上论述了历代作家的主要成就。在评汉代的贾谊时说:"贾谊才颖,陵轶飞兔,议惬而赋清,岂虚至哉!"用"飞兔"为喻,形象生动地比拟了贾谊的才思敏捷。《文心雕龙》中论及贾谊的地方颇多,如《体性》:"是以贾生俊发,故文洁而体清。"《哀吊》:"自贾谊浮湘,发愤吊屈,体同而事核,辞清而理哀,盖首出之作也。"《奏启》:"若夫贾谊之《务农》,……理既切至,辞亦通畅,可谓识大体矣。"贾谊才华出众,擅长

---

① 挚虞《文章流别志论》,穆克宏、郭丹主编《魏晋南北朝文论全编》,上海:上海远东出版社,2012年,第79页。
② 曹旭《诗品集注》(增订本),上海:上海古籍出版社,2011年,第43页。
③ 程树德《论语集释》(新编诸子集成),北京:中华书局,1990年,第742页。
④ 杨明《陆机集校笺》,第1页。

多种文体,显示了他非凡的才思,其文风的基本特点是"清"。此篇在对赋的主要成就、基本特点和创作得失做了概括后,又评论了其他文体,如对于"二班两刘"才能高下的认识,前人"以为固文优彪,歆学精向",可刘勰认为"《王命》清辩,《新序》该练,璇璧产于昆冈,亦难得而逾本矣",给班彪的《王命》以很高的评价,此篇在《论说》中也被提及,《论说》:"及班彪《王命》,……敷述昭情,善入史体。"范文澜注:"《后汉书·班彪传》:'隗嚣拥众天水,彪乃避难从之。嚣问彪曰:"往者周亡,战国并争,天下分裂,数世然后定。意者从横之事,复起于今乎?"彪既疾嚣言,又伤时方艰,乃著《王命论》,以为汉德承尧,有灵命之符;王者兴祚,非诈力所致。欲以感之,而嚣终不寤。'《汉书叙传》及《文选》五十二载《王命论》。"①从《王命》的创作背景看,班彪作此文是为了用严密的理论辨别是非、劝说隗嚣,具有论体的性质,故有"清辩"的特点。《才略》篇在论述晋代的作家时涉及"清"范畴有:"张华短章,奕奕清畅""曹摅清靡于长篇""温太真之笔记,循理而清通"等。才力的大小是影响作家成就高低的主观因素,刘勰在对先秦、两汉到魏晋时期的作家作了评论后,依据以上评论得出了结论,认为作家成就的大小和他所处的时代有密切的关系,也就是"此古人所以贵乎时也",这里讲的"贵乎时"主要指《才略》篇提到的"崇文之盛世,招才之嘉会",虽然有一定的局限性,但注意到了影响作家成就高低的客观原因。影响作家成就高低的客观原因,也就是刘勰所提到的"贵乎时"在《时序》篇中有系统的阐述。文学在发展演变过程中,除自身发展变化的内在原因外,还有另一个重要的原因,也就是文学发展变化的外部原因,那便是文学与时代的关系。文学创作与时代的关系错综复杂,王运熙、杨明根据刘勰《时序》篇对各个历史时期文学创作的论述,总结了三种关系:"一,是政治的盛衰和社会的治乱;二,是君主爱好和提倡文学;三,是学术思想的面貌。"②《时序》指出,春秋战国以后,群雄争霸,儒家经典不被重视,只有齐、楚两国的君主重视文学,故"齐开庄衢之第,楚广兰台之宫,孟轲宾馆,荀卿宰邑,故稷下扇其清风,兰陵郁其茂俗。"君主对文学的提倡和重视,在稷下和兰陵形成了两大文化中心,涌现出了一批杰出的作家,对后世产生了巨大的影响,如范文澜《文心雕龙注》:"刘向《荀子叙》:'兰陵多善为学,盖以孙卿也。长老至今称之。曰,兰陵人喜字为卿,盖以法孙卿也。'"③

  作者才力的不同是影响作品风格的主观原因之一,关于创作特色与作家之间的关系,《体性》篇有深入的论述,此篇一开始就指出了文章风格与作家个性之间的密切关系:"夫情动而言形,理发而文见,盖沿隐以至显,因内而符外者也。才有庸俊,气有刚柔,学有深浅,习有雅郑,并情性所铄,陶染所凝,是以笔区云谲、文苑波诡者矣。"王元化针对此段有深入的解读,他指出,"这段话里包含有下面几层意思:首先,在于申明内外之旨,即文学的内容与形式关系。其次,这种内外关系,即由隐以至显和因内而符外,是专就作家的创作个性和由此所形成的作品风格而言。再其次,就作家创作个性的构成因素来说,包括才、气、学、习四个方面。才与气是情性所铄,属于先天的禀赋;学与习是陶染所凝,属于后天的素养。才、气、学、习这四种因素,或约为情性所铄与陶染所凝这两个方面,构

---

① ③ 范文澜《文心雕龙注》,北京:人民文学出版社,1958年,第333、677页。
② 王运熙、杨明《中国文学批评通史·魏晋南北朝卷》,第427—430页。

成了作家的创作个性。最后,作家的创作个性按照由隐以至显和因内而符外的艺术规律,就形成了笔区云谲、文苑波诡的无限多样化的不同艺术风格。"①刘勰认为,才性是由气决定的,如《体性》篇曰:"才力居中,肇自血气。"可见,刘勰深受先秦两汉元气说的影响。元气说认为,宇宙万物包括人秉气而生,即《庄子·知北游》所说:"人之生,是气之聚,气聚则生,气散则死。"②如《论衡·无形》篇曰:"人以气为寿,形随气而动;气性不均,则于体不同。"③论述了人与气的关系,"元气说在发展过程中,又与阴阳五行说联在一起,一气而变阴阳,阴阳又化生五行;五行说又与五常、五德说联系起来,物质构成说就变成了道德本源说,自然属性便加入社会属性了。"④魏晋南北朝时的人物品藻和文学批评受先秦两汉元气说的影响,才性论流行,刘劭的《人物志》把气引入了人才学的研究中,晋代袁准在《才性论》中说"凡万物生于大地之间,有美有恶。物何美?清气之所生也;物何故恶?浊气之所施也。"⑤认为生于天地之间的万物,之所以有美与丑的分别,是由于禀受清气与浊气的不同而致。《抱朴子·尚博》也说:"清浊参差,所禀有主,朗昧不同科,强弱各殊气。"⑥曹丕受才性论的影响,把"气"引入了文学批评中,他在《典论·论文》中说:"文以气为主,气之清浊有体,不可力强而致。"认为气有清浊之分,出于先天的禀赋,并用气的清浊来说明文章的高下和风格的不同。与曹丕不同的是,刘勰不仅强调"气"的决定作用,同时也重视后天的学习,认为只有"才为盟主,学为辅佐。主佐合德,文采必霸"(《事类》),才能写出"风清骨峻,篇体光华"(《风骨》)的作品。吴承学指出了"风骨"在人物品藻与文学批评之间的内在联系,"在人物品评时,'风骨'是指由人体形貌表现出来的精神面貌,即由人体骨相结构显示出来的内在力量的气势,由风姿风采而产生的感染力和魅力。文学艺术批评中的'风骨',取义形式和内涵也近于此。《文心雕龙·风骨》开宗明义就说:'辞之待骨,如体之树骸;情之含风,犹形之包气。'这里明确地说明了'风骨'的喻体就是人体。文章必须有'骨',即以质朴而刚健有力的语言为基干,就像一个人必须有骨骼躯干;文章必须有'风',即必须有动人的艺术感染力,就好像人体必须充满生命力。'骨'不离辞,但不是辞本身,而是端直劲健的语言所产生的风貌;'风'离不开情,但情不等于'风',而是思想感情爽朗鲜明的表现。"⑦寇效信在《论"风骨"——兼与廖仲安、刘国盈二同志商榷》中说:"'风',是作家骏爽的志气在文章中的表现,是文章感染力的根源,比拟于物,犹如风;'骨',指文章语言端直有力,骨鲠遒劲,比拟于物,犹如骨。二者合组成词。"⑧"风骨"与作家的情志、个性和语言有必然的联系,如《明诗》论及正始年间,以老庄思想为基础的玄学盛行,受这一思潮的影响,"何晏之徒,率多肤浅。唯嵇志清峻,阮旨遥深,故能标焉"。"清峻"即上文提到的"风清骨峻"。嵇康、阮籍的诗风不同于"正始余风,篇体轻澹,而嵇阮应缪,并驰文路矣"(《时序》),同他们的个性、情志有密切的关系。

---

① 王元化《文心雕龙讲疏》,桂林:广西师范大学出版社,2004年,第140—141页。
② 郭庆藩《庄子集释》(新编诸子集成),北京:中华书局,1961年,第733页。
③ 黄晖《论衡校释(附刘盼遂集解)》(新编诸子集成),北京:中华书局,1990年,第65页。
④ 罗宗强《魏晋南北朝文学思想史》,北京:中华书局,1996年,第20页。
⑤ 袁准《才性论》,引自罗宗强《因缘居存稿》,上海:复旦大学出版社,2016年,第91页。
⑥ 杨明照《抱朴子外篇校笺》(新编诸子集成),北京:中华书局,1991年,第109页。
⑦ 吴承学《中国古代文体学研究》,北京:人民出版社,2011年,第50页。
⑧ 寇效信《论"风骨"——兼与廖仲安、刘国盈二同志商榷》,《文学评论》1962年第6期,第85页。

如《体性》篇曰:"叔夜俊侠,故兴高采烈。"又如《诗品》曰:"晋中散嵇康诗,颇似魏文,过为峻切,讦直露才,伤渊雅之致。然托喻清远,良有鉴裁,亦未失高流矣。"刘熙载《艺概·诗概》也说:"叔夜之诗峻烈,嗣宗之诗旷逸,夷齐不降不辱,虞仲夷逸隐居放言,趣尚乃自古别矣。"刘勰认为作品的风貌不仅与作家的情志、个性有关,而且与文辞的运用也用密切的关系,"结言端直,则文骨成焉;意气骏爽,则文风清焉"(《风骨》),郭绍虞、王文生认为:"'意气骏爽,则文风清焉',指的是文学作品思想感情的清新激越。'结言端直,则文骨成焉',指的是文学作品语言结构的准确严密。刘勰认为,文学的感染力,固然有待于文采修饰的外在之美,更重要的是来自上述两个方面完满结合所产生的内在的美。"①《风骨》篇是对《宗经》提出的六义之一的"风清而不杂"的专门论述。刘勰提倡明朗刚健的风格,《封禅》篇指出封禅文旨在歌功颂德,因此要做到"义吐光辉,辞成廉锷",但曹魏邯郸淳的《受命述》"攀响前声,风末力寡,辑韵成颂,虽文理顺序,而不能奋飞",即是缺乏风骨的表现,"据《风骨》篇论述,刘勰认为作品的风貌是否清明,首先要看作者的气质和才性,看他是否具有骏爽的意气。但它与文辞运用也有密切关系;如果片面追求文采,堆砌大量华辞丽藻,那就会'振采失鲜,负声无力',缺乏风骨了。所以他强调作者应当'无务繁采',即不要追求繁富的文采。由此可见:风清、体约、文丽三项艺术标准息息相通,其共同点是不要过分追求繁富艳丽的辞采"②。

四、"清文以驰其丽":文体之"清"

与"繁复艳丽"相对的是简约清丽的语言,这集中体现在刘勰对不同文体"敷理以举统"和对具体作家作品的评论中,因此在论述不同文体的语言时,作者用"清"来修饰、限定辞和采:

> 原夫颂惟典懿,辞必清铄;敷写似赋,而不入华侈之区;敬慎如铭,而异乎规戒之域……   (《颂赞》)

颂是歌功颂德、显扬形容的作品,刘勰在讲颂的写作特点时指出,颂的内容要典雅,但在描写上应避免失实和过分华丽,文辞应"清铄"。"铄"有美义,如《诗经·周颂·酌》曰:"于铄王师,遵养时晦。"毛传:"铄,美。"《定势》篇云:"赋颂歌诗,则羽仪乎清丽。"作者认为颂的语言以"清丽"为美。王金凌说:"铄是光采、光耀。……颂须清铄,这是在丽的基础上,配合褒德显容而表现其光采。"③在有些地方直接用"清"修饰采,如《铭箴》曰:"唯张载《剑阁》,其才清采。"王金凌指出:"清采,指文辞省净而无杂语。……此处藉辞藻清采,说表达能力,谓其文才在运词时,能表达得省净。"④关于文辞的省净,刘勰在《镕裁》篇中有集中的论述。刘勰认为想要写好一篇文章,必须先确定三项写作准则,即"履端于始,则设情以位体;举正与中,则酌事而取类;归余于终,则撮辞以举要",前两项是对内容的

---

① 郭绍虞、王文生《文心雕龙再议》,王文生《临海集》,西安:陕西人民出版社,1983年,第47页。
② 王运熙、杨明《中国文学批评通史·魏晋南北朝卷》,第418页。
③④ 詹锳《文心雕龙义证》,上海:上海古籍出版社,1989年,第335、408页。

要求,后一项是对语言的要求,指明语言要为内容服务,要选用恰当的语言来突出表达的重点。在论及具体的作家时,如"谢艾王济,西河文士,张俊以为艾繁而不可删,济略而不可益。若二子者,可谓练镕裁而晓繁略矣"。认为此二人懂得该繁该简的道理,在论及二陆时,认为陆机文辞过繁,而陆云文笔清省,如"至如士衡才优,而缀辞尤繁;士龙思劣,而雅好清省"。《才略》篇曰:"陆机才欲窥深,辞务索广,故思能入巧,而不制繁。士龙朗练,以识检乱,故能布采鲜净,敏于短篇",探讨了造成二陆不同辞采特色的原因。陆机文辞繁复的弊病,与其同时代的孙绰、张华也有论述。《世说新语·文学》曰:"孙兴公云:陆文若排沙简金,往往见宝。"刘孝标注引《文章传》曰:"机善属文,司空张华见其文章,篇篇称善,犹讥其作文大冶,谓曰:'人之作文,患于不才;至子为文,乃患太多也。'"①碑文是用来记述死者生前的丰功伟绩、彰显其美好的清风的,因此在文中要突出死者的盛德,但刘勰认为写好碑文,必须要有史家之才,也就是他在"敷理以举统"部分所总结的碑文的写作方法:"夫属碑之体,资乎史才。其序则传,其文则铭,标序盛德,必见清风之华;昭纪源懿,必见峻伟之烈;此碑之制也"。蔡邕擅长碑文,《世说新语·德行》注引《续汉书》:"郭泰字林宗,太原介休人……及卒,蔡伯喈为作碑,曰:'吾为人作铭,未尝不有惭容,唯为郭有道碑颂无愧耳。'"②刘勰认为蔡邕的碑文写得最好,对其碑文的评价是:"才锋所断,莫高蔡邕。观杨赐之碑,骨鲠训典,陈郭二文,词无择言。周乎众碑,莫非清允。其叙事也该而要,其缀采也雅而泽。清词转而不穷,巧义出而卓立。察其为才,自然而至。"认为蔡邕的碑文文辞清晰又变化无穷。

至于章、表,刘勰认为内容以雅正为美,也就是《定势》所说的:"章表奏议,则准的乎典雅。"文辞以清丽为美。他对章表的功用和写作规范作了总结:

> 原夫章表之为用也,所以对扬王庭,昭明心曲。既其身文,且亦国华。章以造阙,风矩应明;表以致禁,骨采宜耀;循名课实,以章为本者也。是以章式炳贲,志在典谟;使要非略,明而不浅。表体多包,情伪屡迁,必雅义以扇其风,清文以驰其丽。然恳恻者辞为心使,浮侈者情为文使,繁约得正,华实相胜,唇吻不滞,则中律矣。
>
> (《章表》)

"雅义以扇其风,清文以驰其丽","义"与"文"相对,当分别指内容和形式而言,此处用"清"来修饰语言形式之美。刘勰认为曹植之作最符合表的标准,如《章表》篇曰:"陈思之表,独冠群才。观其体赡而律调,辞清而志显,应物掣巧,随变生趣,执辔有余,故能缓急应节矣。"

奏、启与上面所说的章、表都是臣下向封建帝王的呈文,刘勰论述奏、启的写作规范说:

> 夫奏之为笔,固以明允笃诚为本,辨析疏通为首,强志足以成务,博见足以穷理,酌古御今,治繁总要,此其体也。

---

① ② 余嘉锡《世说新语笺疏》,北京:中华书局,2015年,第287、4页。

> 启者开也。高宗云,启乃心,沃朕心,取其义也。孝景讳启,故两汉无称。至魏国笺记,始云启闻。奏事之末,或云谨启。……入规,促其音节,辨要轻清,文而不侈,亦启之大略也。
>
> (《奏启》)

在《奏启》篇中,刘勰把"奏"分两类来论述,一类是一般的奏文,另一类是"弹劾之奏"。刘勰重视"弹劾之奏",对这类奏文作了重点论述,认为其有"明宪清国"的作用;"辨要轻清"与"文而不侈"相对,前者当指内容风格而言,后者当是对语言形式的要求。在《哀吊》篇中刘勰用"缛丽而轻清"评价祢衡的《吊平子》一文,王金凌对祢衡的《吊平子》从内容与形式两方面均有评析,指出"言平子不遇,则以伊、吕反衬;言平子不朽,则以石、星、河水之有灭竭反衬;追慰平子,则以周旦先没,发梦孔子为喻,语气虽轻狂,文辞则简要,结构也紧密。刘勰称其轻清,就是从简要来评论的"①,此处对启的写作也提出"轻清"的要求,也应是指启这种文体要写得紧凑,贵在"辨要轻清",有文采但不过分华丽,文风以清简为贵。

"清"最初表水的状态,由于水流动时可发出不同声响,由此沟通了人的视觉与听觉之间的关系,"清"与声音发生了关系,成了表示音乐的术语,后被引入了文学批评,用以表示语言形式之美,成了《文心雕龙》中出现频次很高的一个范畴。纵观刘勰对"清"的论述可知,影响文章好坏的因素很多,但归结起来主要有两个原因,即《体性》篇提到的才、气、学、习,也就是先天的因素和后天的努力。才和气属于先天的因素不可改变,但在后天的努力学习中如果以儒家的经典为典范,模仿经典的体式来写作,能使作家的才性和语言的表达受到良好的影响,而好的才性是形成明朗刚健风格的主体条件。"风清而不杂"的文风与结构严密,典雅、清丽的语言相结合,便产生了具有"六义"之美的作品。

[作者简介] 韩高年,文学博士,西北师范大学文学院教授,博士生导师。
　　　　　　杨晓芳,西北师范大学文学院博士研究生。

---

① 詹锳《文心雕龙义证》,第484页。

"舞马"朝贡与南朝《舞马赋》的文化自许和政治期待[*]

李 凯

[摘　要]　谢庄和张率的同题《舞马赋》是仅存载入史册的两篇南朝咏马赋。舞马由吐谷浑(河南国)朝贡,僻处江左的南朝人依托大汉追忆,借胡马南舞营造出"四夷来朝""百兽率舞"和"封禅泰山"的升平气象。南朝天然缺马,故借异域贡马凸显天命攸归、礼乐先进和身份认同,以期塑造文化正统。

[关键词]　舞马赋　四夷来朝　身份认同　文化正统

江南的水土并不适宜良马蕃息,历仕宋、齐、梁的沈约曾指出,南船北马的差异是元嘉北伐失败的关键原因:"胡负骏足,而平原悉车骑之地;南习水斗,江湖固舟楫之乡。代马胡驹,出自冀北;梗柟豫章,植乎中土,盖天地所以分区域也。若谓毡裘之民,可以决胜于荆、越,必不可矣;而曰楼船之夫,可以争锋于燕、冀,岂或可乎!"[①]作为一种战略资源,江左仰赖朝贡、俘获、互市、境内州郡征调等方式获取马匹[②]。其中,朝贡所得最受青睐。

产马胜地吐谷浑,原为辽东鲜卑慕容部的一支,汉末晋初西迁至今青海、甘南和川西北一带,史称"河南国",所产骢马号称"龙种",自十六国至隋唐常以此进贡中原和江南,尤以舞马之贡最为讨喜,被受贡者视为"四夷来朝"的征象,不仅会大宴百官,共瞻风神,而且令名流献赋作歌,南朝谢庄《乘舆舞马赋应诏》、张率《河南国献舞马赋应诏》(下文均简称为《舞马赋》)、唐人钱起《千秋节勤政楼下观舞马赋》等皆为此而作。前此研究已注意到吐谷浑朝贡舞马对联结中原(江南)政权的政治、经济意义[③],但对实录"舞马"朝贡、承载着更多文化和象征意义的《舞马赋》皆一笔带过,鲜有深入挖掘文本者。谢庄和张率出身一流甲第,赋作分别被收入《宋书》和《梁书》,不唯传主文采风流的体现,更能由此一睹南朝对舞马之贡寄予的深衷,关涉皇室和世族等贵族阶层意志的表达,其中未发之覆尚多,本文试予以剖释。

---

[*]　本文系国家社科基金项目"唐前南北文学地理观的生成与演进研究"(项目批准号:15BZW045)的阶段性成果。
① 沈约《宋书》,北京:中华书局,1974年,第2359页。
② 石云涛《魏晋南北朝时期良马输入的途径》,《西域研究》2014年第1期。
③ 逯克胜《从遣使朝贡舞马看吐谷浑与南北朝各政权的关系》,《青海师范大学学报》2018年第3期。

一、吐谷浑朝贡"舞马"与《舞马赋》"四夷来朝"的正统心态

据周伟洲先生统计,南北朝期间,吐谷浑共向江左遣使朝贡达30次,其中刘宋20次,南齐1次,梁9次①,有史可稽的舞马之贡有4次,一次是宋孝武帝大明二年(458)。据《宋书·谢庄传》"于是置吏部尚书二人,省五兵尚书,庄及度支尚书顾觊之并补选职。迁右卫将军,加给事中。时河南献舞马,诏群臣为赋",庄献《舞马赋》,"又使庄作《舞马歌》,令乐府歌之"②。按《宋书·孝武帝纪》和《百官志》,孝武帝增置吏部尚书为二人,并省五兵尚书,在大明二年六月。据同书《垣询之传》,询之于大明三年被征为右卫将军,而宋世右卫将军仅由一人担任,故谢庄由吏部尚书迁右卫将军均在大明二年。又据《孝武帝纪》,大明二年"八月乙酉,河南王遣使献方物"③,"方物"中定有舞马,《舞马赋》《舞马歌》即为此而作。第二次在大明五年(461),"(河南王)拾寅遣使献善舞马、四角羊。皇太子、王公以下上《舞马歌》者二十七首"④。第三次据《梁书·张率传》载,"(天监)四年三月,禊饮华光殿。其日,河南国献舞马,诏率赋之"⑤,率献《舞马赋》。第四次为天监十五年(516),河南王"遣使献赤舞龙驹"⑥,与张赋中的"赤龙驹"系同一品类。谢庄及贵胄的《舞马歌》今皆不存,舞马朝贡江左的意义,幸赖谢、张二赋得以观览:

> 天子驭三光,总万宇,挹云经之留宪,裁《河》《书》之遗矩。是以德泽上昭,天下漏泉,符瑞之庆咸属,荣怀之应必躔。月晷呈祥,乾维效气。赋景河房,承灵天驷,陵原郊而渐影,跃采渊而泳质,辞水空而南傣,去轮台而东洎,乘玉塞而归宝,奄芝庭而献秘。⑦(谢)
>
> 洎我大梁,光有区夏,广运自中,员照无外,日入之所,浮琛委贽,风被之域,越险效珍,轸服乌号之骏,驹骖蓁龙之名。……并承流以请吏,咸向风而率职。纳奇贡于绝区,致龙媒于殊域。⑧(张)

二赋都将舞马视作论证天命攸归的符瑞和四夷徕服的象征,这一方面当与舞马数量稀缺、天赋异禀,满足了南朝人的好奇心和享乐需求有关,如张赋云"赤龙驹,有奇貌绝足,能拜善舞,天子异之";另一方面,舞马作为符瑞昭示着"(宋)天子驭三光,总万宇"及"(梁)光有区夏,广运自中",即对南朝坐拥"华夏"⑨名号这一既成事实的佐证,在南北对立的时局下,如此高级的政治修辞,将吐谷浑贡马之事与南北正统之争相联系,寓意匪浅,故王室不仅下诏献赋作歌,而且令乐府演奏《舞马歌》。

不过,这一做法并非创格,实有先例可循。西汉太初四年,李广利第二次伐大宛后,"西域震惧,多遣使来贡献"⑩,武帝亲撰《西极天马之歌》云:"天马来兮从西极,经万里兮

---

① 周伟洲《吐谷浑史》,桂林:广西师范大学出版社,2006年,第60页。
②③④⑦ 沈约《宋书》,第2175、122、2373、2175页。
⑤⑥⑧ 姚思廉《梁书》,北京:中华书局,1974年,第475、810、476页。
⑨《尚书·康诰》云"用肇造我区夏",孔传:"始为政于我区域诸夏。"因以"区夏"代指诸夏之地,即华夏、中国。阮元校刻《十三经注疏》,北京:中华书局,2009年,第431页。
⑩ 班固《汉书》,北京:中华书局,1962年,第3873页。

归有德。承灵威兮降外国,涉流沙兮四夷服。"①南朝人有意蹈袭汉武故事,由赋中用典亦可略窥端倪。谢赋云"天子驭三光,总万宇,挹云经之留宪,裁《河》《书》之遗矩。是以德泽上昭,天下漏泉,符瑞之庆咸属",其中"云经"即"云纪",传说黄帝受命,有庆云之瑞,故以云纪事并命名百官。典出《左传·昭公十七年》"昔黄帝氏以云纪,故为云师而云名",杜预注:"黄帝受命有云瑞,故以云纪事,百官师长皆以云为名号。"②《河图》《洛书》亦为世所周知的圣王受命之瑞。"德泽上昭,天下漏泉",为周德鼎盛之兆,典出《汉书·吾丘寿王传》,武帝得汾阴之鼎后,众人附会此鼎乃周鼎,独有吾丘寿王非之,云:

"臣闻周德始乎后稷,长于公刘,大于大王,成于文、武,显于周公,德泽上昭,天下漏泉,无所不通。上天报应,鼎为周出,故名曰周鼎。今汉自高祖继周,……至于陛下,恢廓祖业,功德愈盛,天瑞并至,……天祚有德而宝鼎自出,此天之所以与汉,乃汉宝,非周宝也。"上曰:"善。"③

谢庄远溯黄帝,近踪周、汉,以舞马比肩渥洼水神马、宝鼎等祥瑞,参照"汉承尧运"的德运逻辑为刘宋排定座次。张率亦然,赋云"见河龙之瑞唐(尧),瞩天马之祯汉。既叶符而比德,且同条而共贯",以此论证萧梁得政名正言顺。检索史籍,向南朝进贡舞马的非仅吐谷浑。《宋书·孝武帝纪》载,大明三年(459)"西域献舞马"④,却未受到另眼相待。南朝人给予吐谷浑舞马如此高的礼遇,并寄予着论证政权合法性的深衷,实与吐谷浑对南朝的交通枢纽意义,及其在南北争统中的"砝码"作用密切相关。

首先,西北地区自古就是中原王朝所需马匹的重要来源,江左严重缺马,亦须与之保持密切邦交。自汉代凿通西域后,西北诸部相继开启了两条西马东输通道:一是由西域入阳关、玉门,穿行河西走廊进入中原;二是由西域绕道吐谷浑,南下益州,再由此进入中原或东下江南,即"江南道"。西晋末叶以后,由于河西走廊和秦陇地区长期为前凉、后凉、西凉、北凉、柔然和北魏所扼,由凉州南下汉中再到益州的通道亦遭阻塞,西域进入中原必须从敦煌或张掖转道南入吐谷浑,再东行入益州⑤。出产良马的粟特、高昌、于阗、渴盘陁、波斯、邓至、宕昌等国皆需转道吐谷浑方能纳贡江左。雄踞蒙古草原的柔然(芮芮)盛马,为与南朝夹攻北魏,也将骏马奉贡江南,梁大同七年即"献马一匹"⑥。柔然良马南下必须绕过北魏控制的河西走廊,据《南齐书·州郡志》,益州"西通芮芮、河南,亦如汉武威、张掖,为西域之道也"⑦,"芮芮常由河南道而抵益州"⑧,再东下扬州。吐谷浑就此成为西域良马转输江南的交通枢纽,其贡马得到江左的礼赞,恰如其分。

其次,南北朝时期,鉴于瞬息万变的利益纠葛,"四夷"并不会将国运始终系于一方;

---

① 司马迁《史记》,北京:中华书局,1959年,第1178页。
② 阮元校刻《十三经注疏》,第4523页。
③ 班固《汉书》,第2798页。
④ 沈约《宋书》,第125页。
⑤ 唐长孺《唐长孺文存》,上海:上海古籍出版社,2006年,第487页。
⑥ 姚思廉《梁书》,第817页。
⑦⑧ 萧子显《南齐书》,北京:中华书局,1972年,第298、1025页。

多同时受南北朝册封。在"朝贡—册封"的外交体制下,四夷的偏向性往往成为制衡南北朝力量对比的重要标准,吐谷浑就曾利用南北朝争统的执念左右逢源地壮大自身。吐谷浑汉化甚早,为对抗近邻前秦和西秦,自东晋初建号立国,创始诸王皆奉东晋为正朔。第一代王叶延以"生不在中国""隔在殊俗,不闻礼教于上京"为憾,第三代王视连平生以"永为中国之西藩"为务,第六代王树洛干亦以"振威梁益,称霸西戎,观兵三秦,远朝天子"为"盛德之事"①。吐谷浑正式向江左称臣始于宋少帝景平元年(423),遣使之前,其王阿豺与群臣有一场类于神谕般的对话:

> (阿豺)田于西强山,观垫江源,问于群臣曰:"此水东流,有何名? 由何郡国入何水也?"其长史曾和曰:"此水经仇池,过晋寿,出宕渠,号垫江,至巴郡入江,度广陵会于海。"阿豺曰:"水尚知有归,吾虽塞表小国,而独无所归乎?"遣使通刘义符,献其方物,义符封为浇河公。②

事实上,历史曲折远比此复杂。西秦建弘二年(421),阿豺慑于西秦王炽磐的强大军力而率众归降,不甘为奴的阿豺选择此时奉贡江左,实希望借助宋的力量而复国,宋封其为安西将军、沙州刺史、浇河公,承认其对沙州的占有。有意味的是,此细节载于《魏书·吐谷浑传》,足见南北朝对吐谷浑之归属的敏感。

吐谷浑一直秉承两受册命的务实策略。元嘉七年(430),宋册封慕璝为陇西公,承认其对西秦陇西地域的占有,然次年慕璝又将擒获的夏主赫连定献于北魏,受其封为西秦王,由此全占西秦故地。北魏太延三年(元嘉十四年,437),北魏将原属北凉的西平郡划归吐谷浑,封慕利延为西平王,同年慕利延又遣使朝贡于宋,受封河南王,自此至元嘉十九年,吐谷浑连年向宋朝贡,并疏远北魏。太平真君五年(444),北魏平定河西后趁吐谷浑内乱而向其发动战争,翌年,其王"拾遗奉修贡职,受朝廷(北魏)正朔,又受刘义隆封爵,号河南王。世祖(拓跋焘)遣使拜为镇西大将军、沙州刺史、西平王",然"拾遗自恃险远,颇不恭命"③,北魏一度亡其国。太平真君十一年(450),拓跋焘在南征前夕致信宋文帝云"彼往日北通蠕蠕,西结赫连、沮渠、吐谷浑,东连冯弘、高丽。凡此数国,我皆灭之。以此而观,彼岂能独立!"④虽未免夸大之嫌,但着实揭破了刘宋与吐谷浑远交近攻的战略意图。大明二年,吐谷浑献舞马于江左,这与其连遭北魏重创,故企图借助江左对北魏的牵制进而复国的算计密切相关。北魏当然不会坐视不理,和平元年(大明四年,460)向吐谷浑大举进攻,借口便是"拾寅两受宋、魏爵命"⑤,"获畜二十余万"⑥,次年,拾寅遣使献善舞马、四角羊等,结盟江左以抗北魏之意十分显豁。皇兴四年(470)北魏再犯吐谷浑,借口仍是"拾寅不供职贡"⑦,恰值南方军力和北伐斗志转衰,吐谷浑不堪打击又倒向北魏,终南齐世,吐谷浑虽仍受江左"河南王"之赐,也时有使节往还,但朝贡殆绝。直至梁

---

① 房玄龄《晋书》,北京:中华书局,1974年,第2537—2541页。
②③⑥⑦ 魏收《魏书》,北京:中华书局,1974年,第2235、2237、119、130页。
④ 沈约《宋书》,第2346页。
⑤ 司马光《资治通鉴》,北京:中华书局,1956年,第4051页。

初国力复振,吐谷浑重又来献舞马。

舞马之贡,可谓吐谷浑在南北朝的夹缝中艰难图存的缩影。谢、张《舞马赋》塑造的"四夷来朝"的叙事模式,从华夏宗主的立场对吐谷浑遣使朝贡的"慕义"之举予以实录。尽管数量极少,但舞马规避北魏来到江南,突破了东晋以降"介居江左,北荒西裔,隔碍莫通"①的政治壁垒,对江左重塑对四夷的向心力极具象征意义。沈约定性吐谷浑与江左的"商译往来"为"礼同北面"②,萧子显称柔然与南朝的礼尚往来为"据国称蕃"③,南朝正是通过在政治统绪、民族种姓、道德文化的制高点上俯视四夷,进而达到标榜正统的目的。

二、"舞马"与《舞马赋》"百兽率舞"的文化自许

西域舞马至迟于曹魏时已在中原表演,曹植《献马表》中提及乃父所赐大宛紫骍马,"形法受图,善持头尾,教令习拜,……又能行与鼓节相应"④。舞马受驯马人和音乐调度,舞姿乃人工驯化而成。唐人段安节云:"马舞者,栊马人着彩衣执鞭于床上舞,蹙蹄皆应节奏也。"⑤为之作赋,非精通音律及文思敏捷者不能办。孝建元年(454),谢庄受诏作《宋明堂歌》,翌年又"造郊庙舞乐、明堂诸乐歌辞"⑥,对庙堂雅乐极为熟稔。张率出身吴中四姓(顾、陆、朱、张)中以能文著称的张氏,自小善诗赋,"《七略》及《艺文志》所载诗赋,今亡其文者,并补作之",尤擅《待诏赋》,萧衍称其兼备司马相如、枚皋之长。其《舞马赋》作于天监四年上巳节,"时与到洽、周兴嗣同奉诏为赋,高祖以率及兴嗣为工"⑦,然独有张赋荣载史册得以传世。二赋状舞马皆形神兼备,如马种皆为"汗飞赭,沫流朱"的汗血马,仪态非凡:

> ……观其双璧应范,三封中图,玄骨满,燕室虚,阳理竟,潜策纤,汗飞赭,沫流朱。至于《肆夏》已升,《采齐》既荐,始裴徊而龙俯,终沃若而鸾眄,迎《调露》於飞锺,赴《承云》于惊箭,写秦垌之弭尘,状吴门之曳练,穷虞庭之蹈躞,究遗野之环袨。⑧(谢)
>
> 时惟上巳,美景在斯。……听磬镈之毕举,聆《韶》《夏》之咸播。……均仪禽于唐序,同舞兽于虞廷。怀夏后之九代,想陈王之紫骍。……既倾首于律同,又躁足于鼓振。攉龙首,回鹿躯,睨两镜,戁双兕。既就场而雅拜,时赴曲而徐趋。敏躁中于促节,捷繁外于惊桴。骐行骥动,兽发龙骧,雀跃燕集,鹄引凫翔。……婉脊投颂,俯膺合雅。露沫喷红,沾汗流赭。⑨(张)

从吐谷浑来到江南,舞马必先克服水土不服的难题,谢赋云"及其养安骐校,进驾龙涓,辉

---

① 李延寿《南史》,北京:中华书局,1975 年,第 1986 页。
②⑧ 沈约《宋书》,第 2373、2175 页。
③ 萧子显《南齐书》,第 1033 页。
④ 欧阳询撰,汪绍楹校《艺文类聚》,上海:上海古籍出版社,2016 年,第 1623 页。
⑤ 段安节《乐府杂录》,《丛书集成初编》第 1659 册,上海:商务印书馆,1936 年,第 20 页。
⑥ 杜佑《通典》,北京:中华书局,1988 年,第 3600 页。
⑦⑨ 姚思廉《梁书》,第 478、477 页。

大驭于国皂,贡上襄于帝闲","大驭"乃周王的驭者,《周礼·夏官·大驭》云"大驭掌玉路(辂)"①;张赋云"乃命涓人,效良骏,经周卫,入钩陈。言右牵之已来,宁执朴而后进","右牵"代指诸侯、四夷朝贡之事,如《礼记·曲礼》云"效马效羊者右牵之"②,精巧的用典喻指舞马接受了严格的古典礼仪训练。除此,舞马"婉脊投颈,俯膺合雅",成功实现"南方化"改造,端赖《韶》《夏》《肆夏》《采齐》《调露》《承云》等上古雅乐的熏陶。这些雅乐并非流于用典,实与江左复兴礼乐之事契合。

永嘉乱后,晋室"伶官乐器,皆没于刘、石",东晋一度"省太乐并鼓吹令",成帝时"尚未有金石",穆帝永和十一年(355),谢尚出镇寿阳,"采拾乐人,以备太乐,并制石磬,雅乐始颇具",孝武帝太元中,谢安大败苻坚,"获其乐工杨蜀等,闲习旧乐,于是四厢金石始备焉。乃使曹毗、王珣等增造宗庙歌诗,然郊祀遂不设乐"③,宫廷舞蹈亦仅鞞舞、拂舞、白纻舞等杂舞,颇简略。南朝继之有更多建树,刘宋令颜延之造《南郊雅乐登歌》、谢庄造《明堂歌》、王韶之造《宗庙登歌》,宋明帝自造《泰始歌舞曲辞》等;朝会宴享乐舞由王韶之兴造,其中《宋四厢乐歌》中即有《肆夏》乐歌,明显参合古曲。南齐王俭、褚渊、谢超宗等主持兴造郊庙歌辞,"多删颜延之、谢庄辞以为新曲",其中北郊歌辞,迎神、送神皆奏《昭夏之乐》;朝会宴享乐仍沿袭宋制,"临轩乐,亦奏《肆夏》"等曲,舞曲由王俭造,"皆古辞雅音"。④

梁武帝天监元年"思弘古乐"以革新魏晋以来"雅郑混淆,钟石斯谬"的乱象,不仅自制乐器"四通""十二笛","用笛以写通声,饮古钟玉律并周代古钟",还严格参照儒家经典修正宋齐以来的乐舞名称,"国乐以'雅'为称",如郊庙及朝会所用乐舞:

1. 众官出入:宋奏《肃咸乐》,齐及梁初亦同。至是改为《俊雅》,取《礼记》"司徒论选士之秀者而升之学,曰俊士。"二郊、太庙、明堂、三朝同用。

2. 皇帝出入:宋奏《永至》,齐及梁初亦同。至是改为《皇雅》,取《诗》"皇矣上帝,临下有赫"。二郊、太庙同用。

3. 皇太子出入:奏《胤雅》,取《诗》"君子万年,永锡尔胤"。

4. 王公出入:奏《寅雅》,取《尚书·周官》"贰公弘化,寅亮天地"。

5. 上寿酒:奏《介雅》,取《诗》"君子万年,介尔景福"。

6. 食举:奏《需雅》,取《易》"云上于天,需,君子以饮食宴乐"。

7. 撤馔:奏《雍雅》,取《礼记》"大飨客出以《雍》撤",并三朝用之。

8. 牲出入,宋奏《引牲》,齐及梁初亦同。至是改为《涤雅》,取《礼记》"帝牛必在涤三月"。

9. 荐毛血:宋奏《嘉荐》,齐及梁初亦同。至是改为《牷雅》,取《春秋左氏传》"牲牷肥腯"。北郊明堂、太庙同用。

---

①② 阮元校刻《十三经注疏》,第1852、2694页。
③ 房玄龄《晋书》,第693—698页。
④ 萧子显《南齐书》,第167—191页。

10. 降神及迎送,宋奏《昭夏》,齐及梁初亦同。至是改为《诚雅》,取《尚书》"至诚感神"。

11. 皇帝饮福酒,宋奏《嘉祚》,至齐不改,梁初,改为《永祚》。至是改为《献雅》,取《礼记·祭统》"尸饮五,君洗玉爵献卿"。今之福酒,亦古献之义也。北郊、明堂、太庙同用。

12. 就燎位,宋奏《昭远》,齐及梁不改。就埋位,齐奏《隶幽》,至是燎埋俱奏《禋雅》,取《周礼·大宗伯》"以禋祀祀昊天上帝"。①

《吕氏春秋·古乐》云"凡音乐,通乎政而移风平俗者也。俗定而音乐化之矣。故有道之世,观其音而知其俗矣,观其政而知其主矣。故先王必托于音乐以论其教,……非特以欢耳目、极口腹之欲也,将以教民平好恶、行理义也。"②古圣先王登基理政,首要之务便在模仿自然(动植物、人、风)的音声、节奏和韵律,修定音乐以协和众生:

昔葛天氏之乐,三人操牛尾,投足以歌八阕……陶唐氏之始,……民气郁阏而滞著,筋骨瑟缩不达,故作为舞以宣导之。……(黄帝)命伶伦与荣将铸十二钟,以和五音,以施《英韶》。以仲春之月,乙卯之日,日在奎,始奏之,命之曰《咸池》。帝颛顼生自若水……(乃令飞龙)效八风之音,命之曰《承云》,以祭上帝。……帝喾命咸黑作为声,歌《九招》《六列》《六英》。……帝喾乃令人抃,或鼓鼙,击钟磬、吹苓、展管篪。因令凤鸟、天翟舞之。帝喾大喜,乃以康帝德。帝尧立,乃命质为乐。质乃效山林溪谷之音以歌……乃拊石击石,以象上帝玉磬之音,以致舞百兽。③

凭音乐教化动物使之服从调度,并确立神圣权威,乃圣人德治的标志。《舞马赋》深以为然,舞马师法的楷式是尧舜和夏启,谢赋云"穷虞庭之蹈躁,究遗野之环袨",与张赋"均仪禽于唐序,同舞兽于虞廷。怀夏后之九代",所指相同。前者典出《史记·夏本纪》,尧将禅位于舜,舜至"群后相让,鸟兽翔舞,《箫》《韶》九成,凤皇来仪,百兽率舞";后者所谓夏启观骏马"九代"起舞事,见于《山海经·海外西经》"大乐之野,夏后启于此儛九代,乘两龙,……在大运山北,一曰大遗之野"。从文本构造看,张赋是对谢赋的扩写,并细化了"百兽率舞"的所指:"骐行骥动,兽发龙骧,雀跃燕集,鹄引凫翔。……乃却走于集灵,驯惠养于丰夏。"舞马从蛮荒边鄙之地翩然归化,融入华夏文明的中心,《舞马赋》遵循宫廷礼乐"化及鸟兽"的思路,意在突出江左文化笼罩万有的辐射效力和对遐方绝域的象征性统治。

三、僻处江左的地理劣势与《舞马赋》的政治期待

细审谢、张二赋的创作时间,恰值元嘉北伐失败未久、南人士气低落,至萧衍登基后

---

① 魏徵《隋书》,北京:中华书局,1973年,第289—293页,引文略有删节。
② ③ 许维遹《吕氏春秋集释》,北京:中华书局,2009年,第116—117、118—126页。

武功转盛之时,非太平盛世,然令人意外的是,二赋都由舞马导入"封禅":

历岱野而过碣石,跨沧流而轶姑余,朝送日於西坂,夕归风於北都。……国称梁岱伫跸,史言坛场望践,鄗上之瑞彰,江间之祯阐,荣镜之运既臻,会昌之历已辨,感五緐之程符,鉴群后之荐典。圣主将有事于东岳,礼也。……下齐郊而掩配林,集嬴里而降祊田,蒲轩次巘,瑄璧承峦,金检兹发,玉牒斯刊,盛节之义洽,升中之礼殚,亿兆悦,精祇欢,①(谢)

今四卫外封,五岳内郡,宜弘下禅之规,增上封之训。背清都而日行,指云郊而玄运。……饬中岳之绝轨,营奉高之旧墟。训厚况于人神,弘施育于黎献。垂景炎于长世,集繁社于斯万。在庸臣之方刚,有从军之大愿。必自兹而展采,将同界于庖辉,悼长卿之遗书,悯周南之留恨。②(张)

由舞马而及于封禅的书写逻辑,显受汉武故事的启发。元狩元年,武帝在雍郊"获麟",元鼎四年六月,武帝又得宝鼎于汾水之南(汾阴),同年稍后又于敦煌渥洼水域得一神马,③时距太初元年改德运为"土"尚有十年,仍延续汉初之"水"德,故武帝大喜,作《宝鼎歌》《天马歌》以应期运,《天马歌》云"太一贡兮天马下,沾赤汗兮沫流赭。骋容与兮跇万里,今安匹兮龙为友"④,武帝以龙喻马,将之与白麟、宝鼎合观并提,视同上天所示的瑞兆,遂"与公卿诸生议封禅"⑤。《舞马赋》嵌合了极具政治含义的地理名词,如"岱野""碣石""姑余""西坂""北都"等皆为往圣巡游、封禅驻跸之地,"梁岱""紫坛""东岳""中岳""奉高""齐郊""配林""嬴里""祊田"等封禅场所,"蒲轩""金舆""瑄璧""金检""玉牒"等封禅用具,以及封禅后"亿兆悦,精祇欢"的众生相,构成了一幅精致的"封禅图"。绘图的蓝本则谨遵汉武、光武二帝之封禅仪轨,《汉书·郊祀志》和《后汉书·祭祀志》载述封禅过程甚详,现依《后汉书·郊祀志》所载以观谢、张撰赋之知识来源:

(建武三十年二月)封禅泰山。……三月,上幸鲁,过泰山,告太守以上过,故承诏祭山及梁父。时,虎贲中郎将梁松等议:"《记》曰'齐将有事泰山,先有事配林',盖诸侯之礼也。河岳视公侯,王者祭焉。宜无即事之渐,不祭配林。"……上许梁松等奏,乃求元封时封禅故事,议封禅所施用。……遂使泰山郡及鲁趣石工,宜取完青石,无必五色。……二月,上至奉高,遣侍御史与兰台令史,将工先上山刻石。……二十二日辛卯晨,燎祭天于泰山下南方,群神皆从,用乐如南郊。……事毕,将升封。……使谒者以一特牲于常祠泰山处,告祠泰山,……至食时,御辇升山,日中后到山上更衣,早晡时即位于坛,北面。群臣以次陈后,西上,毕位升坛。尚书令奉玉牒检,皇帝以寸二分玺亲封之,讫,太常命人发坛上石,尚书令藏玉牒已,复石覆讫,

---

① 沈约《宋书》,第2175—2176页。
② 姚思廉《梁书》,第477—478页。
③ 李正宇《渥洼水天马史事综理》,《敦煌研究》1993年第3期。
④⑤ 司马迁《史记》,第1178、473页。

尚书令以五寸印封石检。事毕,皇帝再拜,群臣称万岁。命人立所刻石碑,乃复道下。二十五日甲午,禅,祭地于梁阴,以高后配,山川群神从。①

精熟文史的二人对此心领神会,谢赋云"国称梁岱伫跸,史言坛场望践,鄗上之瑞彰,江间之祯阐……圣主将有事於东岳,礼也","鄗上之瑞",指光武帝在鄗收到当年在长安求学时的同舍生彊华自关中所献《赤伏符》,随即称帝;"江间之祯",指汉武帝封禅泰山时出现符瑞"江、淮间一茅三脊",张赋云"见河龙之瑞唐,瞩天马之祯汉,……今四卫外封,五岳内郡,宜弘下禅之规,增上封之训",二人都将舞马与两汉之符瑞相提并论,视同封禅的依据。刘义恭《请封禅表》云"未言封禅之事,四海窃以以恧焉"②,张赋云"若彼符瑞之富,可以臻介丘而昭卒业",都脱胎于司马相如《封禅书》"钦哉,符瑞臻兹,犹以为薄,不敢道封禅。盖周跃鱼陨杭,休之以燎,微夫斯之为符也,以登介丘,不亦恧乎!"③《封禅书》和汉代封禅大典,成为南朝人的历史记忆。尽管宋孝武帝和梁武帝的文治武功都难与汉武、光武二帝比肩,但是谢、张的封禅书写以及与之呼应的热烈期盼封禅的历史语境,实质上都是借助对大汉礼仪的心摹手追,期待在江左建构文化(礼仪)正统。

由于天下未一,除晋武帝外,魏晋南北朝诸君按理都不具备封禅泰山的资质,加之泰山郡及后此管辖泰山的兖州郡,长期处于南北交战的前哨,泰山归属亦无常准,封禅殊难实地进行。江左六朝除宋初三十余年尚占据兖州,故能统辖泰山以外,其余时间只能"望祭"或在境内另择山岳替代祭祀。然与事实相悖的是,此间有心继踵秦皇汉武者却代不乏人。东吴天玺年间,孙皓为了推阐"扬州士,作天子,四世治,太平始"④的谣谶而仓皇封禅国山。宋文帝遣使实地踏查泰山旧道,诏山谦之草《封禅仪注》,袁淑奏上《封禅书》,无奈战事频仍而作罢。孝武帝大明初,刘义恭"累表劝封禅,上大悦"⑤。齐高帝肇建,伏曼容奏请封禅,王俭也曾于公宴上"诵相如《封禅书》"⑥以促成其事。萧衍禅齐,"时有请封会稽禅国山者"⑦。

由此观之,谢、张的封禅书写,都是为了积极响应江左君臣高涨的封禅理想,并非谀辞。就谢赋而言,尤能看出时代之思对赋的映射。谢庄与江夏王刘义恭过从甚密,《初学记》存其《为八座太宰江夏王表请封禅》,仅遗四句"江淮鄗上之使,结轨于璧门,西鹣北采之译,相望于道路"⑧。刘义恭进位太宰在孝建三年(456),《宋书·礼志》载其《请封禅表》作于大明元年(457),二表或为一事,均出自谢庄笔下。《舞马赋》作于大明二年,赋中有"鄗上之瑞彰,江间之祯阐"等语,与前表相合,分明是为了迎合皇室的意愿,出身高门又必然使其执舆论之牛耳,大明四年有司仍奏《封禅仪注》,可见朝野神往之殷切。

---

① 范晔《后汉书》,北京:中华书局,1965年,第3161—3170页。
②⑤ 沈约《宋书》,第440、1650页。
③ 司马迁《史记》,第3065页。
④ 陈寿《三国志》,北京:中华书局,1982年,第1171页。
⑥ 萧子显《南齐书》,第435页。
⑦ 姚思廉《梁书》,第575页。
⑧ 徐坚《初学记》,北京:中华书局,2004年,第335页。

仔细推敲孙皓封禅国山的举动和刘义恭等人的封禅奏议，与秦汉封禅实际名实相悖。秦皇汉武都在泰山顶行"封"礼，而在泰山下的梁父山行"禅"礼，"封"和"禅"分开进行且地点不同，这给江左诸君提供了便宜。孙皓仓皇封禅后留下了一块《禅国山碑》，即单行"禅"礼而未及"封"。刘义恭《请封禅表》和大明四年有司关于封禅的奏章，基本逻辑都与《禅国山碑》一致，一方面盛夸帝王功德、虚饰四方来献，如"圣朝之绩，号庆荣之烈，比盛乎天地，争明乎日月，茂实冠於胄、庭，鸿名迈於勋、发"（谢《舞马赋》），"穷泉之野，献八代之驷；交木之乡，奠绝金之梏"①（刘《请封禅表》），另一方面通篇缀满印证封禅可行的符瑞名号，如"龙麟已至，凤皇已仪，比李已实，灵茅已茂，雕气降雾于宫树，珍露呈味于禁林，嘉禾积穗于殿薨，连理合干于园籞"②（《请封禅表》），与司马相如《封禅书》所云"大汉之德，逢涌原泉，沕潏漫衍，旁魄四塞，云専雾散，上畅九垓，下泝八埏。……昆虫凯泽，回首面内"③浮虚相扇，而无关具体的封禅礼仪。南朝士庶并未蹈袭孙皓的老路，更乐意依靠封禅言说捞取政治资本。封禅奏议（表）、口诵《封禅书》的举动，以及《舞马赋》中的封禅书写，都是借秦汉封禅故事自证"应天受命"的政治期待。张率赋云"悼长卿之遗书，悯周南之留恨"，用司马相如临终献《封禅书》和司马谈因病未能参加封禅遗憾而亡的典故，意在劝勉梁武帝封禅。

当然，二赋并非一味停留于历史想象的层面，亦有清醒的现实关切。谢庄的政治嗅觉相当敏感，舞马来到江南之时，南北双方正在青、兖二州交界地带进行着如火如荼的军事冲突。大明二年七月，宋孝武帝刘骏命颜师伯为青、冀二州刺史，十月命殷孝祖在清水东岸（济水下游）筑两城，近邻北魏南部边界，魏文成帝拓跋濬勃然兴兵南下，意欲毁城。颜师伯率军与之展开了惨烈的攻防战，魏损失惨重，孝武帝下诏嘉奖曰"济成奋怒，一月四捷，支军异部，骋勇齐效，频枭名王，大歼群丑"④，而泰山就弥漫在两军硝烟之中，谢庄因舞马而兴起封禅悬想，并非无的放矢。刘骏本是俾昼作夜之君，"大明中，以《鞞》《拂》、杂舞合之钟石，施于殿庭"⑤，谢赋中特意提出以雅乐伴奏舞马，并以封禅盛礼激励刘骏，实以赋为讽，予以劝诫。对经历过元嘉二十七年北伐惨败的刘骏而言，定会有所警醒。彼时北伐，刘骏领安北将军、徐州刺史，镇彭城，"发百里内马，得千五百匹"⑥，与北魏悬殊极大，故颇受轻视。拓跋焘修书文帝曰"我鲜卑常马背中领上生活，更无余物可以相与，今送猎白鹿马十二匹并毡、药等物。彼来马力不足，可乘之"，对刘宋缺马洞若观火。瓜步战后，拓跋焘停战的条件之一是"求嫁女与世祖（刘骏）"⑦，并开通边关互市。与虏和亲，显然非以华夏自居的南朝皇室和高门所能接受，谢庄便严斥此乃"屈冠带之邦，通引弓之俗，树无益之轨，招尘点之风"⑧，事竟不行。孝武帝登基后，虽然同意互市，但北魏常借互市之机刺探军情，南人所得不唯皆"下驷"，且"所得之数，裁不十百"⑨。凡此种种，经由《舞马赋》的提点，想必会激起刘骏对过往惨痛经历的回忆，并幡然悔悟。

张率的封禅书写有更积极的时代意义。赋中提出封禅除了要"广符瑞之富"外，尚须懦夫奋起的阳刚精神，即"在庸臣之方刚，有从军之大愿"。梁朝建祚的天监元年（502），

---

①②④⑤⑥⑦⑧⑨ 沈约《宋书》，第442、440、1994、552、2344、2352、2168、1959页。
③ 司马迁《史记》，第3065页。

距太和十八年(493)北魏迁都洛阳刚好十年。其间,北魏一改往日"稍僭华典,胡风国俗,杂相糅乱"①的粗野状态而全力汉化,逐渐实现其占据"崤函帝宅,河洛王里,因兹大举,光宅中原"②的文化理想。同时,北魏对南土的觊觎从未停息,孝文帝曾赤裸裸地宣称"密迩江扬,不早当晚,会是朕物"③,宣武帝自即位始,几乎无岁不征,成为悬在萧梁头顶的利刃。就在《舞马赋》献上半年后,即天监四年冬十月,萧衍诏命北伐。南人"军容甚盛,北人以为百数十年所未有"④,战事一直持续到天监六年于钟离战后方告结束。仅钟离一役,即令北魏"士众没者十有五六"⑤,赋中"郁风雷之壮心,思展足于南野"的赤龙驹,宛若萧梁肇建之初扩大恢张的精神气脉的代言人,而功成封禅的言说则无异于鞭策萧衍北伐建功的驱动力。

四、余　论

张率在描摹舞马的英姿时,云"臣何得而称焉,固已详于前制",他尽可参阅前代文本删繁就简。就现存文献看,前此咏马赋极多,如东汉刘琬《马赋》,三国魏应玚《愍骥赋》,西晋傅玄《乘舆马赋》《良马赋》、黄章《龙马赋》,刘宋颜延之《赭白马赋》、刘义恭《白马赋》等,这些赋具有鲜明的程式化特征,如马大多是朝贡自异域的汗血马,"禀神气之纯化,乃大宛而称育"(黄章《龙马赋》)⑥;具有论证王朝天命的符瑞特性,"实有腾光吐图,畴德瑞圣之符焉"(颜延之《赭白马赋》)⑦。从书写逻辑上都受汉武帝《天马歌》的霑溉,背后有先秦术数观念和谶纬思想作支撑,如"神马当从西北来"⑧,"王者德御四方则(神马)出"⑨。

南朝人得到匹马之赠都会视若拱璧,萧绎《答齐国饷马书》云"马之为用,远矣大矣,……虽有拱璧,以先驷马"⑩。为示珍重,他们会作诗赋咏歌之。除舞马外,吐谷浑还出产甚得贵族宠爱的紫骝马。大通三年(529),梁武帝"赐(羊)侃河南国紫骝,令试之"⑪。梁陈著名诗人,如萧纲、萧绎、徐陵、祖孙登、独孤嗣宗、江总、张正见、李燮、苏子卿、陈暄、陈叔宝等皆有《紫骝马诗》传世。

南朝人亦将贡马形于丹青以示尊崇。谢庄赋云舞马"双璧应范,三封中图",由此揣知,赋家在创作时应该也参考了画像资料,或即看图作赋。据谢赫《古画品录》、姚最《续画品录》和张彦远《历代名画记》载录,江左擅长画马的画师极多,谢庄也是其中的佼佼者,对马图(像)并不陌生。如孙吴曹不兴《南海监牧十种马图》,东晋史道硕《三马图》《八骏图》《马图》、谢稚《三马伯乐图》、戴逵《三马伯乐图》《名马图》、戴勃《三马图》,刘宋陆探微《高丽赭白马像》《五白马图》《刘亮骝马图》、顾宝光《洛中车马斗鸡图》、史敬文《梁冀人马画》、尹长生《车马图》、史粲《马势白画》《八骏图》,南齐沙门僧真有《康居人马图》,另如

---

① 萧子显《南齐书》,第 990 页。
②③⑤ 魏收《魏书》,第 464、1055、501 页。
④ 姚思廉《梁书》,第 340 页。
⑥ 徐坚《初学记》,第 703 页。
⑦ 萧统编,李善注《文选》,上海:上海古籍出版社,1986 年,第 621 页。
⑧ 司马迁《史记》,第 3170 页。
⑨ 沈约《宋书》,第 802 页。
⑩ 欧阳撰,汪绍楹校《艺文类聚》,第 1624 页。
⑪ 李延寿《南史》,第 1044 页。

范怀珍《渥洼马图》、王殿《三马图》、毛惠远《赭白马图》《骑马变势图》等；萧绎画马尤工，其子萧方等有《龙马出渥洼图》，姚最有《杂人马兵刀图》《羊鸭仁跃马图》等。

其中，比较典型的如宋明帝时陆探微画《高丽赭白马像》，作于颜延之《赭白马赋》后（赋云其作年为"惟宋二十有二载"，即宋文帝元嘉十七年，441）。颜赋云，赭白死后，宋文帝"乃诏陪侍，奉述中旨"，梁时尚存《乘舆赭白马赋》两卷，应是其他应诏者的作品①。宋孝武帝时刘义恭《白马赋》描摹的也是赭白（"伊赭白之为俊"），齐毛惠远亦有《赭白马图》，表明赭白之贡自宋至齐未曾疏绝。画作虽已失传，但赋和画都对贡马表现出浓厚的兴趣，可见"肆险以禀朔"的贡马对江左而言，定有超越个人爱好之上的普世价值。梁刘孝仪《谢豫章王（萧栋）赍马启》云"出自冀北，来从东道；舞越两骖，驱同八骏；循坂且厉，无复良乐之鸣；长楸可走，不假幽并之策"②，南朝人乐意看到异域贡马自觉地驯服于江左的政治权力、礼乐制度和文化积淀，这是偏安一隅的他们凸显身份优越性的隐喻。

[作者简介]李凯，浙江大学中文系博士研究生。

---

① 姚振宗《隋书经籍志考证》，《历代史志书目丛刊》第6册，北京：国家图书馆出版社，2009年，第378页。
② 欧阳撰，汪绍楹校《艺文类聚》，第1623页。

正史叙事传统与汉唐志怪传奇*

张慧敏

[摘　要]　中国的小说叙事源出于史书,以正史为代表的史书叙事传统对汉唐志怪传奇影响深远。出于对史书地位的尊崇和小说"以补史阙"功能的认同,小说作者在创作时形成了"补史"的创作理念,使得大量的史料性笔记小说具有重要的史料价值。汉唐小说中存在的感生神话、符瑞灾异等叙事题材是正史"天人感应"思想发展的体现。史书中的相关叙事材料经小说的传衍,形成了后世小说的幻境仙游、人神相恋、报恩复仇等叙事母题。史书的纪传体叙事体例、人物形象描写、情节叙写手法、叙事视角等对汉唐志怪传奇的发展、成熟也起到了推动作用。

[关键词]　史书叙事　小说　实录天人感应

一、史书叙事的文学性

中国传统文史从同源走向各自发展的道路,中间经历了漫长的过程。即使文学、历史已成为两个独立学科,它们之间仍然脉脉相通,更唱迭和。中国的"叙事"学在历史书写和文学创作中交互发展,经穿纬行,成为文史关系的交点。唐代史学家刘知幾《史通·叙事》:"夫史之称美者,以叙事为先。"①首次提出"叙事"一词,并明确"叙事"在史书书写中的地位。章学诚说:"古文必推叙事,而叙事实出于史学。"②更加阐明"叙事"是史传的基本属性,以及"叙事"在文学中的作用。中国历史叙事的成熟度要早于文学叙事,特别在汉代以后,史学叙事的繁荣成为以小说为代表的叙事文学发展的助力。

史书自诞生起,即具备了天生的政治功能。《汉书·艺文志》云:"古之王者世有史官,君举必书,所以慎言行,昭法式也。左史记言,右史记事,事为《春秋》,言为《尚书》,帝王靡不同之。"③《隋书·经籍志》说:"先圣据龙图,握凤纪,南面以君天下者,咸有史官,以纪言行。"④史为君王而作,以纪实为主要特征。史书的超然地位在汉代以后达到巅峰,《史记》开创了史书"纪传体"的先河,对后代史书编纂影响深远。《隋书·经籍志》称:"世

---

* 本文为江苏省研究生教育教学改革课题"文史类研究生培养与中国传统文化的传承"(项目批准号:JGLX17_096)的阶段性成果。
①　刘知幾撰,浦起龙释《史通》,上海:上海古籍出版社,2015年,第153页。
②　章学诚《章学诚遗书》,北京:文物出版社,1985年,第612页。
③　班固《汉书》,北京:中华书局,2007年,第328页。
④　魏徵等《隋书》,北京:中华书局,1973年,第904页。

有著述,皆拟班、马,以为正史。"①将以《史记》《汉书》为代表,以帝王本纪为纲领的史书称为正史,定下了中国史学书写的范例,自此历朝沿袭不改。正史经由官方认定,统治者的重视决定其具有其他著作无法比拟的权威性与可信度。与"正史"相对,另有"杂史"。隋唐史志目录中述"杂史":"委巷之说,迂怪妄诞,真虚莫测,然其大抵皆帝王之事。通人君子,必博采广览,以酌其要,故备而存之。"②杂史的诞生出于博达学者的撰史自觉,所记载对象仍然以帝王之事为主,但在内容的选择上加入了许多真假难辨、虚诞莫测的传闻。较之正史,杂史的可读性远远大于叙写事件的可信度。《文献通考》引《宋三朝志》曰:"杂史者,正史、编年之外,别为一家。体制不纯,事多异闻,言或过实。然籍以质正疑谬,补缉阙遗,后之为史者,有以取资,如司马迁采《战国策》《楚汉春秋》,不为无益也。"③杂史固然有言过其实之处,但也包含有部分史料,成为正史撰写者的取材来源,在经过辨证考订后,被呈现于正史之中。《史通》将"偏纪""小录""逸事""琐言""郡书""家史""别传"等"杂述"列为史学题材,与"正史"并列。这种分类体现了中国文学、史学深刻的血缘关系。此间"杂述"大部分可归为"杂史"。《文献通考》引郑樵言:"古今编书所不能分者五:一曰传记,二曰杂家,三曰小说,四曰杂史,五曰故事。凡此五类之书,足相紊乱。"④事实上,这五类的大部分作品在今看来,都可当作小说来读。

中国小说初始是寄生、孕育于子书、神话、历史中的。小说被正史书录提及最早在《汉书·艺文志》:"小说家者流,盖出于稗官。街谈巷语,道听途说者之所造也。"⑤这时关于"小说"的文体概念仍处于模糊阶段,《汉书·艺文志》收录了15种小说,存于《诸子略》名目下。其中,《周考》《青史子》等多为古史官记事。最早的一篇《伊尹说》混合了神话传说、子书议论和历史,这种选材表现出文体的模糊性与朦胧性⑥。《隋书·经籍志》所载史部旧事类、杂传类、杂史类、杂家类等一些前代作品,因其虚妄莫测的特性,在《四库全书总目》中被划归子部小说类,汉魏志怪小说中如《西京杂记》《搜神记》《拾遗记》等就在其中。

史书叙事呈现出的文学性特征在作为正史之首的《史记》中就有体现,刘知幾说:"自战国以下,词人属文,皆伪立客主,假相酬答。至于屈原《离骚》辞,称遇渔父于江渚;宋玉《高唐赋》,云梦神女于阳台。夫言病文章,句结音韵。以兹叙事,足验凭虚。而司马迁、习凿齿之徒,皆采为逸事,编诸史籍,贻误后学,不其甚邪。"⑦《史记》被诟病于采写了部分虚构性叙事内容。司马迁自述:"至《禹本纪》《山海经》所有怪物,余不敢言之矣。"⑧但事实上《史记》确实记载有不少前代神话、传说,同时这也是其后正史都存在的现象。汉魏史书中载录有不少以感生神话和符瑞灾异说为主要题材的虚构性叙事,"在史传叙事中,事实与虚构的冲突趋于激烈,这种冲突作为一个原因,推动了历史性叙事与文学性叙事

---

① ② 魏徵等《隋书》,第957、962页。
③ ④ 马端临《文献通考》,北京:中华书局,1986年,第1647页。
⑤ 班固《汉书》,北京:中华书局,2007年,第338页。
⑥ 杨义《重绘中国文学地图》,北京:中国社会科学出版社,2003年,第15—23页。
⑦ 刘知幾撰,浦起龙释《史通》,第480页。
⑧ 司马迁《史记》,北京:中华书局,1959年,第3180页。

脱离母胎各奔前程。"①而依附史书存在的小说,本着对史书的推崇,自觉继承了史书中微言大义、惩恶扬善的传道功能,对正史的史料进行了有意识地虚构化演绎,从而形成了文与史的互文。

以《史记》《汉书》为代表的汉魏史书继承了前代史书、文学叙事的一些特色,发展并形成了新的叙事传统,为汉唐志怪传奇小说的发展、繁荣提供了写作参照基础和艺术手段的借鉴。

二、史书叙事主题思想与汉唐小说

(一)实录精神与"史补"意识

《太史公自序》评《春秋》:"上明三王之道,下辨人事之纪,别嫌疑,明是非,定犹豫,善善恶恶,贤贤贱不肖,存亡国,继绝世,补敝起废,王道之大者也。"②认为史书的功能在于保存史实、鉴古知今,另外包含了明确的传道内涵。《史记》作为首部正史,班固评其"服其善序事理,辨而不华,质而不俚,其文直,其事核,不虚美,不隐恶,故谓之实录"③。"实录"成为史学的基本传统之一,在"文""事""义"方面要求准确、真实、客观,后代撰史作者均以此为圭臬。

鉴于小说对史书的附庸关系,早期的小说作者大部分为史学家或者是具备"史才"的学者,这就将"实录"精神带进了小说创作中。汉魏六朝志怪作者的写作态度,是将怪异传说视为事实来记载的。汉郭宪《洞冥记》叙:"今籍旧史之所不载者,聊以闻见,撰《洞冥记》四卷,成一家之书,庶明博君子该而异焉。"④撰写此书的缘由为旧史不载,遂自成一书,以供参阅。晋张华所撰《博物志》在山川地理、鸟兽鱼虫、人物器考之外,还有不少史传神话传说,第八卷更直接以《史补》为名。

这种以小说补阙史实的创作观是六朝志怪作者的普遍观点。王嘉《拾遗记》所辑史料是在正史之外的奇闻异事,"殊怪必举,纪事存朴,爱广尚奇。宪章稽古之文,绮综编杂之部,《山海经》所不载,夏鼎未之或存,乃集而记矣"⑤。

干宝精通史学,所修国史《晋纪》今已佚。《搜神记》序言道:"虽考先志于载籍,收遗逸于当时,盖非一耳一目之所亲闻睹也,又安敢谓无失实者哉!"在撰写《搜神记》时,他强调自身在撰写过程中注意了材料来源真实性的甄别,所述并非凭空捏造,而是来源于前代典籍或者当时传闻。"然而国家不废注记之官,学士不绝诵览之业,岂不以其所失者小,所存者大乎?……及其著述,亦足以明神道之不诬也。"⑥即使有所讹误,也是一种实录记载。正是杂史被称为"史官之末事"的典型诠释,而与正史功用的区别是阐明"神道"的存在。

实录精神表现在小说行文时,以任昉《述异记》中的蚩尤传说为例。"轩辕之初立也,

---

① 傅修延《先秦叙事研究——关于中国叙事传统的形成》,北京:东方出版社,1999年,第138页。
② 司马迁《史记》,第3297页。
③ 班固《汉书》,第622页。
④ 郭宪《汉武帝别国洞冥记》,《汉魏六朝笔记小说大观》,上海:上海古籍出版社,1999年,第123页。
⑤ 王嘉撰,王根林校点《拾遗记》,上海:上海古籍出版社,2012年,第6页。
⑥ 干宝《搜神记》,上海:上海古籍出版社,2012年,第16页。

有蚩尤兄弟七十二人,铜头铁额,食铁石。轩辕诛之于涿鹿之野。蚩尤能作云雾。涿鹿今在冀州,有蚩尤神,俗云:人身牛蹄,四目六手。今冀州人掘地得髑髅如铜铁者,即蚩尤之骨也。今有蚩尤齿,长二寸,坚不可碎。秦汉间说蚩尤氏耳鬓如剑戟,头有角,与轩辕斗,以角抵人,人不能向。"又云冀州有蚩尤戏、蚩尤川,太原祭祀蚩尤神等①。关于蚩尤的史书记叙,司马迁《史记·五帝本纪》写道:"蚩尤作乱,不用帝命。于是黄帝乃征师诸侯,与蚩尤战于涿鹿之野,遂禽杀蚩尤。"②在正史中首次载入黄帝战蚩尤之事。《史记》之前,《尚书·吕刑》:"蚩尤惟始作乱,延及于平民,罔不寇贼,鸱义奸宄,夺攘矫虔。"③是蚩尤作乱的最早记载。《山海经》在描写黄帝与蚩尤之战时,加入了应龙、风伯、雨师、天女魃等形象。司马迁《五帝本纪》中仅记载了黄帝征蚩尤的前因后果,摒弃了《山海经》的"怪物"之说,符合其史笔之需。《述异记》在对蚩尤兄弟的异象、异能的描写上继承了神话内容,而在后人对蚩尤遗迹的发掘、言谈评论以及民俗风貌等,又是明显的纪实性写法。补阙史书的创作观和志怪固有的神异性结合在一起,带来的结果是史书史料得到了传袭发展,与此同时,小说文体自身发展的规律一定程度上被限制。

刘知幾在《史通·采撰》篇里表达了对小说与史关系的看法:"子曰:'吾犹及史之阙文。'是知史文有阙,其来尚矣。自非博雅君子,何以补其遗逸者哉?盖珍裘以众腋成温,广厦以群材合构。自古探穴藏山之士,怀铅握椠之客,何尝不征求异说,采摭群言,然后能成一家,传诸不朽。"④认为缘于小说作者们对小说"以补史阙"功能的认同,大量的史料性笔记小说具有重要的史料价值,可补正史之不足。六朝志怪多以史家惯用的"记(纪)""志""录""传"字眼为名,其内容也常被后人收录入正史,如干宝《搜神记》材料的被征引,"包括范晔的《后汉书》四十一次,司马彪的《续汉志》二十五次,王隐的《晋书》十四次,臧荣绪的《晋书》六次,唐修《晋书》九十一次,干宝《晋纪》三次"⑤。可见文、史的反复互渗。

六朝志怪小说之后,小说发展迎来一个高峰期,即唐传奇的出现。"传奇者流,源盖出于志怪,然施之藻绘,扩其波澜,故所成就乃特异,其间虽抑或托讽喻以纾牢愁,谈祸福以寓惩劝,而大归则究在文采与意想,与昔之传鬼神明因果而外无他意者,甚异其趣矣。"⑥鲁迅认为虽从志怪小说发展而来,但唐传奇与志怪的只谈鬼神因果不同,而涵盖了更多的思想内容。唐传奇在对神怪题材的叙述过程中,对故事发生的背景、人物交代得非常清晰,使得故事的真实性大大提升。如沈既济《枕中记》渊源于刘义庆《幽明录·焦湖庙祝》,李公佐《南柯太守传》源于《搜神记》中"卢汾梦入蚁穴"条,但故事情节的完整性远胜于前代。

出于小说补史阙的观点,近现代学者"从唐人传奇文中,拈出政治、社会与文学的关系,以为研究的重心,别开'文史互证'的新生面"⑦,以小说与史事互相考证、相互发明的

---

① 任昉《述异记》,北京:中华书局,1991年,第1,2页。
② 司马迁《史记》,第4页。
③ 孔安国传,孔颖达疏《尚书正义》,北京:北京大学出版社,2000年,第630页。
④ 刘知幾撰,浦起龙释《史通》,第107页。
⑤ 逯耀东《魏晋史学的思想与社会基础》,北京:中华书局,2006年,第164—165页。
⑥ 鲁迅《中国小说史略》,上海:上海古籍出版社,1998年,第44—45页。
⑦ 陈珏《初唐传奇考》,《庆祝卞孝萱先生八十华诞——文史论集》,南京:江苏古籍出版社,2003年,第167页。

方法进行研究,即"小说证史"之法。小说证史是邓之诚、陈寅恪、缪钺等先生提倡的"文史互证"法的一种,通过小说内容寻找其背后的政治环境、社会现状,以挖掘作品隐含的深层寓意,是小说"补史"功能的提炼应用。

(二)天人感应思想传承

汉代统治者出于政治需求,罢黜百家,独尊儒术。董仲舒所提倡的以"天人感应"为核心的神学世界观学说长期占据了汉代乃至六朝社会思想的统治地位。"天人感应"源出《尚书·洪范》,认为人的行动会引起天象变化。孔子也曾提出"邦大旱,毋乃失诸刑与德乎"。先秦史传《左传》《国语》则以大量神异叙事体现了灾异征兆说,如庄公三十二年"秋,七月,有神降于莘。惠王问诸内史过曰:'是何故也?'对曰:'国之将兴,明神降之,监其德也;将亡,神又降之,观其恶也。故有得神以兴,亦有以亡,虞、夏、商、周皆有之。'"①国家兴亡,上天降征兆以警示。早期的阴阳灾异说缘于人对自然神秘性的敬畏,后来逐渐被统治者利用于神化王权、巩固统治。

汉代史书反映天人感应的叙事内容,如《史记》有殷商始祖的感生说,有汉代帝王的神异出生说,《汉书》在录入帝王的感生神话之外,创立了"五行志",专门记述五行灾异的神秘学说,宣扬天人感应、灾异祥瑞的封建神学思想。史书对天人感应思想的不加避讳,直接影响了后代小说的选材。感生神话、符瑞灾异说成为魏晋志怪小说的母题之一,反映在叙事内容中,多表现为对君主、圣人不凡出身的夸饰,对国家兴亡灾异的记录。

《晋书》说干宝"性好阴阳术数"②,《搜神记》中有大量的符瑞征兆故事。这些故事有的从前代史书中沿袭而来,如《汉书》中关于汉宣帝即位前出现异象之事,"孝昭元凤三年正月,泰山、莱芜山南匈匈有数千人声,民视之,有大石自立,高丈五尺,大四十八围,入地深八尺,三石为足。石立后有白乌数千下集其旁。是时昌邑有枯社木卧复生,又上林苑中大柳树断枯卧地,亦自立生,有虫食树叶成文字,曰'公孙病已立'。"③《搜神记》撰录了这则故事:"昭帝时,上林苑中大柳树断,仆地。一朝起立,生枝叶。有虫食其叶,成文字,曰:'公孙病已立。'"叙述文字略有不同而已。更多的是据天人感应思想而来的普遍杜撰,如卷七《开石文字》《西晋服妖》《翟器翟食》等四十余条,皆将神异之象与国家兴亡兵祸联系起来,充分阐释了"国家将兴,必有祯祥;国家将亡,必有妖孽"的阴阳思想。同样以汉宣帝为主人公的小说,葛洪《西京杂记·身毒国宝镜》一则写汉宣帝:"被收系郡邸狱,臂上犹带史良娣合采婉转丝绳,系身毒国宝镜一枚,大如八铢钱。旧传此镜见妖魅,得佩之者为天神所福,故宣帝从危获济。及即大位,每持此镜,感咽移辰。常以琥珀笥盛之,缄以戚里织成锦,一曰斜文锦。帝崩,不知所在。"④与前述《搜神记》中直接录于《汉书》不同,这是在汉宣帝"公孙病已立"之外创作的一则新故事,结合正史中汉宣帝受巫蛊之祸的史实,以宝镜护身的神异表达天命神授之意。这种演绎性质的杜撰在原始史料的基础上进一步展开叙写,着眼点开始从"天命"偏移向事件的神异性质,展现出文学叙事

---

① 左丘明《左传》,上海:上海古籍出版社,2015年,第132页。
② 房玄龄等《晋书》,北京:中华书局,1974年,第2149页。
③ 班固《汉书》,第746页。
④ 葛洪撰,王根林校点《西京杂记》,上海:上海古籍出版社,2012年,第12页。

的特点。

王嘉《拾遗记》,《隋书·经籍志》录入"杂史"类。萧绮所做序称其书"多涉祯祥之书,博采神仙之事"①。《拾遗记》大部分篇目都有君主的感生神话,其中如对《史记》"简狄吞卵生商祖"的故事进行了发挥:"商之始也,有神女简狄,游于桑野,见黑鸟遗卵于地,有五色文,作八百字。简狄拾之,贮以玉筐,覆以朱绂,夜梦神母,谓之曰:'尔怀此卵,即生圣子,以继金德。'狄乃怀卵,一年而有娠,经十四月而生契。"②"玄鸟生商"的最早记录来源于《诗经》,《商颂·玄鸟》篇"天命玄鸟,降而生商"的寥寥几笔经过《楚辞》《吕氏春秋》等经典的不断衍变,到《殷本纪》中成型,首次出现了"吞卵"生子的感生神话。较之《史记》的记载:"殷契,母曰简狄,有娀氏之女,为帝喾次妃。三人行浴,见玄鸟堕其卵,简狄取吞之,因孕生契。"③《拾遗记》中这则故事情节更为完整,细节方面"吞卵"变为"怀卵"说,形成了商祖出生传说的一个新版本。萧绮评论《拾遗记》说,正是因其故事版本的不同,所以录写此条,以进行补照。同时,两者的行文也体现出小说叙事与史书叙事在选材类同的情况下,缘于文体的差异。

感生、征兆叙事题材在汉唐小说乃至后代小说中屡见不鲜。志怪小说中的"天人感应"题材故事相对于史书中的征兆叙事,更着眼于故事本身的神异特点,弱化了史书的政治功能,透露出文学叙事走向独立的趋势。

(三) 史料的传衍及叙事母题的形成

汉代史书在选材时注重甄别史料,以简要为原则,"书其事迹"以写人物,重视史料的代表性。前代史书的史料往往为后代史传、小说叙事所沿用,并在流传的过程中逐渐演化,形成系列叙事母题。

如以史书汉武帝记事为蓝本的汉武传说系统。汉武帝的故事从汉代开始叙写,到魏晋时期成型,主要代表作为"汉武三传":《汉武故事》《洞冥记》和《汉武内传》,其余散见于六朝志怪。"三传"见载于《隋书·经籍志》,《汉武故事》归在史部旧事类,《洞冥记》《汉武内传》归于史部杂史类,内容选材以《史记》《汉书》为参照。《汉武故事》中写齐人李少翁"乃夜张帐,明烛,令上居他帐中,遥见李夫人,不得就视也"④。这则故事源于《史记》中"上有所幸王夫人,夫人卒,以方术盖夜致王夫人及灶鬼之貌云,天子自帷中望见焉"⑤。"王夫人"到《汉书》中作"李夫人",《外戚传》载汉武帝思念逝去的李夫人,"方士齐人少翁言能致鬼神。乃夜张灯烛,设帷帐,陈酒肉,而令上居他帐,遥望好女如李夫人之貌,还幄坐而步"⑥。源出一脉,表述略同。而在《洞冥记》中,东方朔献怀梦草,汉武帝食之而梦李夫人,则已经完成了史书原文的衍化。

汉以来流行的帝王感生神话,"三传"中也不可或缺。《汉书·外戚传》原载"王夫人梦日入怀"生子。《汉武故事》简单叙述为"梦日入其怀",但增加了梦高祖为武帝取名为"彘"的内容。《洞冥记》关于武帝感生的叙写为"梦一赤彘从云中直下,入崇兰阁。帝觉

---

① ② 王嘉撰,王根林校点《拾遗记》,第 6、18 页。
③ ⑤ 司马迁《史记》,第 91、458 页。
④ 王根林校点《汉武故事》,上海:上海古籍出版社,2012 年,第 94 页。
⑥ 班固《汉书》,第 987 页。

而坐于阁上,果见赤气如烟雾来蔽户牖"①。《汉武内传》则综合之前的载录进行了更详细的叙写,先有景帝见赤龙乘霞光盘绕于梁宇之间,卜之吉祥,后有梦神女捧日以授王夫人,王夫人吞日生武帝。汉武帝的出生神话在时间的流转中,逐步成熟。

求仙问道是"汉武三传"基于《史记》《汉书》撰录共同的主要故事情节,但在内容叙述上各有侧重。《汉武故事》主要叙写汉武帝为求仙所做种种努力,死前幡然醒悟求仙之愚妄,这里表现了史书所具备的劝诫、传道功能,但汉武帝死后的茂陵异事又充满了神怪色彩。《汉武洞冥记》在武帝求仙情节之外,刻画了琳琅满目的异域珍奇。《汉武内传》则极尽详细地叙写了西王母下降会汉武帝,传授养生仙道之事。这一情节范本来源于杂史《穆天子传》穆王与西王母相会瑶池的故事,而在汉武传说系统中得到发扬。

在史料传衍叙写的过程中,以汉武帝求仙为代表的故事题材逐渐形成了小说的仙游幻境叙事主题。《博物志》将汉武帝会西王母的故事列入《史补》卷,《幽明录》也有甘泉王母降之事。随之演化而来如王质烂柯、刘晨阮肇入天台等故事,唐代志怪《玄怪录》《续玄怪录》《博异志》等书中的多篇目,均在此列。

此外,在汉代史书中的大量梦境叙事如《史记》中赵简子钧天广乐之梦、刘媪梦龙生子等,《汉书》新井之梦、昭信之梦等影响下产生了梦境主题小说。以《搜神记》第十卷为例,十二条均有梦境叙写:《和熹邓后》《孙坚夫人》《禾三穗》《张车子》四条梦"生",《张奂妻》《灵帝梦》《吕石梦》《郭谢同梦》《徐泰梦》五条梦"死",《审雨堂》《火浣衫》《刘雅》三条梦物,总体而言都是先有梦,后验梦成真的梦兆叙写模式。这种梦兆叙事成为中国古代小说的一种传统叙事方式,影响深远;而在唐传奇《枕中记》《樱桃青衣》《南柯太守传》等篇目中,以梦境叙写反照现实,又形成了梦境主题小说的另一种类型。

在《史记·刺客列传》《游侠列传》等叙事内容影响下产生的游侠主题小说,发轫于司马相如、卓文君爱情故事的才子佳人主题小说,窦婴、灌夫鬼魂复仇、赵氏孤儿复仇等故事影响下的因果报应主题小说等,都在汉唐小说史中占有重要地位。

三、汉唐小说对史书叙事艺术的因承

(一)叙事体例的遵循

史书的叙事体例对魏晋志怪小说的创作结构产生了直接的影响。史书篇目编纂一般以时间为顺序,汉以后主流的纪传体是以人物为中心的写法,"开头一般都写传主的姓字籍贯;然后叙其生平事迹,多是选择几个典型事例,表现人物的个性特征;最后写到传主之死及子孙的情况。篇末另有一段作者的话,或补充史料,或对传主进行评论,或抒发作者感慨"②。这一写法为六朝志怪小说及其后的小说体例提供了范式。

魏晋志怪小说的撰写体例,以《拾遗记》为例。王嘉《拾遗记》现存十卷,前九卷按照时间顺序叙述历史传说、神话故事和奇闻异事,第十卷《诸名山》可视作史书中的"地理志",体例架构俨然史书。全书记事起自春皇庖牺,至于西晋末石虎。行文撰写模式一般先简略交

---

① 郭宪撰,王根林校点《汉武帝别国洞冥记》,上海:上海古籍出版社,2012年,第55页。
② 张新科《唐前史传文学研究》,西安:西北大学出版社,2000年,第14页。

代传者身份背景,然后记其生平主要事迹,特别选取神异征兆之事表现人物的天命神授、圣德、无道等。如卷一:"春皇者,庖牺之别号。所都之国,有华胥之洲。神母游其上,有青虹绕神母,久而方灭,即觉有娠,历十二年而生庖牺。……位居东方,以含养蠢化,叶于木德,其音附角,号曰'木皇'。"①《拾遗记》叙写人皇贵胄大多都有身世神话,春皇庖牺的这条感生神话最早来自《山海经》,后经《帝王世纪》和以《诗纬含神雾》为代表的纬书传衍,逐渐成为庖牺身世论。这则故事篇幅较短,而结构完整,事件的神异与人物的特点表达鲜明,与正史的人物传记类同。唐传奇对纪传体的叙事体例采用则更为成熟,篇目多以"记""传"为名,如《古镜记》《离魂记》《南柯太守传》《李娃传》《莺莺传》等。行文开头介绍人物生平背景,情节故事完整,结尾以作者身份或者他人视角进行评论,借"赞""论"点出文义,强调故事的真实性。

在以人物为中心叙事的同时,史书以生平背景、德行等为划分准则,将同一类型的人物进行集中归置,这种编纂撰写方法被称为"类叙法"。清赵翼《廿二史札记》卷四"后汉书编次订正"条指出《后汉书》"循吏""酷吏""宦者""儒林""文苑""独行""方术""逸民""外戚"等篇目,"各就其人之生平以类相从者"。而这种方法的最早实践者"本之《史记》,如老子与韩非同传,屈原与贾谊同传,鲁仲连与邹阳同传,但以类相从,不拘时代"②。《史记》其他篇目如"儒林""循吏""酷吏""刺客""游侠""佞幸""滑稽"等,皆用类叙之法③。《史记》之后,《汉书》"循吏""儒林""货殖"等篇目也遵循此法。"(《齐书》)《孝义传》用类叙法,尤为得法。盖人各一传则不胜传,而不立传则竟遗之,故每一传辄类叙数人。"④类叙法成为历代史书撰述的定例之一。

志怪小说作者在"补史"过程中,顺理成章继承了这种编纂方法,"类"的内涵从"人"扩大至事与物。典型如《博物志》,"异闻""异人""异兽"等题名显见以类叙事。《搜神记》今存本二十卷,由明代胡应麟从《太平御览》《艺文类聚》《北堂书钞》等书中辑录成书,主要内容包括九个方面:第一,神仙术士及其法术变化之事;第二,神灵感应之事;第三,妖祥卜梦之事;第四,物怪变化及灵奇之物;第五,鬼事及还魂事;第六,精怪故事;第七,报应故事;第八,神话传说;第九,历史传说。⑤ 体例也采取了以类相从之法,每卷条目若干,最少如卷五有六个条目,最多如卷六有七十多个条目,每条目篇幅又各不一。但其分卷则以内容类别为标准,如卷五以鬼事为主,卷六大体记妖怪故事,卷八讲天命神授异事,以单元为单位编辑叙事内容,可见类叙法的普遍接受。

(二)叙事要素的完善化

汉魏志怪小说尚处于文学叙事发展的初期阶段,加之史书实录精神的影响,叙事呈现为"丛残小语"式的梗概式情节。唐代志怪传奇是作者有意识的创作,更为直接地学习了史书纪传体的叙事方式,叙事要素逐渐完备,故事篇幅较之汉魏志怪普遍有大幅增长,情节也更趋完善,人物形象塑造更为丰满。

以唐传奇《柳毅传》为例,其主要故事情节由柳毅传书、龙女报恩组成,加上钱塘君复仇等支线,内容充实。这个故事的原型,其一是《搜神记·胡母班》篇,其中有胡母班为泰

---

① 王嘉撰,王根林校点《拾遗记》,第9页。
②③④ 赵翼著,王树民校证《廿二史札记校证》,第82、5、202—203页。
⑤ 李剑国《唐前志怪小说史》,天津:南开大学出版社,1984年,第290页。

山府君传书的情节,后半段情节则是胡母班为亡父求情以致儿子死亡略尽,阐述阴阳异路的果报思想;其二是《搜神记·河伯婿》,讲余杭县人遇河伯,与其女婚配之事,此篇也被《幽明录》收录。《胡母班》《河伯婿》两篇中的传书与人神婚配情节可以看作《柳毅传》主线情节的前身,而在《柳毅传》中得到了深化发展。"传书"情节在《胡母班》中为胡母班替亡父乞恩府君,引出生死异路的阴阳神鬼思想而准备。同样是叙事之"因",柳毅出于义愤为龙女传书其父求救,传书是一种主动行为,为人物形象塑造和其后情节发展造势。在人神婚配情节中,《河伯婿》的叙事是残缺的,分离之时河伯女"十年当相迎"的伏笔在文末未得到呼应。《柳毅传》以昭示其爱情婚姻主题为目的,将龙女下嫁报恩的故事经过顺应逻辑的铺叙,叙事完整,情节曲折动人。

史书对人物形象的刻画方面,选取的事例以体现人物性格特征为目的,以事见人,力求最大程度客观表现人物性格。所以,汉代正史中的人物描写性格鲜明,形象立体,比如项羽的重情重义和刚愎自用,刘邦的知人善用和圆滑自私等一见便知。汉魏小说承继史书,但在人物性格描写方面却呈现平面化特征。究其原因,一方面是作者对早期志怪神异特征的重视导致了关注点偏颇,重事不重人;一方面是在史书实录精神、史补思想束缚下,汉魏小说采取了"矫枉过正"的写作态度。以《搜神记》为例,全书每卷叙写相类之事,但见事不见人。人物描写是一类人,而非个人,人物只为故事服务,无个性可言。到唐传奇,作者在创作时已经有了自觉意识,发展了史书中以事见人的手法,不仅仅是主人公,故事中其他各个形象都跃然纸上。如《柳毅传》中,钱塘君生吞泾河小龙,杀六十万,伤稼八百里,其刚猛暴烈形象立现;柳毅义愤传书,严辞拒婚,表现其正义正直,威武不屈;龙女剪发闭户,誓心求报,表现其知恩图报,善良勇敢。《柳毅传》中的人物刻画鲜活灵动,通篇不存在人物形象盲点,展示出一种群像精彩。

另外,在环境叙事要素上,《柳毅传》对龙宫宫殿、生活场景的细致叙写,较之前志怪小说的仙游幻境描写,也有了长足发展。

(三)叙事视角的焦点转移

史书采用全知视角进行叙事,杨义说:"所谓全知是一个相对的概念,一是任何'全知视角'都不可能包罗万象,二是在某种文体中具有合理性的全知视角,在另一种文体中其合理性就有可能受到质疑。"[①]《史记》中作者无处不在,全方面观照人物行动,甚至于梦境叙写、心理活动描述。志怪传奇中全知视角的焦点在创作中逐渐从作者转移到叙事人物身上,通过第三人称的观察角度进行叙事,如《柳毅传》中以柳毅的视角叙述故事,起到移步换景的作用,推动情节的转折发展。唐传奇中又发展出第一人称叙事视角,实现了叙事视角多次转移的复杂叙事方式。这种叙事视角的焦点转移,以《谢小娥传》为例,开头交代谢小娥生平和家破人亡的惨剧,以及父夫托梦寻仇事,这是典型的全知视角叙事。第二段为谢小娥解开仇谜之事则是以"余"第一人称视角来叙写的。其后谢小娥隐姓埋名复仇的描写回到了史家的全知叙事视角,重遇谢小娥叙事视角焦点再次转移至第一人称。在这种叙事视角反复切换的过程中,完成了整个故事情节的展现。脱胎自《谢小娥

---

① 杨义《中国叙事学》,北京:人民出版社,1997年,第211页。

传》的《尼妙寂》,故事情节略同,而全文采用了全知视角进行叙事。《谢小娥传》的第一人称视角使故事的可读性和情感性大大增强,同时削弱了事件的真实性。《新唐书·列女传》在选录《谢小娥传》时,依然采取了史家的全知视角。

视角限制可以使故事情节产生留白和神秘性,视角打开又可以起到解开悬念的作用,这就增强了小说情节的可读性。叙事视角的多样化发展同样促进了唐代小说叙事走向成熟。

史书讲求简笔实录,而小说更多地容许虚构。史书叙事传统的精华滋养丰饶了汉唐志怪传奇的成长。志怪作者们秉持史学实录精神,响应天人感应思想倡导,通过对史书叙事题材的演绎、再创作表现小说对历史史料和对史书政治教化功能的继承。后代小说的诸多叙事母题也在此过程中得以形成。汉唐小说作者在创作态度从"史补"到"有意为小说"的转变中,对史书叙事艺术的不断审视、创新中,逐渐完善了小说叙事的构建,从而最终推动文学叙事脱离史学叙事母胎,走向文体的独立。

[作者简介]　张慧敏,南通大学文学院助理研究员。

"长笛一声人倚楼"
——论赵嘏的诗歌特色及诗史意义

张永吉　李定广

[摘　要]　赵嘏以"长笛一声人倚楼"而获"赵倚楼"雅号,其诗今存三百余首,但研究者寥寥。杜牧、张为等均认为赵嘏是晚唐第一流诗人。其七律艺术造诣接近杜牧、李商隐。赵嘏诗多抒凄苦乡愁;难而不涩,因难见巧;最大艺术特色是"清丽",表现为:(1)不事用典,致力营造意境;(2)圆熟而多警句;(3)讲求连贯的语意和勾连的章法;(4)追求声调的腾挪跌宕。赵嘏诗师法对象有王勃、沈佺期、元稹、刘禹锡、许浑、杜牧等,多是才情发越的诗人。赵嘏为代表的"清丽派七律"具有重要的诗史意义:(1)参与掀起了唐代七律诗的第二次高潮;(2)渐成后世七律主流,唐末诸七律名家乃至宋代七律大师苏轼、陆游皆受其沾溉。赵嘏在七律诗史中应占有一个重要地位。

[关键词]　赵嘏　七律　清丽　诗史意义

晚唐诗人赵嘏,以"残星几点雁横塞,长笛一声人倚楼"一联而获杜牧赠称雅号"赵倚楼",遂为晚唐名家,其诗今存三百余首,无论数量还是质量都颇值得重视和深入研究,但学界至今研究者寥寥,正如陈尚君先生所指出的,"(赵嘏)成就略逊于杜牧、李商隐,与许浑、张祜相当……赵嘏诗的研究,成绩远逊于他同时的诸名家"①。本文不揣浅陋,试对赵嘏诗歌的创作成就、艺术特色和诗史意义作出探讨。

一、赵嘏生平及其诗歌创作成就

赵嘏,晚唐诗人,字承祐,楚州山阳(今江苏淮阴)人。约生于宪宗元和元年(806),年轻时曾从军北上,后四处游历,于大和七年(833)省试进士下第,留寓长安多年,出入豪门以干功名,后又去越中做了几年幕府。后家于润州(今镇江),会昌四年(844)进士及第,一年后东归。宣宗大中初复往长安,入仕为渭南尉,人称"赵渭南",约大中八年(854)卒于任上。②

赵嘏主要活动在唐文宗、唐武宗和唐宣宗年间,与许浑、温庭筠、杜牧、李商隐同时,

---

①　陈尚君《诗人赵嘏的人生冷暖与诗歌存佚》,《文史知识》2018年第2期。
②　吴在庆《赵嘏、杜牧卒年与〈唐诗类选后序〉作年考论》,见《听涛斋中古文史论稿》,合肥:黄山书社,2011年,第333页。

相对晚唐其他时期的动荡不安,文宗、武宗和宣宗时期总体上还是比较稳定,欧阳修《新唐书》云:"文宗恭俭儒雅,出于天性,尝读太宗《政要》,慨然慕之。及即位,锐意于治,每延英对宰臣,率漏下十一刻。"①文宗还是比较勤政勉励,但是治国才干较为有限,一直无法消除内患,最后导致了甘露之变,好在甘露之变虽然影响深远,但终究是上层斗争,而武宗五年后继位一度扭转了局势,王夫之说:"武宗不夭,德裕不窜,唐其可以复兴乎!"②武宗年间由于加强了中央集权,唐朝一度出现中兴局面,史称"会昌中兴"。而唐宣宗的"大中之治"成就又在文宗、武宗之上,史称"小太宗"③。因此赵嘏诗歌与许浑、温庭筠、杜牧、李商隐一样,较少有写到下层平民的民生疾苦,也没有太多国事的描写。但时代仍然在他的诗中留下了深刻的印记,唐朝末年党争不断加深,牛李党争激烈,赵嘏虽着力向牛党投奔,无奈早年在元稹手下任幕僚,因此即使与牛党核心令狐楚父子关系甚密,仍然无法得到重用,所以他的诗歌留给读者最大的感受就是落寞而寂寥,郁郁而寡欢,这与他个人长期科举不第、沉沦下僚有关。正如宋代韩淲咏赵嘏云:"长笛残星赵倚楼,吟边供断一生愁。渭南作尉诚微宦,江上逢人忆远游。"(韩淲《昌甫携〈渭南诗〉见过》)

赵嘏是晚唐一批才华横溢而久困科场的诗人的代表,他一生写下了许多脍炙人口的诗篇。按题材主要可分为四类:科举诗,思乡思亲诗,写景诗和咏史怀古诗。赵嘏的诗歌格律谨严,情思婉转,意境清空幽美,常用白描手法,疏朗流畅,清通圆熟,在晚唐别具风格。④

赵嘏诗,《崇文总目》卷五著录《渭南集》三卷、《赵氏编年诗》二卷;《新唐书·艺文志四》著录《渭南集》三卷、又《编年诗》二卷;《郡斋读书志》卷四载《赵嘏渭南集》三卷;《直斋书录解题》卷十九著录《渭南集》一卷,注云:"《唐书·艺文志》作三卷。"《宋史·艺文志七》仅著录其《编年诗》二卷。辛文房《唐才子传》卷七《赵嘏传》云:"今有《渭南集》,及《编年诗》二卷,悉取十三代史事迹,自始生至百岁,岁赋一首、二首,总得一百一十章,今并行于世。"⑤

赵嘏诗今存版本有:清席启宇《唐诗百名家全集》收有《渭南诗集二卷》(《楚州丛书》第一集有补遗一卷,段朝端校补),清龚贤《中晚唐诗纪》及清刘云份《中晚唐诗》均收有《晚唐赵嘏诗一卷》。《全唐诗》编赵嘏诗二卷,计216题262首,残句12联。其中有24首与他人重出。《全唐诗补编》补诗5首及残句7条。另,亡佚于元明之际的赵嘏《编年诗》,今敦煌遗书中尚残存36首。今人谭优学有《赵嘏诗注》⑥。今存赵嘏诗总共约三百二十首。

赵嘏诗历代重要的唐诗选本均有收入,包括唐代韦庄的《又玄集》和韦縠《才调集》,宋代之后《唐百家诗选》《三体唐诗》《唐诗鼓吹》《唐音》《唐诗品汇》《唐诗选》《中晚唐诗叩弹集》《唐诗别裁集》等诗选虽各有标准,也各有侧重各有特点,但是对赵嘏诗歌却都投以

---

① 欧阳修《新唐书》本纪第八,北京:中华书局,1975年,第253页。
② 王夫之《读通鉴论》卷二十六,北京:中华书局,1975年,第937页。
③ 司马光《资治通鉴·大中四年》:"宣宗性明察沉断,用法无私,从谏如流,重惜官赏,恭谨节俭,惠爱民物,故大中之政,讫于唐亡,人思咏之,谓之'小太宗'。"
④ 参王泽强《略论赵嘏的科举活动与诗歌创作》,《淮阴师范学院学报》1999年第2期。
⑤ 辛文房《唐才子传》,见傅璇琮主编《唐才子传校笺》,北京:中华书局,1990年,第307页。
⑥ 谭优学《赵嘏诗注》,上海:上海古籍出版社,1985年。

一定的重视。著名唐诗选本中唯独《唐诗三百首》未选赵嘏诗。赵嘏作为晚唐一位不可忽视的诗人,其诗歌创作成就总体上还是得到历代选家肯定的。

历代诗评家对赵嘏诗褒贬不一,以褒评为多,且评价甚高。最值得注意的就是大诗人杜牧认为赵嘏是晚唐的李白杜甫:"命代风骚将,谁登李杜坛。"(杜牧《雪晴访赵嘏街西所居三韵》),且激赏其"残星数点雁横塞,长笛一声人倚楼"之句,目之为"赵倚楼"①。可见在杜牧心目中,赵嘏是晚唐第一流诗人。晚唐张为《诗人主客图》列赵嘏于"瑰奇美丽主"宰相武元衡之"入室",低于"上入室"中唐刘禹锡,高于"升堂"晚唐许浑。②《诗人主客图》将中晚唐诗人分为六派,每派一"主"多"客","客"分为上入室、入室、升堂、及门四个等级,"瑰奇美丽"一派中"上入室"仅中唐刘禹锡一人,赵嘏位于"入室三人"之一,尤其是高于"升堂"晚唐许浑,可见张为对赵嘏诗地位的评价亦与杜牧的评价相近。后来褒评者多肯定赵嘏诗的艺术独特性,贬者则主要是从否定晚唐诗歌的角度,认为嘏诗也有格局狭窄、气韵衰飒、风骨尽失的弊病,诗风偏于颓唐。

二、赵嘏诗歌的艺术特色

赵嘏诗思想内容无甚新奇,历代对其赞赏不绝的是其诗的艺术成就,因此我们很有必要对其诗的艺术特色予以分析总结一番。

(一) 赵嘏七律被认为是晚唐第一流

前文引述晚唐诗人杜牧、张为评价赵嘏为晚唐第一流诗人。据《唐才子传》卷七《赵嘏传》记载:"宣宗雅知其名,因问宰相:'赵嘏诗人,曾为好官否?可取其诗进来。'读其卷首《题秦皇》诗云:'徒知六国随斤斧,莫有群儒定是非。'上不悦,事寝。……一日名动京师,三日传满天下。"③当时唐宣宗因知赵嘏诗名满天下,要宰相令狐绹进赵嘏诗,虽然读了赵嘏《题秦皇》诗后不悦(因为说皇帝需要群儒来定是非),但并不影响赵嘏诗坛一流诗人地位。而在唐以后的历代评论家对赵嘏诗的评价中,明末唐诗研究大家胡震亨对赵嘏诗艺术上的评论最能切中要害:

> 赵渭南才笔欲横,故五字即窘,而七字能拓。蘸毫浓,揭响满,为稳于牧之,厚于用晦。若加以清英,砭其肥痴,取冠晚调不难矣。为惜"倚楼"只句摘赏,掩其平生。④

胡氏认为赵嘏才笔欲"横",所以,"五字即窘"主要指不擅长以雕琢见长的五律和五绝,"七字能拓"主要指擅长以恣肆见长的七律和七绝。"五字即窘"倒也未必⑤,"七字能拓"

---

① 王定保《唐摭言》:"杜紫微览赵渭南卷,《早秋》诗云:'残星几点雁横塞,长笛一声人倚楼。'吟咏不已,因目为'赵倚楼'。"见《唐摭言校注》,上海:上海社会科学院出版社,2003年,第151页。
② 见丁福保辑《历代诗话续编》,北京:中华书局,1983年,第99页。
③ 辛文房《唐才子传》,见傅璇琮主编《唐才子传校笺》,第303页。
④ 胡震亨《唐音癸签·评汇四》,上海:上海古籍出版社,1981年,第76页。
⑤ 潘德舆认为"(赵嘏)其五律气体胜于七律者尤多,如……等诗,无论全局紧于七律,即以句法论,用意极深,措词极静,亦非七律之好以缘情绮靡胜者。……盖倚楼五律高处,往往似大历十子,其佳在骨韵间,不可以言语摸索而得,而在当时转以七律得名,此晚唐之所以卑也。"(郭绍虞编《清诗话续编》,上海:上海古籍出版社,1983年,第2108页)清胡寿芝《东目馆诗见》认为:"赵嘏少古体。其七律词多散漫,唯五律遒劲。"

确实如此,赵嘏诗七律(130首)、七绝(117首)最多,写得也最出色。胡氏又认为赵嘏诗"稳于牧之,厚于用晦",意思是赵嘏诗用语比杜牧诗更妥帖、恰当,比许浑诗更醇厚有味。这个评价是非常之高了。清人周咏棠又认为赵嘏七律在温庭筠之上:"承祐七律,清丽挺拔,较胜飞卿。"①他因七律名篇《长安晚秋》而获得"赵倚楼"的雅号,且其七律名篇佳句甚多,这样看来,赵嘏七律的艺术造诣在晚唐应该是一流的,接近李商隐了。其七绝名篇《江楼感旧》被诗评家认为超过崔护《题都城南庄》②。从杜牧的高度推崇看,其七绝造诣亦接近杜牧了。

(二) 赵嘏诗寓情于景,多抒凄苦乡愁

很多诗人都擅长将感情融汇在所写的自然景物之中,借对这些自然景物的描摹来间接的抒发自己的感情。赵嘏诗的名篇佳作、名言警句多是写景,景中融情,这一点在众多晚唐诗人中尤为突出。不过,有的诗人擅长写胸怀天下之情,有的诗人则擅长写隐居田野之情,而赵嘏诗则几乎很少有意气风发之作,多写久试不第后仕途不顺的思乡之情。如《寒塘》:

> 晓发梳临水,寒塘坐见秋。
> 乡心正无限,一雁度南楼。③

这首诗写的是秋思。诗歌的前两句主要是对秋天的景色进行了描写,诗人看到秋天的景色而心生秋思之感,第三句则写诗人的乡愁,末句以景结情,用雁归来反应自己的心情,大雁每年迁徙自然是思乡诗特别常用之物,赵嘏也有很多诗句用到了雁,包括《长安月夜与有人话故山》《旅馆闻雁别友人》《曲江春望怀江南故人》《宿楚国寺有怀》等。全诗情景交融,意境混成,含蓄有味。将对秋天的思考融入景色当中,进而真正做到了情随景生、寓情于景。

又如他的名篇《长安晚秋》,同样也写到了雁:

> 云物凄凉拂曙流,汉家宫阙动高秋。
> 残星几点雁横塞,长笛一声人倚楼。
> 紫艳半开篱菊静,红衣落尽渚莲愁。
> 鲈鱼正美不归去,空戴南冠学楚囚。

这首诗写的是作者在长安壮志难酬、思念故乡之情,正所谓"一切景语皆情语",首联总览长安全景,通过远景的描写塑造了一幅拂晓时分凄凉的长安秋景,其中"凄凉"二字既属客观景色描写,也蕴含了主观的感受,奠定了全诗的情感基调。下句从"高秋"品味,同时

---

① 周咏棠《唐贤小三昧集续集》,转引自陈伯海主编《唐诗汇评》,上海:上海古籍出版社,2015年,第3813页。
② 敖英《唐诗绝句类选》:"谢叠山曰:崔护'人面只今何处在,桃花依旧笑春风',不如此诗意味更悠远。"
③ 本文所引赵嘏诗,出自谭优学《赵嘏诗注》,上海:上海古籍出版社,1985年,徐俊《敦煌诗集残卷辑考》,北京:中华书局,2000年。后文引诗不再出注。

还给人一种"高处不胜寒"的感觉。颔联是本诗的名句,通过眼观("残星几点")、耳闻("长笛一声")、动景("雁横塞")、静景("人倚楼")的结合立体的描绘了周围的景象,看到的是寂寞,听到的是凄切,无助的作者只能通过倚靠在栏杆边才能得到些许力量,如果颔联是仰视,那么颈联就是俯视了,通过"篱菊"和"渚莲"两种不同的植物来衬托长安萧索之状,半开的菊花和凋零的莲花,都不是盛开绽放的样子,尾联则转向了抒情,借用西晋张翰事和春秋钟仪事,表示诗人毅然归去的决心。今人评价这首诗为:"将凄凉秋景与失意之情融合在一起,构成感人的意境。"①

再如《东望》:

> 楚江横在草堂前,杨柳洲西载酒船。
> 两见梨花归不得,每逢寒食一潸然。
> 斜阳映阁山当寺,微绿含风月满川。
> 同郡故人攀桂尽,把诗吟向沉寥天。

这首诗写的是赵嘏东望故乡之情,写景楚江拦在草堂前,而杨柳洲边又有小船经过,远、近、动、静俱在,在这种意境之中,作者表达的是忆我同计之人,登云已尽,而我独流落无依,空把诗句吟向于沉寥之天,这是一种怎么样的悲凉之情,就像《唐诗鼓吹评注》评的那样:"其不东望而长怀者,岂情哉!"②

(三)赵嘏诗难而不涩,因难见巧

赵嘏从成年到登第,在干谒与科场中奔走了近二十年,为了进士科举而苦练诗歌本领,创作了大量高难度的诗篇。赵嘏也因此而自负,自认是大才子:"诗家才子酒家仙,谪在人间十七年。"(赵嘏《答佳人》)最著名的是赵嘏将隋朝薛道衡的《昔昔盐》二十句,每句敷衍称一首五律,共二十首。唐代进士考试,考官命题通常从六朝诗歌中选取一句作题目,并限定取这一句中的某个平声字作韵脚写一首五言近体诗(通常五言六韵)。赵嘏的《昔昔盐二十首》正是照此操作,虽然难度较大,但难而不涩,因难见巧,可见赵嘏作诗功力非同寻常。赵嘏的《十无诗寄桂府杨中丞》十首七绝,皆用"七虞"韵,且每首末尾一字皆是"无"字,故称"十无诗",难度很大,但十首诗读来自然流利,毫不晦涩,布局讲究,每首意思连贯,时见巧思。这方面最让后人惊叹的,莫过于赵嘏著名的《读史编年诗》二卷,悉取十三代史事迹,自始生至百岁,岁赋一首、二首,总得一百一十首,虽亡佚于元明之际,但幸运的是,在敦煌遗书中发现 36 首。如七岁诗曰:"孔融幼女毁齿年,引颈就戮忻忻然。谢庄父子擅文雅,项橐师资推圣贤。吟处碧天云暮合,拜时真像泪长悬。仍问别有张曾子,礼乐全知世共怜。"分别罗列了孔融女、谢庄、项橐、谢惠连等人事迹,敷衍成诗,密集用典,方便自己和读者记忆故事,掌握写诗的故实,读来又不晦涩,真是因难见巧。可见其具有举重若轻的作诗功力。

---

① 李定广评注《中国诗词名篇赏析》,上海:东方出版中心,2018 年,下册第 19 页。
② 钱谦益等《唐诗鼓吹评注》,石家庄:河北大学出版社,2000 年,第 209 页。

(四)赵嘏诗歌给人印象最深的艺术特色是"清丽"

赵嘏诗有擅长七言近体,用语妥帖俊逸,醇厚有味等特点,但给人印象最深的艺术特色还是"清丽"。"清丽"为晋代陆机《文赋》中所提出:"或藻思绮合,清丽千眠,炳若缛绣,凄若繁弦。"① 可见严密漂亮光泽鲜艳,自古就是一种被认可的风格,而赵嘏更是晚唐中一位擅长这种风格的诗人。

唐末五代的两部唐诗选本《又玄集》和《才调集》都是以选取"清词丽句"为旨归的,赵嘏诗皆有入选,且数量较多,又以七言近体为主,可见唐末五代人对赵嘏诗的看法和定位。诗人韦庄于光化三年(900)选编的《又玄集》共收录了唐代各时期的名家名作三百首,其中就收录了赵嘏的四首诗《长安晚秋》《忆钱塘》《寄归》《送李先辈复职郑州因献》,比例不低,已是收入数排名前列的诗人,韦庄在《又玄集序》中说明选诗标准:"自国朝大手名人,以至今之作者,或百篇之内,时一章;或全集之中,唯征数首。但掇其清词丽句,录在西斋;莫穷其巨派洪澜,任归东海。"② 可见韦庄选诗有着明确的标准,并经过精心筛选的,选择的都是他认为符合"清丽"风格的佳句,而赵嘏这几首佳作显然也符合韦庄的诗学主张,并得到了大力推荐。五代前蜀韦縠编选的《才调集》也收录了赵嘏的十一首诗作,包括《长安晚秋》《东望》《寄归》《汾上宴别》等名作,韦縠在《才调集序》中表明了选诗的标准:"韵高而桂魄争光,词丽而春色斗美。"③

宋晁公武《郡斋读书志》卷十八中说:"唐刘沧,字温灵,大中八年进士,诗颇清丽,句法绝类赵嘏。"④ 清周咏棠《唐贤小三昧集续集》曰:"承祐七律,清丽挺拔,较胜飞卿。"⑤ 都认为赵嘏诗"清丽"。

赵嘏诗七律的"清丽"风格主要表现为以下四个鲜明的特点:

首先,不事用典,致力营造富有比兴意味的意境,让人感觉美丽而有韵味。

清编《全唐诗》评价赵嘏"为诗赡美,多兴味"。赵嘏七律大都不事用典(《读史编年史》例外),注重对意境的描绘,擅长使用自然流畅的方式描绘意境。明朱承爵《存余堂诗话》中说:"作诗之妙,全在意境融彻,出音声之外,乃得真味。"⑥ 可见意境于诗而言尤为关键。不过诗歌到了晚唐的时候,古体诗已经式微,诗人多以七律、七绝为主,又由于之前诗人的各种名家名句的衬托,使得常人已经很难写出新鲜感了,明代许学夷《诗源辩体》卷三十二说:"或谓晚唐人多用山水、木石、烟云、花鸟为诗,故其格甚卑,舍此可以观诗矣。予曰:不然。诗有赋比兴,山水、木石、烟云、花鸟,自《三百篇》而下,即初盛唐不能舍此为诗,顾可以责晚唐乎?"⑦ 而赵嘏作为晚唐以七律著称的诗人,他的诗歌又是如何展现意境的呢?

---

① 陆机著,张少康集释《文赋集释》,北京:人民文学出版社,2002年,第145页。
② 韦庄《又玄集序》,见《唐诗总集纂要》,上海:上海古籍出版社,2016年,第83页。
③ 韦縠《才调集序》,见《唐诗总集纂要》,第87页。
④ 晁公武《郡斋读书志》,上海:上海古籍出版社,1990年,第920页。
⑤ 周咏棠《唐贤小三昧集续集》,转引自陈伯海主编《唐诗汇评》,第3813页。
⑥ 朱承爵著《存余堂诗话》,见何文焕辑《历代诗话》,北京:中华书局,1981年,第792页。
⑦ 许学夷《诗源辩体》,北京:人民文学出版社,1987年,第308页。

其《长安月夜与友人话故山》写到：

> 宅边秋水浸苔矶，日日持竿去不归。
> 杨柳风多潮未落，蒹葭霜冷雁初飞。
> 重嘶匹马吟红叶，却听疏钟忆翠微。
> 今夜秦城满楼月，故人相见一沾衣。

这首诗通篇描绘的是故山的风景，表达的是作者的思乡之情，诗歌描绘的景色近在眼前，没有夸张之语，不用典，描写直白通俗易懂，但又圆熟而不失于油滑，其中第二联"杨柳风多潮未落，蒹葭霜冷雁初飞"，使用了杨柳、大风、潮水、蒹葭、冷霜、飞雁多达六种景物来描绘景色达到的却是一种悠远的意境，诗人做到了动中有静、远近相辅，读来立刻就似有一幅立体的画卷呈现在了眼前，这样的手法用白描写景，朴素自然，毫无突兀之感。宋代葛立方《韵语阳秋·四》也评价道："（赵嘏）又《长安月夜与友人话故山》诗云：'杨柳风多潮未落，蒹葭霜冷雁初飞。'亦不减'倚楼'之句。"①

又如《江楼感旧》：

> 独上江楼思渺然，月光如水水如天。
> 同来望月人何处？风景依稀似去年。

这首诗通篇描绘的是诗人夜上江楼思念故人的故事，区区四句，但在赵嘏手下写出了一种空灵神远的感觉，月光如水水如天，这样的描写此诗和上一首诗一样，动中有静、远近相辅，皓月、天空、江水自然的融合在了一个画面里，读者读来画面自然就印在了脑海里。因此俞陛云的《诗境浅说·续编二七言绝句》才会如此评价："唐人绝句，有刻意经营者，有天然成章者。此诗水到渠成，二十八字一气写出。月明此夜，风景当年，后人之抚今追昔者，不能外此。"②

其次，圆熟而多警句。

"圆熟"包含两方面意思：一是语言自然流畅；二是平仄格律工稳。锺嵘《诗品序》说"自然英旨，罕直其人"，以自然为最高美学原则是锺嵘所主张的诗歌创作方式。赵嘏的诗追求自然美、真美，诗之声韵符合自然，以"直寻"为创作方法。许学夷评价赵嘏说："声皆溜亮，语皆俊逸，亦晚唐一家。"③溜亮也就是明朗流畅，赵嘏的诗读之自然流畅，俊逸即超群拔俗。谭优学同样评价赵嘏诗为："不假雕饰，落去铅华，白描自然，了无斧凿痕迹。"④所以他的诗歌以自然流畅，实则意境深远的方式达到超群拔俗的效果，如此才能称为"晚唐一家"。赵嘏诗平仄格律工稳，这一点酷似许浑，但赵嘏诗格律上显得自然无痕，

---

① 葛立方《韵语阳秋》，上海：上海古籍出版社，1984 年，第 58 页。
② 俞陛云《诗境浅说》，北京：北京出版社，2003 年，第 282 页。
③ 许学夷《诗源辩体》，第 296 页。
④ 谭优学《赵嘏诗注》，前言第 3 页。

既无刻意迁就平仄之迹,又能营造诗味,所以胡震亨说赵嘏诗高于许浑。

赵嘏诗多警句,前人多有指出。元代吴师道《吴礼部诗话》曰:"赵嘏多警句,能为律诗,盖小才也。"①清薛雪《一瓢诗话》亦认为:"赵承祐除'倚楼'之外,尽多佳句,于此偶然得名。"②清潘德舆《养一斋诗话》云:"倚楼七律,佳语甚多,如'武帝未能忘塞北,董生才足使胶西','竹户半开钟未绝,松枝晚霁鹤初还','鹧鸠声中寒食酒,芙蓉花外夕阳楼','高鸟过时秋色动,征帆落处暮云平','两见梨花归不得,每逢寒食一潸然','树色老依宫舍晚,溪声凉傍客衣秋','故园何处风吹柳,新雁南来雪满衣','花外鸟归残雨暮,竹边人语夕阳闲',较之许丁卯尤觉生动有姿态。"③嘏诗长于七律,时有警句,其诗清迥中有一种赡美之气流贯其中。晚唐张为《诗人主客图》录有赵嘏四联诗句:

> 一千里色中秋月,十万军声半夜潮。　　　　　　　　　　　　(《钱塘》句)
> 梁王旧馆已秋色,珠履少年轻绣衣。　　　　　　　　　(按,此二句题无考)
> 满楼春色傍人醉,半夜雨声前计非。　　　　　(按,此《寒食新丰别友人诗》)
> 三千宫女自涂地,十万人家如洞天。　　　　　　　　　(《送人尉江都》句)④

观此四联皆是其七律中的对句,赵嘏其他警句也大都出自七律中的对句,清丽风格十分突出。至于"长笛一声人倚楼""蒹葭霜冷雁初飞"等名句,更是众口称赞。

再次,讲求连贯的语意和勾连的章法。

清鲍倚云《退余丛话》云:"赵倚楼诗于斜中见整,极参差出没之妙。视同时雕镂涂泽,以华丽为工者,侔乎远矣。"⑤认为赵嘏七律"极参差出没之妙",远远超过当时流行的"雕镂涂泽,以华丽为工者",这一特点可从赵嘏诗讲求连贯的语意和勾连的章法得到反映。赵嘏的七言近体特别讲求语句的前后勾连和章法上的前后照应。如《齐安早秋》:

> 流年堪惜又堪惊,砧杵风来满郡城。
> 高鸟过时秋色动,征帆落处暮云平。
> 思家正叹江南景,听角仍含塞北情。
> 此日沾襟念岐路,不知何处是前程。

此诗颇见前后句勾连和章法上的前后照应之功夫。清金人瑞评曰:"才念流年,便下'堪惜''堪惊'二语者。……三四承之……五'正'字,六'仍'字,无限顿挫。"⑥清毛张健评曰:"上截早秋,下截齐安。然首句已暗带下意。"⑦再如其七绝名篇《江楼感旧》四句极尽章法

---

① 见丁福保辑《历代诗话续编》,第 613 页。
② 郭绍虞辑《清诗话》,上海:上海古籍出版社,1999 年,第 712 页。
③ 见郭绍虞编《清诗话续编》,第 2108 页。
④ 见丁福保辑《历代诗话续编》,第 99 页。
⑤ 鲍倚云《退余丛话》卷一,见刘世珩编《聚学轩丛书(第四集)》,扬州:广陵书社,2009 年影印本。
⑥ 金人瑞《贯华堂选批唐才子诗》,《金圣叹全集》,南京:江苏古籍出版社,1985 年,第 369 页。
⑦ 毛张健《唐体肤诠》,转引自孙琴安《唐七律诗精品》,上海:上海社会科学院出版社,1989 年。

之妙:"独上江楼思渺然,月光如水水如天。同来望月人何处?风景依稀似去年。"清叶羲昂评曰:"言独上之时,思同来之友,见水月连天,思去年之景,皆有针线。"①清宋宗元评曰:"'独上''同来'四字,为此诗线索。"②他们强调的"针线""线索",正是前后句勾连和章法上的前后照应之功夫。

最后,追求声调的腾挪跌宕,增强声音上"击撞波折"之美。

清赵翼《瓯北诗话》卷八:"中唐以后,则李商隐、赵嘏辈,创为一种以第三第五字平仄互易,如'溪云初起日沉阁,山雨欲来风满楼','残星几点雁横塞,长笛一声人倚楼'之类,别有击撞波折之致。"③将第三字和第五字的位置互换,形成"小拗互救"之效果。如"长笛一声人倚楼",第三字"一"与第五字"人"平仄互换,形成了"小拗互救",声调变得腾挪跌宕,增强声音上"击撞波折"之美。

纵观赵嘏所创作的诗歌,赵嘏诗歌总体创作成就虽不及杜牧、李商隐,尤其是思想内容方面,但赵嘏七律在艺术上的造诣,取得的艺术成就,应该不在杜牧、李商隐之下,前贤一致认为赵嘏七律造诣超过许浑、温庭筠,但近现代以来对赵嘏整体上是忽视的,须重新引起重视。

三、赵嘏诗歌的艺术渊源

赵嘏身处的时代,诗歌因为时代的变迁而有了新的内容和艺术表现形式,唐诗的风格在这期间出现了明显的转变。④那么身处于时代转变中的赵嘏受到过哪些著名诗人的影响呢?

清宋育仁《三唐诗品·赵嘏》认为:"其源出于王勃、沈佺期,发声清润而入格未遒。七律为多,则当时之体也。有如'长笛一声人倚楼''蒹葭霜冷雁初飞',神韵清超,不虚名下。《昔昔盐》下二篇,仿梁陈赋得之体,夫其诗派所宗,亦于兹可见。"⑤在初唐四杰中,王勃诗的词采富丽是最突出的,而赵嘏诗亦有富丽特色,故宋育仁认为其源出于王勃。至于沈佺期,则被公认为七律诗的开创人,其七律代表作《独不见》语言流利优美,韵味无穷,确是赵嘏七律所本。初唐以下的渊源主要还有如下几位。

其一是元稹。元和后期与长庆、宝历、大和期间,正是元白诗风开始盛行的时期⑥,即公元约810—约835年前后这段时间,而赵嘏曾于大和元年前后数年在浙东观察使元稹门下任职,并存有多首诗歌,包括《浙东陪元相公游云门寺》和《九日陪越州元相宴龟山寺》等,据《赵嘏行年考》考证:"'元相',自指元稹无疑。"⑦赵嘏流传有《昔昔盐》组诗二十首,皆是闺怨诗之作,用词艳丽,历来为评论家所不喜,但就诗风而论,早期赵嘏诗风确有学习元稹之处。

---

① 叶羲昂《唐诗直解》,转引自陈伯海主编《唐诗汇评》,第3825页。
② 宋宗元《网师园唐诗笺》,转引自陈伯海主编《唐诗汇评》,第3825页。
③ 赵翼《瓯北诗话》,北京:人民文学出版社,1998年,第119页。
④ 袁行霈《中国文学史》,北京:高等教育出版社,1999年,第二卷第406页。
⑤ 张寅彭辑《清诗话三编》,上海:上海古籍出版社,2014年,第6836页。
⑥ 查屏球《唐学与唐诗:中晚唐诗风的一种文化考察》,北京:商务印书馆,2000年,第279页。
⑦ 谭学优《唐诗人行年考》,成都:四川人民出版社,1981年,第291页。

其二是刘禹锡。晚唐张为《诗人主客图》将刘禹锡与赵嘏均列于"瑰奇美丽"流派,刘禹锡位于"上入室",列于赵嘏之前,张为认同两者的诗风有相似之处,刘禹锡的山水诗历来被评为自然流畅、简练爽利,同时具有一种空旷开阔的时间感和空间感。此外,今在敦煌遗书中有幸发现了赵嘏的《咏史编年诗》36首,虽不及总数三分之一,但仍然保留了赵嘏咏史诗的风格和特色。晚唐时期,咏史怀古之作相比于前期的诗风相比明显增多,这一时期大约是从刘禹锡的创作开始的,他的《西塞山怀古》在当时影响力极大,大约创作于长庆四年(824),此后包括杜牧、李商隐、许浑等一大批拥有共同艺术兴趣的诗人开始创作怀古咏史诗,而赵嘏也是他们其中一员。

其三是张籍。赵嘏最擅七言近体,五律仅三十余篇,历来褒贬不一,但其五律确也有个人特色,一般认为其五律是学习张籍的。清李怀民《重订中晚唐诗主客图》云:"承祐诗,七言最多。七律八十余篇,独五律寥寥。虽性有偏好,亦散轶耳。昔人称其诗'赡美多兴味',余谓五言风格尤绝近水部。断为'及门'第一人。"①李怀民认为赵嘏五律风格尤绝近张水部(张籍),所以列为张籍一派之"及门"。

其四是许浑。许浑年长赵嘏十多岁,二人诗风又相近,赵嘏自然对于许浑诗有一定的学习借鉴。宋范晞文《对床夜语》云:"赵嘏、刘沧七言,间类许浑,但不得其全耳。"②由赵嘏的咏史怀古诗来看,此言非虚,赵嘏的咏史怀古诗却有几分和许浑类似的题材和构思,对历史题材也都有近似的感悟和兴趣,从而成为了怀古诗风的追随者,但赵嘏也有他个人的特点,他带有更多的南朝古诗的特点,比如《广陵道》:

> 斗鸡台边花照尘,炀帝陵下水含春。
> 青云回翅北归雁,白首哭途何处人。

总体水平来看,从晚唐张为,到明代胡震亨,再到清代潘德舆等一致认为赵嘏诗高于许浑诗,但赵嘏的咏史怀古诗的水平较同时代的作者如杜牧、许浑似乎要逊色一些。

其五是杜牧。研究赵嘏的诗歌,杜牧是一个不能忽视的人物,杜牧年长赵嘏两三岁,两人是好友,曾相互赠送诗歌甚多,包括《和杜侍郎题禅智寺南楼》《代人赠杜牧侍御》《杜陵贻杜牧侍御》等,并还流传有一首联句,《同赵二十二访张明府郊居联句》:

> 陶潜官罢酒瓶空,门掩杨花一夜风。(杜牧)
> 古调诗吟山色里,无弦琴在月明中。(赵嘏)
> 远檐高树宜幽鸟,出岫孤云逐晚虹。(杜牧)
> 别后东篱数枚菊,不知闲醉与谁同。(赵嘏)

两人共做一首七律,韵律和谐,意境同步,两人之作似一人所作,可谓天作之合。杜牧还

---

① 李怀民《重订中晚唐诗主客图》卷上,转引自《唐人律诗笺注集评》,杭州:浙江古籍出版社,2003年,第888页。
② 范晞文撰《对床夜语》,见丁福保辑《历代诗话续编》,第423页。

写有《雪晴访赵嘏街西所居三韵》：

> 命代风骚将，谁登李杜坛。
> 少陵鲸海动，翰苑鹤天寒。
> 今日访君还有意，三条冰雪独来看。

"命代"即"命世"，也即"名世"（闻名于世）。杜牧称赵嘏是"命代风骚将"，甚至以"少陵鲸海动，翰苑鹤天寒"来形容赵嘏之诗。少陵即杜甫，所作《戏为六绝句》其四有"或看翡翠兰苕上，未掣鲸鱼碧海中"句。"翰苑"指李白，白曾供奉翰林。裴敬《翰林学士李公墓碑》称颂李白："为诗格高旨远，若在天上物外，神仙会集，云行鹤驾，想见飘然之状。"①这是把赵嘏拟为李、杜了，可见对他评价之高。

杜牧不仅以"赵倚楼"推崇赵嘏，还有一首学习、借鉴赵嘏诗的作品《长安秋望》：

> 楼倚霜树外，镜天无一毫。
> 南山与秋色，气势两相高。

这首诗大约是写在大中四年（850）前后，这时赵嘏已赴任渭南尉，杜牧在长安郁郁不得志，可能无意间想起了旧时好友，因此写下了这首诗，"楼倚"二字无疑是直奔主题的。两人互相借鉴、学习的这些诗歌无疑也在中国诗歌史上留下了深刻的印迹。查屏球先生也评价说："杜牧的赞赏也是在他对赵嘏创作充分了解的基础上作出的，不是一时随意之语，其中凝聚了积累多年的艺术体悟，这一赞语也是他诗学观念的一种体现。"②

综上可知，赵嘏师法的对象大都是才情发越的诗人，这也使得赵诗极富才情。

四、赵嘏为代表的"清丽派七律"的诗史意义及对后世影响

赵嘏在晚唐文学中占有独特的地位，尤其是其今存的 130 首七律，具有独特的诗史意义，其诗史意义主要从如下三个方面观察：

首先，赵嘏今存的 130 首七律，数量较大，参与掀起了唐代七律诗的第二次高潮。七律自杜甫之后掀起了三次高潮，第一次高潮是以"元白"为首的中唐诗人，其中白居易一人创作了近 600 首七律，为全唐之冠，刘禹锡 180 余首，元稹 100 首，张籍、王建分别 80 余首，但此时期七律数量被五律压制。至晚唐前期，赵嘏与同时代的许浑（210 余首），李商隐（120 余首），杜牧（115 首），刘沧（99 首），温庭筠（92 首），李郢（64 首），薛逢（54 首）等一道推起了唐代七律诗的第二次高潮，数量上形成了与五律分庭抗礼的局面。第三次高潮是以"华岳三峰"（罗、韦、韩）为首的唐末诗人，其中罗隐 280 首，徐寅 208 首，方干 180 余首，韩偓 150 首，皮日休、韦庄、杜荀鹤分别 140 余首，陆龟蒙的 138 首，贯休、吴融分别

---

① 王琦注《李太白全集》，北京：中华书局，1977 年，第 1469 页。
② 查屏球《"赵倚楼""一笛风"与禅宗语言——由杜牧等人对语言艺术的追求看经典语汇的形成》，《文学遗产》2007 年第 4 期。

120余首,郑谷92首。这时期七律总量终于超过五律,成为我国律诗的第一代表。① 到宋代苏轼、黄庭坚、陆游等大家手中,七律数量更加庞大,对于五律占有压倒性优势。在这一诗体演进大势里,赵嘏自有一份功劳。

其次,赵嘏为代表的"清丽派七律"渐成后世七律主流。晚唐前期,七律名家辈出,可分两派:一派是以"温李"为首的"典丽派七律",主要代表人物是李商隐、温庭筠、杜牧,其七律多喜爱且擅长用典;另一派是以赵嘏为代表的"清丽派七律",主要代表人物是赵嘏、许浑、刘沧、李郢、薛逢,其中许浑是开创者,赵嘏是最典型的代表者,刘沧、李郢、薛逢为羽翼。"清丽派七律"主要有四大特点,已见前文所论,其中"不事用典,致力营造意境"应该是最大特点。至晚唐后期,七律名家如罗隐、方干、徐寅、韩偓、韦庄、杜荀鹤、陆龟蒙、贯休、吴融、郑谷,皆主要沿着以赵嘏为代表的"清丽派七律"前进。

这里以晚唐诗人刘沧为例。刘沧与赵嘏同时而稍晚,宋晁公武《郡斋读书志》说:"唐刘沧,字蕴灵,大中八年进士,诗颇清丽,句法绝类赵嘏。"②刘沧和赵嘏皆擅长写七律,尤其是写景方面有很大的相似之处,比如两者皆爱写水,赵嘏诗中描写"水"的诗句上文已摘录数首,包括:

  宅边秋水浸苔矶,日日持竿去不归。　　　　　　　　　　　(《长安月夜与友人话故山》)
  一千里色中秋月,十万军声半夜潮。　　　　　　　　　　　　　　　　　　　(《钱塘》)
  楚江横在草堂前,杨柳洲西载酒船。　　　　　　　　　　　　　　　　　　　(《东望》)

这些描写"水"的诗句,写的不是瀑布,不是溪流,也不是泉水,同样也不是"飞流直下三千尺"那样流水的动感,而是一种如同山水画一样,像是那些停在画卷上的宽广辽阔但又比较静态的远景的感觉。再观刘沧描写"水"的诗句:

  人度深秋风叶落,鸟飞残照水烟开。　　　　　　　　　　　　　　　　　　(《江行书事》)
  残柳宫前空露叶,夕阳川上浩烟波。　　　　　　　　　　　　　　　　　(《经炀帝行宫》)
  清洛平分两岸沙,沙边水色近人家。　　　　　　　　　　　　　　　　(《晚秋洛阳客舍》)

同样是描绘的是一幅山水画,刘沧笔下的"水"显得更加静态,比赵嘏诗更看重的是远景效果,水流多是远远的静态的,作用是为了映衬动景如"鸟飞""烟波"等,两者诗确实句法绝类。

最值得注意的是,宋代以下七律大家亦皆主要沿着以赵嘏为代表的"清丽派七律"发展。宋代七律最大的两家,分别是北宋的苏轼和南宋的陆游,都继承了赵嘏为代表的"清丽派七律"并有所拓展。清鲍倚云《退馀丛话》云:"赵倚楼诗于斜中见整,极参差出没之

---

① 参见李定广《唐诗的最后一次新变——论唐末近体诗的艺术开拓》,《上海师范大学学报》2011年第1期。
② 晁公武著,张猛校证《郡斋读书志校证》卷十八,第920页。

妙。……后来惟东坡七律飞腾变化,不可端倪,盖得此意。"①南宋大诗人陆游,在《跋赵渭南诗集》中说:"唐人如韦苏州五字,赵渭南唐律,终身所作多出此,故能名一代云。"②可见陆游对赵嘏的七律不仅评价高,更是颇为喜爱的,从陆游的七律诗中随处可以看到有学习赵嘏七律清丽白描的影子,且格律工整、用词考究。陆游曾作诗《恩封渭南伯,唐诗人赵嘏为渭南尉,当时谓之"赵渭南",后来将以予为"陆渭南"乎?戏作长句》:

老向人间久倦游,君恩乞与渭川秋。
虚名定作陈惊坐,好句真惭赵倚楼。
栈豆十年沾病马,烟波万里著浮鸥。
就封他日轻裘去,应过三峰处处留。

其中这句"好句真惭赵倚楼",让七律大师陆游都说自己作的诗不如赵嘏,这评价让人惊奇。

直到清代文人在评价唐代七律时仍推崇许浑、赵嘏为代表的"清丽派七律":"大能感慨许丁卯,别有心情赵倚楼。谁说晚唐无妙诣,二公才调也风流。"(陈维崧《钞唐人七律竟,辄题数断句楮尾》)乾隆皇帝亦云:"吟诗不用锦囊求,妙句还多赵倚楼。"(弘历《题庶子张鹏翀所进春林澹霭图即用其韵》)

当然,赵嘏的诗歌创作亦有其局限性。总体上来说,其创作也有晚唐诗歌创作的相似的缺点,如题材较窄。赵嘏诗也很少有描写如时代风云、国家兴亡、民生疾苦等题材。正如谭优学先生所评价的:"(赵嘏)他的诗作题材狭窄,内容单薄。"③虽说赵嘏诗歌有不少缺点,但其作为晚唐诗坛中一位颇有代表性的诗人,其诗歌尤其是七律又具有独特的艺术价值和诗史意义,风格也能自立一派,对其评价不能过于苛刻。其在晚唐诗歌史中仍占有一个重要的地位,在中国七律诗史中的地位更为重要。

[作者简介] 张永吉,上海师范大学人文学院博士研究生,上海应用技术大学教师。
　　　　　　李定广,上海师范大学人文学院教授、博士生导师。

---

① 鲍倚云《退余丛话》卷一,见刘世珩编《聚学轩丛书(第四集)》。
② 陆游著,马亚中校注《渭南文集校注》,杭州:浙江教育出版社,2011年,第299页。
③ 谭优学《赵嘏诗注》,前言第2页。

陈德文《石阳山人蠡海》诗学批评思想述论*

胡建次　林泽靖

[摘　要]　陈德文《石阳山人蠡海》的诗学批评思想，主要体现在两大方面：一是宣扬"人文世运"说。其重视论说诗人、诗作与读者的联系，重视文学各要素间的互动，构建出了一个逻辑自洽的文学传达与欣赏之论。二是对儒家诗学思想的承袭与发展并举。其主要体现为，主张人品与诗品相为一致，重视发挥诗教功用，宗尚中正平和的艺术风格。他通过评说阮籍《咏怀》组诗，凸显出注重感同身受的批评原则。作为一部稀见于世的批评著作，《石阳山人蠡海》注重贯通与创新，其持论中正，论说细致，注重周延，积见深邃，对我们认识明代中叶诗风演进及诗学理论批评建构都有着重要的价值与意义。

[关键词]　陈德文　《石阳山人蠡海》　诗学批评　思想　述论

陈德文（约1497—?），字子器，号石阳山人，江西泰和人，嘉靖四年（1525）举人。嘉靖十七年（1538）出任政和知县，历工部员外郎，迁顺天府治中。著有《石阳山人蠡海》《石阳山人建州集》《陈工部集》《陈建安诗余》，参与《临江府志》《袁州府志》的编纂。他素喜诗词，好刻书，与夏言、范钦等人相交，并与范钦一起校刻了《阮嗣宗集》《熊士选集》《穆天子传》等。

《石阳山人蠡海》以"蠡海"为名，盖谓己学如蠡，持之以测诗学之海，取瓮天蠡海之意以自谦。本书与《石阳山人建州集》同藏于中国国家图书馆与台湾图书馆，上卷为诗话，作于作者任知县之后，共81则，现存65则，主要论说其诗学思想，兼论部分名家诗作；下卷作于嘉靖十八年（1539）左右，为其五言诗集《石阳山人病诗》，共60首，有弟子张杞跋。作为一部稀见于世的诗学批评著作，《石阳山人蠡海》对认识明代中叶诗风演进及诗学理论批评建构有着重要的价值与意义。

一、《石阳山人蠡海（上）》总论

《石阳山人蠡海》上篇大致可分为三个部分。其一，为第一至第二十二则，主要阐述"人文世运"之说；其二，为第二十三则至第五十七则，主要评论诗人诗作，并对第一部分

---

* 本文系国家社科基金重大项目"东亚唐诗学文献整理与研究"（项目批准号：18ZDA248）的阶段性成果。

之论进行阐发;其三,为第五十八则至六十五则,主要对前述内容进行总结,并讨论一些散碎的问题。

陈德文于书中略述其创作目的云:"余来建州,辞翰简,就簿书,谢冲玄,事猥琐。所理朝夕,揆非平生。菀邑幽愤之情,艰难愁病之状,入不能言于内,出不敢告于人,情结不伸,悲嗟成韵。未敢拟古作者,姑自为一家言,庶几同情之人,万一矜予志耳。"①陈德文初到政和之时,可谓很不伸意。他腹有才华,"弱龄操觚翰,铅椠不辍手",本应意气风发,却屡试不中,蹉跎科场十余年。同时,他又以先兄未中进士而殁为憾。因而于此时,其心理甚为矛盾:是继续投考,为先兄了愿,还是就此停步,以举人为官?"青岁不我御,朱颜苦易迁",最终他放弃追求"奋举凌紫霞"之志,赴政和任知县。现实的不尽如意使其思想逐渐向宿命论靠拢。在《石阳山人建州集》中,其题辞云:"自建州至东游,所历境界俱梦中曾到者,人生行止,信非偶然。"②可见,在他心中,屡次落榜、断绝清华皆为命运安排。加之嘉靖十八年又因"居冒暑寒,蒸汗屏邪","既乃为疟"。可见,陈德文在初任知县时,其内心实与郁闷相伴。在意有所郁的情况下,他便将愁困寄托于创作之中。既然心中悲郁不能告于诸人,则不妨效太史公之发愤,"俟后世圣人君子",以期让人理解其困苦。这一"发愤著书"思想与宿命论均为《石阳山人蠡海》的立论基础。全书注重世运的论调,评论同处愁困之人时的深有同情之感,都无不受此影响。

《石阳山人蠡海》的诗话部分,主要有三个方面的特点。首先,该诗话着重讨论时代升降,于宏观把握诗歌历史发展。陈德文论诗,多从文学史角度入手,注意讨论特定时代的普遍性,并由此出发阐说其持论。如云:"周监于二代,郁郁其文,而孔孟终身不遇;唐廓乎六朝,浑浑其制,而李、杜客死不庸。人运天机,各相差左,云龙风虎,自古以为难。谅哉!"③其次,注意阐发批评思想,即使论说具体诗人诗作,也多为阐发与佐证之用。如云:"杨铁崖、李西涯拟古乐府,美矣,谓之'杨李乐府'可也。古乐府蕴藉风流,和平悠远,正奇杂出,轨辙同归,大率不露精神,词意自别。摽敚拟议,饾饤仿佛,后世所以不能及。"④其论杨维桢等人与古乐府之优劣,便是为佐证对时代与文学关系的持论,而非就诗论诗,阐述关于篇目或体裁的问题。最后,重视先秦汉魏及唐人之诗,而卑视宋人之作,体现出深受时风影响的特点。如云:"汉魏之诗,质不失之野,丽不失之华,怨不失之离,乐不失之放。虽守而未化,然古道犹存。晋宋以降,淳朴日漓,促迫萎靡,雕刻藻绘,兴致既短,风义益遐,而世变系之矣。嗟夫!"⑤由此可见一斑。

二、人文与世运相因:论时代、诗人、诗作

(一) 论时代与诗人、诗作之关系

在《石阳山人蠡海》中,陈德文开宗明义地为全书定下主调:诗歌创作水平随时代之变化而每况愈下。其云:"吾读《王风》而悲《雅》,读《骚》而悲《风》,读五言而悲《骚》,读《柏梁》《四愁》以下而悲苏、李。道随时趋,词繇运变,虽代有作者,其至下矣。横流砥石,

---

①③④⑤ 陈广宏、侯荣川《稀见明人诗话十六种》,上海:上海古籍出版社,2014年,第110、104、102、104页。
② 陈德文《石阳山人建州集》,中国国家图书馆藏影印本,第21页。

颓照虞渊,良工心苦云。"①在他看来,《风》不如《雅》,五言诗不如《楚辞》。颇具"今不如古"的退化论色彩。该诗歌发展观念的产生,其实乃受传统"时运交移"说及宗经思想的影响。陈德文进一步以《诗经》为极则,认为"《小雅·鹿鸣》《大雅·文王》《周颂·清庙》,凡十数篇,如王公大人,垂绅端冕,正色立朝,翼翼堂堂,人不可犯",而魏晋诗人,"如陈思王、嵇叔夜、陶渊明,极精覃思,力拟古作"②,他们以"承"与"变"两种方法力追前人,但效果不佳。"逾蹊越径"、力求新变的诗人,于诗歌一道上"其到愈难",难以超越古人成就;"遵轨循涂"、继承前人成果者,也"卒莫能至矣",更无法望古人之项背。陈德文又道:"《邶》《鄘》《唐》《魏》,已异二《南》;左、阮、曹、刘,复殊两汉。然《柏舟》《燕燕》之什,不怒而怨伤;《浮萍》《白马》等篇,自嗟而引分。和柔温厚,恻怛婉扬,真逐妇离堂之贞、纯臣去国之爱也。"③陈德文认为,时代之间的交替是存在着过渡阶段的,正变之分也并非具有精确的时间节点,前代末期已然渐起变化,逐步产生后一时代的部分特色。

这一观点较宋代张戒等人笼统以时代为据,对诗歌进行分期的做法更见合理。张戒《岁寒堂诗话》曾云:"国朝诸人诗为一等,唐人诗为一等,六朝诗为一等,陶、阮、建安七子、两汉为一等,《风》、《骚》为一等,学者须以次参究,盈科而后进,可也。"④陈德文认识到,时代与作品并无完全一致的对应关系。因而,他以创作风格为主要依据,参以时代来划分诗歌发展的历史时期。他认识到文学时代之区分并非如黑白一般分明,而是存在着一个渐变的过程。此论亦是部分时人的共识。如,谢肇淛在《小草斋诗话》中云:"初、盛中之作意者,已入晚矣;中、晚中之议论者,已入宋矣。习渐所趋,非其人之罪也。"⑤这说明,明代的一些批评家已具有相当浓厚的辩证观念,对机械地划分诗歌发展时期,武断地将诗人风格与时代风格画等号的行为予以了强烈的质疑。这一观念无疑是值得称道的。

陈德文具体论述到诗歌创作水平下降的原因。其云:"四声乖错,六义支离,一更弦而为屈、宋,再易辙而为苏、李。《房中》乐府,里巷歌谣,淫诐流荡,而古人兴诗之义微。依永和声,去古逾远。孟子曰:'王者之迹熄而《诗》亡。'"⑥在他看来,诗歌创作的决定因素,在于"四声"与"六义",亦即诗的音节形式与所表现思想内容。相对于前人,明人逐渐认识到形式与内容具有相对独立的关系,他们论诗不再唯内容而不顾形式。一些人清醒地认识到,内容决定诗歌,《诗经》的艺术成就便依赖于其时的社会现实即"王者之迹"。同时,陈德文又点出"兴诗之义",希望从厘清诗歌创作目的出发,从根本上扭转明诗发展之颓势,这是对一些人常在枝叶问题上纠缠不清的反思。陈德文认识到了需要从诗歌的质性出发,正本清源,树立更为合理的批评观念。

陈德文将诗歌分拆为音节与六义来加以论述,可见其诗歌理论的两个来源:一是元代以来各家对诗歌声律表现的倡导与重视,如杨士弘之"晚唐来作者愈盛而音律愈降"⑦说、高棅之"以声选诗"说,因而,他重视诗歌的声律表现,讲究"声依永,律和声";同时,又

---

① ② ③ ⑥ 陈广宏、侯荣川《稀见明人诗话十六种》,第 101、107、101、101 页。
④ 丁福保《历代诗话续编》,北京:中华书局,1983 年,第 451 页。
⑤ 张健《珍本明诗话五种》,北京:北京大学出版社,2008 年,第 368 页。
⑦ 杨士弘编选,张震辑注,顾璘评点,陶文鹏、魏祖钦点校《唐音评注》,保定:河北大学出版社,2006 年,第 73 页。

以声律日下来佐证其"人文世运"说。二是传统的儒家诗歌理论批评,讲究诗的创作须具六义,重视诗歌反映现实、宣扬政教的社会作用。

总体来说,陈德文所宣扬的批评思想是受时代影响的。诗于唐代达到一个巅峰,后人无不面临着如何赶上与超越的问题。但总体来说,宋元明三代,诗的发展可谓江河日下。明人虽时有自矜之语,常以其为唐诗正统,自认为承汉唐余绪。如,胡应麟《诗薮》云:"自三百篇以迄于今,诗歌之道,无虑三变:一盛于汉,再盛于唐,又再盛于明。"①明人轻视宋人,如李东阳便有"宋诗深,却去唐远"②之语,但他们大抵还是认识到当世诗歌还是不如宋元,如许学夷便有"古今诗赋文章,代日益降"③之说。既然自认为传承正统,那又为何水平不如宋人呢? 因此,他们必然要找出原因以解释此现象,陈德文在此另举时运这一因素,主张时运决定诗歌创作,便是顺理成章的了。

但陈德文对于文学的整体发展并非持悲观态度。他提出,诗歌发展虽每况愈下,"唐诗至罗隐、陈图南,而体裁格律雕削无余",诗歌的发展虽然沉寂了,散文的写作却旗鼓日盛,"至六一、介甫,以其雄文横放,于诗陵夷"④,他认识到,诗文的发展常此起彼伏,互为消长,相对来说,诗盛则文衰,诗衰则文盛。这种基于对诗文体式发展特征的认识,与杜甫、曹丕等人"创作才能不能兼备"之论相与契合。陈德文将此种理论由作者个体推及时代发展,从宏观角度发挥前人之论,用以补正与解释其"人文世运"说。它较之传统论说更显清晰,例证更有说服力。其论诗重视世运,与后世叶燮等人的论诗方法甚为相似,是具有相当理论价值的。

(二) 论诗人与时代、诗作之关系

在《石阳山人蠡海》中,陈德文阐说到创作主体的问题。其云:"稚龄染翰,弱冠登场。学步藻林,苦觉邯郸之刺谬;效颦艺圃,徒窥西子之精神。然而俯仰物情,流连景耀,频观法于大雅,未半解于小乘。登高日卑,行远厌迩,信作者之难也。"⑤应该说,与许多诗论家一样,陈德文首先是个诗人,然后才是诗论家,因而,他对于创作主体的问题感触颇深。这则材料看似阐说创作之难,实则探讨明代产生拟古倾向的根本原因,体现出嘉靖年间诗坛扭转模拟之风的时代潮流。正如严羽所论,诗人学诗,必先熟读古今名家之作,积累素材,方有创作出优秀之作的可能。诗歌发展至明代,可览之作甚多,初学者学诗,如先过精食细脍的生活,但再观己作,则如粗茶淡饭,难以下咽。而模拟之作易于接近前人神味,因而远难趋易,拟古成风。

但陈德文论诗并不单单虑及时代因素,他对于作者是同样重视的。其云:"《古诗十九首》,有雅而不淡,有丰而不腴,有质而不俚,有华而不侈。其慨叹反复,歌咏悠扬,意象精深,体裁贞素,非西汉人不能作。班固、郦炎、蔡伯喈,恐未易到此。"⑥在此,陈德文揭示出诗人与作品的关系。在他看来,作者决定作品风格,若非西汉诗人重提紫毫,则无法再现《古诗十九首》之风貌。同时,其亦有"非西汉之时运则无《古诗十九首》"之意,但文

---

① 胡应麟《诗薮》,北京:中华书局,1958年,第326页。
② 李东阳著,李庆立校释《怀麓堂诗话校释》,北京:人民文学出版社,2009年,第33页。
③ 许学夷著,杜维沫校点《诗源辩体》,北京:人民文学出版社,1987年,第348页。
④⑤⑥ 陈广宏、侯荣川《稀见明人诗话十六种》,第108、102、106页。

学作品由作者创作而成,时代对文学的影响,亦需通过创作者加以传达与表现。自然,作者与时代存在着双向的互动。传统的时运决定论存在着缺陷,无法解释为何会出现某时代之诗较前代成就更高的现象。为此,陈德文引入作者影响论,对这一论说进行了补正。其云:"律诗至李、杜而变。"①这便承认了著名诗人在文学发展史上所具有的作用,道出某些人确可使某种体裁的创作超越于前人。但即便如此,他依然强调,单个人是无法改变文学历史发展大势的,"虽从作者之更代,要之系乎其时焉尔"②,如同激流中的顽石,虽会溅起水花,却无法阻挡河水东流的趋势。其又云:"邺都三曹、建安诸子,力追奥域,志切羹墙。烂烂《卿云》,犹闻影响;雍雍《清庙》,似见声华。千古希音,超然独诣。虽未敢即论入室,然已睹百官之富、宗庙之美矣。"③陈德文以建安文学为例,揭橥出优秀作者具有遏止文学创作日益下降的作用。但他依旧坚持时代决定论,认为即使是建安时期的优秀之作,亦难与《诗经》中的作品相提并论。

陈德文并未就此陷入英雄史观的误区。其云:"古诗至开皇而衰,武德绳之以律;唐风底开元而变,李、杜规之于正。"④我国传统文学创作一直存在着重视描写英雄的倾向。《史记》一百三十篇,过百为英雄传记;《三国演义》亦以英雄为中心,绘成乱世之宏伟画卷。依附于文学创作的评论亦有重视特定人物的特点。如,刘克庄便有陈子昂"一扫六朝之纤弱"论,突出了他在文学发展史上所起的作用。陈德文敏锐地认识到特定人物在文学发展史上具有很大的作用,无李、杜等人之贡献,则唐诗便无法达到开元、天宝之盛况;但诗歌亦是天下诗人之共业,探论文学历史发展不能忽视多数人的作用,若无武德时期诗人们的共同努力,律诗亦难以在唐初产生。陈德文可谓把握到了"两点论"与"重点论"相统一的精髓,因而,在对诗歌历史发展的认识上有着不少精辟之论。

(三) 论诗作与时代、诗人之关系

在《石阳山人蠡海》中,陈德文虽然认为作品受时代、作者的影响,"从作者之更代",但他同样重视诗作与诗人、时代的关系。在他看来,诗歌寄寓着人的品格精神。其云:"《易水》悲怀,端于临发,竟溅血秦庭;《大风》壮志,形于既衰,终延年汉鼎。李义山'夕阳'之句,墨未干而告殂;刘希夷'春花'之诗,吟未已而速化。动乎四体,不善先知,信吾心之有神也。噫,诗殆神之所为乎?"⑤"心之神"实为诗人之性格与思想,"神"之各异使得人们有不同的生命旅途;而诗以言志,与人们的现实生活紧密相关,具有表现主体思想情感的功能。在陈德文看来,曹植便是如此。其云:"王粲《从军》四篇云'一由我圣君',刘桢《赠五官中郎将》首篇云'昔我从元后',二子者,显然帝操也。而植诗云'皇佐扬天惠',第以汉相目其父耳。嗟乎!诗之言志,不止于词,是占人之贤不肖矣。"⑥自《春秋》以来,常有"以一字为褒贬"的现象,于诗,亦可由一字而见作者之意。陈德文从细微之处入手,以小见大,对比两种不同称呼,以凸显曹植之忠贤形象。其又云:"植《赠白马王》七篇,孝友逾情,忠贞引分,痛怛而悲婉,笃厚而和平,岂涂人视同气者?而史言植夺嫡以致

---

①②③④⑤⑥ 陈广宏、侯荣川《稀见明人诗话十六种》,第 102、102、101、103、109、105 页。

废锢,其说岂其然?"①此处,他由诗歌情感表现入手,深入发掘曹植的内心世界,以此来认定其并非不重亲情、只求大位。可见,陈德文之论与性灵派的观点颇为相通,认为诗歌是"性情所流露者",这是受中晚明思想解放的社会风气所致的。

在论述诗歌与作者的关系时,陈德文进一步道:"王摩诘以二十八字减死,而沧洲歌者不能以二十字免刑。太白《清平词》几召种豆之祸,而梦得和宰相诗遂重听长乐之钟。死生祸福之际,能尽者人,其不能齐者天也。诗曷故焉?"②这与前论看似存在牴牾之处,实则不然。诗歌虽然寄寓着人的品格精神,但因其并非现实生活中的实在之物,因而具有相对的独立性。且诗歌创作唯有独立于政治之外,方能更为中立地实录而成,以发挥录载社会现实的功用。同时,不以言罪人亦是时代风气。朱元璋曾设科道言官,给予御史风闻奏事之权,要求他们"尽言无讳";市民阶层的兴起也掀起了思想解放、言论自由的风潮。在陈德文看来,"罪言虐矣,罪诗其过甚乎"③,朝廷尚且不能以言论问罪,诗歌创作较之一般言论,更不能被束缚,人们自然主张要突出诗歌相对独立的地位。此论反映出明代一些诗论家对诗歌地位问题的独立思考。

同时,陈德文认为诗歌也反映着时代风貌。其云:"声音之道,与时政通。考于武德、贞观,而知盛德之方隆;察于景龙、天宝,而占玄风之不竞;鉴于贞元、开成,而见景运之向衰……古者天王巡狩,列国陈诗,究鄙雅之风,察善恶之政。寓陟黜之章。正以防流端本,道俗禁邪,非徒形之咏歌以为观美也。汉诗虽不多见,宋诗虽未合古,乃其观气数,验人事,卜衰兴替隆之机,一也。诗岂易言哉!"④陈德文主要针对明代中叶诗坛的不良风气而论,批评轻易为诗的创作倾向。谢肇淛在《小草斋诗话》中曾提及,不少时人作诗,"以千古不朽之业,而仅为嗟来藉手之资"⑤,他们在创作时带有强烈的功利性,但凡能鬻得数钱,便随手写来,完全丧失了创作的严肃性、高尚性。为此,陈德文梳理诗歌历史发展源流,强调其于审美功用之外,更具有认识社会的功能,希冀矫正不正诗风,体现出强烈的社会责任感与使命感。

艾布拉姆斯认为,文艺活动是由世界、作品、艺术家、欣赏者四个要素组构而成的一个系统。诗歌来源于现实生活,由作者创作、读者阅读,自然亦会影响读者。陈德文云:"读陈琳之檄,可遣头风;诵杜甫之诗,可祛疟鬼。盖情耽所好,见苦如饴也。"⑥在论述诗歌对读者的影响时,他又另辟蹊径,从"阅读疗法"的角度入手,突出诗歌之巨大影响。此论古亦有之,刘向在《汉书》中便有王褒以诵读奇文治愈汉元帝之疾的记载,陈德文曾于病中阅读杜诗⑦,疟疾病情好转,方有此论。该论实具两层含义:一是肯定了文学作品对读者的情感具有引导作用,认为其可以调节分泌,以促进情绪好转、达到心理治疗的效果;二是这种治疗作用十分显著,通过影响读者的情绪波动,进而可起到恢复其身体机能的作用。由此可见,陈德文通过总结自身经历与文学活动实践,对文学作品与读者的关系显示出透彻深入的认识。

---

①②③⑥ 陈广宏、侯荣川《稀见明人诗话十六种》,第 105、105、108、104、103 页。
⑤ 张健《珍本明诗话五种》,第 355 页。
⑦ 陈德文作《石阳山人蠡海》时,便因不耐福建水土而得疟疾,见前文论《石阳山人蠡海》创作目的一节。

总之,陈德文的时运决定论,论说了时代、诗人与诗作的相互关系。他层层深入,建立了一个逻辑自洽的论说体系;他继承发挥,辩证折衷,论说充满理性精神;他跳出时人窠臼,求索普遍性规律,看似因循守旧,实却反对拟古之论。陈德文的论说体现出独特的思想价值与历史意义,对中晚明诗风演进及诗学理论批评建构有着重要的价值与意义。

三、承袭与发展并举:对儒家诗学的承衍及典范诗人的批评

(一)对儒家诗学思想的承衍

我国古代文学批评,一个重要的来源便是儒家思想。作为传统文人,陈德文经历十余年科考,深受儒家思想的熏染影响。《石阳山人蠡海》便显示出很浓厚的儒家思想色彩。如在各则诗话的安排上,他将其核心理论——"人文世运"说的总纲置于首则,而诗话的最后一则,即宣扬传统诗教之义。其云:"夫孔子谓'兴于《诗》',而又曰'小子何莫学夫《诗》',是故《诗》也者,理性情而标媺恶,先王以占风焉。陈诗教废烈于秦坑,《三百篇》后,春秋战国之间,固不多传。今之云诗,大率戏玩风云,追趋影响,而古人精志妙义,鲜复有存。恶无取惩,善不足劝,圣人始取必于法制矣。否则,何以《诗》亡然后《春秋》作?"①该则诗话可视为作者教化之论的总结,陈德文于字里行间追忆先王、企图恢复传统诗教之意溢于言表,他对片面追求艺术形式美、忽视教化之本的文学创作痛心疾首。

陈德文在《石阳山人蠡海》中,对儒家诗学思想的继承发扬,主要体现在以下几个方面。

第一,主张人品与诗品相为一致。陈德文云:"孔文举、欧阳坚石《临终诗》,发忧幽于短吟,示风音于属剑。其情苦,其志哀,烈士发愤之所为乎?然文举以才智杀身,坚石以轻佻速祸,等为殒灭,而坚石不足道也。"②陈德文论诗时,常将其视为作者人格精神、生命情怀的投影,把作品与诗人行迹相联系。这承自儒家"有德者必有言"之论,他甚至将高尚人品视为优秀诗作产生的前提。如论应、陆二家昆仲,其云:"玚不如璩,机不如云,匪直其诗然也。人品劣优,殆所谓鲁、卫之政乎?"③陈德文论述德与言的关系,实质上是重视探讨诗歌的本质特性。在他看来,诗歌的内核实质上是诗人的品性,"情动而言形,理发而文见"。因而,诗人的性情决定诗作的艺术风格。其又云:"明白坦易者,其词畅而和;雄浑精深者,其词渊而粹。发于宗臣元老者,如千钧古鼎,震撼不摇;作于达士骚人者,如百啭流莺,间关可听。"还云:"忠臣去国者,词多援古以证今;墨客放言者,情多訾人而玩世。是以诗言志。"④陈德文强调艺术风格与作者个性应是"表里必符"的,这与曹丕、刘勰等人之论相与互通。其又曰:"宋之问瀧州之词悲矣,不卑谄于武、韦,安得致上方之剑?柳子厚柳州之诗怨矣,不从谀于文、伾,安得滞罗池之魂?"⑤诗作与诗人间具有明确的对应关系,作为传统文人,陈德文尤其重视作者的道德水平,讲究知人论世。"是以节士完人,于富贵有甘死而不屑;畸才独行,居贫贱无求生以害仁。与其为孔璋生而泯泯,无宁为文举殁而堂堂。恒言节行文章,君子以彼较此,宁无文章尔!"⑥在陈德文看来,人的行迹比生命与作品更为重要。因而,他强调在具体批评时应紧密联系诗人的

---

①②③④⑤⑥ 陈广宏、侯荣川《稀见明人诗话十六种》,第 110、108、108、106、104、104 页。

品格。

这种重视道德的倾向亦出于对现实思考的结果。明世宗在位时,外有南倭北虏,内有土地兼并,统治已显颓势。"军民困苦,帑藏空虚",多有言行不一之人欺世盗名。同时,诗坛上依旧弥漫着复古的风气,这些不良氛围促使诗人之情与创作脱节,"窃疑太甚";且时处晚明诸家致力于对儒家诗学解构的前夕,诗坛对人品与诗品关系不够重视。由此,陈德文上承元好问等人之论,发"镜情伪,屏盗言"之先声,于明代中叶重视诗歌艺术特征的风潮中独具只眼,重提诗品与人品关系之论,体现出不小的现实意义。

第二,重视发挥诗教功用。陈德文云:"《载驰》、'淇水',卫之遗俗犹存;《宸豦》《晨风》,秦之贞机遽丧。盖河内之习驳而强,是故感动变化之间,影响善恶随异。虽王者必世而道迪无从,是以先王陈诗而端教。"①在此,陈德文以秦、卫为例,陈述诗歌创作与社会风俗之关系,借以突出诗教的重要性。他甚为强调诗歌"兴观群怨"的社会功用,这在具体评论中有所体现。"'似将海水添宫漏,共滴长门一夜长'……'含情欲说宫中事,鹦鹉前头不敢言'。忠有所欲输,言有所难尽,孰谓诗不足以兴足以怨?"②陈德文于此,引用李益《宫怨》及朱庆余《宫词》之句。以往诗论家论李益绝句多由艺术表现着手,如刘克庄称其"意在言外"③;后人如沈德潜,称其"音节神韵,可追逐龙标、供奉"④。世人论朱庆余之诗亦复如是,钟惺评此《宫词》"纤且深"⑤。而陈德文论宫怨诗,却从诗教的角度入手,注意揭示宫怨诗与社会治政教化之间的关系,以宫人之怨兴发忠臣之愁,既继承了传统诗论精神又有所创见,足见其对诗道之透彻认识。

第三,宗尚中正平和的艺术风格。陈德文云:"郑卫之声,宣淫而道邪,长恶而倡靡,使人乱《风》《雅》之正,生非辟之心。仲尼为邦,放之使远矣。秦焰既冷,汉儒收其逸篇,附会以足成数,为陋不浅,涂耳益滋。而宋人沿此,遂以《新台》、茻中之音,欲列诸经幄,无乃失圣人删后之志邪?"⑥陈德文从"淫于色而害于德"的角度出发,批判郑卫诗歌淫丽的风格,认为此风格表现会对世风民俗产生有害的影响,因而,他痛斥汉儒与宋人将此种诗作归列于经籍中,其反对好滥淫志之声的态度可见一斑。

陈德文对齐梁诗风的态度亦是如此。其云:"萧统以六朝委靡之声、绮丽之习,尚论于汉魏,选抡其篇诗,混紫为朱,列郑于《雅》,所必至者,而世乃翕然宗之,何邪?吾尝谓三国两汉之诗恐不止数篇,盖经统删后,贵耳贱目者因举而弃置之,希响寂寥,遗慨千古。"⑦陈德文感慨,在经过崇尚绮丽之美的六朝时期后,前人典正之诗已散佚大半。对于昭明太子所编《文选》,他亦以为选本多为绮丽之作,可见其追求文质彬彬,反对质文失衡。作为一个"酣沉姬孔言,梦寐皇坟友"的儒生,显然这一风格喜好源自儒家传统的"乐而不淫,哀而不伤"之准则。其评钱起《江行》为"夺命丹",以为其"清新典雅,流丽渊纯"⑧,亦足以说明其中正典丽的风格宗尚。

但是,陈德文并非不知变通的腐儒,他对儒家诗学思想尊崇而不墨守,体现出革新意

---

①②⑥⑦⑧ 陈广宏、侯荣川《稀见明人诗话十六种》,第109、107、107、109、107页。
③ 刘克庄著,王秀梅点校《后村诗话》,北京:中华书局,1983年,第6页。
④ 沈德潜《唐诗别裁集》,北京:中华书局,1964年,第126页。
⑤ 周珽《删补唐诗选脉笺释会通评林》,《四库全书存目丛书补编》本,济南:齐鲁书社,2001年,第685页。

识。其一,他能够洞察时代变化,并以此作为批评的原则。他反对盲目地对《诗》进行削足适履式的批评,提倡设身处地,结合当世的社会现实而进行论说。《毛诗正义》有云:"《卷耳》,后妃之志也。"①陈德文颇不赞同,以为"《卷耳》非后妃作也。'陟彼高冈'、'我仆痡矣',岂妇人者所得言哉?"②他进一步道:"《苤苢》同咏于《菁莪》,《摽梅》缘情于《棫朴》。盖'求我庶士',文王汲汲用贤之真;'薄言采之',子衿优优自幸之乐。皆古哲辟英君,化迪闺门,道隆家国,繇近及远,自易历难,而士习民风日新月盛,以致群工济济,公族振振,泰和在唐虞者,熙洽于丰镐也。"③陈德文认为,既然如今一个小小的泰和尚且盛于先秦时之通邑大都,那么,"今乃泥于《关雎》首篇,概从女流诵美,拟太姒若揽权之哲,示西伯殆寄生之愚",自然便是"傅会揣摩,承讹蹈舛",以至于"涂耳目者信之,遂一倡百和"。如此论诗之法,"几于刻舟胶柱矣"④。可见其对时代变化的敏锐认知。其二,他能发挥前人之论,并提出新的观点。其云:"鲍、谢、庾、徐,擅风流于江左,宋、陈、沈、杜,振音响于唐初。然江左之浮夸几于慢,而初唐之质素近于淳,无亦风之使然耶?盛唐浑浑,中唐丽丽,晚唐靡靡,而'辇路春草'之句作。是故观乎人文,以察时变。"⑤该持论渊源于《易》之"观乎天文,以察时变,观乎人文,以化成天下"。对于经书之观点,陈德文并非机械地因循,而是有所发挥创新。他认为,人文与天文一般,亦可反映时代变化。只是自然之节序运转,应归于天文;而社会之时事变化,则由人文来加以体现,这当然也包括文学作品在内。

(二) 对阮籍《咏怀》组诗的批评

陈德文与阮籍,生活的时代虽相隔千年,却关系很深。现存最早的阮籍诗文重编本为嘉靖癸卯江西袁州府《阮嗣宗集》刻本,此即由陈德文参与刊印并作后序。在《石阳山人蠢海》中,陈德文论评最多的作家便是阮籍,相关论说在全书中约占十分之一。陈德文对阮籍的批评,有承有变,渗透着其抑郁之情,体现出注重感同身受的批评原则。

陈德文对阮籍的批评,主要承自颜延之。其云:"嗣宗当魏晋禅代,遘会阳九,情结于诗,志会诸数,浑素高迈,莫究其端。诗废酒狂,从此訾毁,百代之下,真难以情测者哉!"⑥"百代"一句出自颜延之"百代下难以情测",该句亦用于《刻阮嗣宗集叙》,可见,陈德文对此十分认同。此处沿袭旧说,主张阮籍之意绪后人不可知。他隐约认识到,诗人对心灵世界的表现具有隐晦朦胧的特征,阮籍在《咏怀》中所体现出的情绪是难以触摸的。虽然阅后能隐约感受到作者所展现的高远形象,但若要确其所指,则是难以做到的。

但若说陈德文承认《咏怀》各诗脱离现实,仅述其心境,亦是不妥。其云:"'临觞多哀伤,思我故时人。对酒不能言,凄怆怀酸辛。'嗣宗《咏怀》其六十二也。情极悲忧,词多恻怛,寓痛哭于歌咏,留畅意于深文,岂烂熳昏酣、刊落世味以为醉者哉?恒言其酒狂,是殆看场矮人之说尔。"⑦《晋书·阮籍传》曾云:"(阮籍因酒)遗落世事。"⑧针对此种言论,陈德文指出,阮籍是清醒的,其诗也是联系现实、有感而发的。诗中蕴含悲愤之情,读之即

---

① 孔颖达《毛诗正义》,《十三经注疏》本,北京:北京大学出版社,1999年,第36页。
②③④⑤⑦ 陈广宏、侯荣川《稀见明人诗话十六种》,第109、109、110、101、106、108页。
⑧ 房玄龄等《晋书》,北京:中华书局,1974年,第1360页。

会喷薄而出,感人至深。深郁之文传达是其幽隐的意致,而酒仅是"韬光避祸的烟幕"①,借以抒发政治异见而不受司马氏报复。陈德文讥笑只见阮籍醉酒,而不知其佯狂之论为"看场矮人之说尔"。可见,他对《咏怀》组诗与社会现实的联系是十分看重的。

  陈德文论阮籍诗作讲究兴寄之意。其云:"嗣宗《述怀》之五十,反复首阳之叹,而有'徘徊何之'之怨,且'郁然思妖姬',盖罪祸胎万阶之心,中若切齿,而词则婉扬。千世之下,言可以兴。"②陈德文指出,阮籍在诗中强调伯夷叔齐之志,抒发一己怨思,全诗所蕴含情感苦闷而深沉,其与阮籍虽相隔千年,但依旧能以此感发志意。他在此继承了颜延之"以史论诗"的批评方法,将《咏怀》与作者所处时代联系起来,参考其生平,但并不与史实一一对应,显现了对前人所论的发挥之意。如云:"时有否泰,事多盈乖,故嗣宗思'园绮''南岳'、'伯阳''西戎',为既明且哲之计,进说于上世清风之士,意远词悲矣。"③陈德文深入体会阮籍的心灵世界,认为其怀念前辈高远之士,抒发愁怨,实为诸多不顺所造成的。因而,在批评时不应局限于一时之事,强行将某事指实为某诗之本事。可见,陈德文对以内心世界为表现对象的诗歌体制是具有相当深度认识的。

  另外,他对于一些偏颇的观点并不因循,而提出了自己的见解。陈德文对阮籍的身世感同身受。阮籍因魏晋易代,长期流离于政治之外,"本有济世志",却只能放弃功业进取之心,空耗岁月;陈德文亦因举业不成,长期跻跄于书斋。因而他虽未处易代之时,但抑郁之情却与阮籍一般,"人不能言于内,出不敢告于人,情结不伸,悲嗟成韵"④。两人在情感蕴含上有着共鸣。正因如此,在某种层面上,陈德文对《咏怀》的体悟更能接近作者原意。这使得他敢于指出一些前人之误。如云:"嗣宗《述怀》八十一篇,岂因数极阳九而作邪? 意微旨远,见于命题,志士发愤之所为也。读籍诗者,其知忧患乎?"⑤八十一篇之说应是陈德文所见《咏怀》与今本相异。其在与范钦校刊的《阮嗣宗集》中《咏怀》便仅有八十一篇。"阳九"即历法上的阳九之会,传说逢此时必有灾年,于此指司马氏篡魏恰逢阳九之时。因阮籍《咏怀》"寓辞类托讽",自然"文多隐避",因而,如吕向等批评家为求阮籍原意,解释时多有附会;李善等人又过于保守,不敢推测诗意,只注释诗中典故。或是时人有将《咏怀》篇数附会阳九,陈德文方有此论。作为"同情"之人,他既不同意过度解读而流于牵强附会,又希望能够求得作者之志意,因而主张依据文本,适当解释诗意,深入发掘其"志士发愤"之情,了解作者幽隐抑郁的内心世界。在是否应知人论世、联系时事讨论《咏怀》之意时,其又云:"其曰'壮士何慷慨,志欲威八荒',衰魏之世,安得此纠纠千群哉?"⑥在陈德文看来,该句气势宏大,字里行间有铁骑千群,不应为当时诗人所有,自然与时事无关。他认为,"宜无以系嗣宗之思,而悲流于歌咏也",《咏怀》中部分诗歌出于情感激动,难以抑制而发,因而与其思虑并无太大关系,不应过分解读。可见,陈德文虽试图进入阮籍的内心世界,但对于朦胧的诗意,他宁可不予解读,亦不愿产生偏差。其同情之心,见微知著。

  总之,陈德文对阮籍的批评,大体上延续前人之论,他对于一些不合理、不完善的批

---

① 曹旭、丁功谊《竹林七贤》,北京:中华书局,2010 年,第 6 页。
②③④⑤⑥ 陈广宏、侯荣川《稀见明人诗话十六种》,第 105、106、110、105、105 页。

评,又"未敢拟古作者"①,而是自出机杼,发表不同于前贤的持论。这很好地体现出其承而有变、在延续中追求创新的批评特色,显示出卓然有别于时人的批评思想。

总体来看,陈德文在《石阳山人蠡海》中体现出不少甚有价值的诗学批评思想。他重视论说诗人、诗作与读者的联系,重视文学各要素间的互动,构建出了一个逻辑自洽的文学传达与欣赏之论。他继承儒家诗论,秉持辩证精神,重视诗歌的社会功用,偏好中正平和的艺术风格,对传统诗学批评思想有所发挥。他评说阮籍《咏怀》组诗,主张深入作者内心,以兴寄探求诗意,体现出注重感同身受的批评原则。作为一部稀见于世的批评著作,《石阳山人蠡海》不墨守前人陈言,不妄发无理之论,在继承前人的基础上注重贯通与创新,其持论中正,论说细致,注重周延,积见深邃。它对于我们更细致深入地认识明代中叶诗风演进及诗学理论批评建构都有着重要的价值与意义,值得引起我们的进一步重视。

[作者简介]　胡建次,云南师范大学文学院教授,博士生导师。
　　　　　　林泽靖,中山大学中文系2018级硕士研究生。

---

① 陈广宏、侯荣川《稀见明人诗话十六种》,第110页。

新发现最早的《金楼子》辑本*

陈志平

[摘　要]　新发现的明代陈正学崇祯元年(1628)《金楼子》辑本,是最早的《金楼子》辑本,确切证明南朝梁元帝萧绎所撰写的《金楼子》在明代中后期已经亡佚,补充了《金楼子》版本流传中的一环。陈正学辑本的主要辑录来源为《太平御览》,在文字上有一定的校勘价值。

[关键词]　萧绎　《金楼子》辑本　陈正学

《金楼子》是南朝梁元帝萧绎撰写的一部子书。该书"于古今闻见事迹,治忽贞邪,咸为苞载。附以议论,劝戒兼资",且对"周、秦异书"具有征引,多"史外轶闻,他书未见",(《四库全书总目提要》卷一一七"《金楼子》条")是南北朝时期很有价值的著作。《南史·梁元帝纪》、《日本国见在书目》、《旧唐书·经籍志》、《新唐书·艺文志》、《宋史·艺文志》、晁公武《郡斋读书志》、陈振孙《直斋书录解题》、《宋史·艺文志》均著录为十卷,明代书目多不载,清代乾隆以后书目载为六卷。可知该书在流传过程中即已亡佚,今六卷通行本乃是清乾隆年间四库馆臣从《永乐大典》中辑出的。然该书究竟亡佚于何时,学界颇多推测之辞,而无切实证据。明代陈正学的《金楼子》辑本(下简称"陈辑本"),乃是所发现的最早的《金楼子》辑本。通过对该辑本的分析,可补充《金楼子》在明代流传的信息,为其亡佚的时间提供重要的线索,于文字校勘亦有裨益。

一、陈辑本的基本情况

陈辑本是笔者2016年下半年在台湾图书馆访书所得,保存为微缩胶卷一种和刻本两种。微缩胶卷题:"《尸子》《金楼子》;尸佼著,陈正学辑/梁元帝著,陈正学辑;明崇祯13年(1640);美国华盛顿大学图书馆。"在"入藏方式"栏著录为"故博。来源:清宫旧藏","现藏者"栏著录为"华盛顿大学东亚图书馆"。刻本著录为:"《金楼子》一卷,(明)陈正学辑,子部—杂家类—杂学之属—南北朝,日本京都大学人文科学研究所,《灌园集》。"同时台湾图书馆于《灌园集》亦有著录:"《灌园集》,明陈正学撰,用东京内阁文库藏崇祯十三年刊本景照,日本京都大学人文科学研究所。"通过比勘,可发现此三种著录实际上为同

---

* 本文系国家社科基金项目"魏晋南北朝诸子学史"(项目批准号:15BZW060)的阶段性成果。

一版本,均是明崇祯刻本的陈正学《灌园集》。华盛顿大学东亚图书馆所藏源自清宫旧藏,仅为《尸子》《金楼子》二书辑本,可能是《灌园集》残本,或为《尸子》《金楼子》的单行本。日本京都大学人文科学研究所所藏是陈正学《灌园集》的影印本,原本藏东京内阁文库。《尸子》《金楼子》等辑本是收入在《灌园集》中的。(日本京都大学人文科学研究所所藏影印自东京内阁文库藏崇祯十三年刊本。据蔡蒙《尸子辑佚本初探》载①,东京内阁文库所藏为陈正学辑《灌园集古橐六种》,中有《夏小正详定》一卷,《师春》一卷,《左传博古传》一卷,《禽经》一卷《补录》一卷,《尸子》一卷,《金楼子》一卷。一说,陈正学撰《灌园集》,收书多种,分别为《笔区》一卷、《鉴隽》一卷、《拣金集》七卷、《壁疏》一卷、《读书解》一卷、《濡毫十笺》十卷、《草木识》六卷、《古橐》七种(《夏小正详定》一卷、《师春》一卷、《左氏博古传》一卷、《禽经》一卷、《禽经补录》一卷、《尸子》一卷、《金楼子》一卷)。

笔者调阅了第一种即清宫旧藏本的微缩胶卷,该辑本前有陈正学《金楼子序》,正文题"梁元帝著,陈正学辑",共辑录佚文56条。台湾图书馆将此书版本的时间著录为"明崇祯13年(1640)",依据应该是《尸子》辑本的陈正学序,其题云"崇祯庚辰中春园公陈正学撰"。崇祯庚辰即崇祯13年(1640)。然《金楼子序》题云"崇祯初元伏日灌园子陈正学撰并著",伏日可与序言中"园居消夏"相呼应。而皇帝登极改元,元年称"初元"。则《金楼子》应辑录于崇祯元年(1628)。

陈正学《金楼子序》云:

  金楼子者,梁元帝在藩时以名其所著书也。帝生平撰述几数百卷,《金楼子》则论历代兴亡、杂说、志怪,凡十卷。帝尝切齿《淮南》《吕览》之书,以为宾客游士所著,故其宪章前典,搜摭寄琐,不惮勤渠,勒成一家,以垂□□,乃世远言湮,十卷无□可考,惟散见于群书。园居消夏,采掇若而则鸠为一卷,尝脔知鼎,少备文献之遗云。

崇祯初元伏日
灌园子陈正学撰并著

陈正学,字贞铉。明末龙溪县(今福建省漳州市)名士。四库本《福建通志》卷三八"选举六·明举人·万历三十一年(癸卯)林欲楫榜"载:"漳州府:杨光宾……陈正学。"而陈正学辑录的《尸子》序言中有一枚"东冶生"印,东冶即今福建福州市。清黄虞稷《千顷堂书目》卷九著录:"陈正学《灌园草木识》六卷。"《金楼子序》中陈正学自称"灌园子",而日本京都大学人文科学研究所所藏的陈氏《灌园集》,中有《草木识》六卷,此和《千顷堂书目》所载相符,两"陈正学"当为一人。今《灌园草木识》六卷存,书中记花之属130余种、果48种、木竹25种、药36种、蔬25种,各为一卷,末卷"杂著",收录疏说序诗。《灌园草木识》书前何氏序言称陈正学为贞铉,并云:"贞铉先生,海内推为大儒,漳中钦其君子,卜居东偏,自命灌园。"正文题"东冶陈正学贞铉著"。《金楼子》亦当是陈氏园居漳州时所辑。

---

① 蔡蒙《尸子辑佚本初探》,《文教资料》2015年第36期,第60—62页。

陈正学共辑录《金楼子》佚文 56 条,以之与今通行本(《四库全书》辑本)《金楼子》对照,有 51 条见于今本,另外 2 条可以确定为《金楼子》佚文("刘先主叛走"条,亦见《太平御览》卷六百引《金楼子》;"五尺之鲤"条,亦见《太平御览》卷九百三十六、《天中记》卷五十六引《金楼子》),3 条为陈氏误辑("武帝求神仙",见《太平御览》卷八百二十五引《东方朔别传》;"曹操尝使阮瑀作书"条,见《天中记》卷三十七引《三国典略》;"齐鲁争汶阳"条,见《太平御览》卷九百五十一引《符子》)。

二、陈辑本的资料来源

陈正学《金楼子序》云:"《金楼子》者,梁元帝在藩时以名其所著书也。帝生平撰述几数百卷,《金楼子》则论历代兴亡、杂说、志怪,凡十卷。"此对《金楼子》的命名、内容的认识还是比较到位的,符合实际。然陈辑本正文只有一卷,且并未分篇,而序言中"杂说""志怪"实俱是《金楼子》篇名,陈氏又何以知之?云《金楼子》十卷,也显然是参考过前代书目著录而得知的。

笔者认为陈氏序言的此段文字当是参考了宋晁公武《郡斋读书志》卷十二"《金楼子》"条。《郡斋读书志》著录《金楼子》为十卷,并云:"梁元帝绎撰。书十五篇,论历代兴亡之迹。《箴戒》《立言》《志怪》《杂说》《自叙》《著书》《聚书》,通曰'金楼子'者,在藩时自号。"陈氏序言正是对此节文字的改写。而陈氏《金楼子序》"帝尝切齿《淮南》《吕览》之书"数句,当是源自《金楼子·立言上》"裴几原问曰"条①,陈氏以为该条类似序言,故辑录为全书首条。此可知陈辑本于该书之排序也有一定的用心。据传梁元帝萧绎曾撰《湘东鸿烈》,一说即《金楼子》,而清代姚振宗《隋书经籍志考证》以为《湘东鸿烈》和《金楼子》是两书,并云"案此一篇似即《湘东鸿烈》之序文"。② 所谓"此一篇"即指"裴几原问曰"条,则陈正学、姚振宗二人都认为此节有序言之意,可谓不谋而合。

今核具体内容,陈辑本所辑录的 56 条,除 6 条外,其他均可以在宋大型类书《太平御览》中找到,故笔者以为陈氏辑录的主要资料来源就是《太平御览》。除内容外,另有两点亦可证明,一是辑本中的文字大体与《太平御览》同,二是辑本的有些错误正是误读《太平御览》而造成的。

今天我们无法查证陈氏使用的《太平御览》是何版本,但笔者以中华书局影印本(1960 年版,据商务影宋本影印)《太平御览》对勘,二者文字大体相同,尤其是一些文字,为《太平御览》本所"独用"。如:

(1)《金楼子·立言上》:"故服绤绤之凉者不苦盛暑之郁烦。""郁烦",《金楼子》各版本无异文,陈辑本作"郁燠",《太平御览》卷六百零二引《金楼子》正作"郁燠"。

(2)《金楼子·志怪》:"用紫芝煮石,石美如芋。"芋,《金楼子》各版本无异文,陈辑本作"脂",《太平御览》卷六百七十七引《金楼子》亦作"脂"。

(3)《金楼子·志怪》:"人名山,牵白犬,抱白鸡,山神大喜,芝草及宝玉等自出。"鸡,

---

① 陈氏仅辑录该条部分内容。
② 姚振宗《隋书经籍志考证》,北京:清华大学出版社,2014 年,第 1199 页。

《金楼子》各本无异文,陈辑本作"鹤",《太平御览》卷九百零五引《金楼子》作"鹤"。今按:《艺文类聚》卷七引《地镜》曰:"入名山,必先斋五十日,牵白犬,抱白鸡,以盐一胜,山神大喜,芝草异药宝玉为出。"《太平御览》卷三十八引《地镜图》及《抱朴子》内篇卷十一《仙药》亦载此说,均作"抱白鸡",则"鹤"当为"鸡"之误。《太平御览》、陈辑本均误作"鹤",此恰恰证明二者的承袭关系。

另外,陈辑本中有3则材料为误辑,非《金楼子》佚文。其中一则云:

《金楼子》曰:杨泉《蚕赋序》曰:"古人作赋者多矣,而独不赋蚕,乃为《蚕赋》,是何言欤?楚兰陵荀况有《蚕赋》,德溯近不见之,有文不如无述也。"《东方朔别传》曰:武帝求神仙,朔言能上天取药。上知其谩,欲极其言,即遣方士与朔上天。朔曰:"当有神来。"后方士昼卧,朔遽口呼若极真者,"吾从天上来。"方士遽以闻,上以为面欺,下朔狱。泣曰:"臣几死者再,天公问臣下方何衣,对曰:'衣蚕。''蚕何若?'曰:'喙呻呻类马,色班班类虎。'天公怒,以臣为谩,系臣司空,使使下问,还报有之,乃出臣。今陛下以臣为诈,愿使使上问之。"上曰:"齐人多诈,欲以喻我止方士也。我罢方士。"

文中"杨泉《蚕赋序》曰"一节文字亦见存于四库馆臣所辑《金楼子》,确实是《金楼子》的内容。然"武帝求神仙"以下并非《金楼子》文字,故也不见于四库馆臣所辑本,因为原文明确交代来自《东方朔别传》。然陈辑本何以误认为是《金楼子》佚文呢?查,此节源自《太平御览》卷八百二十五。该卷中,此两节文字前后相承,故陈氏误录为一则。此也正可以证明陈辑本数据来源即为《太平御览》。

另外,陈辑本中有6条不见于《太平御览》,今核查比对,可能源自《太平广记》("大月支"条,见《太平广记》卷四百三十四)、明陈耀文撰《天中记》("曹操尝使阮瑀作书"条、"刘先主叛走"条、"杨雄作赋"条,俱见《天中记》卷三十七①;"成汤母感狼星之精"条,见《天中记》卷十二)、《玉芝堂谈荟》("林威王续之内也"条,见《玉芝堂谈荟》卷七)。

三、陈辑本的价值及该本的问题

陈辑本最大的价值在于它是现在发现的最早的《金楼子》辑本,它的出现补充了《金楼子》在明代尤其是明末流传的一环,为《金楼子》的亡佚下限提供了一个相对确切的时间界限。众所周知,今本《金楼子》乃是四库馆臣从《永乐大典》中辑出,此在知不足斋本《金楼子》后序中有明确记载。则在清乾隆朝时期《金楼子》已经亡佚,仅存于各种类书中,除陈氏外,此前尚未发现有学者对其进行辑佚。而《金楼子》究竟亡佚于何时,学界并无明确说法,仅仅推论其亡佚于明季,但并无确切证据。如四库馆臣云:

《隋书·经籍志》《唐书》《宋史·艺文志》俱载其目为二十卷,晁公武《读书志》谓

---

① "曹操尝使阮瑀作书"条实非《金楼子》佚文,《天中记》卷三十七中此二条相连,故陈氏误辑。

其书十五篇,是宋代尚无阙佚。至宋濂《诸子辨》、胡应麟《九流绪论》所列"子部",皆不及是书,知明初渐已湮晦,明季遂竟散亡。①

明代书目确实少有关于《金楼子》的记载,唯陈第《世善堂书目》所载"《金楼子》十卷",而是否可信尚值得怀疑,因为《世善堂藏书目录》是一部真假参半的书目。② 但考明代其他典籍,间有引用此书者,亦有人称曾经见过此书,如:

1. 杨慎(1488—1559)《丹铅余录续录》卷七"高斋无白鸟"条:

> 荆州江古岸有李姥浦,浦中偏无蚊蚋之患。梁元帝《金楼子》云:荆州高斋,暑月无白鸟,余亟寝处其中。及移余斋,则蚊声如雷。数丈之间,如此之异。(笔者注:所引见今六卷本《志怪篇》)

2. 方以智(1611—1671)《通雅》卷四十三载:

> 爪哇占城贡奇南香,又见《金楼子》。(笔者注:所引见今六卷本《志怪篇》)

3. 周婴(活动时间约在明万历至崇祯间)《卮林》卷五"鲁定公记"载:

> 梁元帝《金楼子》云:名山之下生葱薤者,是古人食石种也。故语云:"宁得一把五加,不用金玉满车;宁得一斤地榆,不用明月宝珠。"五加一名金盐,地榆一名玉豉,此二物可煮石也。(笔者注:所引见今六卷本《志怪篇》)

4. 胡爌《拾遗录》:

> 《金楼子》曰:曾生谓"诵诗读书,与古人居;读书诵诗,与古人期"。(笔者注:所引见今六卷本《自序篇》)

5. 贺复征(生于万历二十八年,顺治十三年尚在世)编《文章辨体汇选》卷四百六十三:

> 《金楼子》有云:班固硕学,尚云赞颂相似。(笔者注:所引见今六卷本《立言篇下》)

又,《本草纲目》卷一《引据古今经史百家书目》共列440家,其中就有梁元帝《金楼

---

① 《四库全书总目》卷一一七"子部·杂家类"《金楼子提要》。
② 王重民《中国目录学史料》四,《吉林省图书馆学会会刊》1981年第6期,第57—64页。据王氏考证,陈第的曾孙陈孝受为替祖宗炫博,提高书目身价,对陈第的藏书之目进行了增窜。

子》,则李时珍(1518—1593)似曾见过此书,而《丹铅余录续录》《通雅》《卮林》诸书及《本草纲目》所引《金楼子》4 条均出自《金楼子·志怪篇》。胡应麟(1551—1602)《诗薮》外编卷二称:

> 武帝、简文、湘东制作,千不存一,似亦不在多也。诸书名俱载《梁史》,已录《卮言》中,此不列。今惟元帝《金楼子》尚行,小说易传,亦一验也。①

胡氏之说,可注意者有二,一是至胡应麟的时代尚有《金楼子》流行,此可与《本草纲目》等书印证;二是胡氏以《金楼子》为小说,正因为是小说,所以流传易广。然胡氏所见为何种《金楼子》,今不得而知。而同时代其他人所见之《金楼子》,可以推知是以《志怪篇》为主体的,现均存于四库馆臣所辑六卷本的后半部(诸书所引《志怪篇》为六卷辑本《金楼子》卷五,《拾遗录》所引《自序篇》为《金楼子》卷六,《文章辨体汇选》所引《立言篇下》为卷四)。而南宋《绀珠集》,亦选有 32 条《金楼子》内容,亦全部可见于六卷辑本《金楼子》后三卷。综合明人诸种记载,笔者曾做过考证,推论南宋以来,曾有一种《金楼子》版本是以后半部的形式流传的。至明代,此半部《金楼子》依然流传。而全帙之《金楼子》,虽有《永乐大典》所引之"元至正刊本",但从诸家书目均无记载来看,至明永乐后实已亡佚。② 而所谓的《永乐大典》所引之"元至正本",其实也并不是刻本,而是一个抄本。③ 笔者甚至怀疑,在明代以前,并不存在《金楼子》刻本,该书无论是半部还是全帙,均是以抄本的形式流传。这就能很好地解释了为什么修撰《永乐大典》时深宫内廷尚能见到"元至正本",而民间却毫无《金楼子》全帙音信的疑问。无论明人如何苦心孤诣辑佚前代书籍、编纂类书,其著述所引,均无法超出前代类书对《金楼子》所引的范围,因为当时根本就没有《金楼子》全帙的刻本。

明代末年的陈正学被许为"海内大儒""漳中君子",而非孤陋寡闻之士,其辑录《金楼子》,是清楚地知道此时该书之全帙已经亡佚,故其《金楼子》序云"世远言湮,十卷无□可考,惟散见于群书"。然陈耀文、李时珍、胡应麟与陈正学时代前后相续,徐应秋、贺复征与陈正学同时代,不太可能陈耀文诸人均见到全本《金楼子》,而陈正学孤陋寡闻,以不佚为佚,妄加辑佚。陈辑本的出现,更足以说明胡应麟所谓"今惟元帝《金楼子》尚行",所见者绝非全帙。陈耀文、李时珍等所见或是半部《金楼子》抄本,或是从其他类书中得见。而从前述陈辑本资料主要来源于前代类书,可以推知他可能连半部《金楼子》抄本都无法见到了。

我们可以就此梳理一下明代《金楼子》的版本流传。元至正三年癸未岁春二月望日,叶森于西湖书院大学明新斋抄录了一部《金楼子》,后此部《金楼子》流入明代宫廷中,而民间则已经没有《金楼子》流传。明永乐初年,朝廷修《永乐大典》,叶森的抄本《金楼子》部分内容写入《永乐大典》。后叶森抄本下落不明,或亡佚于明末战乱纷扰、

---

① 胡应麟《诗薮》,上海:上海古籍出版社,1979 年,第 159 页。
② 参陈志平、熊清元《金楼子疏证校注·前言》,上海:上海古籍出版社,2014 年。
③ 陈志平《〈金楼子〉版本三题》,《图书馆杂志》2011 年第 4 期,第 89—94 页。

鼎故革新之际。整个有明一代，民间所见之《金楼子》或为类书所引，或为以《金楼子·志怪篇》为主体的类似"小说"的半部《金楼子》抄本。作为最早的《金楼子》辑本，陈辑本的存在使明代《金楼子》版本的许多推测的地方能得到更清晰的佐证，补充了其版本发展中的一环。

其次，在文字上，陈辑本也能提供一些有价值的信息。如果前述陈辑本的数据主要是源自《太平御览》的推测能够成立，将此辑本和其他版本《太平御览》（如中华书局影印本）所引《金楼子》以及四库本《金楼子》比对，可以发现不少可以用来校勘的文字，如下表1：

表1 各本《金楼子》的文字差异

序号	陈 辑 本	《太平御览》	四库本《金楼子》
1	谓为宾客游士所制	谓为宾游所制（卷六百零二）	谓为宾游所制
2	悉成小鼠，五稼必尽耗也	悉成小鼠，五稼必尽耗也（卷九百十一）	悉成小鼠，尽耗五稼。
3	子路出而弃之，于是心服	子路乃弃石盘而即行（卷八百九十二）	子路乃弃石盘而去
4	五尺之鲤，一寸之鲤，大小殊，鳞之数同	五尺之鲤，一寸之鲤，但小大殊，鳞之数等（卷九百三十六）	
5	刘先主叛走，曹操使阮瑀为书与备，马上立成。故以此为能者，吾以为儿戏耳	刘备叛走，曹操使阮瑀为书与备，马上立成。有以此为能者，吾以为儿戏耳（卷九百三十六）	

表中第1条，陈辑本"宾客游士"，《太平御览》和四库本《金楼子》俱作"宾游"。第2条，陈辑本、《太平御览》文字相同，四库本有异文。第3条，陈辑本"心服"，《太平御览》作"而行"，四库本作"而去"。《金楼子》此节所载故事亦见于《殷芸小说》卷二，作"子路出而弃之，于是心服"。而据原文文义，作"心服"为优。第4、5条，均未见于今本《金楼子》，当是佚文。而陈辑本、《太平御览》文字并不完全相同，可相互参考。可见，陈辑本提供的文字可以为我们辑佚、校勘《金楼子》时提供一定的参考。

明代辑佚校勘学虽然兴盛，但学风比较粗疏，陈辑本也存在不少问题，主要有以下三点：

首先，辑本资料来源不清。陈辑本为一卷，凡所辑录，俱未交代文献来源，无法复查原始资料，故使用颇为不便，极大地影响了该书的价值。梁启超曾指出："佚文出自何书，必须注明；数书同引，则举其最先者。能确遵此例者优，否者劣。"[①]以此标准来看，陈辑本可谓劣者。

其次，辑录不全。如上所述，陈氏资料主要源自《太平御览》，间涉《太平广记》《天中记》《玉芝堂谈荟》，当时可以见到的类书如《绀珠集》《说郛》中都引用了《金楼子》的大量文字，陈氏均未辑录。而同一本书中引用的《金楼子》文字，陈氏亦未能辑全。仅就《太平

---

① 梁启超著，朱维铮校注《梁启超论清学史二种·中国近三百年学术史》，上海：复旦大学出版社，1985年，第406页。

御览》而言,陈氏就有大量遗漏。如陈氏辑录了卷六百零二"王仲宣在荆州著书数十篇"条、"或问余曰"2条,其下的"刘辅性矜严"、"桓谭《新论》"2条漏辑。又如"细书《周易》"条,见卷六百十八,下有"吾今年四十六岁"条,陈氏漏辑。

其三,编排无序。陈氏辑文虽然将"裴几原问曰"条列在首条,有书序之意,似有编排全书之意。但辑文既非按照文字出处顺序排列,也未按照辑文内容排序,毫无章法可言。

此三者严重影响了该辑本的价值。整体来说,陈辑本还比较粗疏。但无论如何,陈辑本是目前发现的最早的《金楼子》辑本,陈氏辑录《金楼子》的首创之功不可埋没。该辑本也为从明代的《金楼子》版本流传提供了一条线索,文字上也具有一定的校勘价值,是应该引起《金楼子》研究者重视的。

[作者简介] 陈志平,文学博士,黄冈师范学院文学院教授,研究专长为魏晋南北朝文学与诸子学。

书影选附录：

金楼子序

金楼子者梁元帝在藩时
以其所著书也帝生平撰
述几数百卷金楼子刘论
历代兴亡杂说志怪凡十

卷帝尝切旨淮南吕览之
书以为宾客廷士而著故
其囊橐荀典授撝奇琐
不悼勤集勤咸一家以垂
乡行乃世逮亭泾十卷云
不悼而彦惟散见于群鹜图
居清夏操拟若而则鹛为
一卷尝博和鸎少俏文
献之遗云
崇祯初元伏日

灌園子陳正學撰并書

金樓子

梁元帝著
陳正學輯

或謂余曰子何不訽之有識共著此書何爲區區自懟如此夫荷衦被氅者難與道絺綿之緻蜜羨蔾唅糗者不足論大牢之滋味故服絺綌之凉者不知盛暑之蔚煥襲貂狐之煖者不知至寒之悽愴予之術業豈賓客之能閱斯益以蜒蜓鐘以蠡測海也予嘗切齒淮南不韋之書

為賓客遊士所製每至著述之間不令賓客窺之也

魯城北孔塋中不生刺人草朴

合浦有康頭山又有一頭鹿又額上載科籃一枝四條盫上各長一丈許

名山之下有薤者是古人食石種也故語曰寧得一把五加一名金鹽地榆一名玉豉惟此二物可煑石又曰用紫芝蕡石玉豉食之可更調五味下橘皮蕡豉

白鹽小又峰洞激如有水精及其映日光似虎魄胡人和之以供國厨名爲君王鹽亦名玉華鹽有清池盐正四方廣半寸其形扶踈似有人耕池旁地取池水波浸之去勿廻頓郎生此齋鬱林王在中與宦者共刺鳥鼠至曉每值偃鼠得十籃又晉寧縣境有大鼠班從山出遊畎畝敏散落其毛成小鼠亦稼必盡耗也

孔子嘗遊于山使子路取水逢虎于水所與共

明目其瘴即愈故漢人有至其國者西胡以此
牛視之漢人對曰吾國虫名為蠶為人衣食樹
葉而吐絲外國人侵不信有蠶

廬陵威王之內也千門相似萬戶如一齋裡施
木天以蔽光景春花秋月之時暗如撤燭內人
有不識晦明者

魏文疾見宋陵子三仕不碩文疾曰何貧子曰
王見楚富者牧羊富者拜之曰吾羊九十九今
君之一盈我成百則牧數畢矣隣者與之從此

觀之爲富者非富貧者非貧也

齊魯爭汶陽之田魯侯有憂色魯有隱者鳳豐
往規之曰臣嘗晝寢聞群虱闘乎衣中臣
瞥腰之肌珍臣項督之膚相樹常爭之日夜不
息相殺者大牛虱父止之曰我與汝所慮不過
容口矣用竊爭戰爲哉群虱止今君以七百
里爲君之臣亦叹足矣而叹汝陽數步之田惑
君之心曾不如一虱之知竊爲君羞之魯侯曰
善

金樓子

十一

论明代茅坤家族的家族特征*

赵红娟

[摘　要]　明代茅坤家族及成员特征鲜明，主要是：善于治生，家产丰厚，有好利之名；纵酒狎妓，任侠好奇，性格放荡不羁；好读史，好治史，史学著述丰富；才气特出，操笔立就，喜藏书刻书；好交游，好谈兵，政治参与意识浓厚；盛而骤衰，富仅三代，生命周期短暂。

[关键词]　明代　茅坤　家族特征

自嘉靖十七年(1538)茅坤中进士，茅氏家族一门四代有数十人入仕和著书立说，从而进入江南望族之列。又因善治生，得蚕桑、丝织、高利贷、出版之利，家资巨饶，成为望族中的豪族。其家族成员任侠好客，纵酒狎妓，一掷千金，世所瞩目，像茅元仪先后侍姬凡八十余人，晚明名妓陶楚生、杨宛、王微等皆在内。茅氏族人军事天赋突出，热衷参政议政，整个家族与晚明政治军事联系紧密，如茅坤与东南抗倭、茅元仪与辽东战事、茅维的数十年京城游幕和不断上疏。与好谈兵、好参政的家族个性相应，这个家族编撰刊刻了《武备志》《武经七书》《万历三大征考》《东夷考略》《督师纪略》等众多政治、军事方面书籍，成为晚明著名的力求经世致用的望族。这个家族成员还喜欢读史、治史、评史，出版了《史记抄》《汉书抄》《南史删》《皇明象胥录》等大量史学著作，是一个著名的史学世家。然而，由于兼并土地，无厚泽于人，加上遭遇多次罪刑，以及晚明赋税和盗贼的严重，这个家族盛而骤衰，富仅三代，成为世家望族生命周期短暂的典型。

一、善于治生，家产丰厚，有好利之名

茅坤家族是在晚明蚕丝业繁荣的背景下经营专业化桑园而发家致富，并在此基础上投资丝织业、酒楼业、刻书业等其他商业活动而成江南豪富，是善于治生的望族典型。

明中叶以来，湖州成为江南丝织业中心，对桑叶的需求猛增，种桑因此成为比种田更有利可图的产业，而且雇工种植要比出租土地收入更高。茅氏世居湖州练市花林，大致于嘉靖间茅迁开始，拥有雇工，由种田转而栽桑。他选择地势高爽的唐家村，植桑万余株，进行规模化生产。唐顺之《南溪茅处士妻李氏合葬墓志铭》曰："湖俗以桑为业，而处

---

* 本文系国家社科基金重点项目"明代茅坤家族文学文献整理与研究"（项目批准号：18AZW016）的阶段性成果。

士治生喜种桑,则种桑万余唐家村上。"①茅迁善经营,"其治生,操纵出入,心算盈缩,无所爽"②。若干年后,积财"数千金而羡"③,"家大饶",以至有实力"岁入粟千余,悉分赈人","割田百亩赡宗人"④。去世时,有家财万金、田产一千六百亩⑤。

茅迁第三子艮最能承继父业,于稼穑最精。他雇佣更多人工,在唐家村扩种桑树数十万枝⑥,面积数百亩⑦,而且事必躬亲,精耕细作,所得收入比普通桑农增加十倍甚至百倍,家财累积至数万金。茅坤《亡弟双泉墓志铭》曰:

> 君起田家子,少即知田。年十余岁,随府君督农陇亩间,辄能身操畚锸,为诸田者先。其所按壤分播、薙草化土之法,一乡人所共首推之者。已而树桑,桑且数十万树,而君并能深耕易耨,莝粪畜以饶之。桑所患者蛀与蛾,君又一一别为劀之,拂之,故府君之桑首里中。而唐太史应德尝铭其墓曰:"唐村之原,有郁维桑兮。生也游于斯,死以为葬兮。"盖善府君之治桑而没,且歌于其墓也,而不知于中君之力为多。故其桑也,亦一乡人所共首推之者。君之田,倍乡之所入;而君之桑,则又什且百乡之所入。故君既以田与桑佐府君,起家累数千金而羡;而其继也,君又能以田与桑自为起家,累数万金而羡。⑧

由于桑园规模大,种植技术先进,茅艮成巨富,其生前分授虁、龙、皋三子田产家财,各"殆且万也";卒后还有"存田八百亩,别属三兄弟之奴者五百五十金,米谷二千五百有奇,他所贮僮仆什器称是,大较犹及五千金而羡"⑨。

茅迁长子乾除经营农桑外,还有商业头脑,曾外出经商。茅坤《伯兄少溪公墓志铭》曰:"间操赀出游燕,累数千金而归。"又祝世禄《南宁判少溪茅公暨配郭安人墓表》曰:"时藏名于贾,则贾起万金。"⑩茅迁次子坤,虽以科第显,但受家风影响,中年落职后,亦重视治生。特别是其妻姚氏,善操内秉,"督诸僮奴藏获十余辈,力田里,勤纺织"⑪。不数年,"家大饶于桑麻"⑫。茅坤曾谈及种桑的经济效益:"大略地之所出,每亩上者桑叶二千斤,岁所入五六金;次者千斤;最下者,岁所入亦不下一二金。故上地之值,每亩十金,而上中者七金,最下者犹三四金。"⑬凭着种桑,茅坤家族成为里中巨富。明末张履祥曰:"归安茅氏,农

---

① ② ⑩ 同治《练溪文献·艺文志》。
③ 茅坤《亡弟双泉墓志铭》,《茅坤集》,杭州:浙江古籍出版社,1993年,第682页。
④ 屠隆《明河南按察司副使奉敕备兵大名道鹿门茅公行状》(以下简称《鹿门茅公行状》),《茅坤集》,第1350页。
⑤ 茅坤《伯兄少溪公墓志铭》,《茅坤集》,第678页。
⑥ 茅氏种桑数十万株,那就非使用一定数量的雇工不可,特别是剪桑工、捉虫工等技术工人。参见傅衣凌《明代江南地主经济新发展的初步研究》,《厦门大学学报》1954年第5期,第117—126页。
⑦ 当时"四十亩之家,百人而不得一也。其躬亲买粪者,千人而不得一也",见张履祥著,陈祖武点校《杨园先生全集》卷八《与徐敬可》,北京:中华书局,2002年,第227页。
⑧ 《茅坤集》,第681—682页。
⑨ 茅坤《祭亡弟参军文》,《茅坤集》,第763页。
⑪ 茅坤《敕赠亡室姚孺人墓志铭》,《茅坤集》,第701页。
⑫ 屠隆《鹿门茅公行状》,《茅坤集》,第1356页。
⑬ 茅坤《与甥顾儆韦侍御书》,《茅坤集》,第307—309页。

事为远近最。"①又曰:"(茅氏)治生有法,桑田畜养所出,恒有余饶,后人守之,世益其富。"②

茅氏通过蚕桑业积累了大量资金,而这些资金又被投入于店铺业、丝织业、刻书业,甚至高利贷等商业活动中,以获取更大收益。如茅坤在附近双林镇经营店铺,形成极其繁华的市廛"赛双林"。《双林镇志》卷二十二曰:"(茅坤)家素饶,既显,筑花园于镇北,广田宅,起市廛,人称曰赛双林,年九十犹往来花林而自督租。"③又《双林镇志》卷四《街市》"赛双林"条曰:"明茅鹿门宪副所构市廛,旗亭百队,环货喧阗,故名。渔唱曰:'旗亭百队列方塘,环货喧阗作市场。却笑白华风雅客,苦将钟鼎媲翁张。'"④从街市之繁华,可推知其店面房租、日常营业等收入也必定可观。

《双林镇志》卷十六《沈泊村乐府》曰:"商人积丝不解织,放与农家预定值;盘盘龙凤腾向梭,九月辛勤织一匹。"注曰:"庄家有赊丝与机户,即取其绢,以牟重利者。"⑤据此可知,豪富之家利用资金收购蚕丝,分包给机户加工成丝织品,出售后就能赚取大利。而茅氏巨富,又有商业意识和眼光,参与当时繁荣的丝织业是自然而然的事。也就是说,赛双林不仅是酒楼店铺投资,而且是茅氏利用双林沿河的交通优势,打造的丝织品加工、销售场所。

茅坤家族在练市列肆刻书,形成"书街"⑥,所刻之书发往南京等地销售,以赚取利润。茅坤《与唐凝庵礼部书》曰:"族子遣家童,囊近刻韩、柳以下八大家诸书,过售金陵。"⑦《唐宋八大家文抄》后来"盛行于世,海内乡里小生无不知茅鹿门者"⑧,由此可想象该书刊刻带来的商业利润。

茅氏资产剧增还与高利贷收益、门第势力等关系密切。茅坤就曾言自己妻子姚氏,除致力蚕桑纺织,"间操子母钱,以筹时赢"⑨。同里吴梦旸甚至将茅坤的发家致富直接归于姚氏高利贷,其《茅公鹿门传》曰:

> 公之罢大名归,囊如洗也。兄若弟皆息处士公业而雄于赀。公配姚孺人戏谓公云:"公业儒,乃不得为富家翁。"公大笑。姚孺人固有心计,善操内秉,逐十一之息,锱铢无爽。居数岁,赀遂为里中豪垺。⑩

茅坤先官后商,凭借门第影响和家族经济实力,很容易成为商业战场中的强者。施㮚《何淑人六秩文》中谈到凌仲郁在双林"有别业数十间,当市之孔道,度直可千金。鹿门茅先生心欲之,而未敢言。公揣知其意,立简原券界先生,无难色"⑪。凌仲郁属湖州凌氏双林支,乃名医凌汉章之后,且亦以医术名,与不少显宦有往来,故产业颇饶,然而他却主动以原价相让,可见茅坤家族势力的强大。

因善于治生,商业经营多样,茅氏资产雄厚,成为江南豪富望族典型。这从其园第数

---

① ② 张履祥辑补,陈恒力校释,王达增订《补农书校释》,北京:农业出版社,1983年,第152、1037页。
③ ④ ⑤ 《中国地方志集成》(乡镇志专辑第22辑),上海:上海书店,1992年,第613、505、565页。
⑥ 同治《练溪文献·乡村》"书街"条。
⑦ ⑩ 《茅坤集》,第279、1369—1370页。
⑧ 光绪《归安县志》卷三十六《文苑》。
⑨ 茅坤《敕赠亡室姚孺人墓志铭》,《茅坤集》,第701页。
⑪ 《凌氏宗谱》卷七,上海图书馆藏顺治间抄本。

量之多、建筑之豪华可见一斑。茅坤在花林构筑拥书数万卷号称明代四大藏书楼之一的白华楼;在繁华市镇双林营构别业,茅家巷也因此得名①;在郡城拥有横塘别业,它原为赵孟𫖯故宅,很是有名。其子茅国缙万历间购得号称湖州城东第一家的沈氏西楼,复筑双鹤堂、翠云楼。《练溪文献·园第》曰:"东栅旧宅美轮美奂,号城东第一家。"并引旧志"庄丽甲一镇""旧传前后左右共五千零四十八间"。规模之大,难以想象。其孙茅元仪在南京著名景点赏心亭旁拥有私邸,有著名的该博堂。湖州花林西南有茅一相所筑华林园,园中有连塍街、文霞阁、竹径、沧浪亭、凡桥、竹邬、荷薰汇、澂襟塘、红薇亭、蕉屺、柿偃、啸堂、曲水轩、瘗鹤处、晖照滩诸胜。

如前所述,茅迁因种桑累数千金;幼子茅艮承父业,积财至数万金;长子茅乾善经商,因贾起万金;仲子茅坤虽习文,但罢官后亦"孜孜治生"②。因家业富饶,以赀入太学或以入赀为郎的,在茅氏家族成员中时有见之,茅乾、茅艮等皆是。也因家业丰厚,其后世子孙茅翁积、茅维、茅元仪等风流放宕,一掷千金。这一切都让时人将该家族与"好利"挂起钩来。如茅坤虽进士出身,曾任兵备副使,但有人就当众呼其为茅翁,"讥其好利而不自揣度,则好利之尤者也"③。朱彝尊甚至认为,茅坤之所以拿到了"唐宋八大家"的冠名权,就是因其有钱而能抢先刊刻《唐宋八大家文抄》,"茅氏饶于赀,遂开雕行世"④。

二、纵酒狎妓,任侠好奇,性格放荡不羁

茅氏家族遗传基因甚好,其成员身材高大,相貌出众。如茅迁"丰颊而髯,魁岸自豪"⑤;茅坤"生而白皙,清扬秀目,美须髯"⑥,"尝游西湖,见者辄问:'谁家璧人?'女郎连袂目成"⑦,甚至有女子因爱慕茅坤而茅不为动,最后愤而自杀。又如茅元仪"丰颐巨颡","鸭步鹅行"⑧,有高官富翁之态。

有了豪富和出众的相貌作为资本,茅氏家族成员纵酒狎妓,放荡不羁的个性十分明显。唐顺之曾言茅迁"意气轩轩,若不可羁然"⑨。茅翁积"豪于诗酒,不屑为检押"⑩,最后被法办,瘐死狱中,导致"家声几落"⑪。茅维"以才自喜,幼好奇服"⑫,其自叙曰:"十四五性跅弛,酷嗜风雅,喜交结名士,又多娈童季女之好及呼卢杂戏。已又好缁衣黄冠,最后又好说刀剑武事,颇废学,试数绌于有司。"⑬落第后,则悲歌慷慨,旁若无人。崇祯十三年(1640),已经六十六岁的茅维,还迎娶年轻姬妾,钱谦益因赋诗打趣曰:"诗人老似张公

---

① 民国《双林镇志》卷四《街市》,《中国地方志集成》(乡镇志第22辑),第504页。
② 朱彝尊《静志居诗话》,北京:人民文学出版社,1998年,第492页。
③ 周庆云《南浔志》卷五十一《志余》。
④ 朱彝尊《明诗综》,北京:中华书局,2007年,第2089页。
⑤⑨ 唐顺之《南溪茅处士妻李氏合葬墓志铭》,见同治《练溪文献·艺文志》。
⑥ 黄汝亨《寓林集》卷十一《茅鹿门先生传》,《四库禁毁书丛刊》集部第42册,第259页。
⑦ 屠隆《鹿门茅公行状》,《茅坤集》,第1350页。
⑧ 钱谦益《牧斋初学集》卷十七《茅止生挽词》其九,《续修四库全书》第1389册,第390页。
⑩⑪ 黄汝亨《寓林集》卷十一《茅荐卿传》,《四库全书禁毁书丛刊》集部第42册,第270页。
⑫ 吴梦旸《鹿门茅公传》,《茅坤集》,第1370页。
⑬ 茅维《十赉堂甲集》文部卷五《陈孝綦墓志铭》,上海图书馆藏本。

子,贱妾应为燕燕雏。"①茅乾"与三河少年呼酒共劳,□声□丝杂伎竞进,啸歌慷慨,意若一无足当者"②。其年轻时操赀游四方,"一来归,辄买一姬"。有一次,商船中载回来的美女居然达三人,"内外且大骇"。其"后先帷侍者十二人,燕、赵、瓯、越,杂沓以进"③,茅坤曾以"窟左右兮卧明珰"描绘之④。最令人惊骇的还是茅元仪,"小袖云蓝结队行"⑤,"金陵列队专房占","先后侍姬凡八十余人"⑥,其中留下名字的就有陶楚生、杨宛、王薇、碧耐、青峭、燕雪、少绪、燕如、新绿(晓珠)、非陵等十余人。特别是陶楚生、杨宛、王薇三人,乃明末名妓。美女成群,日夜笙歌,友人吴鼎芳《飞楼曲戏柬茅止生》对此有铺陈描写,曰:"飞楼宛转芙容簇,对列鸳鸯三十六","青丝玉壶正倾倒,杨柳乌啼白门晓"⑦。其狎妓声名之大,在当时南京文人圈中首屈一指。

由于家业丰厚,茅氏家族成员生活豪奢,游宴聚会,挥金如土。茅维于万历二十四年(1596)闰中秋,"遍召三吴诸贤豪,为会于郡道峰之南"⑧,饮酒作诗十余日。茅元仪在万历四十七年(1619)端午,主办金陵大社,"客于金陵而称诗者靡不赴"⑨,"举金陵之妓女、庖人、游舫无不毕集"⑩。计发《鱼计轩诗话》卷一曰:"(元仪)于万历己未五日,创举大社,分赠游资千二百余金,又人各予一金,一妓一庖丁,酒筵一席,计二千金。"⑪规模如此之大,金钱靡费如此之高,绝非一般纵酒狎妓者所能比。

三、好读史,好治史,史学著述丰富

茅坤家族是一个史学世家,其成员好读史、治史,史学著述丰厚。茅坤首开家族读史、评史风气,辑录、批点有《史记抄》《汉书抄》《五代史抄》《新唐书抄》,并编撰有《徐海本末》《浙省分署纪事本末》《纲鉴删要》等史部著作。其《刻〈史记〉抄引》曰:"予少好读《史记》,数见缙绅学士摹画《史记》,为文辞往往专求之句字音响之间,而不得其解",于是"独疑而求之,求之而不得,数手其书而镌注之三四过。"⑫又茅瑞徵《重刻鹿门先生读汉书抄序》序曰:"余从祖鹿门公博综诸坟典,而尤得趣《史》《汉》,自负作文一派逸气远接司马子长,尝出《史抄》问世,大为艺林传诵,晚而复出所评《汉抄》公诸海内,推为双璧。"⑬虽然四库馆臣对明人删削史书的行为很不赞同⑭,然邓国光认为《史记抄》之评点,"强调'神',是继《唐宋八大家文抄》的'本色批评'而发展,是理解《史记》的文学性的关键"⑮。《史记抄》

---

① 钱谦益《牧斋初学集》卷十七《次韵茅四孝若七夕纳姬二首》其一,《续修四库全书》第1389册,第390页。
② 祝世禄《南宁判少溪茅公暨配郭安人墓表》,见同治《练溪文献·艺文志》。
③ 以上见茅坤《亡嫂郭孺人行状》,《茅坤集》,第782页。
④ 茅坤《伯兄少溪公墓志铭》,《茅坤集》,第681页。
⑤ 钱谦益《牧斋初学集》卷十七《茅止生挽词》其四,《续修四库全书》第1389册,第390页。
⑥ 计发《鱼计轩诗话》卷一,《丛书集成续编》第158册,上海:上海书店,1994年,第4页。
⑦ 钱谦益《列朝诗集·丁集十四》,《四库全书禁毁书丛刊》集部第96册,第572页。
⑧ 茅维《十赉堂甲集》文部卷十一《与何无咎书》。
⑨ 茅元仪《石民四十集》卷十三《秦淮大社集序》,《续修四库全书》第1386册,第188页。
⑩⑪ 计发《鱼计轩诗话》卷一,《丛书集成续编》第158册,第4页。
⑫ 见茅坤《史记抄》,明万历三年刊本。
⑬ 见茅坤《鹿门先生批点汉书抄》,明崇祯八年茅琛徵刊本。
⑭ 永瑢等撰《四库全书总目》卷六十五:"坤虽好讲古文,恐未必能刊正司马迁也。"北京:中华书局,1965年,第580页。
⑮ 邓国光《古文批评的"神"论——茅坤〈史记抄〉初探》,《首都师范大学学报》2006年第1期,第83页。

与《汉书抄》茅氏家族均有重刊，盛行于时，成为《史记》与《汉书》的重要选本。

其子茅国缙亦好治史，年近五十时，每夕与宾客宴罢，"犹竟史一帙方就枕"①。年轻时，还曾与曹学佺、张鹤鸣等结社删史，其中"《东汉》《两晋》已行世，《南北史》方付梓人，《五代》《三国》《唐书》存箧中，迁、固史以大父有抄本，故不复及，独《宋》《元》未竟，赍志而卒也"②。其中《南史删》三十一卷、《晋史删》四十卷现存，前者有浙江图书馆藏本，后者有北京师范大学图书馆藏本。《四库全书》的编纂者对《晋史删》也评价甚低，然而其所指责的"《晋书》所以猥杂者，正为喜采小说耳，而国缙乃多取琐碎故实及清谈谑语，与房乔等所见正同"③，正是茅国缙的编撰兴趣和取舍标准所在，那就是讲究情节性和生动性，目的是为了吸引读者。也就是说，其价值不在学术方面而在于阅读性。

国缙子茅元仪也"性好读史"，七八岁时，每晚"竟两帙"始睡，其父国缙"怜之，每呵禁，然不能止也"，"昼则阴计古兵戎、屯田、漕运、职官、刑法、礼乐，私自增损，欲成一家"④。茅元仪著作中，属于史部的多达 9 种 837 卷：《青油史漫》二卷、《督师纪略》十三卷、《辽事砭呓》六卷、《平巢事迹考》一卷、《史眊》二百卷、《史争》二百二十卷、《史快》二百六十卷、《咏叹记》八十六卷、《征异录》四十九卷。这些著作大都针对明末时事而撰，体现了茅元仪的经国大志。如其撰刊《平巢事迹考》，是想建议当局仿效唐末平黄巢之事，来对付明季农民起义。四库馆臣即曰："是编因明季流贼猖獗，官兵不能御。元仪建策，欲用宣大降丁剿之。因谓唐黄巢发难时，沙陀五百，即能歼其众，而唐人疑不肯用，迄至亡国。故叙录其事，冀鉴其祸而用己说，其大旨见自序中。"⑤又《青油史漫》，"杂论史事，多为明季而发。如称汉高祖令吏敬高爵，则为当时轻武而言；诋魏征抑法以沽直，太宗矫情以听谏，则为当时科道横议而言；论西汉亡于元帝，东汉亡于章帝，则为神宗而言，亦胡寅《读史管见》借事抒议之类"⑥。

茅瑞徵是茅坤侄孙，亦喜治史，编撰、刊刻有《皇明象胥录》八卷、《万历三大征考》三卷、《东夷考略》一卷、《东事答问》一卷等。其中《皇明象胥录》收入《四库禁毁书丛刊》史部第 10 册，乃茅瑞徵任兵部职方郎中时所撰，以补嘉靖年间郑晓《皇明四夷考》，对明代边境和通使梯航诸国，罗列略备。《万历三大征考》是纪事本末体史书，成书于天启元年（1621），主要记述万历朝的三次大规模用兵。在记叙三大征后，茅瑞徵还以"外史氏曰"的方式，表明自己观点。此书不仅纪事翔实，而且图文兼备，附有《宁夏总图》《日本总图》《岛夷入寇之图》《辽东连朝鲜图》《播州总图》五图，是晚明重要的军事书籍。《东夷考略》与《东事答问》，《续修四库全书》史部第 436 册、《四库禁毁书丛刊》补编第 17 册等收入，内容包括女真通考、海西女真考、建州女真考以及辽东全图、沈阳图、东事问答等，是有关明代女真族的重要史料。其他还有坤侄茅一桂辑《史汉合编题评》八十八卷、侄孙茅献徵校刊《吴兴掌故集》十七卷等。

由上可见，茅坤家族祖父孙三代皆有治史刊史者，是名副其实的史学世家。

---

①④ 茅元仪《石民四十集》卷十三《史眊序》，《续修四库全书》第 1386 册，第 183 页。
② 茅元仪《石民四十集》卷三十七《先考工部都水司郎中二岑府君行实》，第 376—377 页。
③⑤⑥ 永瑢等撰《四库全书总目》，第 457、457、764 页。

四、才气横溢,操笔立就,喜藏书刻书

茅氏家族也是一个文学文化世家。在作诗为文上,不少家族成员才气横溢,感情充沛。在有关茅坤、茅翁积、茅维、茅元仪乃至茅国缙的传记或著作序跋中,都有诸如"数万言立就""摇笔千言立就""操笔立就"①一类描绘传主或著者才华横溢的语句,或"连篇累牍,洒江倾海"②"鞭霆驾风,如江河万状,不可涯涘"③"云蒸泉涌,跌宕激射,读者往往魄动气竭而不可羁泊"④等描绘撰者诗文感情偾张、气势磅礴的语句。

茅坤作为明代唐宋派领袖,尊崇唐宋古文,反对七子拟古,注重"情""神",其散文创作在有明一代堪称大家,《明史·文苑三》有传。现存有其别集6种103卷:《白华楼藏稿》十一卷、《白华楼续稿》十五卷、《白华楼吟稿》十卷、《玉芝山房稿》二十二卷、《耄年录》九卷、《茅鹿门先生文集》三十六卷。在复古主义盛行的明代,其文确实是逸响伟辞。余姚孙志高虽然年纪比茅坤大,却好茅坤之文,常搜求茅文给他的几个儿子阅读⑤。在明代文章选集中,陆弘祚《皇明十大家文选》二十五卷收《鹿门文选》二卷,马睿卿编《名家尺牍选》二十七卷收《茅顺甫尺牍》一卷,张汝瑚编《明八大家文集》七十六卷收《茅鹿门文集》八卷,陈名夏编《国朝大家制义》四十二卷收《茅鹿门稿》一卷。至于茅坤诗歌,虽然多有应酬之作,但那些悼念友人和写抗倭斗争的诗歌堪称情感充沛、气势雄健,其诗亦入选俞宪编《盛明百家诗》。

茅维作为苕溪四子之一,不仅擅诗文,而且工词曲,在晚明词坛、剧坛均有一席之位。《明史·茅坤传》附有茅维传,《列朝诗集小传·丁集下》《明诗纪事》卷三十等亦有传。现存其别集6部18种76卷,包括《十赍堂甲集》诗五卷文十二卷、《十赍堂乙集》诗十七卷词一卷、《十赍堂丙集》诗十一卷词一卷、《北闱赘言》二卷、《菰园初集》六卷、《茅洁溪集》二十一卷。其中《茅洁溪集》包括《还山三体诗》《商歌》《迂谈》等13种书。另外,茅维还有杂剧集《凌霞阁内外编诸曲》,收杂剧15种,已佚。现存仅8种,其中《醉新丰》《闹门神》《双合欢》等六个见于清邹式金辑《杂剧三集》,《春明祖帐》《云壑寻盟》见于《茅洁溪集》。这些杂剧抒发了其壮志难酬的愤懑和风流才子情怀,有的还切合晚明时事,有自传性质。

茅元仪文武兼备,实乃非凡之人,著述极其丰盛,仅别集现存的就有11种175卷:《石民四十集》九十八卷、《赏心集》八卷、《渝水集》六卷、《横塘集》十卷、《又岘集》五卷、《江村集》二十卷、《西崦集》三卷、《石民未出集》三种二十卷、《石民甲戌集》五卷,是研究晚明的绝佳文献,有文学和史料双重价值。其他如茅乾、茅翁积、茅国缙等均能诗,并有诗集,现存茅国缙《菽园集》六卷,茅瑞徵《澹朴斋初集》十七卷、《澹朴斋外集》三种四卷等。

茅氏家族喜藏书刻书,在中国藏书与出版史上均有一席之位。茅坤白华楼"藏书甲

---

① 以上分别见同治《练溪文献·列传》"茅翁积"条、"茅元仪"条,"茅国缙"条。
② 钱谦益《列朝诗集小传·丁集下》,上海:上海古籍出版社,2008年,第592页。
③ 王宗沐《白华楼藏稿序》,《茅坤集》,第187页。
④ 茅国缙《先府君行实》,《茅坤集》,第1381页。
⑤ 孙鑛《寿观察鹿门茅先生九十寿序》:"先文恪公最好文,虽稍长于先生而绝敬慕先生,时乞先生文与鑛兄弟读之。或他处见先生文,亦必使人急录之,惟恐失。"《姚江孙月峰先生全集》卷八,清嘉庆刊本。

海内,练市新构书楼凡数十间,至于充栋不能容"①,是晚明四大著名藏书楼之一。茅元仪继承了白华楼藏书,有所增益,并将其分为九学十部,是著名的目录学家。据笔者统计,茅氏在晚明参与编刊活动的有以下25人:茅坤、茅翁积、茅国缙、茅国绶、茅维、茅元仪、茅元铭、茅元祯、茅暎、茅著、茅瑞徵、茅献徵、茅琛徵、茅彦徵、茅一桂、茅一相、茅一桢、茅兆海、茅兆河、茅震东、茅胤武、茅胤京、茅菜、茅茹、茅仲籍。据陈尚古《簪云楼杂说》记载,坤子茅镳一夜之间能让家族撰写与刊刻百回大著《祈禹传》,且序目评阅俱备。②虽然茅镳此人无法考证,故事不一定真实,但这个故事背后所隐含的茅氏强大的编刊能力却真实不虚。据初步统计,其家族共编刊书籍99种(部)约1488卷③,数量十分庞大。

从内容上看,茅氏所刊书籍经史子集兼俱,然以史部、子部、集部著作为主,经类很少,其中《唐宋八大家文抄》《史记抄》《武备志》等盛享名气。就印刷颜色来说,则以墨本为主,但亦有朱墨套印本8部21种。就所刊书来源而言,以自己编撰的著作为主,很少重刊他人著述,这与茅氏的文学才华以及强调经世致用有关。其编刊活动所体现的商业目的,相比湖州闵、凌、臧三大望族要弱一些。像茅氏《皇明象胥录》《万历三大征考》《安边济运本书》《督师纪略》《武备志》《新镌武经七书》等史部、子部书籍的刊刻,均体现了其族员的军事爱好与济世之志,折射出了他们对国势日危、江山飘摇的忧虑之感。

综上,茅家不仅参与编刊者人数众多,编刊数量巨大,而且编刊特点鲜明,价值影响大,是中国出版史上著名的刻书家族。

五、好交游,好谈兵,政治参与意识浓厚

茅氏家族成员好交游,好结社,这在茅乾、茅坤、茅维、茅元仪身上特别明显。茅乾"四方奇崛之士,以信义相结,与人千金一诺,未尝却顾"④。茅坤"为诸生祭酒时,与省内名士结秋水社于横塘"⑤,罢官家居后,亦参加岘山续逸老社、西湖大雅堂社、西湖八社等众多结社活动。茅维多名士游,曾"遍召三吴诸贤豪,为会于郡道峰之南"⑥,所至者有陈继儒、梅守箕、何白、吴稼竳、吴梦旸等。茅元仪万历四十七年(1619)秋曾在南京乌龙潭寓所,先后举行五次社集,参与者有潘之恒、钟惺、谭元春、林懋、林古度、冒愈昌、傅汝舟、吴鼎芳等人。浏览茅坤、茅维、茅元仪等人诗文别集,所交游者均数量庞大,上至王公巨卿,下至文人士子,乃至术士、医者、画师、道士、和尚充斥。特别是茅坤,其集中有道士董九华、沈炼师、汪炼师、戴炼师、兰谷、醒神翁、雷道士等,堪舆家天长刘君、浮梁张君、衡州周君,楚中周康甫、太卜吴生、滇中赵中岳、豫章刘子、武康沈聘君、张龙墩、俞小江、胡望山、沈忠宇、吴双峰、郑龙窝、戈丹山、涂君、方丈等,医者王守恒、沈明吾、王云泉、刘少云、陈一泉、武林冯心谷、杨用吾、王秋泉、王启云、聊城陈医士、安医生、丘生、何医等,不胜枚举。

---

① 郑元庆等著《吴兴藏书录·皕宋楼藏书源流考》,上海:古典文学出版社,1957年,第12页。
② 陈尚古《簪云楼杂说》,《四库存目丛书》子部第250册,济南:齐鲁书社,1997年,第507页。
③ 参见赵红娟《晚明望族的编刊活动、编刊者身份心态及人员聘雇——以湖州闵、凌、茅、臧四大望族为中心》,《古典文献研究》(第21辑上卷),南京:凤凰出版社,2018年,第7—9页。
④ 祝世禄《南宁判少溪茅公暨配郭安人墓志铭》,见同治《练溪文献·艺文》。
⑤ 茅元仪《自刻横塘集序》,《四库禁毁书丛刊》集部第110册,第190页。
⑥ 茅维《十赉堂甲集》文部卷十一《与何无咎书》。

茅氏是一个军事世家,其家族成员有奇志,好奇谋,好谈兵。茅乾曾曰:"大丈夫当提三尺剑,勒铭燕然";传记说他"指画房情,多奇中","游公卿间,立谈而脱人奇祸"。① 胡宗宪曾因兵寡,不欲与倭正面交锋,而出缯饵倭,有人欲诬其行贿而邀功。茅乾为之走南京,谒大司马张鏊,陈述东南利害,而尽白其冤。茅坤"幼有大志,欲读尽古人书"②;"雅好谈兵","战为兵雄"③,曾以"雕剿"战术,镇压苗民起义,连破十七砦;又曾为胡宗宪幕僚,助其荡平东南沿海倭寇。屠隆说:"公稍陈其智略,胡公采之辄效,遂荡巨寇。靖东方,公谋为多。"④黄汝亨曾评价茅坤,不仅是著名文人、循吏,更是一代名将:"提十万兵,捣百粤,呼吸神鬼,而犹以其余佐胡中丞靖海夷,则以为名将。"⑤

茅维好奇策,经世之略填胸满⑥。曾上奏记于首辅叶向高,京师传诵,谓之曲突书;又曾诣阙,上《治安疏》以及《足兵》《足饷》二议,逾三万言。虽屡不被用,而用世之心不死,时刻关怀朝廷边境安危,期待如谢安"他年角逐淮泗上,墅墅从容胜一筹"⑦。崇祯十年(1637),六十三岁的茅维仍壮志不死,决定出山。他说目今中原日益糜烂,然"自少负纵横观变之才,颇许知兵,兼识时务","故弹剑而悲,投袂而起"。他决定以五年为期,建功立业,然后功成身退。他说自己不爱官,不要钱,不怕死,符合朝廷推荐的条件有三:真气节、真经济、真文章;他说自己上能"待以宾友之列,举天下事,可扣膝抵掌而粗定",下能"试之剪寇之略,入青油幕,可期年月而见功"。并在诗文中反复述说,自己并非贪爵赏之辈,而志在建奇功,"如蛰龙思奋春雷第一声";"若责以舐痔得车,有死不能,倘许以临危受命,则万无辱命"⑧。其政治参与意识不是一般的浓厚。面对如此不知政治危险的友人茅维,无怪乎政场老手钱谦益要讽劝他了,其《次韵答茅孝若见访五首》即为劝阻茅维而作⑨。

茅元仪"好谭兵,通知古今用兵方略,及九边厄塞要害,口陈手画,历历如指掌","其大志之所存者,则在乎筹进取,论匡复,画地聚米,决策制胜"⑩。他曾追随孙承宗出山海关抗辽三年,"始于癸亥(1623)五月奉征书,终于丙寅(1626)六月罢归里"⑪。"己巳(1629)之变",茅元仪护从孙承宗半夜出东便门,转战七百余里,立下赫赫战功,因授副总兵,提辖辽海觉华岛,署大将军印。钱谦益十分推许茅元仪,其《茅止生挽词》其一曰:"东便门开匹马东,横穿奴房护元戎。凭君莫话修文事,掣电拏云从此翁。"⑫茅元仪在南京、湖州郡城、练市、花林均有宅第,是巨富公子,但最后"田宅凋残皮骨尽,廿年来只为辽

---

① 祝世禄《南宁判少溪茅公暨配郭安人墓志铭》,见同治《练溪文献·艺文》。
②④ 屠隆《鹿门茅公行状》,《茅坤集》,第1350、1354页。
③ 朱赓《明河南按察司副使奉敕备兵大名道鹿门茅公墓志铭》,《茅坤集》,第1347页。
⑤ 黄汝亨《寓林集》卷十一《茅鹿门先生传》,《四库禁毁书丛刊》集部第42册,第262页。
⑥ 黄汝亨评茅维曰:"经营干济之略填胸满腹,好奇策,知大计。如《三上许司马书》及去春与予论聚米活流民事,慷慨奋发,语多要害,非书生也。"见《寓林集》卷三《十赉堂文集序》,《四库禁毁书丛刊》集部第42册,第90页。
⑦ 茅维《还山感遇诗》卷一《还山避暑罢同号八绝答止生》,见《茅洁溪集》,哈佛燕京图书馆藏胶卷本。
⑧ 以上引文见茅维《公告京邸同心先达书》,同上。
⑨ 钱谦益《牧斋初学集》卷十六《丙舍诗集》之《次韵答茅孝若见访五首》,小注曰:"孝若扼腕时事,思以布衣召见,故有讽止之言。"见《续修四库全书》第1389册,上海:上海古籍出版社,2002年,第385页。
⑩ 钱谦益《列朝诗集小传·丁集下》,上海:上海古籍出版社,2008年,第591—592页。
⑪ 茅维《石民四十集》卷十七《小草草序》,《续修四库全书》第1386册,第230页。
⑫ 钱谦益《牧斋初学集》卷十七,《续修四库全书》第1389册,第390页。

东"①。这种强烈的政治参与意识,在旁人看来真是难以理解,甚至连敌人也会笑他白痴:"一番下吏一勤王,抵死终然足不僵。落得奴酋也干笑,中华有此白痴郎。"②虽然茅氏家族成员的谈兵游幕,"与有明一代士人活跃的政治干预与发达的名士文化不无关系"③,但他们这方面的特征显得特别突出。

茅氏家族对时政的关注或军事方面的天赋,还体现在大量政治军事、典章制度书籍的编纂与刊刻上,如茅元仪编刊有《武备志》《嘉靖大政类编》《掌记》《三戍丛谈》《野航史话》《西峰淡话》《戍楼闲话》,茅震东刊刻有《新镌武经七书》七种七卷等。其中《武备志》汇集历朝以来兵书2 000余种,分兵诀评、战略考、阵练制、军资乘、占度载五大类,并各有序言,考镜源流,概括内容,说明编撰的指导思想和资料依据,是百科全书式的兵书著作。而茅瑞徵撰刊的《皇明象胥录》《万历三大征考》等,虽是史部著作,但也是重要的军事资料。茅瑞徵尝言,自己闲居时,"每好著书,然多杂以兵事。以所历官似是马曹,尝留心擘画,综理其间。虽已归卧,而宿业不辍"④。由此也可知,这类书籍的编撰不仅因为爱好,也与其家族成员从政经历有关。

总之,茅氏家族虽然以读书科举发家,但其成员并非文弱书生,而是文武兼备,重经世致用,政治参与意识极其浓厚。

六、盛而骤衰,富仅三代,生命周期短暂

如果以茅坤高祖孟麟为一世,那么其第五、六、七三世,即茅坤辈开始的三代是茅氏家族最繁盛时期:家产丰厚,子孙兴旺,举业有成,著述繁富。自茅坤曾孙辈开始,家族零落不堪,世系承传逐渐不明。

这当中,各支的情形有所不同。茅坤三兄弟,其兄茅乾一支到其孙辈,世系可考的就只剩茅明徵一人,而且事迹未明。其弟茅艮一支,到了孙子瑞徵,中进士,官布政使,家业再振,然瑞徵子辈正值明清鼎革,无有显者,因此其盛也仅三代。茅坤一支,其子国缙亦中进士,博学能文之士最多,但此支牵连祸事也最多。

先是其子茅翁积因豪于声酒而瘐死狱中,巡按庞尚鹏尽收其家人之横里中者置之法⑤;再是其子茅维"为乡人所构,几陷大僇"⑥,对方诬以命案和毁家,茅维曾被羁押禾中铺两月⑦;然后是其孙元仪输产抗辽,涉海运案而获罪被抄,导致田宅凋残⑧;最后是其孙元铭和元铭子次莱,因名列庄氏《明史辑略》参订姓氏而获罪,导致家产被抄,家人或被杀,或

---

① 钱谦益《茅止生挽词》其九,《牧斋初学集》卷十七,第390页。
② 钱谦益《茅止生挽词》其五,《牧斋初学集》卷十七,第390页。
③ 赵园《制度·言论·心态——〈明清之际士大夫研究〉续编》,北京:北京大学出版社,2009年,第13页。
④ 茅瑞徵《苕上愚公传》,上海图书馆藏本《东夷考略》附。
⑤ 参见吴梦旸《鹿门茅公传》,《茅坤集》,第1369页。
⑥ 钱谦益《列朝诗集小传·丁集下》,上海:上海古籍出版社,2008年,第653页。
⑦ 参见赵红娟《哈佛燕京图书馆藏茅维〈茅洁溪集〉及其价值》,《中国文学研究》第31辑,上海:复旦大学出版社,2018年,第148页。
⑧ 所谓海运案,是指崇祯间茅元仪为权奸所中,借口昔日所募楼船沉海之事,被"从戍所逮回,代人偿海运",见茅元仪《三戍丛谈》卷三。等到"奔走竣其事","家田庐已尽",见茅元仪《石民又岘集序》,《四库禁毁书丛刊》集部第110册,第142页。

远遁。据《研堂见闻杂记》,"明史案"中,茅氏一门仅被杀的就有七人。张鉴引茅湘客《絮吴羹》曰:"元铭字鼎叔,著名复社,以贡宰朝邑,为史祸株累,死者数人,子弟多远引。有兄之子名兆汾,字巨澜,号遁邱,实鹿门先生曾孙也。曾仕至参将,因弃为僧。"①加上"赋役盗贼之兴、征求之暴"②、人口众多等原因,到了崇祯间,有的就"田庐已尽"③,或喊"绝粒"断炊了④。到了清代康熙年间,有名姓的茅氏则已寥寥无几。

从嘉靖十七年(1538)茅坤中进士发家,到万历间的极盛,再到1644年明清鼎革时衰弱,最后到1661年"明史案"发而败亡殆尽,茅氏家族的生命周期前后仅一百二十余年。对此,明末清初著名学者张履祥有很好总结:

> 邑有茅氏,自鹿门以科名起家。兄弟三人,伯服贾善筹画,季力田精稼穑,鹿门其仲也,各以多财雄乡邑。广田畴,丰栋宇,多僮仆,其家风也。然治生有法,桑田畜养所出,恒有余饶。后人守之,世益其富,科名亦不绝四五世。间惟长支子姓渐少,家业浸薄;中支世业虽损,博学能文之士不乏也;少支方伯继起,子姓益繁于前,有光矣。族人仿效起家颇众,虽无显爵名贤,而阡陌衣冠,为百里著姓矣。二十年来败亡略尽,昔时堂户罔不邱墟,广陌无非萑苇。入其故里,惟族之贫者一二存焉。⑤

关于茅氏败亡原因,张氏亦有探讨。主要是兼并土地,无厚泽于人,"窃谓占田之广,祖宗必以兼并得之,桑梓穷人不得耕其先畴者众矣,恶得无罪?"⑥万历二十二年(1594),与茅氏有联姻的南浔董份家族,就因兼并土地过多而被民众围困,事件后来波及整个东南望族。其次就是上面讲的牵连祸事,"又谓鹿门之后世有罪刑,近复史事被戮,本乎白华楼著述,好恶取舍徇于私,以是为余殃也"⑦。茅氏盛而骤衰,富仅三代,真是令人唏嘘。

[作者简介]　赵红娟,文学博士,浙江外国语学院浙江文化走出去研究中心教授。

---

① 周庆云《南浔志》卷五十七《志余》引张鉴《蝇须馆诗话》。
② 光绪《归安县志》卷四十九《杂识》。
③ 茅元仪《石民又岘集序》,见《又岘集》,《四库禁毁书丛刊》集部第110册,第142页。
④ 茅维《凌霞阁小品》,见《茅洁溪集》,哈佛燕京图书藏胶卷本。
⑤⑥⑦　光绪《归安县志》卷四十九《杂识》。

论《儒林外史》的无名群体书写*

陈文新　王安琪

[摘　要]　在主要人物"行列而出"的《儒林外史》中，以职业身份为主要存在方式的无名群体是易被忽略但实际上值得重视的人群。小说以共生的平台展示了他们片段的人生行迹，表达了对社会群体的普遍尊重与广泛关怀。无名群体在结构、叙事与内涵、意蕴方面具有生动的历史意义与丰厚的社会容量，是《儒林外史》中值得关注的一部分。

[关键词]　《儒林外史》　无名群体　职业身份　日常生活　社会生活史

《儒林外史》（以下简称《外史》）是一部容量丰富的作品，作为"一部生长型而非设计型的"①的小说，其中出现或隐含的大量无名之人正是这段"悸动、断裂、突转和变化无端"②的世俗生活最主要的见证者。无名群体之"生长性"，在生活世相的呈现中促成了文本空间的演绎与展开。

《外史》的人物研究，基本上集中于有名有姓之人。③ 主要人物类型"可根据其社会地位、生存方式和价值观念的不同，粗略分为迂儒、假名士、贤士奇人以及市井中人"④。无名群体是功能性需要，也是背景式存在。"生活史立足于民众的日常活动，镶嵌于社会组织、物质生活、岁时节日、生命周期、聚落形态中。注意社会分层，了解不同社会群体的生活也必不可少。"⑤本文希图借助一定数据⑥，结合社会生活史的视角管窥无名群体的书写意义。

本文对无名群体的界定以职业身份为基本条件。这一指称方式最直接常见，如小厮、管家、走堂的。非直接的指称方式主要包括"姓氏＋职业"（如杨裁缝、邵管家）、"姓氏＋体貌特征"（如王胡子）、"姓氏＋辈分排行称呼"（如姚奶奶）几类。另有特殊命名，如

---

* 本文系教育部人文社会科学重点研究基地重大项目"科举文化与明清知识体系研究"（16JJD750022）阶段性成果。

①② 商伟《礼与十八世纪的文化转折——〈儒林外史〉研究》，北京：生活·读书·新知三联书店，2012年，第7页。

③ 按：陈美林《吴敬梓评传》中"《儒林外史》所反映的其他阶层社会成员的生活"一节提到了盐商典当、戏曲演员以及下层群众几类生活群体（陈美林《吴敬梓评传》，南京：南京大学出版社，2011年，第477—492页），其中罗列出的各行人群可谓之"无名"，但具体所涉及的群像代表多为书中有名有姓之人。

④ 陈文新《传统小说与小说传统》，武汉：武汉大学出版社，2007年，第324页。

⑤ 常建华《中国社会生活史上生活的意义》，《历史教学（下半月刊）》2012年第1期。

⑥ 囿于文章篇幅与小说的可解读容量，本文只能做到尽量囊括，因此依然存在取舍的情况。这在一定程度上会影响统计的严密性，但不影响主旨之表达。涵盖情况基本呈现于下文表格。

晋爵、宦成、来富、四斗子、双红,多有寓意吉祥、市井通俗等特点。

作为小说的非主要人物,无名群体具有对职业身份的依附性,呈现职业的单纯性,他人对其身份的定位首先是某行业的从事者。如高要县开米店的赵老二、扯银炉的赵老汉,以赵氏亲戚身份出场,职业实是性格与处境的表达附庸。表面"无名"而实"有名"者也不宜归入无名群体,如牛老爹(牛相)、卜老爹(卜崇礼),"牛老爹店里卖的有现成的百益酒,烫了一壶,拨出两块豆腐乳和些笋干、大头菜,摆在柜台上,两人吃着"①(第二十一回),"牛老心里着实不安,请他坐下,忙走到柜里面,一个罐内倒出两块橘饼和些蜜饯天茄,斟了一杯茶,双手递与卜诚……"②(同上),店铺笔墨的重点是牛老爹的平实拮据与温情诚恳,而非职业表现。

过于戏剧性的角色也应当排除。胡屠户以范进岳父的身份出场,职业是丑态的注脚——"屠户见女婿衣裳后襟滚皱了许多,一路低着头替他扯了几十回。"③(第三回)屠户这一职业原本给人以粗俗的印象,却频繁出现与这一印象格格不入的细节动作,如果换成本身名姓,表达效果必大打折扣。在此,他首先是挽救场面的岳父,其次才是因职业身份而增色的屠户。

一、《儒林外史》无名群体的类别及历史存在

《外史》中的无名群体之所以值得考察,是因为吴敬梓赋予了他们书写意义。对于英雄传奇小说,无名群体基本只是好汉的衬托,在好汉们"顺手"的时候,无论是有名指称的养娘玉兰还是普通的州县居民,皆生如蝼蚁,成为"一不做,二不休"④中的冤魂。历史演义中的无名群体或为"百姓",他们在小说中的表现是"齐声大呼'我等虽死,亦愿随使君!'"⑤(第四十一回),或为"举大事者必以人为本"⑥之"人",他们仅仅贡献了群体性的历史说明,无关书写意义。《红楼梦》等描写世情的作品也纳入不少无名者,如马道婆、焦大、周瑞家的、鲍二家的……但个体特征突出,不具群体性,且没有真正走出家庭场域。他们往往作为起因,有意引导之后的故事发生,如第二十五回,马道婆以法术使凤姐、宝玉经历魇魔之劫,引发一场动乱。第四十四回,贾琏与鲍二老婆对凤姐的诅咒无疑也是"火上浇油"之"油"。《金瓶梅》的情况与之类似。

相较之下,《外史》在英雄传奇、历史演义以及世情小说间取得了一个居中的位置。尽管小说存在一定虚幻因素,如黑九⑦相关内容,但作品本身的现实色彩从无名群体所体现的各方面得到加持,笔调稳定而从容,泼墨重彩的同时适当留白。对无名群体的理解是全面认知《外史》的一部分。

家庭是社会结构中最基础的存在单元,《外史》作为一部极具社会眼光的作品,"儒林"之人往往也是家庭中人,如作者所推崇的王冕、虞育德,反之亦然,如严贡生、牛浦。无名者中的梢公(第五十一回),在呈现职业身份的过程中不忘顺风回家探望,并非赘笔。目今关于主要人物家庭、家族关系的相关成果已颇可观,由于无名群体的书写空间有限,

---

①②③⑦ 吴敬梓《儒林外史》,北京:人民文学出版社,1977年,第254、256、45、446页。
④ 第三十一回"武松血溅鸳鸯楼"、四十一回"江州劫法场"等关目中均有相关心理或语言描写。
⑤⑥ 罗贯中《三国演义》,北京:人民文学出版社,1979年,第356、357页。

因此他们不涉及"家族"之说。结合小说主要人物的身份设定,"家庭"是一个更普适的角度。由此,对于无名群体,本文拟以主要活动场域的不同,分为"家庭内"与"家庭外"两大类。

着眼于社会题材的作品中无名指称往往多样而不明确,有一定地位的家庭经常遣人办事,如果没有明确的指称则无法判断此处提及的"小厮"(或其他类别无名群体)是否与刚才所述"一个小厮"为同一人。据载,明清时期,士大夫家中蓄奴成风,"大家僮仆,多至万指。"①据此,在语境无法明确推断的情况下,本文拟分别计算出现次数②。

(一) 家庭内无名群体分类及其历史存在

表1 家庭内无名群体列表

家 庭 内				
人　　群	出现次数③	代表人物	代表情节	备　　注
管家	31	王胡子	鲍廷玺讨银事件	
家人	27	晋爵,宦成	杨执中案,枕箱案	
小厮	65	虞华轩的小厮	捉弄成老爹	包括书童
长随	6	牛玉圃的长随	出行陪同	
丫鬟(侍女)	10	双红	枕箱案	
门上人(看门的)	11	娄府看门的	权勿用拜访	

据《日知录》载,明清时期,由于赋役日益繁重,投靠势家成为奴仆的一种重要来源。"今日江南士大夫多有此风,一登仕籍,此辈竞来门下,谓之投靠,多者亦至千人"④,这样不仅可以逃避赋役,还可借势家之威谋取不正当利益。甚者还有携田产、金钱而来的,范进中举后就见识了这种情形。顾张思《土风录》载,"称人奴仆曰管家"⑤。管家、家人、小厮几类群体指称不便区分过细,都可归于奴仆的大类,小说中的呈现主要是具体场景分工与行事之不同。明代后期,奴仆常被用来经营商业,善于此者多因而发迹,《明史》载奴仆阿寄之事可资为证⑥,也有助于理解盐商万雪斋的发迹史及其与牛玉圃断交的心理动因。

《学治臆说》细述了长随这一群体的特殊性:"长随与契买家奴不同。忽去忽来,事无常主……同官说荐,类皆周全情面。原未必深识其人之根底,断不宜一概滥收。"⑦

---

① 顾炎武撰,华东师范大学古籍研究所整理,黄珅、严佐之、刘永翔主编《顾炎武全集13》,上海:上海古籍出版社,2011年,第598页。
② 按:推断必然存在误差,数据仅供参考。
③ "出现次数"是指相应群体的各个体在小说中第一次出现时的情况,之后关于此人的指代或展开不计,即一人计一次,不重复计算其活动。
④ 顾炎武撰,华东师范大学古籍研究所整理,黄珅、严佐之、刘永翔主编《顾炎武全集18》,第552页。
⑤ 顾张思《土风录》,上海:上海古籍出版社,2015年,第166页。
⑥ 参张廷玉等《明史》,北京:中华书局,1974年,第6717页。
⑦ 汪辉祖纂《学治臆说》,北京:中华书局,1985年,第3—4页。

《外史》中牛玉圃外出行迹以及虞育德对于严管家的举荐可反映该群体的活跃与流动空间。《红楼梦》第九十九回以贾政初任外职的情况反映了家人、长随两类群体的差异。由于贾政严肃古执，跟着出来的家人钻营不得，此前借贷装体面，本指望在外发财，结果"眼见得白花花的银子，只是不能到手"①。相较之下，"'你们爷们到底还没花什么本钱来的。我们才冤，花了若干的银子打了个门子，来了一个多月，连半个钱也没见过。想来跟这个主儿是不能捞本儿的了。明儿我们齐打伙儿告假去。'……那些长随怨声载道而去。"②

《外史》中门上人群体多出现于家庭内场域，主要涉及以下人物居所③：向鼎、娄氏公子、胡三公子、杜少卿、薛乡绅、汤镇台、虞华轩、方六老爷、秦中书、施御史、宋盐商。对于有一定经济或政治（或二者兼备）实力的家庭，通报程序的完整是地位与礼节的体现。《红楼梦》第六回，刘姥姥往贾府打秋风之前，在家中谈及这门远亲，女儿道："但只你我这样个嘴脸，怎么好到他门上去？先不先，他们那些门上的人也未必肯去通信。没的去打嘴现世。"④次日，荣府角门那几个挺胸叠肚、指手画脚的人表现出来的不屑与捉弄正是如此。"州县尹小僮曰门子。"⑤汪辉祖作为乾嘉时期的官吏，将门上（门子）置于长随一类中，"宅门内用事者，司阍曰门上……勾通司印，伺机舞弊"⑥。贾雨村断葫芦案时，亏有门斗（曾经的葫芦庙小沙弥）指津，才牵扯出"护官符"之论。对于官宦之家，官衙与住宅之区分有时不甚明确，因此不论其活动场域，一并于此说明。

《外史》中的无名群体常随叙述地区的变更体现地方差异，如山东、安徽、江浙等地区的俗语、惯称。特色指称以对情境的契合传达出普通无名之外的韵味。第四十二回，汤大爷于南京访葛来官，"一个大脚三带了进去"⑦，两人对河饮酒，吃着新买的极大的扬州螃蟹，末了"叫那大脚三把螃蟹壳同果碟都收了去"，上紫砂壶烹梅片茶，"正吃到好处"，对门外科周先生大声骂嚷，缘由是大脚三倒了他一门口的螃蟹壳子，接下来是一场粗鄙而影射的对骂，以及汤大爷急急去解救被喇子讹困的二弟。《虫鸣漫录》记载："金陵尚大足女仆，名曰大脚仙⑧，皮色洁白，面目姣好者甚多……富家房中，多置此辈，中产人年老失偶，不便续娶纳妾者亦用之，昼则服役，夜则荐枕，甚便。"⑨至此，气氛的突变，葛来官雅致体面之下的猥琐狭隘，汤大爷附庸风雅之后那可笑的雄赳赳，都以一个无名大脚三的职业行为出之。

（二）家庭外无名群体分类及其历史存在

"至古之官名，今以之呼执艺者：薙发曰待诏，工匠曰司务，典伙曰朝奉，皆不可

---

① ② ④ 曹雪芹《红楼梦》，长沙：岳麓书社，2007年，第710、710、39页。
③《外史》之看门人群体同样存在于家庭外场域，如第十八回花港花园的看门人，但相关笔墨有限，因此不予详述。
⑤ 顾张思《土风录》，第404页。
⑥ 汪辉祖纂《学治臆说》，第4页。
⑦ 吴敬梓《儒林外史》，第493页。
⑧ 按：《清代笔记小说俗语词研究》认为，"大脚仙"即"大脚三"。（见王宝红《清代笔记小说俗语词研究》，四川大学2005年博士论文。）
⑨ 孙文光编《中国历代笔记选粹》，上海：华东师范大学出版社，1998年，第1118页。

解。"①第三十一回,杜少卿等人正在品味陈年老酒,管家王胡子送来做好的新衣让少爷查点,箱子才放下,已经领走工钱的杨裁缝回来请说话,跪在天井磕头大哭,陈说自己母亲暴病逝世,无钱筹备后事之苦。游寓做活,表现的正是《外史》匠人群体单纯的职业与生活气息。

当时饭馆的服务人员多称为走堂的、伙计等。另外,宋盐商家、船家、盖宽家洲场的人也都可称"伙计"。

房牙子以说合房屋买卖、租赁,从中收取用费为营生。明人吴应箕在《留都见闻录》中记载了十余处较著名的河房②,名列其中的淮清桥南岸河房正是杜少卿所寻到的理想住区。"过学官,则两岸河房鳞次相竞。其房遇科举年则益为涂饰,以取举子厚赁。"③由汤大、汤二兄弟于南京应试时之所见,可知彼时"考市"环境建设确已相当成熟。

"船家,梢子也,又为梢公,今皆称家长,或船家长。"④"……总推一船之最尊者言之耳。今吴中谓之驾长。"⑤小说中其相关指称还有水手等名目。

科举方面无名群体有学道、报录人等。无名学道无正面表现,作为职掌一省学政及考试的高官,他们基本上是士子心中功名的代名词。"诸生中乡荐与举子中会试者,郡县则必送捷报。"(王世贞《觚不觚录》)⑥"余少时学举子业,并无刊本窗稿。……今满目皆坊刻矣,亦世风华实之一验也。"⑦报录人⑧、书坊主是更贴近举子生活的群体,如文翰楼主人等。

行政方面,第四、四十三、四十五回中,知县坐收渔翁之利、官商勾结之面貌得以裸呈。明代谚语"衙门日日向南开,有理无钱莫进来"⑨正合于当时情状。差人群体在蒙骗谋利等方面也毫不逊色。

娱乐活动的相关群体主要有戏子和妓女。莫愁湖大会是戏子群像的集中展示。薛乡绅小妾生日,戏班去拜寿,可反映"唱堂会"的风尚。妓女代表为细姑娘、顺姑娘,相关群体还有虔婆、乌龟、捞毛的⑩。小说此处的说明⑪也可由相关历史记载得到印证。⑫

---

① 陈其元著,杨璐点校《庸闲斋笔记》,北京:中华书局,1989年,第94页。
② 参刘明鑫《明代科举考试费用及其影响研究》,福建师范大学2018年博士论文。
③ 吴应箕原著,南京市秦淮区地方史志编纂委员会编刊《秦淮夜谈》第9辑《留都闻见录》,1994年,第20页。
④ 李诩《戒庵老人漫笔》,北京:中华书局,1982年,第197页。
⑤ 褚人获辑撰《坚瓠集》,上海:上海古籍出版社,2012年,第481页。
⑥ 陈文新主编《明代科举与文学编年》(下),武汉:武汉大学出版社,2009年,第2638页。
⑦ 李诩《戒庵老人漫笔》,第334页。
⑧ 按:"从事该行当者称为'报录人''报榜者''报捷者',也有称'捷子''报子''报人'的。"(刘明鑫《明代的科举走报》,《史学月刊》2019年,第7期)
⑨ 田艺蘅《留青日札》,上海:上海古籍出版社,1992年,第337页。
⑩ 按:"诸姬家所用男仆,曰捞猫、曰镶帮。女仆曰端水,曰八老。"(虫天子编《香艳丛书》第9册第17集1—4卷第18集1—4卷,上海:上海书店出版社,2014年,第356页)此处所指"捞毛的"即为"捞猫"。
⑪ 按:"自从太祖皇帝定天下,把那元朝功臣之后都没入乐籍,有一个教坊司管着他们,也有衙役执事,一般也坐堂打人。"(吴敬梓《儒林外史》,第597页)
⑫ 按:"金陵旧院,有顿、脱诸姓,皆元人后没入教坊者。"(王士禛《池北偶谈》,北京:中华书局,1982年,第287—288页)

表 2　家庭外无名群体列表

类别	人群	出现次数	代表人物	代表情节	备注
衣	裁缝	2	杨裁缝	丧母讨银	
食	走堂的（堂官、伙计、店里人）	7	为牛玉圃释疑之人	为牛玉圃释疑	
住	房牙子	2	找河房者	为杜少卿找河房	
住	房主人	3	董老太	劝诫陈木南	
行	船家	19	牛玉圃乘船之船家	偷载牛浦	掌舵驾长、水手、艄公
行	轿夫	9	暂无	暂无	
科举	书坊主（书店人）	3	义瀚楼主人	请匡迥批考卷	
科举	宗师、学道	10	暂无	暂无	
科举	报录人	4	范进中举报录人	范进中举	
行政律法	知县	16	王知县	与方家官商勾结	
行政律法	差人（门斗、衙役）	23	枕箱案差人	枕箱案	
行政律法	长班（长随）	3	暂无	暂无	
行政律法	书办	10	安庆府书办	奉承鲍文卿	
行政律法	大司客（小司客）	2	宋盐商家小司客	为沈琼枝案打通关节	
娱乐	戏子	16	葛来官	相交汤大爷	
娱乐	妓女	3	细姑娘和顺姑娘	暂无	
宗教	和尚	22	大柳庄和尚	与匡超人的相交	
宗教	道士	6	扬州子午宫道士	向牛浦说明万雪斋的发迹史	

和尚群体是明代生活趋于享受化的特殊体现，他们对世俗化的投诚不断刷新社会道德底线，如第四十七回，"同到龙兴寺一个和尚家坐着，只听得隔壁一个和尚家细吹细唱的有趣"①。第四回，僧官慧敏虽是被栽赃，联系僧官常琇召妓之事②，可知此等作为实不鲜见。

小说中还有诸多无名群体，如吹鼓手、轿夫、书办、阴阳生等，囿于论文篇幅，不再缕述。

二、无名群体在结构、叙事方面之功用

在结构、叙事方面，无名群体的意义主要是建立人物关系、辅助事件进展。

---

① 吴敬梓《儒林外史》，第 544 页。
② 余继登《典故纪闻》，北京：中华书局 1981 年，第 267 页。

(一) 人物关系方面

"连接"是指在日常生活中无名群体职业作用的发挥可能导致两位主要人物相知相识或重逢,由此改变单个人物占据叙述画面的情况,自然引出接下来的出场角色或圆合之前的行迹,这在"各种人物,行列而来"①的《外史》中较为常见。"见证"隐含特定环境下的"在场"与"不在场",主要人物的关系在一定场景中延续或变化,此时无名群体代替读者置身其中,以职业身份的运行见证具体走向。

"连接"侧重于体现"(有)—无—有"的变化,"见证"则展现由"有"走向"未知"状态的过程。

1. 人物关系的连接者

这一情况与无名群体的职业性质与活动范围有关,公共开放的空间中,流动的社会人群短暂相接又迅速分别。以船家群体为例,他们一般不会去详细了解船客的身份、处境。若是为了交代主要人物的行迹,船家的存在感会被大幅削减;若是为表现在这只船上发生的新情况,则易发生机缘巧合之事,如主要人物的相遇相识或久别重逢,接下来的情节可能是主要人物的短暂(常会有日后的重逢)或长期相交。在此,船家群体就是一种不可或缺的连接要素。

由于船资寡薄,被包船后船家往往多携一两位单身客人挣几分零钱。第二十二回,牛浦赌气离家,一日一夜就到了南京燕子矶,要搭扬州船时得知头船已开,江沿上的大船要"等个大老官来包了才走"②。此时牛浦囊中羞涩,简单用餐之后走出饭店,发现船家正搬行李,店主人让他快些去搭船。"牛浦掮着行李,走到船尾上,船家一把把他拉上了船,摇手叫他不要则声,把他安在烟篷底下坐。"③因猛烈的大风天气,五更天还开不了船,直到第二天晌午时分,天气状况还没有足够好转。正因为船行不顺,与无名群体职业身份相关的人为、自然(行船天气)因素被充分调动,主要人物的行程在此停滞,人物关系则在牛玉圃把舱后开了一扇板时出现了新的走向。牛玉圃一眼看见了牛浦,问是什么人,船家赔着笑脸道:"这是小的们带的一分酒资。"④紧接着,牛玉圃的好吹嘘、讲排场展露无遗,主动让牛浦称他为"叔公",让船家把牛浦的行李拿进舱里,船钱也一并包揽。船家回应:"老爷又认着了一个本家,要多赏小的们几个酒钱哩。"⑤牛玉圃与该船家是首次打交道,而船家以语言讨巧,吹捧牛玉圃之人脉与地位,"酒钱"之说既掩饰自己擅自带客之举,也表达船钱结算方面希望多给一点的意愿。对于船家来说,这是一个谋生的过程,而《外史》却由此反映出了二"牛"关系的突兀与怪异。

第十五回,匡超人预备搭温州的船回家给父亲看病,看到江面上一只船正要走,却得知船上是抚院差人郑老爹,不带人。匡超人背着行李准备离开,船舱里一个白须老者说:"驾长,单身客人,带着也罢了,添着你买酒吃。"⑥第十九回,匡超人入赘,小说以双方素未谋面的口吻叙说婚前事项,直到一句"郑老爹迎了出来,翁婿一见,才晓得就是那年回去同船之人,这番结亲真是凤因"⑦。照应前文初识,并圆合郑老爹行迹。上船之前,匡

---

① 鲁迅《中国小说史略》,北京:中华书局 2014 年,第 138 页。
②③④⑤⑦ 吴敬梓《儒林外史》,第 267、268、269、194、236 页。

超人乖巧、懂事、孝顺,与后来自私、忘恩、凉薄以及间接葬送郑家女儿的性命,莫不构成巨大的反差。从一分酒资延伸出人物的关系及变化,可见船家在公共空间履行职业职责,是最有连接潜力的无名群体之一。在文史互证的过程中,《外史》提供了一个有效窥视彼时社会情状的窗口。

有别于船只的公共性,部分相对封闭的空间也容纳了连接的可能,表现上易突出个体的意义发挥,而其中的群体容量与社会风尚着实可观。第二十四回,面对鲍文卿所提爱惜才人、不参向鼎的请求,崔按察司答应得很爽快并将其送到安东县说明情由。他的出场是为了让鲍文卿与向鼎正面相交,在职业作用的发挥下隔空促成主要人物的交情,又以"不想一进了京,按察司就病故了"①为由迅速退出文本,显出无名群体功能表达的纯粹。官员之间的举荐交流在庞杂的人际关系中隐含诸多可能。虞博士与武书的相识是因翰林院侍读王先生的托付——"老先生到南京去,国子监有位贵门人,姓武名书,字正字,这人事母至孝,极有才情。老先生到彼,照顾照顾他。"②(第三十六回)继之,由武书提及的杜少卿、庄征君等人与虞博士相交,逐渐拉开了泰伯祠主祭的序幕。这里,虚化空间是日常连接中的另一重要版块。正是因为其时空维度有无限可能,才得以在有限的个体、群体背后延伸出广阔的未知指向。在具体作用方面,空间关乎人物行迹,较为即时;时间关乎人际关系,相对延迟。

2. 人物关系的见证者

见证者多表现为对人物关系稳定或变化态势的旁观,没有明确的全程"在场",而以"出场""退场"的变化加以体现。第二十二回,牛玉圃携牛浦到大观楼吃素饭,恰逢戴着方巾的王义安,在极度缺乏默契的情况下,王义安与牛玉圃浅薄的交情在自吹与互吹中迅速膨胀,直到两个戴方巾的秀才走上楼来,一眼看到王义安——"这不是我们这里丰家巷婊子家掌柜的乌龟王义安?"③在这一事件中,走堂的在三人分宾主坐下后搬上了一碗炒面筋、一碗脍腐皮以及米饭,之后的寻衅与打架过程并未在文本中"露面"。"这里两个秀才把乌龟打了个臭死。店里人做好做歹,叫他认不是。"④表明店里人一直"在场",见证了牛、王"重逢—破裂"关系的变化始末。秀才的突入,打破了主要人物之间稳定而存疑的关系状态。开头上菜"走堂的"与结尾出来圆场的"店里人",两个指称虽无分辨之需,却体现了"无名"指称中个体与群体(可能也是个体)表述与使用场合之细微差别以及重复指称之"不犯"。

第二十五回,鲍文卿与倪老爹酒楼对坐,点菜时走堂的叠着指头数道:"肘子、鸭子、黄闷鱼、醉白鱼、杂脍、单鸡、白切肚子、生燢肉、京燢肉、燢肉片、煎肉圆、闷青鱼、煮鲢头,还有便碟白切肉。"⑤简单的罗列实是二人诚挚情谊的映射,没有囊中羞涩的窘迫,也无假装亲热的虚伪。在此家常又不失丰盛的便餐中,关系从初识到"准亲家",实现了跨越式加深。虽然走堂的只在出场时完成职业表达,却以职业载体菜品反映了人物关系基调。牛、王的寡淡虚浮与鲍、倪的踏实淳厚,不失为无名群体的别样"见证"。

潘三与匡超人的关系从一开始就存在强烈的不对等。潘三黑道出身、豪爽不拘,初

---

①②③④⑤ 吴敬梓《儒林外史》,第 293、422、270、271、298 页。

次见面就带着正寻谋生之路的匡超人到饭店好好享用了一次：

> 潘三叫切一只整鸭，脍一卖海参杂脍，又是一大盘白肉，都拿上来。饭店里见是潘三爷，屁滚尿流，鸭和肉都捡上好的、极肥的切来，海参杂脍，加味用作料。两人先斟两壶酒。酒罢用饭，剩下的就给了店里人。出来也不算帐，只吩咐得一声："是我的。"那店主人忙拱手道："三爷请便，小店知道。"①（第十九回）

这次用餐过程省去了对匡超人的直接描写，但可以从店里人的表现见出其青涩。店里人的"在场"不仅是群体自身的"在场"，也隐含了匡超人的"在场"。作为主要人物，他的"消失"正好给了无名群体表现的空间，足以见出潘三气场之强大。出门记账的场景颇类鲁智深的"酒钱洒家明日送来还你"及主人家的连声回应"提辖只顾自去，但吃不妨，只怕提辖不来赊"②。从这一场请客中不难窥见店里人的生存之道。

综上，无名群体在《外史》中的表现可使读者跟随主要人物的行迹一览士林风尚，也能随人物关系变化看到其处境、交游、地位、心理等状态，甚至预知人物关系的基调与接下来的情节走向。

（二）辅助事件发展

在辅助事件发展方面，无名群体的功用主要是揭露事件真相和延宕情节。前者是指通过职业角色的发挥，对目前所述中心事件的关键点予以揭发，推进事件进展，传达场景创作意图，铺垫接续线索。后者是指无名群体在履行分内之职时无意识地影响了情节进展，并懂得适时"退场"。

1. 事件真相的揭露者

该情形中，无名群体未曾提前进入叙述事件（如主要人物的对话），在作者介绍情节走向的同时，无名群体裹挟潜藏的真相闷头而来，以职业范围的理所应当使读者恍然大悟。

范进和张静斋到高要城打秋风那天，方巾阔服的严贡生主动来相见，丰盛款待之余大肆吹嘘自己与汤父母的关系是如何密切，自己为人是怎样正直大度。对读者而言，此时严贡生到底是一个什么样的人尚难下定论，而就在他低声提到"他还有些枝叶，还用着我们几个要紧的人"等体己话时，一个蓬头赤足的小厮走了进来，望着他道："老爷，家里请你回去。"严贡生道："回去做甚么？"小厮道："早上关的那口猪，那人来讨了，在家里吵哩。"严贡生道："他要猪，拿钱来！"小厮道："他说猪是他的。"严贡生道："我知道了。你先去罢，我就来。"那小厮又不肯去。③（第四回）

如果这个小厮足够"机灵"，恐怕不会这样耿直地说明事件原委。正是因为他不假修饰的对答，揭露了严贡生强占邻居家小猪的真相，而小厮的不知掩饰也与主人的漫天吹牛、故作腔调构成鲜明对比。如卧评所言，"才说'不占人寸丝半粟便宜'，家中已经关了

---

① ③ 吴敬梓《儒林外史》，第 230、57 页。
② 施耐庵《水浒传》，北京：人民文学出版社，1997 年，第 47 页。

人一口猪,令阅者不繁言而已解。使拙笔为之,必且曰:看官听说,原来严贡生为人是何等样,文字便索然无味矣"①。

读者跟随范、张的行迹来到高要县,对各方面情况还处于全新的认知状态,作者在正面叙述中掩盖主要人物的真实面貌,以无名群体的职业表达间接输出新信息,推翻主要人物苦心经营的自我塑造,牵扯出的相关线索又在下文得以圆合(小猪事件的公堂解决)。这一过程中,人物的表里不一极具张力。

相对地,读者可能对事件的来龙去脉有清晰了解,但主要人物由于情节安排,只能缓慢摸索事件真相,作者在此安插无名群体,不仅使真相大白,还使人物行迹实现自然转移。第二十三回,牛浦"巧弄乾坤"后,牛玉圃受到万雪斋嫌厌,一头雾水、忿忿不已,行至丑坝,才在饭馆偶然遇上指津人:

> 走堂的笑道:"万雪斋老爷是极肯相与人的,除非你说出他程家那话头来,才不尴尬。"说罢,走过去了。牛玉圃听在耳朵里,忙叫长随去问那走堂的,走堂的方如此这般说出:"他是程明卿家管家,最怕人揭挑他这个事。你必定说出来,他才恼的。"②

自言自语的道白、多重感官的集体活跃、三人行动的同时调动,构成一个流动而精悍的小型情景剧场,正是无名群体之妙用。

2. 小说情节的延宕者

娄氏公子的"访贤"被视作对"三顾茅庐"的戏拟,其尾声还保留着无名群体的表现空间。因其热心结交"贤士",娄府看门人在该群体中出场较多。权勿用热孝之后前去拜谒,途遇张铁臂相助,同往娄府,到了门口不肯收敛狂放乖僻的作为,由此引发一场闹剧:

> 当下两人一同来到娄府门上,看门的看见他穿着一身的白,头上又不戴帽子,后面领着一个雄赳赳的人,口口声声要会三老爷、四老爷。门上人问他姓名,他死不肯说,只说:"你家老爷已知道久了。"看门的不肯传,他就在门上大嚷大叫。闹了一会,说:"你把杨执中老爹请出来罢!"看门的没奈何,请出杨执中来。③(第十二回)

权勿用言行、打扮怪异不合常理,自我名士期待严重膨胀,故不愿老实报上姓名。以"闹"字概之,可见滑稽。因而他在娄府见到的第一个人是杨执中,读者自然对他之后与娄氏的相交产生阅读期待。在张铁臂"人头会"落空、权勿用被捕相继发生后,两位公子兴致索然,对看门人吩咐:"但有生人相访,且回他'到京去了'。"④开始闭门整理家务。小说不仅从看门人的角度打开娄府大门,目睹了每一位前来拜访的所谓名士,也以闭门为标志,落下了"访贤"的帷幕。

---

① 李汉秋《儒林外史研究资料》,上海:上海古籍出版社,1984年,第104页。
②③④ 吴敬梓《儒林外史》,第280、155、164页。

三、无名群体在内涵、意蕴方面之功用

无名群体本身承载的社会信息,不仅有其代表的隐喻、愿景,对社会世相的集中体现,还有史学意义上对社会风俗的反映。

(一) 社会心态方面

这一方面主要体现在对美好隐喻的打破与对世情心理的诠释。愿景的被打破,揭示人物心理的表里不一。复杂世情的呈现是不同时代的共性表达。

1. 美好隐喻的打破者

晋爵保状杨执中,宦成书请权勿用,这对父子不可小觑。

第九回,娄氏公子要求办事家人晋爵兑好七百五十两银子作速去办理杨执中出监事项,他应诺去了,只带二十两银子,径直到书办家,送给这位拜盟弟兄,说关于杨贡生的事要和他商议个主意。可见晋爵熟悉流程且早有通盘把握,毫不费力将七百多两银子收入囊中。以娄氏的财富和为人,只在乎能否得到"贤士"回应,根本不会过问银两的具体走向。所谓拜盟弟兄,二十两银子算是情义的上限。对于知县,及时回应相府需求是保住乌纱帽的必要条件。通过叙述一场平淡又生动的律事,晋爵的角色功用发挥完毕。

第十二回,娄氏公子正要去萧山亲访权勿用,厅官魏老爷前来,请求开示先太保大人墓道地基,三公子只好搁置亲访计划。杨执中建议"差一位盛使到山中面致潜斋,邀他来府一晤"①,蘧公孙也表示"如今写书差的当人去,况又有杨先生的手书,那权先生也未必见外"。当下商议已定,宦成遂携书信、礼物前往萧山。通过船家视角可见宦成的形貌——"船家见他行李齐整,人物雅致,请在中舱里坐。"②宦成听见船上客人的方言也主动上前打听,在萧山客人的谈话里了解到权勿用的情况。在被问道缘何打听此人时,宦成颇老成地应付过去,后来也未向主人提及其听闻。之后行船途中被对面船上的姑娘吸引了注意力,以为是鲁老爷家的侍女,这一闲闲之笔为下文拐走双红,引发"枕箱案"埋下伏笔。

相比其父晋爵,宦成全然是一个怯弱不懂事的青年,与双红私奔后蘧公孙愤而报官,"两口子看守在差人家,央人来求公孙,情愿出几十两银子与公孙做丫头的身价,求赏与他做老婆……差人要带着宦成回官……一回两回诈他的银子。宦成的银子使完,衣服都当尽了"③。(第十三回)与差人相比,宦成涉世未深,只知当前的适意与快活。目睹茶室门口差人为人添伤,宦成"听见这些话,又学了一个乖"④(同上)。最后他带着差人中饱私囊之后施与的十几两银子千恩万谢而去。诉讼、斗殴是每个时代不可抹去的暗色,宦成学"乖",传达了丰富的社会信息。

晋爵、宦成父子的名称承载着娄氏公子的真实向往。"宦"之不成与"爵"之不得,带来两公子一肚子的不合时宜。他们在富足的物质基础上导演的看似体面的"求贤",伴随着隐喻的打破,也无可挽回地破裂了。

---

①②③④ 吴敬梓《儒林外史》,第 151、152、169、171 页。

2. 世情的诠释者

无名群体之性格表现,不同于主要人物往往"性情先行",而是涵括了社会心态的多重方面。以杜府管家王胡子为例,他所涉及的主要事件集中在第三十一、三十二回:接受鲍廷玺的"贿赂"①并加以引荐;与小厮私下评论杜少卿照顾娄太爷的行为,支使小厮代替完成请安通报事宜;杨裁缝事件;卖田事件;张俊民儿子应考冒籍事件;助鲍廷玺讨银;拐银逃跑。

王胡子作为管家,为人油滑,卖田后有意将"疙瘩账"摊出来,实是摸准杜少卿心性的表演。帮助张俊民儿子冒籍应考不求回报,而是说:"我那个要你谢!你的儿子,就是我的小侄。人家将来进了学,穿戴着簇新的方巾、蓝衫,替我老叔子多磕几个头就是了。"②(第三十二回)他深知杜少卿喜欢作"大老官":讨银事件中,王胡子准确把握时机,说的话句句都是对杜少卿的激将——"鲍廷玺看见王胡子站在底下,把眼望着王胡子。王胡子走上来道:'鲍师父,你这银子要用的多哩,连叫班子、买行头,怕不要五六百两。少爷这里没有,只好将就弄几十两银子给你,过江舞起几个猴子来,你再跳。'"③(同上)果然,杜少卿当即给了鲍廷玺一百两银子,还让他用完了再来说话。

小说中,作为管家的王胡子,不为主人牟利,也不汲汲于自积财富,看上去不像典型的无名者。但他以职业身份展示的内容,却又典型地诠释了每一个时段诸多普通职业群体的生活样态。

综之,美好隐喻下真相的裸呈、世情心理的复杂表现等都决定了无名群体的体现范围需要作者的选择与剪裁,是为对"儒林"众生相的集体尊重与细腻观照。

(二) 社会风尚方面

社会风尚是作品细节与风格的载体,《金瓶梅》《红楼梦》等擅长以特定场合或节日等体现,主次人物的表现力度有明确区分。《外史》只在第三十六回实现人物的集体亮相,祭祀泰伯祠是一次短暂聚会,同时也指向之后的分流。

1. 科举风气的反映者

明清浓厚的科举风气已成为时期代名词,《外史》中主要人物多汲汲于此。科考虽不是衡量无名群体人生价值的标准,却可以成为谋生的媒介,如第十八回,书坊主文瀚楼主人请匡超人批考卷文章,对话内容涉及不同地区文章的出版、流通("我如今扣着日子,好发与山东、河南客人带去卖。若出的迟,山东、河南客人起了身,就误了一觉睡。"),以及对交通、上市时间的计算("须是半个月内有的出来,觉得日子宽些;不然,就是二十天也罢了。")④无不构成一幅详致的科举时空地图。对批改考卷者的吃、住安排也有精细的交代。小说还多次提到《三科程墨持运》、选家等科举元素,可见此风尚实与日常生活相融。又如杜少卿寻河房时,一直看到东水关才看到中意的,房牙子表示这年是乡试年,河房最贵,这房子每月要八两银子的租钱。作者适时补充了南京的租房风俗:"要付一个进房,一个押月。"⑤(第三十三回)

---

① 按:这一方面虽然小说未明确提及,但根据相关情节可以推知。
②③④⑤ 吴敬梓《儒林外史》,第378、382、218、386页。

以无名群体的职业日常书写科举主题,是对主要人物直接表现的有效补充,正因为涉及的是完整的"儒林"社会,其中包含的庞大生存群体与发展样态才足以丰富"外史"。

2. 语言艺术的表现者

小说硬朗平实的整体风格不乏语言艺术的惊澜,以"枕箱案"差人为例,在与马二先生"谈判"的过程中,他先后迸出十几句俗语,如"钱到公事办,火到猪头烂""戴着斗笠亲嘴,差着一帽子""老鼠尾巴上害疖子,出脓也不多""秀才人情纸半张"①,加之以欲盖弥彰、撒网放线,一片热肠的马二先生只能急切地帮蘧公孙料理这一件棘手的假案。

在社会风尚方面,科举营造社会环境,语言担任交流载体,都是彼时生存方式、生活观的重要体现,由此铺垫而成的内容正是整个"儒林"的底色。

四、余 论

作为背景的无名群体,主要在结构、叙事及内涵、意蕴方面发挥具体作用。他们在广泛的生活场域里交叉汇合,成就了无数场合与机缘。即使是家庭内的无名群体,也存在未知的走向,如宦成由相府的年轻家人变成携妻经商的外地人,实现了角色上的嬗变。

从小说书写来看,主要人物承载了直接体现作品内涵的职能,如范进、周进、严贡生等。他们或指向一个突出的社会问题,或体现一类可笑的社会现象,在戏剧性的情节与场景中,他们无疑是作品的重心所在。虞育德等也以其人格、品质传达了吴敬梓的理想寄托。无名群体的意义则在于,填补充实了"儒林"生活空间,并以其历史、区域特色等与功能发挥完满融合,实现与主要人物的共生。吴敬梓在塑造贤人时传达了"理解人、尊重人"的"容众"②人格精神——"主要人物在保持崇高理想和追求的同时,决不忘掉与普通人的联系,力图使自己成为公共生活的一部分"③,而无名群体正是这"公众生活"之人。

陈文新在谈及《外史》"局内人视角与生活的原生态"时曾以权勿用和杜少卿为例,说明了吴敬梓"置身局外"的角度,并提醒读者也应该"置身局外"。无名群体介于局外人与局内人之间,在"拆谎有术,或依据事实,或依据常识,或依据推理"④的过程中,以职业身份出现于合适的时机,往往成为出奇制胜的环节。

[作者简介] 陈文新,教育部"长江学者"特聘教授,武汉大学文学院教授、博士生导师。
王安琪,武汉大学文学院中国古代文学专业硕士研究生。

---

① 吴敬梓《儒林外史》,第173—176页。
② 陈文新、鲁小俊《〈儒林外史〉与传统人文精神——论吴敬梓笔下的贤人及其人格追求》,《江汉论坛》1998年第9期。
③ 陈文新《吴敬梓与〈儒林外史〉》,郑州:中州古籍出版社,2019年,第297页。
④ 陈文新《吴敬梓与〈儒林外史〉》,第227页。("《儒林外史》的六种笔法"之"拆谎的技巧")

接受视域下精英话语与民间话语的分野
——以古代小说经典文本的评论与刊刻为中心*

邓 雷

[摘 要] 明人关于古代小说的态度,在精英话语内部出现分歧,既有贬斥者,也有褒扬者,还有矛盾徘徊者。对于不同的小说《三国志演义》与《水浒传》的态度,从接受视阈下评论与出版两个方向考察可知,精英话语与民间话语之间也存在分歧。精英话语多赞赏、喜好《水浒传》,因其叙事、人物、情节等诸多方面的长处,而贬斥、不喜《三国志演义》,因精英阶层多熟读史书,《三国志演义》中的虚构成分又容易误导历史史实。民间话语话语则更多偏好《三国志演义》,因其通俗易懂,能识知历史知识,同时有裨益于风教。

[关键词] 《三国志演义》 《水浒传》 精英话语 民间话语

关于《三国志演义》与《水浒传》的成书,学界一般认为是在元末明初,而其刊刻时间则在嘉靖年间。① 近些年来,虽然一些学者对《三国志演义》以及《水浒传》的成书时间提出质疑,认为《三国志演义》《水浒传》不太可能成书于元末明初。② 但无论二书的成书时间如何,其产生广泛的影响力,都应在二书刊行之后,即明中叶嘉靖之后,《三国志演义》刊行于嘉靖元年(1522)③,《水浒传》刊行于嘉靖三年至九年(1524—1530)之间④。

《三国志演义》与《水浒传》的刊行对于明代通俗小说来说具有深远的影响,它不仅宣告了通俗小说停滞了将近二百年状态的结束,而且给其他小说的创作与出版起到了指导以及示范的作用。这种停滞状态的结束得益于明初落后的印刷业在明中叶得到了大力发展,明初抑制的商业在明中叶得到了较迅速的发展,明初封建统治者的高压控制到明中叶慢慢地松动。⑤

尤其是明代中叶的皇帝像正德皇帝、嘉靖皇帝已经没有了当年祖宗辈打天下的豪情,开始纵情享乐。不仅没有坚定地贯彻明初所定下的对通俗文艺的禁令,而且自身成

---

* 本文系国家社科基金"建阳刊刻小说与地域文化的关系研究"(项目批准号:16BZW066)、教育部哲社青年项目"海外藏《水浒传》稀见刊本整理与研究"(项目批准号:20YJL751003)的阶段性成果。
① 袁行霈主编《中国文学史》(第四卷),北京:高等教育出版社,2003年,第3—4页。
② 王齐洲《中国通俗小说史》,武汉:武汉大学出版社,2015年,第193—244页。
③ 按:《三国志演义》最早的刊行时间一般认为是嘉靖元年(1522),陈大康《明代小说史》,上海:上海文艺出版社,2000年,第253页。
④ 王丽娟《〈水浒传〉成书时间新证》,《湖北大学学报》2001年第1期。
⑤ 陈大康《明代小说史》,第233页。

为了通俗文艺的爱好者、消费者。成化皇帝喜欢说唱词话，将天下词本搜尽，"史言宪庙（即成化皇帝朱见深）好听杂剧及散词，搜罗海内词本殆尽"①。正德皇帝的爱好则更加广泛，不仅喜欢说唱词话，还喜欢通俗小说，出游之时尚不忘看小说，"武宗（即正德皇帝朱厚照）南幸，夜忽传旨取《金统残唐记》善本，中官重价购之"②。不仅如此，正德皇帝对于那些能上供说唱词话本子的人，还给予奖励措施，"武宗亦好之，有进者即蒙厚赏，如杨循吉、徐霖、陈符所进，不止数千本"③。嘉靖皇帝同样喜好戏曲与小说，郭勋曾编《雍熙乐府》与《国朝英烈传》进献嘉靖皇帝，并"令内官之职平话者，日唱演于上前，且谓此相传旧本"④。万历皇帝则有更加明确的记载其喜欢阅读《水浒传》，"神宗（即万历皇帝朱翊钧）好览《水浒传》"⑤。

正所谓上行下效，最高统治者对通俗文艺的喜好，必然使得底下的臣民争相效仿，何况有些皇帝对于通俗文艺采取的还是奖励和鼓励的态度，所以便出现了大臣以通俗文艺来谋求政治资本的怪事。像"嘉靖十六年，郭勋欲进祀其立功之祖武定侯英于太庙，乃仿《三国志俗说》及《水浒传》为《国朝英烈记》。言生擒士诚，射死友谅，皆英之功。传说宫禁，动人听闻。已乃疏乞祀英于庙庑"⑥，郭勋通过编撰《国朝英烈传》，夸大自己祖上的功劳，让嘉靖皇帝觉得郭英功劳大而赏赐少，达到了让郭英神主入祀太庙的目的。

正是由于以上原因，使得小说有了快速滋生并且成长的土壤，逐渐为普通读者以及士大夫阶层所接受。然而在接受的过程中，对于小说的态度，精英话语内部存在不同的分歧。对于不同的小说，精英话语与民间话语又存在一定的分野。

一、精英话语对于小说的态度分歧

嘉靖之后，小说逐渐风行天下，至万历年间，蔚为大观。由于读者渐多，对于小说这种文体，也出现了一些不同的态度。而有明一代小说众多，对于诸种小说，读者的态度也褒贬不一，此处主要选取刊行最早且最优秀的两部小说《三国志演义》与《水浒传》作为小说的代表，考察读者对于古代小说普遍的三种态度。之所以如此选择，一来跟作品的质量有关，二来跟接下去要探讨的话题有一定的关系。

第一种是贬斥的态度。对于古代小说来说，即便是如《三国志演义》《水浒传》这类优秀的作品，一些比较保守的文人，评价依旧很低，这些小说依然没有入得他们的法眼，他们对于小说采取的是贬斥的态度。

> 钱塘罗贯中本者，南宋时人，编撰小说数十种，而《水浒传》叙宋江等事，奸盗脱骗机械甚详，然变诈百端，坏人心术。其子孙三代皆哑，天道好还之报如此。
>
> （田汝成《西湖游览志余》）⑦

---

① ③ 李开先《李中麓闲居集》卷六，《四库全书存目丛书·集部·第92册》，济南：齐鲁书社，1997年，第625页。
② 钱希言《桐薪》卷三，中国国家图书馆藏本，叶二十九下。
④ 沈德符《万历野获编》，北京：中华书局，1959年，第140页。
⑤ 刘銮《五石瓠》卷六，转录自朱一玄编《〈水浒传〉资料汇编》，天津：南开大学出版社，2002年，第305页。
⑥ 郑晓《今言》卷一，北京：中华书局，1984年，第48页。
⑦ 田汝成《西湖游览志余》卷二十五，中国国家图书馆藏本，叶三十二上。

经史子集之外,博闻多知,不可无诸杂记录。今人读书,而全不观小说家言,终是寡陋俗学。宇宙之变,名物之烦,多出于此。第如鬼物妖魅之说,如今之《燃犀录》《车志》《幽怪录》等书,野史芜秽之谈,如《水浒传》《三国演义》等书,焚之可也。
(莫是龙《笔麈》)①

《水浒》一编,倡市井萑苻之首,《会真》诸记,导闺房桑濮之尤,安得罄付祖龙,永塞愚民祸本。 (郑瑄《昨非庵日纂三集》)②

此三则材料中,田汝成是嘉靖五年(1526)进士③,《西湖游览志余》是其嘉靖二十年(1541)告病还家之后作,田汝成从嘉靖五年(1526)至嘉靖十年(1531)一直在京当官,直到嘉靖十一年(1532)因言事被贬,之后便在地方上任一些小官。莫是龙生于嘉靖十八年(1539),虽屡试不第,以贡生终,但却是明代有名的画家,与当时的名流结社作画,被王世贞、汪道昆等人推崇。《笔麈》一书前有万历十年(1582)的序言,当成书于此年。郑瑄是崇祯四年(1631)的进士,历任南京户部主事、员外郎、嘉兴知府、大理寺卿、应天巡抚等职。《昨非庵日纂》一书前有崇祯八年(1635)的序言,大约成书于此年。

此三则材料可以看出,自《三国志演义》《水浒传》刊出到崇祯年间,这百余年来,关于《三国志演义》与《水浒传》一直就有所非议,而田汝成、莫是龙、郑瑄基本上也能代表保守文人的态度,轻则认为《三国志演义》《水浒传》应该尽数烧毁,重则对小说的作者进行咒骂,祸及子孙。在以诗文为正统,而小说只是小道的观念中,小说一直以来都被看作是不本经传,背于儒术的末技,难登大雅之堂。而有些小说本身更被视为诲盗、诲淫之作,所以才会出现以上诸多贬斥小说之言语。

二是褒扬的态度。随着嘉靖之后小说之兴,越来越多具有进步思想、识见较高的文人对小说持肯定以及褒扬的态度。

客问于余:刘先主、曹操、孙权,各据汉地为三国,史已志其颠末,传世久矣。复有所谓《三国志通俗演义》者,不几近于赘乎?余曰:否。史氏所志,事详而文古,义微而旨深,非通儒夙学,展卷间鲜不便思困睡。故好事者,以俗近语櫽栝成编,欲天下之人,入耳而通其事,因事而悟其义,因义而兴乎感。……牛溲马勃,良医所诊,孰谓稗官小说,不足为世道重轻哉! (修髯子《三国志通俗演义引》)④

崔后渠、熊南沙、唐荆川、王遵岩、陈后冈谓:《水浒传》委曲详尽,血脉贯通,《史记》而下,便是此书。且古来更无有一事而二十册者。倘以奸盗诈伪病之,不知序事之法、史学之妙者也。 (李开先《词谑》)⑤

---

① 莫是龙《笔麈》,《奇晋斋丛书》本,转录自《水浒传资料汇编》,第195页。
② 郑瑄《昨非庵日纂三集》卷十二,《四库全书存目丛书·子部·第150册》,济南:齐鲁书社,1997年,第215页。
③ 按:关于田汝成的生卒年,《杭州历代名人》《浙江省人物志》所载为1503—1557年,但据王宁《田艺蘅研究》、詹明瑜《田汝成研究》,田汝成的生年为1503年,其卒年未知,但嘉靖四十二年(1563)时候,尚在人间。
④ 修髯子《三国志通俗演义引》,《三国志通俗演义》,《古本小说集成》,上海:上海古籍出版社,1994年,第1—3页。
⑤ 李开先《词谑》,中国国家图书馆藏本,叶十八下—叶十九上。

> 奈历代沿革无穷,而杂记笔札有限,故自《三国》《水浒传》外,奇书不复多见。
> （余邵鱼《题全像列国志传引》）①
> 暨施、罗两公,鼓吹胡元,而《三国志》《水浒》《平妖》诸传,遂成巨观。
> （绿天馆主人《古今小说叙》）②
> 元施、罗二公,大畅斯道,《水浒》《三国》,奇奇正正,河汉无极。论者以二集配伯喈、《西厢》传奇,号四大书,厥观伟矣。
> （笑花主人《今古奇观序》）③

这五则材料仅仅只是对《三国志演义》《水浒传》肯定的一部分,但是从中可以看出,自二书刊出起,也同样有文人肯定其价值。尤其像第二则材料中提到的李开先、崔铣、熊过、唐顺之、王慎中、陈束诸人更是嘉靖时期有名的文人,其中王慎中、唐顺之、熊过、李开先、陈束同属"嘉靖八才子",是嘉靖时期文人中的领袖人物。这些人均对《水浒传》青睐有加,评价甚高,认为可与《史记》相媲美。

三是矛盾的态度。明代文人之中有些传统诗文正道的观念比较强烈,对《三国志演义》《水浒传》一类小说心有顾虑,或是内心终究将其视为小道,但是惊叹其精彩绝伦的文字与情节,不禁又为其倾倒。在这种心态下表现出一种矛盾的态度。

> 《水浒》余尝戏以拟《琵琶》,谓皆不事文饰,而曲尽人情耳。然《琵琶》自本色外,《长空万里》等篇,即词人中不妨翘楚。而《水浒》所撰语,稍涉声偶者,辄呕哕不足观,信其伎俩易尽。第述情叙事,针工密致,亦滑稽之雄也。今世人耽嗜《水浒传》,至缙绅文士,亦间有好之者,第此书中间用意,非仓卒可窥,世但知其形容曲尽而已。至其排比一百八人,分量轻重,纤毫不爽,而中间抑扬映带、回护咏叹之工,真有超出语言之外者。余每惜斯人,以如是心,用于至下之技。然自是其偏长,政使读书执笔,未必成章也。
> （胡应麟《少室山房笔丛·庄岳委谈下》）④
> 大都此等书（笔者按:《水浒传》之类的小说）,是天地间一种闲花野草,即不可无,然过为尊荣,可以不必……追忆思白言及此书（笔者按:《金瓶梅》）曰:决当焚之。以今思之,不必焚,不必崇,听之而已。焚之亦自有存之者,非人力所能消除。但《水浒》,崇之则诲盗,此书诲淫,有名教之思者,何必务为新奇,以惊愚而蠹俗乎?
> （袁中道《游居柿录》）⑤

此二则材料可以很明显地看出某些文人对于古代小说那种矛盾的心态。材料一中,对于《水浒传》,胡应麟既不得不承认其叙事密致,人物刻画鲜明,曲尽人情,但又拿传统的诗文来与《水浒传》文字作比对,认为《水浒传》文辞少有修饰,而书中的诗词仅仅只是

---

① 余邵鱼《题全像列国志传引》,《春秋五霸七雄列国志传》,《古本小说集成》,第2—3页。
② 绿天馆主人《叙》,冯梦龙《古今小说》,北京:人民文学出版社,1958年,第1页。
③ 笑花主人《序》,抱瓮老人《今古奇观》,《古本小说集成》,第1—2页。
④ 胡应麟《少室山房笔丛》卷四十一,北京:中华书局,1958年,第572页。
⑤ 袁中道《游居柿录》卷九,《珂雪斋集》,上海:上海古籍出版社,1989年,第1315—1316页。

徒具其形,乃至于叹息能够写出如此文字之人,为何要把心思花在小说这样的小道上。材料二之中袁中道则说的更加直白,认为小说这种东西就像花草一样,世间不能没有,但却不必过于推崇。所以袁氏并不主张焚烧这些小说,即使焚烧也是烧不尽的,不如任其存在,只是这样的小说作为正统的文人不应该因为其新奇而去宣传,以至于败坏了社会的风气。

上述三种对于古代小说的态度,无论是出自评论还是序跋,无论是褒扬还是贬斥,其实均是文人精英阶层对于古代小说的态度,而三种不同的态度也代表精英话语在这个问题上的分歧。关于这个问题民间话语并未介入,以下将要通过文人对《三国志演义》和《水浒传》二书的评论以及刊刻情况,探讨精英话语与民间话语的分野。

二、小说评点:精英话语对《水浒传》的偏爱

上文提到的是精英阶层对整个古代小说的态度,对于不同的小说,精英阶层也有自己不同的看法与态度。这对于读者来说,是一种颇为常见的心理,总喜欢将不同的作家或者作品一较高下,分出优劣,有些甚至于对小说之中的人物分出高下优劣。对于同时代或者同时期的作家、作品尤是如此,像李杜、韩柳、苏辛、黛钗的优劣讨论从未断绝。而作为差不多同一时间刊刻的《三国志演义》与《水浒传》,自其刊出后,便有读者对二书的优劣进行比较,分出高下。

> 视之《三国演义》,雅俗相牵,有妨正史,固大不伴。而俗士偏赏之,坐暗无识耳。雅士之赏此书者(笔者按:《水浒传》),甚以为太史公演义。夫《史记》上国武库,甲仗森然,安可枚举,而其所最称犀利者,则无如巨鹿破秦,鸿门张楚,高祖还沛,长卿如邛,范蔡之倾,仪秦之辩,张陈之隙,田窦之争,卫霍之勋,朱郭之侠,与夫四豪之交,三杰之算,十吏之酷,诸吕七国之乱亡,《货殖》《滑稽》之琐屑,真千秋绝调矣!传中警策,往往似之。 （天都外臣《水浒传序》）①
>
> 其门人罗本,亦效之为《三国志演义》,绝浅陋可嗤也。
>
> 郎(笔者按:郎瑛)谓此书(笔者按:《水浒传》)及《三国》,并罗贯中撰,大谬。二书浅深工拙,若霄壤之悬,讵有出一手理?（胡应麟《少室山房笔丛·庄岳委谈下》）②
>
> 小说野俚诸书,稗官所不载者,虽极幻妄无当,然亦有至理存焉。如《水浒传》无论已,《西游记》曼衍虚诞,而其纵横变化,以猿为心之神,以猪为意之驰,其始之放纵,上天下地莫能禁制,而归于紧箍一咒,能使心猿驯伏,至死靡他,盖亦求放心之喻,非浪作也。华光小说,则皆五行生克之理,火之炽也,亦上天下地莫之扑灭,而真武以水制之,始归正道。其他诸传记之寓言者,亦皆有可采。惟《三国演义》与《钱唐记》《宣和遗事》《杨六郎》等书,俚而无味矣。何者?事太实则近腐,可以悦里巷小儿而不足为士君子道也。 （谢肇淛《五杂组》）③

---

① 天都外臣《水浒传序》,《水浒全传》,中国国家图书馆藏本,索号10708,叶四下—叶五上。
② 胡应麟《少室山房笔丛》卷四十一,第571—573页。
③ 谢肇淛《五杂组》卷十五,上海:上海书店出版社,2001年,第312页。

> 或问：题目如《西游》《三国》，如何？答曰：这个都不好。《三国》人物事体说话太多了，笔下拖不动，荛不转，分明如官府传话奴才，只是把小人声口，替得这句出来，其实何曾自敢添减一字。《西游》又太无脚地了，只是逐段捏捏撮撮，譬如大年夜放烟火，一阵一阵过，中间全没贯串，便使人读之，处处可住。《水浒传》方法，都从《史记》出来，却有许多胜似《史记》处。若《史记》妙处，《水浒》已是件件有。
>
> （金圣叹《读第五才子书法》）①

材料一中的天都外臣是汪道昆的化名，此序作于万历十七年(1589)。汪道昆是嘉靖至万历时人，生于嘉靖四年(1525)，嘉靖二十六年(1547)进士，历官武选司署郎中事员外郎，襄阳知府，福建按察使，福建、郧阳、湖广巡抚等职，仕终兵部左侍郎。汪道昆的文学造诣颇高，著有《太函集》《大雅堂杂剧》等，在当时就受到张居正、王世懋等人的称赞，明代有数的几个文坛巨擘之一王世贞曾经将与他比较亲近的文人列为"前五子""后五子""续五子"等，而汪道昆便是"后五子"之一。对于《三国志演义》，汪道昆的评价非常低，认为此书对正史有所妨害，只有那种昏瞆没见识的俗人才欣赏这样的作品。而对于《水浒传》，汪道昆认为高雅的人喜欢读此书，这些人往往将《水浒传》比作《史记》，觉得《水浒传》当中一些精炼扼要而深切动人之处，跟《史记》十分相似。此评价不可谓不高，将小道的《水浒传》提升到与正史《史记》相提并论的程度。

材料二中胡应麟生于嘉靖三十年(1551)，《少室山房笔丛》中共有十二种书，大致成书于万历十二年(1584)至万历二十年(1592)之间，其中《庄岳委谈》据《庄岳委谈引》末署"己丑阳月朔日识"，可知写于万历己丑年，即万历十七年(1589)。胡应麟是万历四年(1576)的举人，虽然一生未曾进士及第，但在当时的文坛也颇为著名，为时人所重，被王世贞列为暮年所交"后五子"之一，推崇备至。同时胡应麟也是有明一代极负盛名的藏书家，嗜书如命，倾尽家财访求书籍，致有藏书六万卷。② 关于胡应麟对《三国志演义》与《水浒传》的优劣态度，从其《庄岳委谈》中已经一目了然，虽然前文也说到他对《水浒传》所持的是一种矛盾的态度，但是对于《水浒传》的叙事、人物等，胡应麟还是给予了肯定。而对于《三国志演义》，胡应麟评价之低，比之汪道昆尤胜，认为《三国志演义》"绝浅陋可嗤"，觉得《三国志演义》与《水浒传》相比，"浅深工拙，若霄壤之悬"。

材料三中谢肇淛生于隆庆元年(1567)，为万历二十年(1592)进士，历任湖州、东昌推官，南京刑部主事、兵部郎中、工部屯田司员外郎、广西右布政使等职。著有《五杂组》《文海披沙》《小草斋稿》等。《五杂组》据潘方凯的跋语可知成书于万历四十三年(1615)。关于《三国志演义》与《水浒传》的优劣，谢肇淛从文学艺术的层面加以论断，认为《三国志演义》太过于拘泥史实，俚而无味。只能取悦那些文化程度不高的人，不为文人君子所喜。其实这话与汪道昆的观点有些相同。而对于《水浒传》，谢肇淛却是推崇备至，甚至在说到小说中幻妄无当，却有至理存焉，举《水浒传》作为代表，连解释都不解释，直接说《水浒

---

① 金圣叹《读第五才子书法》，《第五才子书水浒传》，《古本小说集成》，第4—5页。
② 吕斌《"二酉山房"藏书考论》，《图书馆杂志》2008年第3期。

传》就没什么可说的了,言下之意即《水浒传》为这类小说的代表,大家都知道《水浒传》就是这样一部至理存焉的小说。话语间可见当时文人对《水浒传》的推崇已然形成了一种共识。

材料四中金圣叹生于万历三十六年(1608),虽然金氏仅考取了秀才功名,但在当时却极负盛名。其在小说批评领域的创举引领了后世一大批的小说批评家,其批点的《水浒传》《西厢记》至今仍为典范之作。《读第五才子书法》作于崇祯十四年(1641)。从金圣叹对《三国志演义》与《水浒传》的态度来看,跟以上几位差不多,认为《三国志演义》太过于拘泥史实,而对于《水浒传》,金圣叹与汪道昆的观点相近,认为《水浒传》与《史记》有许多相似点,但与汪道昆不同的是,金圣叹走得更远,汪道昆只是将《水浒传》与《史记》比肩,而金圣叹则认为《水浒传》某些地方甚至超过了《史记》,可见其对《水浒传》的推崇。

上述材料可以看出,文人士大夫阶层只要是将《三国志演义》与《水浒传》进行对比,基本上是觉得《水浒传》要优于《三国志演义》,以上的材料还仅仅是显性的材料,还有一些隐性的材料。如一些评论之中选取小说作为代表,或者论及小说,常常是以《水浒传》为代表,而少有以《三国志演义》为代表者。像之前所叙以李开先为代表的嘉靖八子诸人便大力褒扬《水浒传》,而《三国志演义》自嘉靖元年(1522)刊出起,至万历年间,则少有文人士大夫对其进行夸赞,其所得赞美之词大多来自《三国志演义》的序跋文中。

其余像王世贞列举宇宙四大奇书之目,选取的便有《水浒传》,而无《三国志演义》,"昔弇州先生有宇宙四大奇书之目,曰《史记》也,《南华》也,《水浒》与《西厢》也"①。李卓吾列举宇宙五大书籍,也只选取了《水浒传》,而无《三国志演义》,"太守李载赘,字宏甫,号卓吾,闽人。在刑部时已好为奇论,尚未甚怪僻。常云:宇宙内有五大部文章,汉有司马子长《史记》、唐有《杜子美集》、宋有《苏子瞻集》、元有施耐庵《水浒传》、明有《李献吉集》"②。金圣叹论列六才子书,同样只选取了《水浒传》,而无《三国志演义》,"(金圣叹)所评《离骚》《南华》《史记》《杜诗》《西厢》《水浒》,以次序定为六才子书,俱别出手眼"③。甚至于袁宏道说到酒徒的必读之书,也只列举了《水浒传》,而无《三国志演义》,"诗余则柳舍人、辛稼轩等,乐府则董解元、王实甫、马东篱、高则诚等,传奇则《水浒传》《金瓶梅》等为逸典"④。

以上的种种已然可以看出,作为精英话语代表的文人以及士大夫阶层,对于《三国志演义》与《水浒传》二书,往往偏爱《水浒传》。精英阶层之所以不喜欢《三国志演义》,这其间缘由有二:其一,作为古代的文人以及士大夫阶层,阅读历史书籍是他们的必修课程,类似于《三国志》《资治通鉴》之类的史书,他们必然烂熟于胸,对于三国的人物,以及历史上所发生的事情,他们知之甚详,所以《三国志演义》的情节以及文字对于他们来说,并没有什么吸引力,正如金圣叹所言"分明如官府传话奴才,只是把小人声口,替得这句出来,其实何曾自敢添减一字"。其二,《三国志演义》毕竟其中有不少虚构的成分,容易使人将

---

① 李渔《三国演义序》,《李渔全集》第18册,杭州:浙江古籍出版社,1991年,第538页。
② 周晖《金陵琐事》卷一,南京:南京出版社,2007年,第52页。
③ 廖燕《二十七松堂文集》卷十四,上海:上海远东出版社,1999年,第341页。
④ 袁宏道《袁宏道集笺校》,上海:上海古籍出版社,2008年,第433页。

历史与小说相混淆,所以汪道昆才言"雅俗相牵,有妨正史,固大不侔"。章学诚也曾言及"惟《三国演义》,则七分实事,三分虚构,以致观者,往往为所惑乱,如桃园等事,学士大夫直作故事用矣。故演义之属,虽无当于著述之伦,然流俗耳目渐染。实有益于劝惩。但须实则概从其实,虚则明著寓言,不可虚实错杂如《三国》之淆人耳"①。正因为如此,故事出自历史,而情节则基本出于虚构的《水浒传》,加之其诸方面出众的品质,才为文人士大夫阶层所青睐。

三、小说出版:民间话语对《三国志演义》的偏爱

自古以来文字基本上是由文人以及士大夫阶层所把持,要想了解民间普通百姓以及下层民众的种种好恶,也只能通过文人以及士大夫的文字记录,但少有文人以及士大夫愿意将他们的笔端伸向下层百姓的方方面面。以上关于《三国志演义》与《水浒传》的优劣以及好恶讨论便是如此,能够看到的仅仅是代表上层精英知识分子对《三国志演义》与《水浒传》的好恶。

但好在明代中叶以后,商业快速发展,小说作为一种商品,其需求量由市场的需求所调节,民众需求量大,小说刊印的则多,民众需求量小,小说刊印的则少。所以通过对《三国志演义》与《水浒传》的出版情况进行清查,可以大致了解民间普通百姓以及下层民众对《三国志演义》与《水浒传》的喜好。进行统计的版本均是现今所存的《三国志演义》与《水浒传》的本子,虽然并不是历史上所出现过的《三国志演义》与《水浒传》本子的全部,但也具有一定的代表性。二书的版本统计截止到明末为止,因为到明末清初关于《三国志演义》与《水浒传》评论的风向又有所变化,此点后文会叙及。

《三国志演义》的版本统计以《中国古代小说总目》中金文京所撰"三国志演义"条目②以及魏安所撰《三国演义版本考》③作为参考对象。最终统计出有明一代刊刻的《三国志演义》有:叶逢春本、郑少垣本(另有郑世容本)、杨闽斋刊本、汤宾尹本、双峰堂刊本、评林本、乔山堂刊本(另有笈邮斋本)、藜光堂刊本、朱鼎臣本、黄正甫刊本、种德堂刊本、北京藏本、魏氏刊本、杨美生刊本、魏玛藏本、刘兴我刊本、忠正堂刊本、费守斋刊本、天理藏本、诚德堂刊本、嘉靖本、《李卓吾先生批评三国志》刘君裕刻图本、《李卓吾先生批评三国志》吴观明本、《李卓吾先生批评三国志真本》、《钟伯敬先生批评三国志》、周曰校本、初刻英雄谱本、二刻英雄谱本、《古本演义三国志》、夏振宇本、郑以祯本、夷白堂本、郑世魁本、上海残叶。共计34种。

《水浒传》的版本统计以《〈水浒传〉版本知见录》作为参考对象。④ 最终统计出有明一代刊刻的《水浒传》有:嘉靖残本、容与堂本、石渠阁补印本、钟伯敬本、三大寇本、大涤余人序本、百二十回本全传本、百二十回全书本、金圣叹评本、京本忠义传、种德书堂本、插增本、评林本、初刻英雄谱本、二刻英雄谱本、刘兴我本、藜光堂本。共计17种。

---

① 章学诚《章氏遗书外编》卷三,上海:商务印书馆,1932年,第127页。
② 石昌渝《中国古代小说总目》(白话卷),太原:山西教育出版社,2004年,第293—308页。
③ [英]魏安《〈三国演义〉版本考》,上海:上海古籍出版社,1996年。
④ 邓雷《〈水浒传〉版本知见录》,南京:凤凰出版社,2017年。

根据统计,现存《三国志演义》的本子正好是现存《水浒传》本子的 2 倍。这基本也能代表普通读者以及下层民众对于《三国志演义》的喜好要超过《水浒传》。如果说现存《三国志演义》的本子其中可能还有文人以及士大夫为代表的精英阶层贡献了不少的购买力,那么下面两则建阳所刊插图本《三国志演义》与《水浒传》的广告则完完全全可以表明民间阶层对于《三国志演义》的喜爱要超过《水浒传》。

> 坊间所梓《三国》,何止数十家矣。全像者止刘、郑、熊、黄四姓,宗文堂人物丑陋,字亦差讹,久不行矣;种德堂其书板欠陋,字亦不好;仁和堂纸板虽新,内则人名、诗词去其一分。惟爱日堂其板虽无差讹,士子观之乐然,今板已朦,不便其览矣。本堂以诸名公批评、圈点,校证无差,人物、字画各无省陋,以便海内士子览之,下顾者可认双峰堂为记。　　　　　　　　　　　　　　（余象斗《三国辨》）①
>
> 《水浒》一书,坊间梓者纷纷,偏像者丨余副,全像者止一家。前像板字中差讹,其板蒙旧,惟三槐堂一副,省诗去词,不便观诵。今双峰堂余子改正增评,有不便览者芟之,有漏者删之。内有失韵诗词,欲削去,恐观者言其省漏,皆记上层。前后廿余卷,一画一句,并无差错。士子买者,可认双峰堂为记。　　（余象斗《水浒辨》）②

以上的两则材料是余象斗在刊刻《三国志演义》和《水浒传》之时,在书前所作的广告。其中《三国志演义》的广告据序末所署"时万历岁在壬辰春月清明后三日,仰止余象乌谨撰",可知作于万历二十年(1592)。《水浒传》的广告同样据序末所署"万历甲午岁腊月吉旦",可知作于万历二十二年(1594)。《水浒传》的广告比《三国志演义》的广告要晚了两年的时间,但是其刊刻的书坊数量却远逊之。刊刻《三国志演义》的书坊有数十家,全像的有四家,而刊刻《水浒传》的书坊只有十几家,全像的只有一家。其间的差距比刚才用现存本所统计出来的还要大,而且这才仅仅是万历二十年(1592)之前的情况。

更为重要的是,余象斗是福建建阳著名的书坊主,余氏一族也是建阳以刻书闻名的家族,余象斗的书坊主要有两个,一为双峰堂,一为三台馆。据统计,万历十六年(1588)至崇祯十年(1637)这五十年间,余象斗刊刻了 70 余种书籍,在同时期的出版商人中无人能出其右。③ 余象斗所介绍的《三国志演义》和《水浒传》的出版情况,应该均是建阳书坊的出版情况,此中所提及的偏像本与全像本皆为带有建阳书坊刊刻特色的上图下文版式的小说。这种带有插图性质的小说乃至于建阳书坊所刊刻的小说,其主要读者定位就是那些经济能力不高、识字有限、文化水平较低、阅读理解能力有限的普通读者。④ 所以由建阳书坊所刊刻的《三国志演义》和《水浒传》的数量来看,完全可以说明在《三国志演义》和《水浒传》二者之间,普通读者以及下层民众对《三国志演义》更加偏爱。

---

① 余象斗《三国辨》,《按鉴批点演义全像三国评林》,《日英德藏余象斗刊本批评三国志传》,北京:国家图书馆出版社,2013 年,第 3—6 页。
② 余象斗《水浒辨》,《水浒志传评林》,《古本小说集成》,北京:中华书局,1991 年,第 1—3 页。
③ 缪小云《明代建阳书坊主余象斗小说刊本研究评述》,《闽江学院学报》2014 年第 3 期。
④ 胡小梅《从插图看〈水浒〉建阳刊本的读者定位》,《福建论坛》2013 年第 3 期。

当然从出版的角度看《三国志演义》与《水浒传》在民间的传播,仅仅是举其一隅。二书在民间的传播诸如说唱、戏曲等亦可见其受众喜好。其中说唱方面因现存材料较少,已难比较二书的情况。戏曲部分则可堪比较,陈翔华统计明代三国戏,其中杂剧26种,传奇29种,共计55种,但统计时因将阮籍、蔡文姬等处于三国时期却与小说情节关联不大的人物戏剧也看成三国戏,故统计数据有所偏差。① 关四平对明代三国戏进行了比较全面的考论,认为其中杂剧14种,传奇24种,共计38种。② 而明代水浒戏据傅惜华《明代杂剧全目》与《明代传奇全目》中所收录者,其中杂剧8种,传奇11种,共计19种。明代三国戏的数量正好是水浒戏的2倍,再次说明了《三国志演义》在民间的传播较之《水浒传》为盛,普通读者以及下层民众更加偏爱《三国志演义》。

至于民间阶层偏好《三国志演义》的原因,其实也可以理解。这里先来看一则有趣的材料。"从族舅借《三国演义》,向墙角曝日观之,母呼我食粥,不应,呼食饭,又不应。后忽饥,索粥饭,母怒捉襟,将与之杖,既而释之。母后问舅:何故借尔甥书?书中有人马相杀之事,甥耽之,大废服食。"③此文为陈际泰所写,陈际泰生于隆庆元年(1567),崇祯七年(1634)进士,明末著名文人,被誉为"江西四家"之一。陈际泰少时穷困,常从姨表兄、外舅家借阅书籍,此文乃其自叙其十三岁之时,从外舅家借得《三国志演义》一书,因阅之废寝忘食而开罪乃母之事。从这则材料可以看出《三国志演义》对于孩童少年来说具有巨大的吸引力。

或许喜好阅读《三国志演义》的人群正如文人士大夫所讽刺一样,这类人多为"俗士""坐暗无识""里巷小儿"。这也是为何普通读者以及下层民众更偏好《三国志演义》的原因,因为他们并没有文人士大夫阶层深厚的史学功底,通俗演义小说正好能弥补他们对历史的渴望,从而识知一些历史知识。而《三国志演义》这类文不甚深、语不甚俗的行文方式又不至于像史书一样"事详而文古,义微而旨深",读之令人昏昏欲睡。

其次,不像《水浒传》刚一刊出,就有人指出其"诲盗"。《三国志演义》自刊出便打着能够有益于风教的旗帜,其间忠孝节义值得市井细民学习,"欲天下之人入耳而通其事,因事而悟其义,因义而兴乎感。不待研精覃思,知正统必当扶,窃位必当诛,忠孝节义必当师,奸贪谀佞必当去。是是非非,了然于心目之下,裨益风教,广且大焉"④。如《三国志演义》的忠义观,尤其是关公的信仰崇拜,在民间影响巨大,而《水浒传》则更多是在侠义方面对一些特殊的群体或事件,如黑社会团体或农民起义起到一定的影响。这也使得《三国志演义》更多地得到民间话语的偏好。

四、结　语

从上述文字可以看出,明人对于古代小说的态度,在精英话语内部出现分歧,既有贬斥者,也有褒扬者,还有矛盾徘徊者。而对于不同的小说《三国志演义》与《水浒传》的态

---

① 陈翔华《明清时期三国戏考略》,《文献》1991年第1期。
② 关四平《三国演义源流研究》,哈尔滨:黑龙江教育出版社,2001年,第413—419页。
③ 陈际泰《太乙山房文集》,《四库禁毁书丛刊补编》第67册,北京:北京出版社,2005年。
④ 修髯子《三国志通俗演义引》,《三国志通俗演义》,《古本小说集成》,第2页。

度,从评论与出版两个方向考察可知,精英话语与民间话语之间也存在分歧。精英话语多赞赏喜好《水浒传》,因其叙事、人物、情节等诸多方面的长处,而贬斥不喜《三国志演义》,因精英阶层多熟读史书,《三国志演义》中的虚构成分又容易误导历史史实。民间话语则更多喜好《三国志演义》,因其通俗易懂,能识知历史知识,同时有裨益于风教。

当然,关于精英话语与民间话语在《三国志演义》与《水浒传》之间的分歧,在明末清初发生了变化。明末清初不少文人开始有意提高《三国志演义》的地位,像冯梦龙与李渔将其拔高到"四大奇书"之一的位置,与《水浒传》等同。"冯犹龙亦有四大奇书之目,曰《三国》也,《水浒》也,《西游》与《金瓶梅》也。两人之论各异。愚(即李渔)谓书之奇当从其类。《水浒》在小说家,与经史不类;《西厢》系词曲,与小说又不类。今将从其类以配其奇,则冯说为近是。"①而毛宗岗在批点《三国演义》之时,更是认为《三国演义》胜过《水浒传》,当为才子书的第一位,"读《三国》胜读《水浒传》。《水浒》文字之真,虽较胜《西游》之幻,然无中生有,任意起灭,其匠心不难,终不若《三国》叙 定之事,无容改易,而卒能匠心之为难也。且三国人才之盛,写来各各出色,又有高出于吴用、公孙胜等万万者。吾谓才子书之目,宜以《三国演义》为第一"②。

《三国志演义》于明末清初在精英阶层地位的提高,一来是商业出版的需要;二来是随着小说出版渐多,优秀小说却少,于诸众小说之中《三国志演义》确为其中佼佼者;三来也许是军事战争的实用性以及清初民间思汉的情感需求。明末清初所出版的《英雄谱》,合《三国志演义》与《水浒传》为一书,分上下栏刻之,正是此种情况的最好注脚。

出版方面,明末清初《英雄谱》的出版也体现了《水浒传》的民间需求逐渐在向《三国志演义》靠拢。《英雄谱》将《三国志演义》与《水浒传》合为一书,分上下栏刻之,并坦言此种创见是应读者的需求,"《三国》《水浒》二传,智勇忠义,迭出不穷,而两刻不合,购者恨之"③。而这种合《三国志演义》与《水浒传》为一书的方式,之后为清代《汉宋奇书》所继承,并且成为有清一代颇为流行的小说读本。

[作者简介] 邓雷,文学博士,福建师范大学文学院讲师。

---

① 李渔《三国演义序》,《李渔全集》第18册,第538页。
② 毛宗岗《读三国志法》,《四大奇书第一种古本三国志》,中国国家图书馆藏本。
③ 熊飞《英雄谱识语》,《英雄谱》,日本筑波大学藏本,扉页。

柳鸾英故事演变考论

刘天振 曹明琴

[摘 要] 柳鸾英故事在明清时期曾被戏曲、小说竞相敷演、改编。这一故事的渊源可以追溯到五代时《玉堂闲话》、宋元戏文《林招得三负心》、明嘉靖前期《双槐岁抄》等作品,至嘉靖中期《许公异政录》一书已经定型,万历间王兆云《湖海搜奇·柳鸾英》因袭了《许公异政录》。万历间月榭主人据此故事撰成《钗钏记》传奇,天启间冯梦龙据以改编为《陈御史巧勘金钗钿》。戏曲改编有显著的"程序化"特征,故事情节、人物关系、人物形象变化不大;小说的敷演则有所创新,在视角、情节、人物等方面均有较大的改造。柳鸾英故事在戏曲、小说两种方向演变的不同风貌是由两种叙事方式不同的发展机制所造成的。

[关键词] 柳鸾英 故事演变 演变特点

柳鸾英是明代文言小说中的人物,这一故事定型于明嘉靖年间,其情节略谓:柳鸾英与阎自珍二人的父母交好,二人本有婚腹之约。后阎氏家道中落,家贫不能娶,柳氏欲背盟。鸾英知父意已决,便遣邻媪私告自珍,准备将私蓄赠以自珍,以成姻事。自珍喜不自胜,将消息透露给了师之子刘江、刘海二人。二人心生歹意,将自珍灌醉,佯装前往。柳鸾英未识破二人,将财物付与,后其小婢识出二人非自珍,柳鸾英及其小婢惨遭二刘杀害。自珍醒后,急赴约,哪知践踏到血尸,惧怕之下,仓促离开,衣履皆沾血。后柳家从老媪处得知约见一事,将自珍告到官府,因自珍身有血衣,当时论死。后御史许公梦无首女子柳鸾英自白,旦日召自珍,自珍具陈刘江、刘海留饮一事。最后刘江、刘海二人被诛,自珍得到释放,并为柳鸾英建"贞节"牌坊作为表彰。

以此故事为原型,此后出现了明万历间月榭主人《钗钏记》传奇、天启间冯梦龙《陈御史巧勘金钗钿》拟话本小说,传奇、小说上的改编呈现出迥然不同的文本面貌。

一、柳鸾英故事模式的形成

就现存资料可知,《柳鸾英》主要见于两书:首先是《许公异政录》。詹詹外史《情史》

---

* 本文系浙江文化研究工程(第二期)项目"明清浙北戏曲家研究"(18WH30041ZD-9Z)、浙江师范大学第七期研究生重点课程建设项目(序号3)的阶段性成果。

卷十四"柳鸾英"条、《古今闺媛逸事》卷二"李代桃僵"条、《古今情海》卷三十二"柳鸾英"条,卷后均作"事见《许公异政录》"或仅作"《异政录》"。① 此外,《仁狱类编》中也保存了《许公异政录》里的部分内容,其《梦雪鸾英冤》一则即来源于《柳鸾英》。孙楷第在《小说考证》中指出,是书"有明本",但"后为人窃"。② 《曲海总目提要》著录此书,但未提何人何时所著,仅于篇尾有小字注云:"许进,灵宝人,明正德时官吏部尚书。"③ 其次是王兆云《湖海搜奇》,其卷下有《柳鸾英》一篇,但原文已佚,仅存目录。后被明末清初褚人获收录在《坚瓠集》里,这是目前所存最早的标明"转引自《湖海搜奇》"的版本。褚人获之后,清代焦循《剧说》卷四亦引此文,后附案语云:"此见《湖海搜奇》。"④

欲厘清《许公异政录》与《湖海搜奇》二书孰为定型之本,还需确定二书成书时间的先后。许进(1437—1510),字季升,谥襄毅,灵宝人,《明史》有传,为成化二年(1466)进士,"正德元年代刘大夏为尚书"⑤,官至吏部尚书,曾按山东,以善决疑案知名。《许公异政录》,又作《许襄毅公异政录》《异政录》等,嘉靖间《晁氏宝文堂书目》《百川书志》均有著录,高儒《百川书志》"史·故事"著录信息较详,谓:"《许襄毅公异政录》一卷,国朝祭酒诰、尚书赞、经历词,集录其父灵宝许进历官之政也,集光禄卿王绍、知府袁祯及词七人,纪录异政十七事。"⑥ 可知此书由许进三子许诰、许赞、许词以及王绍、袁祯等人同纂。陈国军根据《百川书志》所记许进三子官职,推断此书当完成于嘉靖八年至嘉靖十一年之间(1529—1532)⑦,当为可信。但此书已佚。

王兆云为嘉、万间布衣之士,传记资料很少,但可通过其著作的记载来考证其生年,其《皇明词林人物考》卷八《赵文素》载及:"惟是庚戌虏变,余方离襁褓,随家大夫官北都,目击其难。稍长而家大夫述公定难之功,今略记之,庚戌八月,北虏犯阙,京师戒严,势甚危急。"⑧ 庚戌虏变发生于嘉靖二十九年(1550),是年王兆云刚满周岁,则其生于明嘉靖二十八年(1549)。关于《湖海搜奇》的成书时间,杨起元《湖海搜奇序》称:"余友人王元祯氏……疆圉作噩之岁,来顾余秣陵。余发其帐中秘,则有《湖海搜奇》一书在焉。询其所得,则以遨游湖海,往往求奇事奇谈而录之,纳之奚囊中,积有岁年,因而成帙。"⑨ "疆圉作噩之岁"为丁酉年,则此书成于万历二十五年(1597)。可见,《湖海搜奇》成书比《许公异政录》晚了六十余年。而且,《许公异政录》与《湖海搜奇》中的柳鸾英故事在篇幅、情节、人物等方面皆保持一致,仅有些微差异,如《许公异政录》中的"他图之事,有死而已"在《湖海搜奇》中改为"他面之事,有死而已";又如前者作"请君以某日至后圃挟归,姻事可成",后者改为"请以某日至后圃持归,姻事可成",诸如此类,差异甚小,几乎可以忽略。因此可以确定,《许公异政录》和《湖海搜奇》中的柳鸾英故事是同一故事。因而只存在

---

① 谭正璧编《三言两拍资料》,上海:上海古籍出版社,1980年,第15页。
② 孙楷第《小说旁证》,北京:人民文学出版社,2000年,第34页。
③ 董康编著,北婴补编《曲海总目提要》,北京:人民文学出版社,2014年,第677页。
④ 焦循《剧说》,上海:古典文学出版社,1957年,第78页。
⑤ 张廷玉等《明史·许进传》,北京:中华书局,1974年,第4923页。
⑥ 高儒《百川书志》,上海:上海古籍出版社,2005年,第55页。
⑦ 参阅陈国军《明代志怪传奇小说叙录》,北京:商务印书馆,2015年,第94页。
⑧ 王兆云《皇明词林人物考》,《四库全书存目丛书》史部112册,济南:齐鲁书社,1996年,第103页。
⑨ 王兆云《湖海搜奇》,《四库全书存目丛书》子部第248册,济南:齐鲁书社,1995年,第69页。

《许公异政录》影响《湖海搜奇》的可能。因此，可以确定《许公异政录》一书当为柳鸾英故事的定型之本。

二、柳鸾英故事的溯源

柳鸾英故事最早要追溯到五代的《刘崇龟》，其为《柳鸾英》确定了基本的情节轮廓；到宋元的《林招得》，其模式已初具规模；至明代的《陈御史断狱》，这一模式已基本成熟，至《许公异政录》，其故事模式正式形成。

（一）《刘崇龟》

五代王仁裕的《刘崇龟》是私情冤狱题材的先驱，后被模仿、加工、演绎，至明代，这一类题材已蔚为大观。刘崇龟故事简单，讲述了未婚男女邂逅，私约会面。少女惨遭盗贼杀害，当富商少年夜访到达时，发现血尸，便仓皇逃离。后蒙冤，幸得主审官刘崇龟明察秋毫，冤情大白。在这则故事中，除了断案高手刘崇龟，其他人物皆是无名无姓，以"少年""姬""盗"称呼。很明显，其他人物只是为塑造刘崇龟形象而设置的配角，小说突出了"人智"断案的高明，以"公案"为主，"私情"为辅。程毅中《唐代小说史话》称："《玉堂闲话》中的作品如《刘崇龟》可以说是宋代以后公案小说的先驱，是由唐到宋小说题材扩大的一个迹象。"① 《刘崇龟》对《柳鸾英》的影响主要体现在情节上，刘崇龟故事发展至明代，演绎为多种情节，以柳鸾英故事为主的"悔亲骗奸"模式就是其中的一个主要分支。

（二）《林招得》

《林招得》一剧，最早见于明嘉靖末徐渭《南词叙录》所载"宋元旧篇"，全名《林招得三负心》。原文早已失传，现仅可考其本事《林招得孝义歌》，其略云：

> 陈州林百万子招得，与黄氏女玉英指腹为婚。不幸林氏屡遭灾祸，家道中落，招得只得以卖水度日。黄父嫌他贫穷，欲退婚。玉英知道此事，约招得夜间到花园里来，要以财物相赠。事为萧裴赞所知，冒充招得，先到花园里去，把婢女杀死，抢了财物逃走。黄父就以招得杀人诉官。招得受不起刑罚，只得招认，判决死罪。后来包拯巡按到陈州，辨明招得的冤枉，把他释放。招得入京应试，中了状元，终与玉英团圆。②

将柳鸾英故事与《林招得》的本事对比，可以发现，二者除人名和细枝末节处不同外，基本上可以视为同一个故事，即《柳鸾英》将林招得改为阎自珍，黄玉英改名柳鸾英，行凶的萧裴赞变成了刘江、刘海，使冤情大白的人由包公改为御史许公。情节上原故事被杀的是婢女，柳鸾英故事里被杀害的是柳鸾英及婢女二人。原故事包公断清冤案，男女主人公终得团圆，在柳鸾英故事里，破案的关键是柳鸾英给许公托梦，案情得以大白。与《刘崇龟》的"私情"不同，《林招得》突出展示了"才子佳人"题材，涵盖了才子佳人与公案两种题材类型，旨趣转向了"才子佳人"，这一倾向在《柳鸾英》中得到了进一步强化。

---

① 程毅中《唐代小说史话》，北京：文化艺术出版社，1990年，第292页。
② 钱南扬《宋元戏文辑佚》，上海：古典文学出版社，1956年，第87页。

(三)《陈御史断狱》

《陈御史断狱》出于明黄瑜《双槐岁抄》卷四。《双槐岁抄》十卷,作者自称"双槐老人",书亦以此命名。欲确定《陈御史断狱》为《柳鸾英》形成过程中的一脉,需要对《双槐岁抄》与《许公异政录》二书的成书时间、刊刻时间以及内容上的联系作一梳理。前已述及,《许公异政录》当完成于嘉靖八年至嘉靖十一年之间(1529—1532),曾有单行本行世。至嘉靖四十三年(1564),又有与《疑狱集》合刊者。《双槐岁抄》书中所记之事起自洪武,终至成化。其书历时四十年才完成,《双槐岁抄后序》云:"纪述起于景泰丙子,迄于弘治乙卯。"①因此可知,《双槐岁抄》成书于弘治八年(1495)。《双槐岁抄》成书后从明至清历经多次刊刻,从现存资料可知其最早的版本为嘉靖十四年(1535)本。杜信孚《明代版刻综录》著录:"陆延枝,字贻孙,粲子,长洲人。《双槐岁抄》十卷,明黄瑜撰,明嘉靖十四年陆延枝刊。"②潘树广《学林漫笔》中亦称:"延枝又喜编刊图书,曾于嘉靖十四年刻《双槐岁抄》。"③综上,基本可以确定《双槐岁抄》对《许公异政录》产生影响的可能,即《陈御史断狱》可以作为柳鸾英故事的一脉。再看故事情节的演变关系。现将《陈御史断狱》的内容列于下,以和柳鸾英故事进行对比。

> 武昌陈御史孟机(智)按闽,有张生者杀人,当死,其色有冤,询之,生曰:"邻居王妪许女我,已纳聘矣。父母没,我贫无资,彼遂背盟。女执不从,阴遣婢期我某所,归我金币,俾成礼。谋诸同舍杨生,杨生力止我,不果赴。是夕女与婢皆被杀。妪执我送官,不胜拷掠,故诬服。"即遣人执杨生至,色变股栗,遂伏罪。张生获释,人以为神。智有声宣、正间,至右都御史。④

对比之下,可以看出,两则故事的主要变化之处在于叙事顺序,《陈御史断狱》一文的"公案"色彩比较浓厚,全文以陈御史的视角展开,以"案情—被害人讲述被害经过—破案"倒叙的方式展开情节,这样的情节安排充分展现了陈御史"断狱"的高明之处。这种倒叙方式与《柳鸾英》的情节安排是不同的。除此之外,《陈御史断狱》的基本情节和《湖海搜奇》《许公异政录》大致相同,主干情节基本不变。另外,从两则故事的篇幅上可以大致窥见《柳鸾英》对《陈御史断狱》的加工和演绎。《陈御史断狱》一文言简意赅,篇幅短小,故事中的人物甚至没有完整的名字,以"张生""王妪""杨生""女""婢""彼"笼统称呼,仅断狱之人有名有姓,故事未经加工及雕琢,仍是原始状态。至《柳鸾英》,虽然行文仍较简略,但与《陈御史断狱》相较,情节更曲折跌宕,人物更丰腴鲜明。

三、柳鸾英故事的演变及其特点

古代小说、戏曲的成型大多都经历了漫长的演变和累积过程,大多成熟作品都是在不同时代被沿袭、模仿、加工、改造中形成的。谭正璧《三言两拍资料》(上海古籍出版社,

---

① 黄瑜《双槐岁抄》,见《历代笔记小说大观》,上海:上海古籍出版社,2012年,第155页。
② 杜信孚《明代版刻综录》(第五册),扬州:江苏广陵古籍刻印社,1983年,第47页。
③ 潘树广《学林漫笔》,南京:东南大学出版社,2002年,第138页。
④ 黄瑜撰,魏连科点校《双槐岁抄》,北京:中华书局,2012年,第81页。

1980年)、胡士莹《话本小说概论》(中华书局,1980年)、日本小川阳一《三言二拍本事论考集成》(新典社,1981年)将"三言""二拍"及其他话本小说故事的源流进行一一考证,是这方面工作的集大成者。石昌渝亦在《中国小说源流论》一书中将小说的成书方式分为"滚雪球"式累积和"聚合式"的连缀结构。《三国演义》《水浒传》等经典作品在前代故事一层层的打磨、加工、演绎中成熟起来,即是明显的例子。《柳鸾英》作为小说故事,在明代经过传播、接受与改编,在小说和戏曲二方向皆取得了显著的成果,产生了一系列与柳鸾英故事同源而异称的作品。《钗钏记》《勘玉钏》《宝钏记》《金钗记》等戏曲作品是经柳鸾英故事大刀阔斧改编而成。《陈御史巧勘金钗钿》《龙图公案·借衣》《龙图公案·锁匙》《龙图公案·包袱》等小说作品也是对柳鸾英故事另一路子的敷演。究其根本,二种方向的诸多作品皆是《柳鸾英》的孵化品、演绎品。

(一)戏曲方向的传播及其特点

古代小说与戏曲作为中国叙事文学的主要品种,存在着多方面的广泛联系。[①] 在取材上,戏曲剧本依赖于小说素材,晚清学者李慈铭的《荀学斋日记》中谈及《双槐岁抄·陈御史断狱》,他说:"案此即梨园院本《钗钏记》所从出也。"[②]《坚瓠集》也在《柳鸾英》条之下注曰:"自珍后登乡荐,人作《钗钏记》传奇。"[③]这说明戏曲的改编与创作与小说素材密不可分。由柳鸾英故事演变而来的戏曲作品除《钗钏记》外,尚有金怀玉的《宝钏记》传奇、朱少斋的《金钗记》,同类型的还有京剧《勘玉钏》,又名《诓妻嫁妹》。从《柳鸾英》至《勘玉钏》,从简短的传奇小说至长篇戏曲,故事的主干框架变化不大,依然遵循着"柳鸾英"的路数。

《钗钏记》为明万历年间月榭主人所作,月榭主人姓甚名谁,目前尚无定论,不过就目前考证结果而言,最有可能为来自上海的王玉峰。相较《柳鸾英》,《钗钏记》将剧中人物都改了名字,男、女主人公分别叫皇甫吟、碧桃,婢女名为云香,坏人叫韩时忠,断狱能人为学士李若水。与《柳鸾英》相比,《钗钏记》还有一个重大关目的改变:韩时忠只骗取了钗钏,没有杀人。小姐碧桃是在发现被骗后气愤羞愧难忍,投河自尽,幸得人相救,收为义女。结局是李若水巧用计谋,将疑团揭开,含冤入狱的皇甫吟也得以释放,二人重结联姻。《钗钏记》之后的《宝钏记》《金钗记》《勘玉钏》等戏曲作品,也仿照《钗钏记》所作,祁彪佳形容这种现象为:"全效《钗钏》,何秽恶至此?"[④]祁彪佳并非否定这些戏曲作品,他针对的是柳鸾英故事在戏曲方向被"程序化"这一现象。

"程序化"是柳鸾英故事戏曲演变上最典型的特点。《钗钏记》等作品通过一系列的复制、模仿、修补、改造程序,"程序化"倾向非常明显。"程序化"并非是一个贬义词,戏曲、小说的故事形态,常有"程序化"现象。一个故事流传之后,逐步定型为一个格式,以后编故事的人,可以在这个格式之中"填"上不同主人公的故事。人物的名字不同,故事产生的时代不同,事件中的细节也不同,但故事的展开方式却大致相近。[⑤]《钗钏记》之

---

① 许并生《古代小说与戏曲》,太原:山西人民出版社,2005年,第1页。
② 鲁迅辑《鲁迅辑录古籍丛编》第二卷,北京:人民文学出版社,1999年,第448页。
③ 褚人获《坚瓠集》(第三册),杭州:浙江人民出版社,1986年,第15页。
④ 祁彪佳《祁彪佳集》,北京:中华书局,1960年,第56页。
⑤ 董上德《古代戏曲小说叙事研究》,广州:广东高等教育出版社,2011年,第266页。

后,其他戏曲作品虽是围绕《钗钏记》而作,但相较之下,细节更加突出,人物形象愈加饱满,思想意义上也显示出进步的特点。如京剧《勘玉钏》,系近人陈墨香编剧,是荀慧生的"拿手好戏"。这部戏最明显的进步之处即在于它的因果报应观念明显削弱。在这之前,戏曲作品《钗钏记》《金钗记》等,以及由柳鸾英故事演变而来的小说作品,都彰显了因果报应思想,如《陈御史巧勘金钗钿》篇首的诗词云:"世事翻腾似转轮,眼前凶吉未为真;请看久久分明应,天道何曾负善人?"①《龙图公案·借衣》也在文末作警世之语:"异哉,王倍利人之财,而横财终归于无;污人之妻,而己妻反为人得。天网恢恢,疏而不漏,此足证矣。"②皆是"程序化"的例子。另外,"程序化"创作也利于作品的传播,吸引观众。但是,需要指出的是,《宝钗记》《金钗记》等作品也触碰了"程序化"的消极面。作者"程序化"创作的目的是利用前人的框架和"叙事路数",以及前人所积累的戏曲市场,但在改编时不可完全承袭前人,改编者需要搜刮才思,以"出奇制胜",然而多数情况下,都会使故事"变形",得不偿失。如《宝钗记》这一传奇,将碧桃改成了婢女,杀死婢女的是衍庆寺的和尚,后有神人关羽,案件才得以大白。情节设置过犹不及,反而失了故事本身的韵致,仅可表现出改编者标新立异的努力罢了。

除"程序化"外,贴近普通民众是戏曲方向另一突出的特点,主要表现在传播形式和人物形象的塑造上。戏曲是一种由演员扮演角色,在舞台上当众表演故事情节的艺术,直接面向普通民众。它与明代的拟话本和"类话本"形式的传奇文不同,对于基层民众来讲,后者的书面化文本晦涩难懂,而前者可以通过感官传达信息和情感,喜闻乐见。前述的"程序化"在很大程度上也是为了配合市井受众的喜好,因为对于大多数观众来说,他们更乐于听和看"熟悉"的故事和演出。《钗钏记》等作品不是一书而就的,而是在传播的过程中了解群众的口味,将故事改编与群众的喜好相结合,逐渐敷演而成。除此之外,自人物形象塑造而言,《钗钏记》等作品将部分视角转向底层人物,塑造底层人物形象,也是贴近观众的表现。柳鸾英故事以塑造小姐柳鸾英为主,婢女仅作陪衬,而在《钗钏记》中,婢女云香的形象被鲜明地刻画了出来。云香在剧中不再是可有可无的"配角",她热情泼辣,勇敢机智,在很多情节中起到了穿针引线、推波助澜的作用。她与皇甫吟之母据理力争,伶牙俐齿,以及在公堂上侃侃而谈,无丝毫畏惧之态,都展现了下层人物的活力和激情,其散发出来的动人力量是不可忽视的。

(二) 小说方向的演变及特点

《陈御史巧勘金钗钿》及《龙图公案》等作品不仅是《柳鸾英》这一传奇文的敷演品,也同样受到《钗钏记》等戏曲的影响。《陈御史巧勘金钗钿》产生于《钗钏记》之后,见于冯梦龙《古今小说》第二卷,其故事的大框架和主干情节依然和《柳鸾英》保持一致。小说将女主人公改名顾阿秀,男主人公叫鲁学曾,凶手称梁尚宝,增加了梁尚宝的妻子田氏这一人物。小说情节上的变化如下:(1)柳鸾英设计遣邻媪约见阎自珍一事变成顾阿秀之母顾夫人设计通知鲁公子;(2)柳鸾英故事中阎自珍喜不自抑向"师之子"刘江、刘海吐露心胸,被二人灌醉,不能按时赴约;在《陈御史巧勘金钗钿》中,这一情节变成了鲁学曾向表

---

①② 冯梦龙著,门冀华、贾战江编译《三言》,沈阳:沈阳出版社,1992年,第1、239页。

兄梁尚宝"借衣",梁尚宝强留宿,然后冒名顶替;(3)《柳鸾英》中柳鸾英和婢女是识破坏人奸计,惨遭杀害;《陈御史巧勘金钗钿》中顾阿秀是得知被骗,失了贞操,羞愤自尽;(4)《柳鸾英》中破案的方法是柳鸾英的鬼魂托梦给御史许公陈述冤情;《陈御史巧勘金钗钿》设置成御史陈濂发现案情有异,易服私访,假装布商,引出梁尚宝所骗取顾家的金银首饰,冤情始白;(5)《柳鸾英》的结局是释放自珍,并为柳鸾英建"贞节"牌坊以旌表;《陈御史巧勘金钗钿》让梁尚宝的妻子田氏发挥了功能作用,被梁尚宝休妻的田氏,认顾家为义父,改嫁鲁学曾,结局皆大欢喜。

　　柳鸾英故事在小说兼戏剧家冯梦龙的手上,由情节简单的"尺寸短书"变成了委婉曲折、节奏有致、离奇感人的长篇幅小说。《陈御史巧勘金钗钿》之后,尚有《龙图公案·借衣》《龙图公案·锁匙》《龙图公案·包袱》等小说,都是由柳鸾英故事演变而来,并直接受到了冯梦龙《陈御史巧勘金钗钿》的影响。《龙图公案·借衣》可以看作《陈御史巧勘金钗钿》的复制品,除人物姓名改变外,基本没有变动。《龙图公案·锁匙》《龙图公案·包袱》二则在情节上有些许变化。原文篇幅较长,谭正璧先生在其《三言两拍资料》中作了辑略。这些由柳鸾英故事演变而来的小说在视角、情节、意旨等方面都有明显的变化,从中可以窥见柳鸾英故事在小说方向的演变特点。

　　首先,传奇、公案题材上的偏重不同。柳鸾英故事在小说方向主要朝拟话本的小说体例演变。《陈御史巧勘金钗钿》自不用说,是冯梦龙编创的拟话本小说。《龙图公案》里涉及的三篇作品虽是文言写就,但开篇亦有"话说"等词,且全篇的写作风格也遵循"说话"路数,此三篇作品亦可视为话本小说。宋代"小说"的子目有烟粉、灵怪、传奇、说公案四种。"传奇"一类讲人世间悲欢离合的奇闻轶事,宋代之后,许多拟话本的创作都源于"传奇"。"公案"讲摘奸发复和朴刀杆棒发迹变泰之事。冯梦龙、凌蒙初的"三言二拍"里涉及公案题材的拟话本就不在少数。如《喻世明言》里有《闹阴司司马貌断狱》《滕大尹鬼断家私》等篇章;《警世通言》里有《三现身包龙图断冤》《况太守断死孩儿》等。《陈御史巧勘金钗钿》《龙图公案·借衣》等小说兼涉"传奇""公案"两种题材,但题材偏重有所不同。《陈御史巧勘金钗钿》在命名上虽然紧扣"冤狱""破案",但在内容上叙事重点却是偏向"传奇",它用大量的笔墨描写"断案"前的事情,细致紧凑地描写了"悔婚""私约""穷困借衣""羞愤自杀"等传奇情节,而有关"断案"的情节则用了较少的篇幅。柳鸾英故事有唐传奇的余韵,从情节上可以视为传奇文。《陈御史巧勘金钗钿》在题材上偏向"传奇",直接承续《柳鸾英》,这不仅是创作者的偏好和创作风格的体现,也反映了明代拟话本普遍取材于传奇文这一倾向,如"三言"就更多取材自唐宋人传奇及笔记杂纂等书。与《陈御史巧勘金钗钿》不同,《龙图公案》将诸多包公破案的故事汇集于一书,其序云:"夫龙图非有四手、四目也,乃今世遇无头没影事,必曰'待包龙图来'。童稚妇女亦知其名,不知龙图之为官也,亦不知龙图之为讳与号也。"[①]可见,《龙图公案》确可以称为纯粹的"公案小说"。《龙图公案·借衣》《龙图公案·锁匙》《龙图公案·包袱》这三篇小说的叙事重点偏向"公案",最明显的表现是将"状词""辨词""判词"等详细地列述在文中。情节上偏重

---

① 佚名编著,李永祜等校点《龙图公案》,北京:群众出版社,1999年,第1页。

"公案"不仅是改编者在加工改造柳鸾英故事时的自我选择,也是明代后期"公案小说"发达,"包公故事"盛行等外部因素影响下的结果。

此外,小说作品中女性主体意识增强,理想主义色彩浓厚。柳鸾英故事涉及的女性人物形象中有名有姓的仅小姐柳鸾英一人,其他均以"婢""母""邻媪"为称,女性人物毫无色彩可言。《柳鸾英》之后,改编者开始注意女性人物形象的塑造,女性人物魅力逐渐彰显。《陈御史巧勘金钗钿》中女性人物主要有顾阿秀、孟夫人、田氏三人。顾阿秀坚贞勇敢,在知道父亲要悔婚时,坚决地说道:"妇人之义,从一而终;婚姻论财,夷虏之道。爹爹如此欺贫重富,全没人伦,决难从命。"①言语间塑造出顾阿秀勇敢有主见、不屈有见识的形象。柳鸾英故事中,当柳鸾英知道父亲意欲悔婚时,没有当面反对,只是暗暗约见自珍,而顾阿秀能勇敢表达自己的想法,不惜与父亲顶撞,在当时的父权社会里,这一行为极其大胆,其所迸发的力量也具有极强的冲击力,因此格外动人。此外,顾阿秀的母亲孟夫人反对因贫悔亲,看到丈夫一意孤行,而女儿又坚决守志终身,决不改适,她急中生智,邀女婿前来赠以金银,其机智和果敢的个性跃然纸上。田氏是作者为表达"因果报应"思想而设置的一个角色。"因果报应"是冯梦龙思想上的局限,但这并不妨碍田氏这一人物发散魅力。作者形容田氏为"那田氏像了父亲,也带三分侠气,见丈夫是个蠢货,又且不干好事,心下每每不悦,开口只叫做'村郎'"②。田氏是一个独立的个体,颇有"侠气",不依附于男子,也不惧男权。作为梁尚宾的妻子,因发现他做了龌龊肮脏之事,便坚决要一份休书离家,不与苟同。当被顾老爷怀疑"合谋"时,她不慌不忙去找了孟夫人,一一讲述原委,孟夫人被她感动,收为义女,后嫁与鲁学曾,结局圆满。田氏不仅果敢、沉稳,且不为世俗所拘,将婚姻大事掌握在自己手中,这无疑是对封建礼教的极大挑战。除《陈御史巧勘金钗钿》外,小说《龙图公案·包袱》中的小姐季玉为了阻止父亲悔婚,无奈之下窃父银及钿镯宝钗,这一举动更是挑战传统,女性的主体意识得到极大凸显。明代中叶以后,阳明心学渐次压倒程朱理学,个性解放思潮日渐扩张,女性主体意识趋于觉醒,《牡丹亭》中杜丽娘形象可称为代表。而柳鸾英故事在小说方向演变中女性意识的突出强化,也是这一社会思潮的反映。

理性主义色调体现在以"圆满"作结。柳鸾英故事中以冤案大白,为女建"贞节坊",自珍后登乡荐作结。《陈御史巧勘金钗钿》的结局是坏人梁尚宾的妻子和鲁学曾永结同好。诸如此类的"圆满"是"贞节"观念及"因果报应"思想的外在呈现。

结　语

小说、戏曲都属于叙事文学的范畴,两者在叙事中,戏曲借鉴小说的叙事手法,小说采用戏剧化的叙事谋略。③ 二者相互影响和成就,在许多方面表现得一致。作为叙事文学,小说和戏曲在演变上皆表现出对情节、人物形象的重视。由柳鸾英故事演变而来的小说与戏曲在这点上都有明显的表现。叙事篇幅明显增加、情节更富有层次性与戏剧

---

①② 冯梦龙著,门冀华、贾战江编译《三言》,第14、17页。
③　许并生《古代小说与戏曲》,第2页。

性、人物语言和心理更细腻等等方面,皆是二者共同的表现。小说和戏曲在古代的文学语境中,很多时候被视为"同源"而一体。但值得注意的是,二者同中有异,它们有各自独特的叙事法则,且在演变的过程中出现了"异流"。柳鸾英故事在演变过程中的"异流"主要体现在两方面:一是小说方向上的演变侧重于题材变化,改编者在"传奇"和"公案"两种题材上大费周折,力图在题材上打破叙事"路子",推陈出新,这与戏曲遵循叙事"路数",宁愿冒着"程序化"而遭人诟病的风险,也不愿意自创新路不同;二是戏曲方向的改编和创作力求贴近普通民众,反映群体意识,与民众心理产生共鸣。而《陈御史巧勘金钗钿》《龙图公案·借衣》等小说与普通民众之间则存在一定的阅读和欣赏距离。

[作者简介] 刘天振,浙江师范大学人文学院教授、博士生导师,江南文化研究中心研究员。

曹明琴,浙江师范大学古代文学专业硕士生。

从"国民之母"到"女国民"
——近代报刊女性政论文的演变*

李德强 王彩虹

[摘 要] 女性报刊的发行过程,是社会对女性态度的变化过程,其中女性政论文创作是女性改革的先锋力量。从"国民之母"到"女国民",也是女性政论文发生重要演变的过程。报刊政论文写作前期,人们习惯将解放女性与"拯救"中国相结合,政治与教育脉脉相通;后期则发生系列深层变化,其更加重视女性的自觉、反抗与自由、生存与爱国、能力与救国等重要方面,尤其是投稿制度的刺激,使得女性在经济方面有了相当的保障。这些因素的综合,使得女性政论文朝着培养拥有独立生存能力,能为国家做贡献的"女国民"形象的演进,使之成为女性报刊文学中的一大进步。

[关键词] 女性报刊 政论文 国民之母 女国民

19世纪末期,女性改革的"春风"吹向了中国大地,女性解放缠足、破除旧俗、创设女学堂等呼声日益增加。在此种契机和环境下,报刊成为了推波助澜的重要一环。如吕碧城从日本回国后,曾主笔天津《大公报》,创办北洋女子公学。与此同时,女性报刊的创办,也被认为是一种社会改革的有效途径。像《女学报》《女子世界》《女子魂》《中国女报》《中国新女界》《天义报》《神州女报》《不缠足会报》等相继出现。社会对女性教育的关注程度,也反映出女性报刊以"女性教育"为创办宗旨的倾向性。如《妇女杂志》,除传统的"论著""文苑"专栏外,还设有"离婚专号""产儿专号""娼妓问题"等专栏,引起了很大社会反响。这种发展趋势即也促成女性政论文从"国民之母"到"女国民"的深层演变。

一、"国民之母":女性政论文的发展

1897年5月,梁启超在《时务报》发表了《变法通议·论女学》,开始了对"国民母教"身份的关注:"故治天下之大本二,曰正人心,广人才,而二者之本,必自蒙养始,蒙养之本,必自母教始,母教之本,必自妇学始,故妇学实天下存亡强弱之大原也。"① 他不提出改造国民母教,强调强种保种,也开始重视女性职业教育。1903年8月,《女界钟》出版,金

---

* 本文系上海市哲学社会科学一般项目"海派文化与近代诗话转型研究"(2020BWY004)、国家社科重大项目"民国话体文学批评文献整理与研究"(15&ZDB079)的阶段性成果。

① 《时务报》第2期,1897年5月。

天翻提出:"国于天地必有与立,与立者国民之谓也。而女子者,国民之母也。"①后来,他在《女子世界发刊词》又提到:"女子者,国民之母也。欲兴中国,必兴女子,欲强中国,必先文明我女子,欲普救中国,必先普救我女子,无可疑也。"②丁初我在《女子世界颂词》中又指出:"国民者,国家之分子。女子者,国民之公母也。"③1904 年 9 月,吕碧城又进一步提出女性作为"国民"的重要性:"女子者,国民之母也,安敢辞教子之责任。若谓除此之外,则女子之义务为已尽,则失之过甚矣。殊不知女子亦国家之一分子,即当尽国民义务,担国家之责任。"④此后,"国民之母"的形象呼之欲出,并逐渐成为报刊书写的形象之一。只是,此时的"国民之母"更重视生产与教育新国民的义务,即侧重生育、教育之责任下的"解放"。

女性报刊政论文初期,人们习惯将解放女性与"拯救"中国相结合,把"禁止缠足"和"接受教育"贴上了"强国""强种"的标签。如《女报》的"女界近闻"专栏,曾刊载各国女性的"英勇事迹",诸如"立会制夫""老妇就学"等。其把家庭教育当作造就国民的基础,在承认男性主导的常态环境中,开始探讨女性的解放和发展问题。当然,对自由婚姻的呼吁,也成为报刊政论文的关注重点。如陈撷芬《婚姻自由论》指出:传统女性处在"人生最重大、最切要之事而为旁观者所拨弄"⑤的时期,并呼吁女性要摆脱父母之令,追求婚姻的自由。

同时,社会开始出现针对不同岗位的女性知识教育。如《天足会报》在讨论女子缠足问题的同时,也商讨了女性"如何装饰"、女学堂的建设等问题,力图将"日本文、英文、历史、地理、博物、书画、家政、针黹、音乐、体操、教法、手工"等各方面的知识教育纳入女学堂的功课表中。因此,介绍各种知识技能和学校招生形成两股交叉之线,出现在了报刊各大专栏。如《女权与女学》、《看护学教程》、《最新家政学讲义》(《女报》)、《女子宜广习各项工艺说》(《妇女杂志》)等,也具有相当的影响力和号召力。

这一时期,报刊政论文从不同的角度呼吁女性掌握一定专门技能,倡导女性"国民之母"身份的转变。其探讨的内容主要集中在三个方面:

(一)女学堂课程设置上,以学"国文"为主,还是"外文"为主。新时期的到来,展开了一场关于新知识和旧文化的探讨,体现在女性政论文中,即表现为女学对于传统国文和新文化的学习。守旧派认为不能忘本,女学要以国文为重;革新派认为国文迂腐,女学要革新知识,学习西方先进文化,要以外文为重。而在女学的课程设置上,不同时期是不断地变化的。

(二)在学习的内容上以"学业"为主,还是"掌握技能"为主。有人指出妇女不能治家,尤其是经济之学和卫生之学的知识特比缺乏。因此,在女性学习内容的问题上,报刊政论文大致有两种看法:一是强调女性识字、接受文学教育的重要性;一是强调女性独立的经济能力,学习一门能独立生存的手艺。故而,"家政""工艺"等课程,也逐渐被列入女

---

① 《女界钟》第 1 期,1903 年。
②③ 《女子世界》第 1 期,1904 年 1 月。
④ 《女子世界》第 9 期,1904 年 9 月。
⑤ 《女学报》第 3 期,1903 年。

学堂的功课表中。

（三）独立女性与女性独立问题的探讨。《女学报》曾指出,女子学识的浅薄,并非先天原因,只有"明白人"是劝女生"读书""放足""不要贪图享乐"的人。此后,《女学生杂志》中《论女子应有参政权》等文的刊载,则意味着女性开始被看成一个真正独立个体,政育逐渐分离,其焦点也逐渐转移到女性自身的发展中了。

显然,"教育女性"和"解放女性"成为了此时期报刊政论文的重要任务。人们开始更进一步地去探讨女性自身发展问题,教育不仅是在"救亡图存"的层面展开,更朝着一种"重塑女性"自我的倾向发展:即从"国民之母"到"女国民"的演变。

二、"女国民":女性政论文的演变

近代国人对"国民母教"到"国民之母"的身份探索中,也建立起国民主体性的观念。1900年,汪毓真女史曾作《女国民歌》:

> 昨夕何夕兮斜阳西沉,今日何日兮旭日东升。光华旦复旦,照我新乾坤。新乾坤,新乾坤,须整顿。好男儿,睡未醒。女国民,要自警。物竞之道优者胜,同心戮力且拼命。万鬼却步摈,毋谓人难企。野蛮进文明,毋谓时难为。人治胜天行,国民汝不知。我曹二十万里四百兆人,何令欧戈美马争相陵屈指。同胞半女子,患难相同荣辱均。女国民,汝不闻,马尼他纤手立功业。汝不闻,玛利侬热血拯溺焚,颅趾同形脑同质,不过东西异地种异群。女国民,汝何长他人之志气,灭自己之才能?亡羊补牢尚未晚,今不努力痛陆沉。兴亡岂独匹夫责,自由权利贵自争。焚香万柱祝万遍,愿君扫除亚东大陆风云剧,还我光华灿烂之乾坤。①

女性的独立与解放,反抗与自由,生存与爱国等主题也得到一致认同,即"女国民"的身份逐渐得以确认。只是,此时的"女国民"更重视"物竞之道"及同男性的地位抗争。真正对"女国民"主体身份观念的确认,深层文化意义的认同,则是由"国民之母"进化而来,并促成了女性政论文的演变。1902年,梁启超在《近世第一女杰罗兰夫人传》中盛赞罗兰夫人为"英雄之母"②,开始对"女性国民"的崇敬书写。1907年,在东京创刊的《中国新女界杂志》更直截了当指出:

> 本社最崇拜的就是"女子国民"四个大字。本社创办杂志的宗旨虽有五条,其实也只是这四个大字。本社《新女界杂志》从第一期以后,无论出多少期,办多少年,做多少文字,也只是翻覆解说这四个大字。③

与此同时,女性报刊也开始积极吸取经验,通过设立专栏来探讨女性的生存与发展

---

① 《游戏世界》(杭州)第10期,1900年10月。
② 《新民丛报》第17期,1902年10月。
③ 《中国新女界杂志》第1期,1907年。

等问题。如《女学报》《神州女报》《中华妇女界》等皆有"论说"专栏。同时,女性报刊政论专栏亦根据内容继续细分深化。如《女学生杂志》有"社说";《天义报》有"议丛";《神州女报》有"选论""评林";《女子白话报》有"政治""教育""实业"等专栏。随着社会对女性解放教育的细致探讨,女子的教育不仅局限在对课本内容的学习上。关于女性职业的探讨,报刊政论文又作了进一步深化。如《妇女杂志》将女性教育分为"学艺"和"家政"两个专栏,也意味着将以前的"实业"专栏分化了。

女性报刊及政论文演变的过程,也是近代女性成长的过程,也是社会对女性动态变化的过程。"女国民"的解放之路也并非一帆风顺。人们不断对传统进行批判,对当下进行反思,进而作出再批判、再反思。正如《妇女杂志》所言:

> 我们以为,女子问题也应当用这种态度去研究。我们应当一面挂起"女子解放"的大目的去提倡,一面要暴露现在社会的弱点,解放的不可能处,实行问题的质难,这才是。否则之,用动人感情的话天天刺激女子的新,鼓吹却不量量女子的视力如何,真真的程度如何?就使勉强做好了和理想形似的模子,正如"系巢苇梗",总有一天欲闹乱子,一败到底。这不是解放女子,这简直是害了女子!同时也害了社会全体。①

从上可见,囫囵吞枣式的改革道路已经行不通了。女性报刊政论文也试图重构想和激发女性的才能,寻找适合女性的生活方式。其讨论方向也从"女性解放"向"女性独立"演变。其抱着"未来女性建设"的目标,而不断进行着深入思考。

在这个特殊时期,从薛绍徽到吕碧城两位知识女性,则更具时代过渡性。薛绍徽和吕碧城为代表的这批先锋者,大都接受了传统的教育。当她们接触到西方文化后,都敢于接受西方文化。但从"薛绍徽"到"吕碧城"之间的变化,更是一种从保守到改革之间的跨度。如《女国民励志歌》:"哀莫哀兮缠脚哀,自家骨肉竟摧残。从今好好须放开,飞上新舞台,免教忠骨为奴才。"(其一)②乃是"女国民"内涵的某种具体体现,并一直延续至整个民国时期。

三、从"国民之母"到"女国民":女性政论文的演变内容

如果说,薛绍徽和康同薇等人,站在维护传统的立场去提倡女性。那么,秋瑾和吕碧城等人是直接打上了"革命"的旗帜,向社会呼吁"女权"。近代报刊女性政论文的演变也在不断发生着相应变化,其内容主要有以下几个方面。

(一)"觉醒":女性的自觉

提倡女性教育的重要成果,是男性文化和在西方文明引导、影响下发展起来的。1897年12月,中外女士在张园安垲第举行第一次会晤。此次聚会目的在《中国女学堂大

---

① 《妇女杂志》第 5 卷第 12 期,1919 年 12 月。
② 《女子世界》第 4 期,1907 年。

会中西女客启》中已说明:"专为讲求女学,师范西法,开风气之先。"①其中,近代报刊扮演了十分重要的角色。如在中国女学堂的创立中,发起人纪元善充分利用报刊的舆论宣传作用,将"开风气"的中国女学堂创办起来。

当然,在"摇旗呐喊"的近代报刊感召下,知识女性也找到了一种自我认同感。从传统教育中走出来的女子,在中西文明的碰撞中,也意识到了改变自身地位的重要性和迫切性。1918年,吕碧城前往美国哥伦比亚大学,攻读文学与美术学位。因她同时也兼任上海《时报》特约记者,并将美国之种种情形发回中国。她学成归国后,成为《大公报》主笔,并借助这一舆论阵地,以"启发民智"来积极为兴女权、倡解放而奔走呼喊。

纵观近代报刊二十年的招生广告也可发现:前期,女子学校招生简章时时占据各大报纸的头版头条,到后期,女子学校依然如火如荼,报纸却已经鲜有招生广告。这一定程度上说明了女子接受教育为社会普遍所接受,已无须大力宣传了。

值得注意的是,报刊政论文也开始关注时下的潮流装扮,女性开始有意识地学习和追求美,这也是一种巨大的时代进步。女性的生活不再只限于传统的相夫教子和柴米油盐,她们开始体验和享受外来的讯息,其眼界和追求变得愈加开阔。

(二)从传统家庭解放:反抗与自由

近代以来的女性政论文创作基于不同以往的社会环境,她们要求摆脱传统文化的枷锁,希望能获得一些自由平等的权利,如受教育权、一夫一妻制等。尤其是"自由恋爱"的美好愿望,成为女性政论文中一个永恒的话题。如《大公报》曾刊载一则"求偶启事":

> 今有南清志士某君,北来游学。此君尚未娶妇,意欲访求天下有志女子,娉定为室。其主义如下:一要天足;二要通晓中西学术门径;娉娶礼节悉照文明通例,尽除中国旧有之陋俗。如有能合以上诸格及自愿出嫁,又有完全自主权者,毋论满汉新旧、贫富贵贱、长幼妍媸,均可请即邮寄亲笔覆函。若在外埠,能附寄大著或玉照更妙。信面写:"AAA,托天津《大公报》馆,或青年会二处代收。"②

《女报》亦曾刊载一则"爱我求婚启事":

> 仆现年二十八岁,湖南人家,本清贫,伶仃孤苦,曾出日本研究奥地、测绘等学,兼习印刷、工科。如女界有愿自由结婚者,须性情和婉,年貌相宜,已通国文,及顾名节大义,不染伪文明之习气,倘蒙俯就,请先将本人小照函件,寄至《女报》社转交为荷。③

从这两则广告中,可以看出,与传统择偶标准不同,"才情"成为女性获得社会认可的一个护身符。那些与"与时俱进"的女性尤其受到男性的青睐和关注。这在一定程度上

---

① 《申报》,1897年12月4日。
② 《大公报》,1902年6月26日。
③ 《女报》第1期,1909年。

也表明,女性在婚恋上开始享有主动择偶权。传统女性开始重新建构自我新形象,也是当时女性政论文最直接有效的宣扬。

与此相对,对"一夫多妻"制的反抗,也成为女性政论文的书写内容。如《结婚主义果以何者为适当乎?》《论今日娶妾者之心理及所以禁之之道》等政论文。尤其是后者曾指出,要根治娶妾泛滥的问题,一方面振兴女子教育;另一方面要"严定重婚罪""设不纳妾会"等,即试图在法律和社会团体的范围内为女性寻求保护伞。

同时,批判缠足、贞洁等愚昧的陋习,也成为女性政论文的关注焦点之一。如1907年,《天足会报》刊载的相关文章(见下表1):

表1 《天足会报》有关缠足的主要文章

第 一 期	第 二 期	第 三 期
论说 《天足会必需附设女学堂说》 《沭阳胡女士关系中国前途论》 会事纪要 《天足会缘起并开会办事始末纪要附演说》 学务 《日本学调查录要》 《上海天足会女学堂章程》 专件 《中国天足会改定章程》 劝导文话 《缠足女之显身说法》 《劝诫缠足俗歌》 《莫包脚歌》	会事纪要 《丁未年上海天足会女学堂之报告》 《天足会女学堂颁授毕业文凭记》 《答西人问天足会情形节略》 《台州分会情形》 紧要新闻 《批准胡仿兰女学》 《思茅放足冤狱纪闻》 《政府提倡天足会》 《美国之劳动妇人》 《恶俗宜惩》 《美妇抵死力争选举权》 《日本女学生之游泳术》	论说 《会长沈仲礼视察报告》 《论天足为消融满汉之要图》 《端午帅劝汉人妇女勿再缠足说》 杂组 《澳门郑陶斋观察劝不缠足歌》

他如《万国公报》在"不缠足""兴女学""革陋习""介绍外国妇女"等方面的政论文就有近百篇。上海天足女校刊载的文章,很大一部分是在宣传缠足弊端,对社会陋习进行批判。尽管要改变缠足风气,并非一时能成之事。但女性政论文对反抗与自由的呼唤,也带来了极大影响。女性只有先获得自由的身体,才能进一步获得自由的精神,去改革社会,建设未来。

(三)对新女性价值的思考:健康与图存

近代以来,女性群体迎来了不同于传统的发展时机。从各大女性报刊也可以看出,社会对于女性的未来充满了信心,并企图构建一个与传统社会不同的全新女性形象。这一时期女性政论文的创作,既重视对女性健康的思考,摆脱当前积弱状态,并贯穿于救亡图存的发展道路中。

在此之际,人们开始呼吁女性健康生活、加强锻炼。《女学报》中所刊载的陈撷芬《论女子宜讲体育》一文,已将"体育"与"德育""智育"并重。其云:

> 中国女子非但无体育,且从而戕贼之。戕贼之道不一,以裹足为最甚。其他种种,如穿耳,如养指甲,不一而足,无非为美观起见。甚且楚宫有饿死之细腰,石崇有

减食之舞妓。吁嗟哉！博吾一时耳目之娱,贻人以终身羸弱之苦。……男子果以此为美观,则彼何不自为之,而使吾女子为之也。愿吾同胞、同性二万万之可怜虫,自今以往,知而自改之,而劝人改之。必人人皆知非体育不能美,斯得之美矣！①

我们可以说,早期强调"体育",实则指"健康"而言:提倡女性要拥有一个健全、强健的体魄,将女性的"健康"问题摆到了重要的位置。后来,随着社会对女性特征认识的深化,女性政论文对女性的健康问题也越来越重视。如从《妇女杂志》中所载之《妊娠尿诊断法》《妇女十五分钟之体操》等文可以看出:女性健康、生死等不再笼统地成为一个观念上的主题,而是针对女性生活的实际情况提出了一些具体的保障措施。健康与图存成为对新女性价值的再思考,这也是对女性自身认识的一大进步。

同时,女性政论文也宣扬以"英勇"为核心的爱国情怀。如用死亡来挽救女校的瓜尔佳氏、争取女性参政的唐群英等人,受到极大褒扬。简言之,其希望近代女性热爱生活,珍惜生命,但是在救亡图存之时也能不畏惧死亡。

(四) 女性独立之法门：能力与救国

除了女性健康问题外,针对如何让女性独立自主的论题,报刊政论文也给出相应的社会构想。1898年至1919年间,"学艺""家政"等专栏刊载了大量"养蚕""养鸡""养兔子""家庭护理"等家庭实用之文。《妇女杂志》刊载的《女子职业造福社会论》《女子宜广学各项工艺说》等文,即旗帜鲜明地提倡女性应当学习"蚕业""家政""教师"等各种社会职业的角色。此外,女性担任教职者或者从政者有之,但是此类女性群体为少数受教育程度较高者。如《民国人物大辞典》收录二百五十八位女性,受高等职业教育者只是少数,且许多女性随丈夫一起从政。如下表2所示：

表2 《民国人物大辞典》所收女性的受教育程度和主要职业

时间段	受教育程度					主要职业			合计
	传统私塾	小学	中学	大专及以上	不详	从政	教职	其他(演员、唱戏、从商、记者、编辑等)	
1865—1879	2	0	1	8	2	6	6	1	13
1880—1890	0	0	1	15	2	8	8	2	18
1891—1900	1	0	1	48	0	10	25	15	50

注：据《民国人物大辞典》统计的女性教育程度及其主要职业情况分布表。

这种情况也在不断发生着变化。从1898年至1920年间,从事教师职业的人数占了近一半。同时,在各种教育理念中,"实业救国"获得了社会的普遍认可。尤其在1919年前后,其呼声也在女子教育中日益高涨。当然,女性政论文在提倡其社会价值的同时,也呼吁女性节俭。如《我之日本妇人观》一文曾说:"国人尽知不战争无以生存,故即无政府

---

① 《女学报》第2期,1902年。

之命令,国人亦当努力节约,以助政府。"①这使之成为女性独立教育的法门之一。

(五) 经济收入：投稿制度的刺激

报刊文学在扩大阅读群体的同时,也给文学创作者提供了更多机会。此时,投稿机制"形成了文学言说的公共性空间,从根基上瓦解庙堂文学的封闭体系,进而产生新的文学观念"②。女性报刊阅读者和投稿人除康同薇、唐群英、秋瑾等有名气的女报人外,还有许多接受新式教育的女学堂学生。她们既是女性报刊的接受者,也是积极的参与者。这也得益于女子学堂的创办和招生。如下表3所示：

表3 1909年江南地区女子学堂招生章程

学　校	招　生　广　告
松江清华女校	科目：师范高等、初等 课程：国文、算术、修身、尺牍、体操、手工、音乐、图画 高等科加：历史、地理、博物 师范科再加：教育心理、理化 年限：师范三年；高等二年；初等四年 年龄：九岁至廿五岁 程度：视学历之深浅分配各班 学费：(半年分)师范六元,高等初等均四元,各加佣费一元,膳宿费每月四元,半膳一元八角 考期：巳西正月十八九日 开学：正月二十日 保证：须就近松江,以便招呼 校舍：新建在城内府署东首 捐建人夏允麐谨启
湖州旅沪公学	学级：高等小学、初等小学 学科：修身、国文、读经、算术、历史、地理、理科、英文、图画、音乐、体操 年龄：在十岁以上,十五岁以下,身体健康,略识字义,或能作短句者皆可插班 纳费：本籍学费半年：高等六元,初等四元 外籍学费半年：高等八元,初等六元,贴午膳者,半年一律十元,膳宿者,半年一律二十四元 开校：正月二十日 校址：老垃圾桥北信昌里
苏州大同女学	本校禀奉各大宪立案办理 编制：分高等、初等、简易师范、国文专修、手工专修五科 科目：遵《奏定章程》西文为随意科,仍请西国女士教授其是否一科,为来已官立师范之预备,其科目悉照京师女子师范先设简易科章程办理 纳费：简易师范科,不收学费 初等一年级每半年四元,其余每半年六元,读西文加三元,全膳寄宿二十四元,闰月加三元。半膳者,十元,闰月加一元。学费一律不加 开学：正月二十五日,到时考试分班,即日上课 校舍：一律新造,在旧学前书院弄三号门牌 报名：预期先付英洋二元在纳费上扣算

---

① 《妇女杂志》第5卷第1期,1919年1月。
② 张天星《报刊与晚清文学现代化的发生》,南京：凤凰出版社,2011年,第36页。

续表

学　校	招　生　广　告
江南女子公学	《招考插班生广告》 年龄：不限 资格：身家清白，性情和正，能恪守校规者 课目：国文、修身、伦理、经学、历史、地理、博物、铅画、毛画、编物、造花、琴歌、体操、家政、理科 纳费：学费概免，全膳三元，寄宿医院，师范免，宿费半膳一元半 考期：已酉正月十六日，二月初十日 校址：南京中正街江南女子公学 附录插班程度表 {{TABLE2}}

科目	师范本科	预科	小学甲班	乙班
国文	能作三四百字论说	能做百余短文	能做问答	知字义、联字
算学	利息、开方	命分	除法	减法
科学	各有门径			
英文		拼音		

女子学堂的教育及收费的制度化，带来了诸多层面的影响。而报刊稿费的确立，也起到了很大激励作用。同时，报刊投稿机制的设立，也刺激了女性创作热情。这既增加其经济收入，使女性受教育成本变低；又促使女性迅速获得最新的思想动态。

实际上，如《女报》《天义报》等报纸中，女性创作热情的确日渐提高。这些接受新式学堂教育或者接受新思想洗礼的女性，也承担起打破旧规范的责任，甚至同男性一样，开办女子学堂，从点到面地进行着从"国民之母"到"女国民"教育与改造。

综上而言，女性运动最初的二十年，女子教育问题一直是重要命题，北京、上海、苏州、湖南等各女学堂的及时创办，扩大了女性受教育的机会，开启了从"国民之母"到"女国民"的演变。女性除了注重课堂理论的学习外，还需掌握一门能够维持生计、安身立命的本领，比如他们提出了养蚕、护理、家政等方法，这些都是符合女性当时身心素质的活计。人们对女性的教学方法还处于探索阶段，教育的普及程度还有待考量。能接受教育的，依旧是富裕家庭的子女，而且她们大多都出国留学，在国外接受的大学教育。如《民国人物大辞典》中记载的女性，在1920年前，有83人参加了工作，其中有46人有过留学经历，她们留学的地区主要集中在美国和日本。对于那些在国内接受教育的女性来说，报刊也能增长知识和见闻，改革者所宣扬的解放思想一样也能得到传播。这种力量相互交错的契机，使得女性政论文学迎来了一次前所未有的发展机遇。人们从呼吁女性解放，培养"国民之母"的形象，到后来呼吁培养拥有独立生存能力、能为国家做贡献的"女国民"形象的探讨，并成为其心中政治理想的有利表现之一。

[作者简介]　李德强，文学博士，上海大学文学院讲师。
　　　　　　王彩虹，上海大学文学院博士研究生。

从柳亚子到陈独秀：
论"五四"时期旧文人的文学取向*

罗紫鹏

[摘　要]"旧派"文人王钝根与柳亚子因南社相识，与陈独秀在上海因报界俱乐部结缘。三人在"五四"之前的短暂交往，既没有让柳亚子停留在旧文学的阵营，也没能使王钝根参与到提倡白话文的运动之中，反而因其各自秉持的不同文学观点而选择了不同的文学方向。"五四"之后，柳亚子创办了《新黎里》半月刊，开始高谈"文学革命"，而王钝根则执着于维护"旧派"文学的价值与地位。特别是1924年柳亚子与王钝根关于"上海小说家"的争论既证明了他们在"五四"之后的诸多交集，同时也展现了旧文人在"五四"之后的文学观念变化，反映出"旧派"小说创作者在"五四"时期的道德困境。

[关键词]"五四"时期　柳亚子　陈独秀　王钝根　文学取向

"五四"时期的新文学运动距今已过百年，其开端是提倡白话文，或者还可上溯至晚清的诗界革命等一系列文学改良倡议，而其效果则是广泛影响了中国文学的走向以至当下的中国文学创作与研究。在新文学运动发生后的最初几年，中国新旧文学派别进行着持续的争论和思考，即使在新文学派别基本掌握话语权的20世纪20年代中叶，"废除旧文学"在一些已习惯于旧体文学创作的文人看来依然难以接受。

这些旧文人对新文学家的"文学革命"大致经历了一个从惊讶、反对到讨论再到部分接受的回应过程，不过因在近现代文学场域中的旧文人多有各自不同的立场和观点，所以这一过程对旧文人个体来说又各不相同。适应改革者，会迅速地应和新文学；踌躇疑惑者，常常要"骑墙"观望一下；忧心世变者，则要坚持守护旧文学。各个派别的旧文人都有自己的圈子来强化其观点，而各个派别又不过是松散的自发组织或团体，其间的人员流动与交际常常会影响各自的观点，其与新文学家的交流及论辩一定程度上还可能改变他们原本坚守的文学思想。柳亚子、王钝根与陈独秀就是在"五四"时期的社会及文学变动过程中极具代表性的三人。柳亚子，名弃疾，清末同盟会成员，南社创始人之一；王钝根，名晦，民初《申报·自由谈》《礼拜六》等报刊的主编，南社成员；陈独秀，《新青年》杂志主编，新文化运动发起人之一。三人的背景、立场各不相同，其中柳亚子、王钝根两人本

---

* 本文系教育部青年基金项目"清末民初小说作者述考"（19YJC751028）的阶段性成果。

属"旧派"人物,陈独秀是新派人物,然而三人不但在"五四"之前有往来,"五四"之后亦有观点的交锋。他们在"五四"时期复杂多面的交往情况不仅展示了清末民国时期文学观念的急剧变化,同时也让我们看到旧文人在面对"新文学"时的混沌心理和道德困境。

一

柳亚子与王钝根相识于南社。王钝根1916年加入南社,介绍人为朱少屏,社号为634。虽然身处南社末席,比不上柳亚子是南社的核心人物,但二人因南社而相识则是可以肯定的。1917年文明书局出版的《南社小说集》中收录王钝根所作的短篇小说《予之鬼友》,而柳亚子的《南社纪略》里曾记有王钝根1936年2月7日参加"南社纪念会"第二次聚餐会的记录,当时他坐在第十三席。① 另外,在南社成员中较重要的人物,如吕碧城、吴稚晖、叶楚伧等都与王钝根在文艺创作方面多有交集,曾在王钝根所主编的刊物上发表作品。同样地,柳亚子作为旧体诗家,也曾在姚鹓雏所编的《春声》、胡寄尘所编的《香艳小品》《白相朋友》等"旧派"文学杂志上发表过不少作品,而这些人与王钝根的关系较为紧密,都是当时的上海小说家,都同属"旧派"文艺阵营。

而作为上海小说家,王钝根与陈独秀相识于上海报界俱乐部。王钝根曾在文章中说:

> 昔胡适之、陈独秀二君未入京为大学教授时,常至余所组织之报界俱乐部谦饮谈笑。二君言欲发起文学协会,提倡白话文,为通俗教育之助,邀余为发起人。②

则据王钝根所言,他与胡适、陈独秀二人早在其发动新文化运动之前就已相识,且二人曾邀其一起发起文学协会,地点就在王钝根所组织的报界俱乐部。

报界俱乐部成立于1917年前后,是当时上海报界编辑及社会各界文化人士联络信息、共议时事之处。俱乐部由王钝根与《中华新报》《民国日报》同仁发起报界俱乐部,吴稚晖为部长,地址在四马路望平街口九十六号(万家春楼上),成舍我、刘豁公等亦为社员,朱少屏亦是重要参与者。据王钝根所言:"民国六年,予与《中华新报》《民国日报》同仁发起报界俱乐部,时先生(吴稚晖)方主《中华新报》笔政,齿德最尊,公推之为部长……旋俱乐部以会员星散,经费不继停办,遂不得常晤先生……时俱乐部中更有《中华新报》经理章木良先生梓、曾松乔先生毅。"③另据王新命在其《全国报界联合会成立》一文中所谈"记者俱乐部",称"记者俱乐部成立于民国六年,主要发起人是成舍我、王钝根。加入的份子仅有《中华新报》的吴稚老、曾松翘、陈白虚和我,《民国日报》的叶楚伧、邵力子,和文艺作家王西神、刘豁公、张冥飞等二十余人"④。虽然与王钝根所说"报界俱乐部"在名字上略有出入,但以其发起人及成员来看,此应与王钝根所言之"报界俱乐部"为同一组织。

这一俱乐部不仅集合了王钝根、刘豁公等当时的文坛上海"旧派"小说家,还有像吴

---

① 柳亚子著,柳无忌编《南社纪略·南社纪念会聚餐记》,上海:上海人民出版社,1983年,第174页。
② 王钝根《拈花微笑录》,《社会之花》1924年第12期。
③ 王钝根《钝根随笔》(二十九),《新申报·小申报》1919年5月6日,第2张第4版。
④ 王新命《新闻圈里四十年》(第四十七),台北:海天出版社,1957年,第163页。

稚晖、朱少屏、邵力子这些颇具时新思想的人物。此外,另一与柳亚子颇有渊源的成舍我也是王钝根的好友。成舍我也是南社社员,1917 年间与柳亚子因为唐宋诗之争及驱逐朱鸳雏的事情而决裂,而他与王钝根所组织的报界俱乐部也恰在这一时期间出现。按,此俱乐部实有"文化沙龙"之性质,经常邀请文化名人过去发表演说,胡适与陈独秀时常过去闲谈不是没有可能,只是胡适与王钝根确切的交往情况难以考证。在胡适已知的日记中,未找到他到报界俱乐部及与王钝根等人的交往联系(其 1917 年 7 月 10 日至 1918 年底的日记付之阙如),而且他 1917 年 7 月 10 日才从美国坐船回到上海,至当年 9 月 10 日即到北京大学赴任,中间还曾回绩溪老家一段时日。从这一时间上看,胡适在上海的时间极少,但依此也不能完全排除二人见过面的可能,其在上海的几日停留中或者曾经与陈独秀一起去过报界俱乐部。但即使交谈过几次,应该也达不到王钝根所说的"常至余所组织之报界俱乐部宴饮谈笑"的频率。不过,陈独秀倒可以肯定是经常去的。

据刘家林在《中国新闻通史》中所言:"1916 年 6 月,袁世凯病死;同月,成(舍我)首次到愚园参加南社第 14 次'雅集',加入南社。在此期间,成还同《新申报》副刊编辑王钝根等发起组织'上海记者俱乐部'(加入该俱乐部的有吴稚晖、曹松翘、陈白虚、王新命、叶楚伦等 20 多人),并结识了陈独秀、刘半侬(后改名'刘半农')和《太平洋》杂志主办人李剑农等人。"①则王钝根、成舍我在该俱乐部确有结识陈独秀、刘半农之事。另外,孙景瑞在《追忆业师成舍我》一文中曾记载成舍我参加南社及上海记者俱乐部之事:"在这些活动中,他结识了两个老乡,一个是安徽老乡陈独秀……","1917 年冬天,成舍我离开上海到北京去,是因为跟《民国日报》同事闹意见,没法再干下去,毅然提着一只箱子孤身北上。他到了北京,便找已经当上北京大学文科学长的陈独秀,要求上学。陈独秀很帮忙,虽然因为成舍我没有中学毕业资格不能考本科生,还是准许他考文科国文系选科生,并且把他安排在第六宿舍暂住。"②可见成舍我与陈独秀二人的交往是极深的,那么 1917 年前后陈独秀在报界俱乐部与王钝根、成舍我谈论"白话文"之事便也基本可以预料,而当时胡适已经形成的文学革新意见便也极可能在报界俱乐部交际同仁之中有所传播。

二

"旧派"人物柳亚子、王钝根与陈独秀在"五四"之前既已有所往来,那么三人的文学观点本有近似之处,且有趋同的可能。然而在"五四"之后,三人不但没有继续加深交往,反而分道扬镳,在文学上的分歧越来越大。盖"五四"之后,三人的交往主要以文学争论为主。

1924 年初,本属"旧派"作家阵营的柳亚子痛斥上海的小说家,称"上海的小说家,大多数是文丐,他们一点学问都没有,一点儿道德都没有"③。而当时的"上海的小说家"很多都曾是南社中人,柳亚子的言论不免让他们难堪和难过,其中的代表王钝根便直接回应说:

> 余闻亚子之言,诧讶且笑。亚子号称学者,何其言之蛮不合理如此。余初见新文

---

① 刘家林《中国新闻通史》(修订版),武汉:武汉大学出版社,2005 年,第 374 页。
② 孙景瑞《那时光景》,北京:中国文联出版公司,2003 年,第 327 页。
③ 柳亚子《柳亚子给任梦痴的信》,《新黎里》1924 年 4 月 16 日,第 3 版。

学家漫骂文言派,辄作一笔抹杀语,以为少年浅躁使然。不图亚子有养之士,才习白话文,便亦轻狂如此。夫提倡白话文可也,提倡骂人抑又何必?岂不骂人便不足为新文学家耶?且亚子昔为南社干事,尝与其所谓文丐者周旋甚欢,初不以为不道德,岂若辈文丐之道德,自亚子投降新体文后而始坏耶?抑众人之道德忽然同时而尽坏耶?①

柳亚子自从因为"唐宋诗之争"事件,与南社数位成员关系闹僵,至1918年便辞去南社社长一职。虽然在这期间依然照常与诸好友用旧体诗唱和流连,但是思想上却慢慢地靠近了"文学革命",连胡适都说:"近来稍稍明白事理的人,都觉得中国文学有改革的必要……甚至于南社的柳亚子也要高谈文学革命,但是他们的文学革命论只提出一种空荡荡的目的,不能有一种具体进行的计划。"②不过柳亚子并非胡适所说的完全没有具体的计划和实践。他在1923年4月1日就创办了《新黎里》半月刊,并在该刊的《发刊词》中说"今者旧礼教已破产,而新文化犹在萌芽,青黄不接,堕落实多。旧染污俗,孰为当铲除者?思潮学理,孰当提倡者?讲求而实施焉,宁非先知先觉所有事哉?"③即写着旧诗词的柳亚子开始热情地拥护新文化,而且在随后的文章中还响应新文学家的观点一起痛斥上海小说家,还称他们为"文丐",这不免让其在南社的旧相识王钝根等人感到意外。

按,"文丐"一词的最早出处大约是1921年郑振铎所发表的《消闲?》一文。在这篇文章中,郑振铎把那些"看看可以挣得许多钱"④就不遗余力地供应消闲小说杂志的作家称为"文丐",此概念一经提出,便迅速被文坛采用。

而柳亚子指斥"上海的小说家"起因于一位青年学生。该学生名为任梦痴,曾在《半月》杂志上发表了一篇小说,因他常向《新黎里》投稿并多次去信向柳亚子请教问题,这一次便询问柳亚子是否赞成他在《半月》上发表小说一事。柳亚子直接回答他说"不赞成",并且将二人的书信全文刊登在1924年4月16日的《新黎里》第3版上。不久,同属海上小说家的沈禹钟将此事告知王钝根,"柳亚子覆其友人任某书中有痛诋海上小说家语,略谓我向不看此类小说,皆上海一般文丐所为,君奈何欲与若辈全无道德之文丐为伍"⑤,故此引起王钝根的不满。盖《半月》杂志为周瘦鹃编创,而王钝根与周瘦鹃不仅是结拜兄弟⑥,两人从《申报·自由谈》起便一起办报撰文,如后来的《礼拜六》《新申报》等刊物都是他们与"旧派"同仁一起努力的成果,柳亚子指斥《半月》上的小说家自然也将王钝根算在其内。而且正如王钝根所说,柳亚子"尝与其所谓文丐者周旋甚欢",南社中有不少海上小说家,王、周二人也均在社员之列。即如胡寄尘,柳亚子虽不得不承认是他的老朋友,

---

① ⑤ 王钝根《拈花微笑录》,《社会之花》1924年第12期。
② 胡适《〈尝试集〉自序》,《胡适全集》第10卷,合肥:安徽教育出版社,2003年,第24页。
③ 柳亚子《〈新黎里〉发刊词》,转引自吴根荣《柳亚子与〈新黎里〉》,中国人民政治协商会议江西省吴江县委员会文史资料研究委员会编《吴江文史资料》(第2辑),第9页。据吴根荣文中所称,发刊词载于《新黎里》1923年4月1日第1期上,但当日该刊上并未查到此文。
④ 西谛《消闲?》,《文学旬刊》1921年第9期。
⑥ 王钝根在《我与文艳亲王之情史》一文中说"十年前余与丁慕琴君悚、周瘦鹃君国贤三人结为异姓兄弟,互相爱重,丁君温存妩媚,人称之为琴艳亲王。周君好作言情小说,哀感顽艳,赚得无数少年男女之眼泪,我便绰号之为文艳亲王"。《社会之花》1924年第6期。

但仍不免批评道:"他的思想在半新半旧之间,我不能够承认他是十分正确。他的人品是不错的,不过常常在一般文丐里面来往,我的确不赞成。大概他家累太重,为经济问题而做小说,是不得已的事情"①,所以即使是对于老朋友撰写小说,柳亚子也认定其是"经济"上的缘故,那么因为"经济问题"撰写小说,自然就应该被称为"文丐"了。其结果就是青年学生任梦痴十分钦佩柳亚子的观点,并保证"下次再也不同那海上的文丐往还"②。

由此来看,此时的柳亚子已不愿与当年的诸多南社同仁为伍,他已经赞成"文学革命",赞成白话文。不仅如此,此时他还与陈独秀有过密切的交往。《柳亚子年谱》中曾记其1926年9月"访陈独秀,谈苏曼殊生前事迹"③。另外,1926年陈独秀还曾致信柳亚子谈中共党事④。所以,柳亚子、王钝根与陈独秀三人相识于"五四"之前,在社团的活动中曾经同席,在"白话"的提倡上有过切磋。但是在"五四"之后,三人却因为各自不同的际遇、观念走向了不同的文学归途和革新之路。旧文人与新文人的界线变得模糊,新与旧的冲突变得复杂。

三

新旧派别的内部之所以如此复杂难辨,主要根源于时代的巨变中各类运动与思想的冲击。在这些冲击中,各个团体及个人所遭受的撞击力度是有差别的,所拣择吸收的内容也是不同的。而经过五四运动的冲击和洗礼,文学革命就在全社会的思想震颤中被推入一个新的发展阶段,这一阶段的新旧文人开始从最初关于"白话代替文言"的激烈争吵走向各自对新旧文学的重新思考和沉淀,特别重要的一点是白话文与新文学在"五四"之后开始慢慢占据知识界的主导地位。在这种情形之下,旧文人与各式新旧人物的复杂交往、旧文人全新的文学创作与"自我解释"都适足成为其接受或反对新文学的证据。

20世纪20年代的新文学主要是通过反对所谓的"礼拜六派"文学,反对具有"旧道德"灵魂的文学而进行的。与"五四"之前"以白话替代文言"的口号不同的是此时新文学内部出现了"整理国故"、创作"血和泪的文学"等多重声音。在五四运动的"政治干扰"⑤之下,新文学内部力量和观点出现了分化——胡适按照其设想中国文艺复兴的步骤开始"建设国语的文学",要从传统文学中寻找材料,并通过重估一切价值的学术研究方法来推动新文学的发展。在1919年12月他在《新思潮的意义》(发表在《新青年》第7卷第1期)一文中就已经提出了"整理国故"的观点。依他的思路来看,这是建设新文学的重要一步,但在他的思路之外的许多新文学同仁看来,他竟是走向倒退了。与此同时,和胡适一起提倡白话文的陈独秀在1919年前后则逐渐走向了布尔什维克主义,逐渐减少了对

---

① 柳亚子《柳亚子给任梦痴的信》,《新黎里》1924年4月16日,第3版。
② 任梦痴《任梦痴答柳亚子底信》,《新黎里》1924年4月16日第3版。任梦痴虽然答应柳亚子不再与"文丐"为伍,但是他后来还是走向了近于"礼拜六派"文学的道路,而不是走向了新文学。不仅崇拜周瘦鹃,1924年之后还结识了姚鹓雏、范菊高、黄转陶等诸位"旧派"小说家好友。
③ 柳无忌编《柳亚子年谱》,北京:中国社会科学出版社,1983年,第74页。
④ 1926年7月6日陈独秀曾致信柳亚子说:"关于党事,有许多事实与计画,非与先生面谈不可。"见《1925—1926年朱季恂、邵季昂等致柳亚子函》,《档案与历史》1988年第2期,第24页。
⑤ 胡适认为五四运动是"一场不幸的政治干扰",见唐德刚译注《胡适口述自传》,桂林:广西师范大学出版社,2005年,第183—194页。

文学问题的讨论,这一时期扛起"新文学"大旗继续对旧文学批判的变成了郑振铎、鲁迅、茅盾等1921年成立的"文学研究会"成员。于是"五四"之后的新文学较之"提倡白话文"阶段开始更换全新的面孔,胡适与陈独秀等人的工作重心转移对此已做出了充分展示。

盖在"五四"之后的几年间,教育界与知识界对新文学已有了较为普遍的认知,对于青年学生来说,即使仍有少部分人倾心于旧体诗文,但"新文学""新道德"才是他们学习的方向。而当时的政府已经开始自上而下地推广白话文,教育部自1918年12月28日公布国语统一筹备会规程令,1919年4月16日公布注音字母次序令之后,在1920年1月12日的《政府公报》中发布了"教育部咨:各省区国民学校一二年级自本年秋季起先改国文为语体文以为国语教育之预备文"①,同年2月2日又发布了《通令采用新式标点符号文》的训令,所有这些工作都说明用白话文代替文言文进行国民教育已上升到国家意志的高度,白话文在文白之争中取得了绝对性的胜利。在政府及主流社会开始普遍接受白话文的同时,文坛"旧派"作家对白话文接纳也已成定局,只是其对新文学还保有观望与质疑的态度,而这种质疑态度主要源于新文学家对旧文人的不遗余力地抨击。因为"五四"之后的"旧派"主要是"礼拜六派"等海上小说家,清末遗老派旧体诗人已相继故去,南社中的一部分"进步"人士已站在自己的对立面,仅剩的这些海上小说家也非常积极地开始用白话写作,郑振铎所批评的那些无聊的消闲刊物上大多登载的都是语体文或者说白话文作品。

从这些刊物及20世纪20年代旧文学的发展情况可以看出,所谓的"礼拜六派"一类的旧文人是接受白话文的——"旧派"文学对新文学是基本接受的。至少在文体上、格式上,他们接纳了白话文,而且在新文化运动之初已早早地尝试使用过近于白话的语体文。在20世纪20年代社会普遍支持白话文教育的情况下,在新旧文人间交错的人际网络与思想传播过程中,旧文坛对于新文学的态度也必将逐渐与社会趋同。只是在这一过程中,他们所不能接受的是新文学家的"污蔑",是新派坚持要废除旧文学,抨击旧文学。

柳亚子借用"文丐"一词批评"旧派"小说家时,说他们"反对新人物,反对新文化,一开口便是冷嘲热骂"②,其实真正反对白话文的林纾恰在这一年去世了。旧文人并没有对新派提出直接的反对意见,而是一直在反驳新派的质疑,在进行自我解释,如王钝根在回击柳亚子时说:

> 彼新文学家之所以痛骂文丐者,殆谓以文卖钱耳。所谓不道德者,殆指言情小说耳。然独不思新文学家之投稿索酬者正多,而旧文学家之投稿者未必悉为寒士斤斤于金钱也。至于言情小说,亦犹彼等之白话小说与新体诗耳。白话小说与新体诗之描写男女恋爱者,什居八九,其绘影绘声处,或且甚于旧体之言情小说。更有同是白话小说,其为旧文化时代人所作而未加新标点者,则丑诋为淫词、为下流。而一经新文化之酋长批注,加以新标点者,则群奉为模范,学校且用为教本焉。更有口詈旧体作品而目未一见其书者,拾人牙慧,错误滋多。即如《礼拜六》盛时,新文学家诋

---

① 《政府公报》1920年1月15日,第1409期。
② 柳亚子《柳亚子给任梦痴的信》,《新黎里》1924年4月16日,第3版。

之不遗余力,而所举例证,多出他书,非《礼拜六》中所有,是皆今日新文学家感情用事,轻信盲从之弊也。①

在此文中,其对新派所说的"文丐"主要做了三点回应:其一,"旧派"并不比新派更"斤斤于金钱";其二,"旧派"言情小说描写男女恋爱内容的作品并不比新派更"不道德";其三,新派的批评大多感情用事,没有根据。归根一点,王钝根主要是告诉社会同仁:"旧派"文学也采用白话,而且在"道德上"没有问题,但他并不能指出新派文学主张上有什么错误,也无法像柳亚子一样抛弃旧文学。

而也正如王钝根所说,柳亚子是"才习白话文"。他在批评"文丐"的前一年,也就是1923年才开始决定抛弃文言并参与新文化运动。其由旧入新的转变过程,柳亚子曾在《新南社成立布告》做过详细的记述,他说:"我最初抱着中国文学界传统的观念,对于白话文也热烈的反对过,中间抱持放任主义,想置之不论不议之列,最后觉得做白话文的人所怀抱的主义都和我相合,而做文言文攻击白话文的人却和我主张太远了,于是我就渐渐地倾向到白话文一方面来。同时,我觉得用文言文发表新思想很感困难,恍然于新工具的必要,我便完全加入新文化运动了。但旧南社的旧朋友除了少数先我觉悟的外,其余抱着十八世纪遗老式的头脑反对新文化的,竟居大多数。那末,我们就不能不和他们分家。"②也正是在这一年,柳亚子创办了《新黎里》杂志,并与南社同仁一起重新组织了新南社,而新南社正是为了响应时代的潮流,抛弃旧南社同仁所秉持的旧思想。"只有打倒旧文学一点,因为习惯的关系,最初觉得不能接受,到后来也就涣然冰解了"③,于是"打倒旧文学"便也成为柳亚子与新南社同仁的任务,那么他对海上小说家以"文丐"相呼也就顺理成章了。

所以,并非王钝根等"文丐"的道德在柳亚子"投降新文体"后变好或者变坏了,而是因为柳亚子的文学观点在几年间发展了改变,所以他才对原来南社同仁的态度由之前的赞同变成了反对。五四之后,有这样一批人被切切实实地从"旧派"之中分化了出去,但从上述王钝根的"辩白"及当时海上小说家对白话文体的普遍使用来看,此时的"旧派"小说家也并非像新文学家所说的"反动"或完全与之对立。

此时的新文学家将海上小说家推到对面,批判其"不道德"主要是为了建设一种更道德的新文学,"五四"之后"文学革命"的任务已不必再是推广白话文。而恰恰在这个时期所谓的"礼拜六派"等旧文学却迎来了又一个发展高潮,消闲娱乐的通俗文学依然受到民众的拥趸。王钝根曾总结过民国初年"旧派"小说的两次消长情况,他说:"民国以来,社会上欢迎小说的热度有一种波浪式的起落,很为显明。如民国三四年是起得很高的时候,到后来一落千丈,直到民国十年我才觉得一般人读小说的兴致回复过来了。试把《礼拜六》重行出版,果然销路大好,比三四年的高度更高,于是各种小说杂志,一时并起。直到十一年冬,我觉得热度又退了,所以把《礼拜六》捱到二百期又宣告暂停了。"④也就是在

---

① 王钝根《拈花微笑录》,《社会之花》1924年第12期。
②③ 柳亚子著,柳无忌编《南社纪略·新南社的始末》,上海:上海人民出版社,1983年,第101—102、90页。
④ 王钝根《编辑者言》,《社会之花》1924年第1卷第7期。

1921到1922年底的这两年间"旧派"文学的市场比较兴旺,但翻开他们的作品,不但白话体占有相当的比例,爱国、革命的主题,自由恋爱的情节也在《礼拜六》这样的杂志中随处可见。所以,客观上"旧派"的创作已在很自觉地迎合新文学的"道德"标准,他们错在标榜游戏、消闲的文学观念,他们所缺的是抛弃旧文学的态度,这种态度决定了他们是否完全、彻底地接受新文学。

在主观上,柳亚子更积极地拥护新文学,王钝根则主要在为"文丐"同仁的作品进行辩解;但客观上看,柳亚子虽然肯定了新文学,但仍无法随意地去创作新诗,无法自由地用白话进行写作,相反他依然习惯于旧体诗文创作,但王钝根等"文丐"的白话体小说数量却与日俱增。就此点来看,王钝根比柳亚子对于新文学的接纳还要更多。因此,可以说柳亚子、王钝根对于新文学都是表示欢迎的,没有谁明确地拒绝"文学革命",只不过他们对新文学的接受程度与态度存在差异罢了。因此在新文化运动前后,这些新旧文人的交往以及各自政治思想、文学思想的变化都在同一时空内展开、延伸。

四

由上文所述柳亚人等人之间的交往,可以见出"新""旧"关系的复杂,特别是"文丐"竟也可能偶然参与过"新文学"的建设。即使是胡适,他与张丹斧、周瘦鹃等"旧派"小说家也都有不少的交集,如1919年胡适在张丹斧所主持的《晶报》上与"旧派"文人激烈地讨论过白话诗的问题,"旧派"小说家周瘦鹃在《胡适之先生谈片》①一文也细述过二人谈天的情形——文中所述并不像新旧文人的对立争吵,倒像极相得的友人。如此,则"文丐"与指斥"文丐"的同仁战友并非截然对立,这些人物的交错背景与发展变化也并非新旧文学本身所能够拘囿和定义。胡适、陈独秀与旧文人在新文化运动前后的联系,旧文人与新文学家在某些组织或某些问题上的"暗通款曲"都足以说明清末民初文人立场态度在具体问题面前的多元化,仅凭所谓的各种派别名称是无法准确考察此一时期文人对新文学、新文化的普遍接受情况的。而只有从这一时期"旧文人"创作时对"新文学"诸个标准的选择与摒弃,从其言语上的标榜与创作的真实姿态中才能真正梳理出"五四"之后新文学在整个文坛的影响,特别是新文学对"旧文人"所造成的影响。

值得注意的是,王钝根在谈到与陈独秀、胡适邀其一起提倡白话文时曾断言:

> 余敢保其初无推翻旧文学之意也。及入北京大学,遂变原议,卒酿成此掀天动地之文字大革命。余友李次山君曾得独秀书,谓非始料所及。盖亦微病一般少年之矫枉过正,隐有悔过之意矣。②

因陈独秀的书信及年谱中均未能查到王钝根所说的他与李次山之间的书信,故不能确定他真的说过这些后悔的话。但从其1917至1918年间的书信及文章来看,陈独秀应该并

---

① 周瘦鹃《胡适之先生谈片》,《上海画报》1928年第406期。
② 王钝根《拈花微笑录》,《社会之花》1924年第12期。

无悔意。盖在20世纪20年代,陈独秀主要致力于政治革命,他与李次山一样非常关注上海的劳工问题。按,李次山本名李时蕊(安徽六安人,1917年间在上海做律师,任安徽同乡会会长),曾营救过陈独秀,特别是曾在《新青年》上发表《少年共和国》《上海劳工状况》等文章,王钝根既与他以朋友相称,则王钝根的思想难保不受其影响。

在1923年张君劢等人所编的《科学与人生观》一书中,陈独秀撰文谈及白话文运动,认为"中国近来产业发达,人口集中,白话文完全是应这个需要而发生而存在的。适之等若在三十年前提倡白话文,只需章行严一篇文章便驳得烟消灰灭,此时章行严的崇论宏议有谁肯听?"①故他已然变成了唯物史观者,认为一切都有历史的客观原因,都是经济上的因素所造成的必然结果。以此来看,他似乎不会对当年的提倡白话文"有所悔意",而相反会认为那是中国文学、文字发展的必然趋势。倒是在五四运动之前,他对白话文的提倡并不十分地盲目激进。1917年8月1日,在给钱玄同的信,陈独秀说:"改用白话一层,似不必勉强一致。社友中倘有绝对不能做白话文章的人,即偶用文言,也可登载。"②所以陈独秀自己对白话文运动的看法持续地发生着变化,他对劳工问题的关注、朝政治运动的转向与郑振铎、茅盾等新文学家在"血与泪的文学"上有着某种契合,只是此时他的关注点已不再是文学。

而王钝根之所以认为他必有"悔意",要么是记忆有误,要么是故意转述不实信息,其目的主要在于给"旧派"的文学创作寻找反击的理由。此时,茅盾、鲁迅的新小说对于市民大众来说尚难以理解,胡适所翻译的外国小说则被"旧派"胡怀琛收入所编的《短篇小说概说》并在"旧派"文学杂志《最小》上发表,就清末以来最具革新意义的小说这种文学体裁而言,成绩最多、收获最大的还是"旧派"小说,是被斥为"文丐"的海上小说家。故而,"五四"之后旧文人对新文学的回应只是基本接受了白话文,基本接受了文学需要革新的主张,但具体在如何处理旧文学、如何建设新文学上则存在分歧;又因为"五四"之后新文学家内部在观点上也有不少纷争,所以王钝根、柳亚子等旧文人此时都只能跟随自己所认为的正确道路继续各自的"旧小说创作"或"国学整理和思想介绍"的工作。

这种基本接受又存在分歧的情况,反映出"五四"之后的新文学发展对胡适等人原始计划的偏离,也反映出"文丐"在主动地"文学革新"中对新文学的难以适从和不解。

对于完全地废除文言文、废除旧文学的观点,旧文人起初总不免表示惊异和怀疑。而按照"五四"之前胡适的"文学革命"计划来看,其第一步工作是语言文体上的改革,第二步是文学上的建设。他说:"我们认定文字是文学的基础,故文学革命的第一步就是文字问题的解决。我们认定'死文字定不能产生活文学',故我们主张若要造一种活的文学,必须用白话来做文学的工具。我们也知道单有白话未必就能造出新文学;我们也知道新文学必须要有新思想做里子。但是我们认定文学革命须有先后的程序:先要做到文字体裁的大解放,方才可以用来做新思想新精神的运输品。我们认定白话实在有文学的可能,实在是新文学的唯一利器。但是国内大多数人都不肯承认这话,——他们最不肯承认的,就是白话可作韵文的唯一利器。"③这一想法落实到对旧文学的批判上,具体表现

---

① 陈独秀《答适之》,张君劢、丁文江等撰《科学与人生观》,长沙:岳麓书社,2012年,第31页。
② 水如编《陈独秀书信集》,北京:新华出版社,1987年,第190页。
③ 胡适《〈尝试集〉自序》,《胡适全集》第10卷,第25页。

为：一是对文言文（或者说古文）及旧体诗词的态度，二是对旧体小说的态度。而胡适的"文学改良八事"，多是针对古诗文而言的，相反倒是将部分小说、戏剧等俗文学内容作为"活文学"与之作对比。白话文运动之初，胡适对于旧小说的态度较之梁启超还要宽容，因为他主要忙于提倡白话文，盖此时新文学家反对的主要是"桐城谬种"与"选学妖孽"，旧小说此时并没有成为主要的批判对象，创作"旧派"小说的海上小说家也没有被叫成"文丐"（按，对"旧派"小说的批评是从1918年、1919年渐次出现的，最初主要是由批评"黑幕小说"而起，且直到1921年才开始全面进行）。而在提出"整理国故"的观点之后，胡适开始着力于从学术整理的角度研究旧小说、旧文学，并没有像郑振铎等人那样通过批评"旧派"小说的"道德"问题来建设新文学。柳亚子等旧文人接受了白话文、新文化之后所追随的也主要是胡适的"整理国故"的观点。叶楚伧在《新南社发起宣言》中曾明确地说"新南社的孵化在世界潮流引纳的时代，南社里的一部分人断不愿为时代落伍者……新南社是蜕化文字交换，而蕲求进步到国学整理和思想介绍的……新南社对于国学，从今以后愿一弃从前纤靡之习，先从整理入手。"①

与此同时，海上小说家虽然觉得新文学家的设想过于盲目激进，但在实际的创作中还是自觉地运用白话文，并主动地使用着小说这一最接近民众、最易于普及教育的文体，他们对于胡适、陈独秀最初的新文学倡议有着一个渐次磨合、接受的过程。而这一"非完全接受"在20世纪20年代的新文学家批评声中被重新打破，"文丐"之称号使"旧派"小说家对"文学革命"再次感到不解和陌生。

首先，白话文运动虽然首先从诗歌语言上展开，但其证明"言文一致"优点的重要证据主要来自小说，在清末以来的文学革新潮流中最具代表性的也是小说，所以王钝根等海上小说家以小说作为主要创作体裁并向民众输出一定价值观念的主要载体乃是顺应潮流之举，其本身就是清末以来文学革新的组成部分。这些所谓的"文丐"虽然仍遵循着"旧派"小说的模式，但其创作姿态及艺术表达都无不受到清末以来小说新研究、小说新观点的引导，这些最新的小说理论都是"文学革新"潮流所赠予的，而这也正是近代文学研究者将其纳入"旧文学"研究，而现代文学研究者又将其列为现代通俗文学的原因。所以在小说创作这一点上，海上小说家并不会认为自己是亟须"革命"的代表。其次，所谓的"文丐"已经开始使用白话文，并且在内容主题的选择上时常遵照"爱国""科学""自由恋爱"等时新话语进行创作，连郑振铎在批评"文丐"时也提到《礼拜六》的诸位作者的思想本来是纯粹中国旧式的，却也时时冒充新式，做几首游戏的新诗。在陈陈相因的小说中，砌上几个'解放''家庭问题'的现成名辞"②。然而"文丐"们在其文学宗旨之中也时常背负着作家"开发民智"的责任感，并非只有"赚钱"的目的。如在1922年《礼拜六》上所刊发的小说《不是处女的处女》末尾，王钝根曾加按语曰："此等处可见小说品格之高尚，作者道德之醇厚，为旧式女子留身份、表美德，用心最为可敬。今日新文化旗帜下之批评家亦知之否？有人以《礼拜六》与市上淫秽小说等量齐观，我直欲抉其眸子。"③即在"文

---

① 柳亚子著，柳无忌编《南社纪略·新南社的始末》，第91—92页。
② 郑振铎《思想的反流》，《文学旬刊》1921年第4号。
③ 小说《不是处女的处女》的编者按语，见《礼拜六》1922年第184期。

丐"自己看来,他们小说中所宣扬的"道德"是没有问题的。再者,又有一部分出入新旧文学派别之间的文人,他们偶尔提出"新旧文学的调和",虽然同样被郑振铎等新文学家所驳斥,但依然不断地为联通新旧文学发声。

因此,"五四"时期的上海"旧派"小说家无法理解为何旧文学要被彻底废除,更无法理解"五四"之后的新文学所宣扬的"新道德"。他们不知道五四运动本身所带有的政治运动的性质,更无法看到五四运动使文学革命渐次带上的意识形态色彩。王钝根等人可能会错以为胡适的"整理国故"是对之前"矫枉过正"的纠正,他们短时间内难以弄清楚"整理国故"对推进学术现代化的意义,更无法知晓"五四之后的新文学"较之"五四之前的新文学"已经发生改变——这一时期的大多数旧文人尚未能察觉新文学家向"血和泪的文学"的转变及其全新批评话语背后的含义,他们只是在作品是否"道德"的问题上进行解释和纠缠,即使如柳亚子这样紧跟文学革命的旧文人也只是追随胡适的"国学整理"而去。

结　语

王钝根与陈独秀的交往事出偶然,柳亚子与陈独秀的接触则主动积极。他们的分离聚合,他们关于文学的争论只是"五四"之后众多文学论战中的微小细节,其对于文学观点、文学思想的创新与拓展极为有限。即使是柳亚子与王钝根关于"文丐"争论的导火线——任梦痴的那篇小说《念佛声中的鸭》(载于《半月》1924年第3卷第8期,后又于1927年发表于《先施乐园日报》)也没有什么特别之处①。然该事件应该引起我们注意的地方在于,它是两个均属"旧派"文学阵营的文人的论争,而且是关于海上小说家的作品是否无聊,是否道德的论争,其价值在于说明新文化运动的内容和重心在20世纪20年代开始发生了变化——其从最初集中力量反对文言文,提倡白话文,从打倒所谓的"桐城谬种""选学妖孽"到开始集中力量解决当时势头正盛的所谓"礼拜六派"文学,因为民众及整个文坛对新文学的态度已有较大转变,新文学革命进入了一个新的阶段。

"五四"之后,胡适等人的"白话文代替文言"主张已然被社会普遍接受,即使在文坛学界还有不少争议,但教育部明确下达的教学改革咨文已确定无疑地将"白话文"推到"正确"的位置,"文丐"们在20世纪20年代对白话文体的较多采用也足以证明了这一点。但与此同时,新文学的继续发展、其内部人员的流动及观点上的纷争都未能被旧文人所觉察和了解,柳亚子用"文丐"一词对准旧日的同仁,一则是他对"白话文运动"的认同,再者也是他对"文丐"背后所隐含的新文学宗旨转向的忽略,毕竟此时的柳亚子尚不理解"反动""封建"等词的深刻含义;而王钝根对"文丐"称号的驳斥更代表了大多数"并不进步"的旧文人,他们在接受白话文的情形下很难再试图去理解新文学家的"新道德"。

[作者简介]　罗紫鹏,文学博士,宁波大学人文学院讲师。

---

① 《念佛声中的鸭》为短篇白话小说,讲述了一个信佛的女主人款待其兄弟吃鸭子,家中男仆阿顺对女主人信佛而又吃荤这件事表示惊疑的故事。

王钟麒报人活动考论*

邓百意

[摘　要]　从1903年文字初见报端,到历主《申报》《神州日报》《民呼日报》《民吁日报》《民立报》等报笔政,再到创办《独立周报》,王钟麒是近代报界不容忽视的人物。作为清末脱旧入新的知识分子的代表,被推许为"小说巨子""当今文学界巨子"的王钟麒借近代报刊的新型平台,深入各体文学的创作以及文学史、学术史的研究,在各个领域都有相当不凡的成就。他在报界的左右驰突,汇入了中国近代报章文学发展的洪流中,成为其间富有价值的一个组成部分。厘清王钟麒的报人活动,既是以线带面,对其作品的一次大搜检,对于我们把握这个人物的文学创作及理论思想的脉络也有着特殊的意义。

[关键词]　王钟麒　报人　创作

在清末民初小说及戏剧理论与创作界,王钟麒(字毓仁、郁仁、无生)是不容忽视的人物,高旭评之以"小说巨子"(语出《后诗中八贤歌》),殊非过誉。其《论小说与改良社会之关系》《中国历代小说史论》《剧场之教育》等专论文,自20世纪50年代以来,持续获得学界的关注。近年来,不断有研究者围绕王钟麒进行更深入的研究,使其"文坛多面手"的形象进一步凸显。新进发掘的资料显示,除了小说与戏剧以外,王钟麒还大量参与了诗、词、文的创作及批评,深入文学史、学术史研究,在各个领域都有相当不凡的成就。这些见诸报端的著述,均与其报人活动息息相关,而他在报界的左右驰突,无不汇入了中国近代报章文学发展的洪流中,成为其间富有价值的一个组成部分。遗憾的是,对于他的报人经历,学界一直语焉未详,未见清晰的轮廓。因此厘清王钟麒的报人活动,既是以线带面,对其作品实行一次大搜检,对于我们把握这个人物的文学创作及理论思想的脉络也有着特殊的意义。

一、报人生涯的开端

1880年,王钟麒诞生于扬州一个家道殷实的盐商之家,自幼接受传统的教育。20世纪初,各种革命思潮风起云涌,在一帮志同道合者的互相激发下,王钟麒开始逐步接触报界,渐近于革命。在临终所留《长别诸知好书》中,王钟麒有"丁未入报界"之语,则王钟麒

---

*　本文系国家社科基金项目"晚清小说创作主体研究"(项目批准号:18XZW042)的阶段性成果。

真正跨入到专业报人的行列当在1907年。然而资料显示，王钟麒"卖文以求活"的报人生涯的最早开端，至少可以追溯到1903年。

1903年秋，王钟麒以记者的身份在《国民日日报》上陆续发表诗词及诗话类作品，跨出了作为报人的最初一步。目今所见，他第一篇见诸报端的文章是《惨离别楼诗话》，发表于《国民日日报》第48号（1903年9月23日）上。此后至1906年上半年，《警钟日报》《江苏》《国粹学报》零星刊出他的诗词文作品，此期可算其初涉报界，逐步践行"拯危亡于笔端"的理想的开端。

《国民日日报》《警钟日报》《江苏》《国粹学报》都是20世纪早期宣传民族民主革命的重要阵地，作为20世纪初鼓吹民族民主革命的几个重要舞台，活跃其间的章士钊、陈去病、苏曼殊、陈独秀、柳亚子、高旭、刘师培、蔡元培、汪德渊、林獬、章太炎等，都是当时寓沪的激进青年。到上海之后，王钟麒除了与居留家乡扬州时期早已熟识的林獬、刘师培继续往来之外，还与章士钊、陈去病、谢无量、马君武、高旭等志同道合者开始了长时期的亲密交往。王钟麒在这四种革命报刊上撰文，标志着他自迈入文界之始，就站在了革命的一边，开始自觉接受各种革命思想的影响，并以积极的态度投身到反对帝国主义侵略、反对清廷专制的民族民族革命宣传中，一时之间，王钟麒也成为时人眼中的"种族革命家"①。

在不多的几篇诗词文作品中，王钟麒强烈倾吐个人痛国家之危亡以及欲舍身报国的情怀，如《满江红·离感即赠一尘》云"愧不才未报国民恩，空悲切"与"莫等闲，负了好头颅，成奇节"②之语，意颇激切。

在1903—1906年上半年这段时间内，王钟麒一面在上述报纸杂志零星发表文字，一面频繁往来沪扬之间，广泛结交有着共同救国理想的同道好友，相互以时局相激励，作诗词相往还。这一阶段，王钟麒刚在文界崭露头角，尚未长期居留沪上，而是扬州、上海两地常来常往。刘师培的《光汉室诗话》提到1905年初在沪上与谢无量、马君武、王钟麒等人的一次小聚，内有"近日无量、君武自日本西京归，郁仁来自扬州"③的记载，可为一证。此期王钟麒发表的文章，可以查实的有诗2首、词3阕、文2篇、诗话1篇，总数不过8篇。如此寥寥之数，离"卖文以求活"的标准相去甚远。1905年夏天，王钟麒母亲夏氏去世，居家理丧，恒需时日。其父王均因思念亡妻日夜悲悼，寝食难安，作为唯一子嗣且素性孝顺的王钟麒必定留在老父身边极尽安抚之意。所以极有可能的情形是直至1906年秋，待夏氏周年之祭事毕，王均悲悼亡妻之情渐复，身体和精神状况都逐渐好转之后，王钟麒才开始长期留居沪上，真正开始自己7年之久的沪上卖文生涯。这也与我们现在看到的以1906年8月27日于《申报》发表《中国宗教因革论》一文为肇始，其各类文字开始集中刊载于报端的事实相符。

此期王钟麒除了初涉报界以外，还有一个重要的社会活动是参加了国学保存会，成

---

① 在刘师培的外甥梅鹤孙看来，"王先生是一个种族革命家"。原文见梅鹤孙著，梅英超整理《青溪旧屋仪征刘氏五世小记》，上海：上海古籍出版社，2004年，第35页。
② 毓仁《满江红·离感即赠一尘》，见1903年11月6日《国民日日报》。
③ 见1905年1月17日《警钟日报》。

为该会的正式会员。国学保存会作为激扬反清革命思潮的革命团体,与《苏报》《警钟日报》《国民日日报》以及中国教育会、爱国学社等都有着密切的关系。活跃于这几个团体中的刘师培、柳亚子、陈去病、马君武等,后来都是国学保存会中的中坚力量。因此有研究者认为,中国教育会、爱国学社以及《苏报》《警钟日报》《国民日日报》的主创团体,"为后来国学保存会的成立,准备了共同的政治基础和干部",以之为纽带和主要园地,"即将面世的国学保存会的基本队伍,显然已经集结起来了"①。国学保存会的正式成立,在1905年1、2月间,宗旨为"研究国学,保存国粹"②,《国粹学报》是它的机关刊物。国学保存会成员以"保种、爱国、存学"为旗号,其底里实为倡导反清革命。由于该会会员一贯昌言国粹,因此也被目为晚清国粹派。在1907年3月《国粹学报》第26期刊发的《会员姓氏录》中,王钟麒在列。名单中作"王仲麟(毓仁)",籍贯"江苏江都",通讯处为"上海汉口路18号申报馆"。显然,"王仲麟"为"王钟麒"之误。此会员姓氏录中王钟麒的通信地址显示为"上海汉口路18号申报馆",则王钟麒加入国学保存会的时间不会早于1906年8月,因为王钟麒在1906年8月始充任《申报》主笔。其加入的时间下限自然也不会晚于1907年3月。由是可以得出结论,王钟麒加入国学保存会的时间在1906年8月至1907年3月间。国学保存会作为当时主张革命的先进文化团体,同时发行两种刊物,一为《国粹学报》,一为《政艺通报》,二报的主编都是邓实。《国粹学报》创刊之始,既是国学保存会的机关刊物,也是当时革命派创办的唯一一个学术性刊物。继1905年在《国粹学报》第9期发表第一篇文章之后,1907年,王钟麒又相继在《国粹学报》发表了3篇重要的传记文:《张国维传》《堵胤锡传》《张国维传》。这三位传主都是明末反清斗士,精忠报国,死而后已,王钟麒相继为此三人作传,激发民族反清革命思想的意图昭然。《政艺通报》1902年12月刊出第1期,创刊之始,实为当时中国最早讨论时政、介绍西方政治与科技、探讨救国强国道路的综合性刊物。王钟麒在《政艺通报》上刊载的作品,可以查实的有3篇:《新年杂感赠无畏》《感事》《赠无畏》。3篇作品皆为诗体,以激扬革命精神为题义。所谓"我有吴钩剑,龙文光陆离。弃世久不用,钝与铅刀齐。长夜苦漫漫,持旦不可期。此时西半球,万国方朝曦。显晦各有时,愤动败则随。羽翼苟未成,宁为天下雌。励我金石心,保我松柏姿"(《感事》),其意甚佳。除了《国粹学报》《政艺通报》以外,《神州日报》《民吁日报》也成为王钟麒弘扬国粹,宣扬民族革命的阵地,《论保存国粹与爱国心之关系》(见1907年7月7日《神州日报》)、《论保存国粹宜自礼俗言文始》(见1908年5月5日《神州日报》)、《近世学术思想变迁大势论》(见1909年10月21日《民吁日报》)等系列论文,更鲜明地阐发了王钟麒的国粹思想。

  作为一个主要由新型知识分子构成的爱国革命文化团体,晚清国粹派大致被分为两种类型③:第一类以邓实、黄节、刘师培、章太炎等为代表。他们自幼受到系统的旧学教育,虽未接受过新式学堂的训练,但能够通过阅读新式报刊积极吸收新学知识。这些人作为国粹派里的中坚力量,既有着深厚的旧学底蕴,又不乏通达的眼光,在整理国故、弘

---

① 郑师渠《晚清国粹派》,北京:北京师范大学出版社,1993年,第9—11页。
② 见《国学保存会简章》,《国粹学报》第2年第1期。
③ 参见郑师渠《晚清国粹派》,第60—62页。

扬国粹的时候,注重中国古代学术史的系统探讨,尤其强调通经致用的思想。第二类以马君武、陈去病、马叙伦等为代表。他们普遍更年轻,都曾在新式学堂中接受过新学教育,多有留学经历,通习外文,故新学视野较第一类人更为开阔,在文章中尤其重视中西文化观念、政治观念等的比较。王钟麒可归于国粹派中的第一类,从他的《读书日记叙例》一文里,我们可以看到,在王钟麒的旧学知识结构里,经、史、彝鼎款识、选、古赋、楚辞、散文、骈文、文庙配食,诸般并包,相当驳杂。早年丰富的旧学方面的积累和研究对王钟麒的一生都影响巨大,所以尽管他很早就成为激进的种族革命者,鼓吹反清革命思想不遗余力,并且较早地接受了西学的熏陶,但在文化思想和文学观念上,他始终注意立足于本国的传统,没有一边倒地陷入西学的狂热崇拜中去。这种精神成为他一生文学创作实践和文学理论总结的指导思想。

二、以主笔《申报》为始,正式跨入专业报人的行列

如果说在《国民日日报》《警钟日报》《江苏》上撰文还只是牛刀小试,那么以主笔《申报》为开端,王钟麒真正意义上步入了上海报界。署名为"讷"的一位申报报人提到"(王钟麒)初入言论界也以本馆"①,可为一证。

据《中国近代报刊发展概况》介绍,王钟麒充任《申报》主笔的起始时间是光绪三十二年(1906)秋冬间②。据查,王钟麒自 1906 年 8 月 27 日于《申报》发表第一篇作品《中国宗教因革论》之后,接下来的 4 个月内,集中在《申报》上发表了 28 篇文章,大约平均 4 天多一点的时间即有 1 篇文章发表,则王钟麒入主《申报》的确切时间是在 1906 年 8 月。

《申报》创刊于 1872 年 4 月 30 日,从创刊之日起就对政治的参与热情不高,特别是时局平稳之时,基本不参与政治,即便有所涉及,一般态度也很平和,以防触怒当局。庚子事变之后,《中外日报》《时报》兴起,其新颖的形式和充满激情的表述方式,一步步挤占市场空间,《申报》的销路一落千丈。因势所迫,申报公司为了争夺读者,拓广销路,于 1905 年 1 月下旬酝酿改版。春节休假后,《申报》马上发表《整顿报务十二条》,其中第一条就是"更新宗旨:世界进化,理想日新,无取袭蹈常,不敢饰邪荧众。"③此后,《申报》主笔黄式权因思想保守招致编辑部同事不满而辞职,添设张默(蕴和)任专任著述。为了进一步加大革新的力度,《申报》在辞退保守的黄式权之后,急欲聘请锐意革命的人士来主持笔政,于是在上海报界已逐渐闯出名声的王钟麒凭借其精厚的旧学功底,激进的革命思想以及才华富艳的文笔而录为主笔人选。其后,又因王钟麒的推介,席子佩聘得刘师培同任《申报》主笔。资料显示,王钟麒在《申报》上发表的第一篇文章是《中国宗教因革论》,此后即频繁地在《申报》第二版刊发重要评论文章,是《申报》1906 年 8 月至 1907 年 5 月间最重要的主笔之一。短短几个月的时间内,王钟麒推出了《中国宗教因革论》《生死论》《说我》《近三百年学术变迁大势论》《论立宪当以教育普及为基础》《论戒烟与立宪之关

---

① 《吊王先生先生》,见 1913 年 12 月 26 日《申报》。
② 杨光辉等编《中国近代报刊发展概况》,北京:新华出版社,1986 年,第 317 页。
③ 见 1905 年 2 月 7 日《申报》。

系》等与时势关系密切的系列社论,被同仁推为"融经铸史""针砭时俗"①之论。1906年秋,王钟麒年方26岁,正是壮盛之时,又常与章士钊、林獬、马君武、谢无量、刘师培等鼓吹革命之士相往返,互以时局相激励,便也时时将民族革命的思想带入文章中,一新《申报》阅者耳目。如《近三百年学术变迁大势论》一文,开篇即言:"中国之政体,一专制之政体也。近三百年之政体,又以一政府立于两民族之上,专制极点之政体也。"②以《申报》的素习态度言之,此论固极为出位,即在当时言论界,亦不可不谓之大胆。"讷"后来回忆当年王钟麒主笔《申报》时的情状时说:"时先生年少气盛,痛前清专制,力主鼓吹革命,而江督端方,捕拿革命党正严,报界不敢尽力发挥,先生又为其知名,以是恒怏怏。日与同乡刘申叔往还。谭当世事,辄拍案狂呼。盖刘是时亦力主革命者也。"③

据"讷"的回忆,刚主笔《申报》时,王钟麒大肆撰文痛斥清朝专制,鼓吹民族革命。其时两江总督正严查革命党,王钟麒不得不有所收敛,不敢发表过于激切的言论,然常有骨鲠在喉之感。无可奈何中,只有与同乡刘师培私下中摆谈时局,说到激动处,至于"拍案狂呼",了无顾忌。后来王钟麒终因名声在外,受到清廷的注意,乃至有务必除之而后快之意,不得不辞去《申报》主笔的职务。辞职之日,"讷"问王钟麒辞职的原因,王钟麒以"今岂效力言论时乎?十年而后,其庶几焉"作答。与王钟麒一起辞职的,还有刘师培④。主笔《申报》期间,王钟麒一边为《申报》撰写论说文章,一边参与了《神州日报》的筹建工作。1907年4月2日,《神州日报》创刊,王钟麒将主要精力转移到《神州日报》上,至5月22日,王钟麒在《申报》发表最后一篇论说文章《论万国赛珍会之有益》之后,彻底从第二版时论栏中消失。据此可推断王钟麒离开申报馆的时间,大概在1907年5月。此后他仍然坚持在《申报》上发表小说、戏剧及笔记类作品。目前能够确定王钟麒在《申报》上发表的最后一篇文字是《宦海纪闻·新能吏》,见于1908年9月9日。

三、以《神州日报》及"竖三民"为中心,藉甚声华

在申报馆做主笔期间,王钟麒就加入了于右任的团队,开始参与《神州日报》的筹建工作。经过一段时间的酝酿,至1907年4月2日,《神州日报》创刊。作为继《警钟日报》之后资产阶级革命派主持的大型日报,《神州日报》鼓吹革命的宗旨十分鲜明。《神州日报》创刊号之时,于右任为经理,总主笔由杨笃生出任,王钟麒与汪允宗等任主笔。

《神州日报》创办之初,距离《苏报》案不久,《国民日日报》和《警钟日报》又相继被封,要守住这块新出现于上海的革命派宣传阵地,《神州日报》的社评撰写者只能采取委婉迂回的方式。故在当时特殊的时局下,想当好这样一个以鼓吹革命为宗旨的报刊主笔实属不易。在《神州日报》所有主笔中,王钟麒堪称用笔最勤的一个。据统计,从1907年4月2日创刊日起,王钟麒至少在《神州日报》上发表了80篇以上的署名社论,其中《发刊词》

---

①③ 讷《吊王无生先生》,见1913年12月26日《申报》。
② 见1906年10月19日《申报》。
④ 王钟麒与刘师培一同从申报馆离职之事,见于《申报馆内通讯》第一卷第十期(1947年10月)之《申报掌故(三十七)·刘申叔怒离申报馆》。据载:"刘氏来《申报》任职,前后仅三越月,实《申报》总编辑中任期最短者,与刘氏同离职者,尚有王钟麟。王氏字毓仁,江都籍,亦因言论过激,为清廷注意而去职者。"此中提到的王钟麟,显为王钟麒之误。

《中国前途之问题》(凡六续)、《泪书》(凡六续)、《论欲救中国当表章颜习斋学说》(凡三续)、《新民国建设谈》(可见三续)等文章颇具社会影响力。于右任回忆当年《神州日报》各主笔时,称"惟中有六人,那时所写的社评最多"①,六人之中,王钟麒居其一,于右任评价称扬他"清才雅藻世无伦"②。除了坚持撰写社论之外,王钟麒还在《神州日报》上发表了大量的小说、戏剧、诗文词、诗话、词话等作品,在副刊"神皋杂俎"中,"王无生的作品刊布尤多"③。特别是小说,目今所见王钟麒的42部小说作品,有22部载于《神州日报》④。

1908年夏末秋初,因火灾引起的一系列问题而离开《神州日报》的于右任开始了创办新报纸的筹备工作,1909年5月15日,《民呼日报》宣告创刊。《神州日报》创刊期间,于右任与王钟麒已经建立了非常好的合作关系,《民呼》甫创,于右任又力邀王钟麒再度充任主笔。新刊能否一炮打响,《发刊词》的撰写十分关键。因《神州日报》创刊号发刊词曾取得极好的社会反响,乃至各刊转载,于右任便仍请王钟麒主写《民呼日报》的创刊号《宣言书》⑤。

《民呼日报》既以"为民请命"为宗旨,《宣言书》开篇即态度鲜明地打出"人权宣言书"的旗帜:

> 乌乎!《民呼日报》何为而出现哉?记者曰:《民呼日报》者,黄帝子孙之人权宣言书也。有世界而后有人民,有人民而后有政府。政府有保护人民之责,人民亦有监督政府之权。政府而不能保护其人民者,则政府之资格失;人民而不能监督其政府者,则人民之权利亡。

此宣言书文风泼辣,字字铿锵,宣达了民情,鼓舞了民气,为不久后即将到来的民主革命做了舆论准备。于右任后来回忆《民呼日报》的宗旨时有言:"'民呼'两个字,即'人民的呼声'之简称,于革命运动上为一鲜明的标帜,于文学技术上亦为大胆的创作。因为那时我们所代表的,已不仅是复古的民族运动,而是总理的三民主义了。"⑥

从当时的社会反响来看,王钟麒的这篇《宣言书》,确实达到了预期的舆论效果。与《神州日报》的沉郁委婉相比,《民呼日报》的风格趋于张扬犀利。创刊号《宣言书》所奠定的发扬蹈历的风格在续后的《民呼日报》中被一再发扬,导致在极短的时间内引起了清廷的关注。8月2日晚,于右任因莫须有的侵吞赈款罪名被捕。无理羁押37天之后,迫于公议,于右任被开释,但《民呼日报》也终于不得不以停刊告终,此时距离创刊日仅仅91天时间。就在这短短的3个月时间内,王钟麒在报上发表了社说、小说、戏剧、诗话、词话等各类文字总计57篇,成为《民呼日报》馆内报人中的干将。

---

①⑥ 傅德华编《于右任辛亥文集·本人从前办报的经过》,上海:复旦大学出版社,1986年,第260、259页。
② 于右任《民立七哀诗》,见《右任诗存》,上海:世界书局,1932年,第25页。
③ 郑逸梅《书报话旧》,北京:中华书局,2005年,第240页。
④ 王钟麒在《神州日报》上发文的详细情况,参看邓百意《王钟麒与〈神州日报〉》,载《中国文学研究》2015年第2期。
⑤《民呼日报》宣言书,一直归入于右任名下,经笔者考证,实际的撰述人为王钟麒。参见邓百意《王钟麒笔名及著述考》,《中国文学研究》第24辑,上海:复旦大学出版社,2014年。

1909年10月3日,距离《民呼日报》停刊50天之后,《民吁日报》创刊号出现,朱少屏任发行人,范光启为社长。这不过是掩人耳目之举,创办人其实仍是于右任。主笔阵容,可以说是《民呼日报》的原班人马,王钟麒之外,谈善吾、周锡三、李梦符仍列其中。创刊号有《民吁日报宣言书》,署"海",人皆以为出自于右任,实则大不然,真正的作者还是王钟麒①。这篇洋洋洒洒千余字的宣言书,继《民呼日报》之志,再一次表达了勠力革命,以图挽救的决心:

> 当此阳九运厄,天人道乖,斗分飞荧惑之铓,地轴列蚩尤之戟。黄星西指,知天意之瓜分;黑水东飞,恫憧萌其波沸。听杜鹃之聒耳,诚知来日大难;抱精卫之微忱,犹冀横流之有托。同人等义务所在,不敢不勉,远惟贾生汲古之训,近懔亭林有责之箴。深维管子四维之言,无缅诗人陈词之旨。用集资本,组斯报章。小之可以觇民情,大之可以存清议,远之可以维国学,近之可以表异闻⋯⋯

此文一出,又以奔涌的情感和典雅的文辞而被士林传诵一时。从《神州日报》到《民呼日报》再到《民吁日报》,王钟麒连续担任创刊号发刊词撰述之职,可见于右任对王钟麒的倚重。《民吁日报》版式、主笔成员一仍《民呼日报》,其发扬蹈厉的风格较之前报,尤且过之。在创刊号《宣言书》中,王钟麒即对当时舆论界不良现象提出严正批评,立誓要以《民吁》为宣传阵地,"觇民情""存清议"。确立了这么一个宗旨,《民吁》报人尤其注重披露列强侵略中华的罪行和清廷丧权辱国的奴才嘴脸,惊心动魄的标题加上词锋犀利的评论,在社会上激起了又一轮热议。如此一来,《民吁日报》很快惹上了大麻烦。10月26日,日本前首相伊藤博文在哈尔滨遇刺。这一振奋国人的消息,上海新闻界罕有报道,即或有之,亦语焉不详。独《民吁日报》挺身而出,针对遇刺事件毫无顾忌地发表了20多篇连续报道和评论文章。一系列报道激怒了日本人,时任日本驻上海总领事的松冈连续照会上海道蔡乃煌,要求封禁报纸。11月19日,在日人和清廷的双重高压下,出世仅48天的《民吁日报》又告夭折。短短48天之内,王钟麒在《民吁日报》上刊发了社评、小说、戏剧、诗、词、文、诗话、词话以及杂俎类文字共计48篇,品类既繁,篇目亦多,且都围绕"提起国民精神,痛陈民生利病,保存国粹,讲求实学"的宗旨而作。

从《民吁日报》停刊至《民立报》创立,中间有将近一年的时间。在此过渡期内,核心人物于右任一度东赴日本,返国后承马相伯之邀,担任复旦公学的国文教师,同时也在为新报的创立做各种筹备工作。王钟麒追随于右任创办《民呼日报》《民吁日报》期间,还同时兼任《神州日报》的笔政。《民吁日报》关张之后,作为主创人员的于右任为清吏注目,处境险恶,上海渐至存身不住,不得已而东渡。幸运的是,包括王钟麒在内的其他主笔成员似乎没有受到过多追究,王钟麒便仍以《神州日报》为主阵地,间或为《安徽白话报》《天铎报》等报刊供稿,继续他的报人工作。

1910年10月11日,在金融界人士的襄助下,于右任主创的又一份报纸《民立报》问

---

① 本文归属权的考证,参见邓百意《王钟麒笔名及著述考》,《中国文学研究》第24辑。

世了。这份报纸的分量远非《民呼》《民吁》可比,作为由孙中山亲笔题写"戮力同心"赠词的革命党机关报,它几乎集结了当时沪上最具革命激情和报坛影响力的名家和新秀,包括王钟麒、马君武、宋教仁、章行严、张季鸾、吕志伊、范鸿仙、徐血儿、邵力子、叶楚伧、杨千里、景耀月、章士钊等,都与于其中,人才之盛,可谓空前绝后。

"民立"以及"民呼""民吁",都以"民"字打头,一望即知为同一序列。此次《民立报》的发刊词,改由于右任手订,王钟麒则改换了文章的体式,在创刊号上发表了《民立报戏剧》,用叙述体的形式来呼应发刊词激扬民气,呼唤民族独立的题旨,以期扩大读者群,获得更广泛的宣传效应。

《民呼日报》《民吁日报》发行期间,王钟麒一面任为主笔,同时一肩二任,一直没有中辍《神州日报》的笔政。从发文数量来看,《神州日报》和《民呼日报》《民吁日报》可以说平分秋色。《民立报》创刊之后,王钟麒仍任《神州日报》撰述之职,但将主要精力转移到了"戮力同心"的《民立报》上。据笔者统计,1910年10月11日《民立报》创刊之前,王钟麒在《神州日报》上发表的文章总量在500篇以上,此后仅有60余篇。与之可以对观的是《民立报》,从1910年10月11日创刊号至1913年4月13日的两年半期间①,王钟麒在《民立报》上发表的文章至少在300篇以上,其文章体类,自著和译述并包,时论、诗、词、文、赋、笔记、小说、戏剧、诗话、史话俱备,是《民立报》庞大主笔阵容中相当活跃的一个。

从《神州日报》到《民呼日报》《民吁日报》再到《民立报》,襄助于右任办报者甚众,在具体的文字工作上,王钟麒的助力尤大。王钟麒主笔四报期间,笔者能够核实的文章总数超过了1 000篇,体裁几乎涵盖了当时报章上所能找见的所有类目,或著或译,或激扬或惩创,其数量之巨、类目之广、题材之丰,殊为罕见。对于王钟麒的撰述能力,于右任印象十分深刻。1940年,于右任面向中政校新专班的学生作过一次以回顾早年报人生涯为主题的演讲,在这次演讲中,他特别提到当时文界享有盛名的主笔王钟麒,称赞他"是一个沉博绝丽的骈文学家,而又熟于稗史,以芳馨悱恻之词,达小雅诗人之旨,感人亦极深刻"。在此次演讲中,于右任还特别谈到撰写社评的主笔的素养,他认为:"写社评的人,固然应该研究现代科学,周知世界大势,而对于国学的修养,尤其不可忽视。不但写文言文要深通文章义法,具备应用词料,就是写语体文,也必富于国学常识,然后才能用字适当,定义坚确,能使读者切理餍心,发生信仰。"②毫无疑问,于右任将王钟麒归入到既能"研究现代科学",又"富于国学常识",故一下笔就能"用字适当,定义坚确",从而能使读者"发生信仰"的优秀主笔一列。

从本质上说,王钟麒终究与于右任、宋教仁等政治活动家不同,他是一个更具有书生气质的专职文人,平生最爱做的事是作文填词,以"手刻造化,笔镂颢苍"③为人生最自得之境,而不是给自己安上社会活动家或者政治家的名头。作为一个既有传统文化底蕴,又富经世济民理想的报人知识分子,尽管不热衷于革命暴动,在整个辛亥革命时期,王钟

---

① 1913年9月4日,《民立报》停刊,王钟麒见于该报的最后一篇作品是1913年4月13日为宋教仁所作的一首挽联。
② 傅德华编《于右任辛亥文集·本人从前办报的经过》,第261页。
③ 《自祝文》,见1907年6月19日《神州日报》。

麒却也始终将报人活动自觉纳入宣传和配合革命发展的轨道上,体现了一个传统知识者的社会责任感和使命感。王钟麒回顾生平时说"当前清之季,世变日非,窃窃忧之。每以文词,力图挽救,几濒于危"①,这其实也是生活在那个特定时代的知识者普遍具有的思想境界和生存状况。在担任系列革命报刊主笔期间,王钟麒的一切报章文字都紧紧围绕激扬民意,宣传民族民主革命,谋求救国强国方略展开。其社论系列,如《辨亡决论》《中国改革谈》《泪书》《万难排去之新中国观》《新辨奸论》《新民国之建设谈》《筹边刍议》等文章,都以系列连载的方式,笔锋犀利地剖析中国社会的现状,从各个角度探讨救亡图存、建设新国家的道路,文界评为"以敢言称于时"②,在当时名震一方,当然也给他带来了不小的麻烦,其中特别为友朋熟知的是人力车夫事件。

据郑逸梅的记述,王钟麒主笔《神州日报》时,曾于副刊《神皋杂俎》上发表文章,痛骂洋人在上海租界创办电车是搜刮民脂民膏的行为,特别对人力车夫而言,电车断绝了他们的生计,是一种公开的掠夺。③ 王钟麒的这篇痛骂洋人的文章迄今未能获见,不过根据目今可见的各种资料,基本可以还原这一事件。

《神州日报》于1907年4月2日创刊,1907年6月29日的《神州日报》刊载了王钟麒的《自祝文》,文内所述"白狄天骄,缇骑四出,贻忧高堂,波累家室",指的应该就是因撰文痛骂白人而招致巡捕房四出捉拿事件,则此事应该发生在1907年5月至6月间。1905年英商在上海成立了电车公司,并于1906年4月着手铺设从今南京路口至延安东路外滩的电车铁轨,至1908年3月5日,上海第一辆有轨电车正式通车。从电车公司成立并着手铺设电车轨道开始,上海租界的人力车夫即开始了与有轨电车之间的对抗。他们依靠黄包车同业公会组织,举行各种对抗性活动,这种对抗一度进入短兵相接的白热化境地。当时王钟麒正担任《神州日报》主笔,出于对洋人的天然抵触和对弱势同胞的深切同情,便借助这个颇有影响力的言论阵地,撰文痛骂洋人断绝人力车夫的生计。不仅如此,王钟麒还在《申报》上撰社论文章《论电车开车后之关系》(见1907年5月11日《申报》),批评电车的两大弊端,其一是"乘客之危险",其二是"盗贼之日多",号召国人自觉抵制电车。此举致祸不小,洋人巡捕房派兵四出捉拿,王钟麒见上海难以存身,只好丢掉手头的事务,回扬州暂避。大约在本年6月底,祸事渐息,由扬返沪。

1908年10月,《月月小说》第21号上刊载了王钟麒的组诗,诗前小引有云:"年来文字获戾,忧患百经,几于人皆欲杀。不知者犹谓为主持报务,藉甚声华,岂足以知我心哉?"可知王钟麒主笔《神州日报》期间惹上的麻烦显然还不止人力车夫事件一桩。正如戴季陶所书"报馆不封门,不是好报馆,主笔不入狱,不是好主笔"④,在那个混乱的时代,想要当好一个有社会责任感的主笔,以文获戾恐怕是必须要付出的代价了。

---

① 《长别诸知好书》,见《南社丛刻》第9集。
② 胡寄尘《故小说家诗选》,上海:大达图书供应社,1935年,第41页。
③ 1914年1月5日《神州日报》上刊登朦鳁的《炉边漫语》,其中提到王钟麒为《申报》撰述记者时,因为著论贬斥电车而"成讼","几不得免于祸",可能郑逸梅说王钟麒是在《神州日报》上撰文致祸的信息有误,但由于现存《神州日报》此月多有缺损,亦难以确断。
④ 方汉奇《中国新闻事业通史》(第一卷),北京:中国人民大学出版社,1992年,第1030页。

四、创办《独立周报》

王钟麒历任多个报刊主笔之职,究非主创,只有《独立周报》这一种,从筹办到发行,主要负责人都是王钟麒和章士钊二人。

1912年9月22日,《独立周报》第1号出现于上海,编辑人章行严,发行人王先生。王钟麒与章士钊别创《独立周报》之前,二人均任《民立报》主笔,之所以脱离《民立》而别创新报,张振武遇刺事件是重要的导火索。1912年8月16日,武昌起义元勋张振武及其大将方维,因构衅于时任副总统兼湖北都督的黎元洪,被黎元洪假袁世凯之手杀害于北京。当时,张振武为了消除党见,调和同盟会和共和党之党争,出面宴请双方要人,结果却在宴罢回旅社的路上被军警捕拿,旋即与方维一并枪决。此后,南北之间的矛盾更加难以调和。张振武甫遇刺,王钟麒即在《民立报》上撰文,表示"极端反对"①,提醒各党派人士,瓜分之祸在即,此时当并力抵抗外侮,"而勿徒逞一时之感情,以自相残杀报复为事,令他人笑汝拙也"②。但是对于舆论各界就张振武遇刺事件的过激反应,王钟麒坚持审慎态度,要求国民避免"注重感情一方面,发为危险之言论"③。张方案发,沪上报界纷纷评议此事,言词十分激烈,军队内乱,颇有一触即发之势。正是在这样的背景下,王钟麒撰写了《瓜分中国谈》和《辨祸》,要求报界有全局意识,勿为意气所激,一味以危险言词引覆亡之危局。王钟麒的这番持中言论,在蹈于义愤的报人看来,无疑是保守的,即便在《民立报》同仁内部,亦不乏反对者,这便不得不对王钟麒的肆意评论有所掣肘。据《神州日报》记者臞蝯回忆,"张方案发,南北龃龉之势成,无生与人言,辄痛诋破坏统一之非计,思独树一言论之帜,以遏此狂澜,于是有《独立周报》之作"④。

与王钟麒有同样想法的还有章士钊。早在《国民日日报》创办时,王钟麒就结识了章士钊。《民立报》创办以后,王钟麒率先成为馆内报人。1912年上半年,章士钊获邀主持《民立报》,与王钟麒成为同事。章士钊入主《民立报》时,身份是非同盟会会员,这一度引起了《民立报》老同仁的不满。但是章士钊认为自己非同盟会会员的身份恰好有助于保持言论的独立公正,"冀于同盟会炙手可热之时,以中道之论进之,使有所折衷,不丧天下之望"⑤,所以他常常对同盟会、南京临时政府的一些决策和做法,不客气地予以批评。1912年7月15日至19日,《民立报》连载了章士钊的《政党组织案》,文章主张将国内所有政党(包括同盟会)全部破坏掉,然后根据不同的政见组成两个党,出而竞选,共同参政管理国家,这就是名震一时的"毁党造党说"。此论一出,马上遭到各个方面的攻击,特别是当时以执政党自许的同盟会,对此意见尤大,同盟会会员纷纷撰文反驳,章士钊因此愤而辞职。脱离《民立报》之后的章士钊,极欲自创新报。如此一来,便与王钟麒一拍即合。在两人的筹划下,《独立周报》面世了。报以"独立"为名,意取"司佩铁特(the spectator)",

---

① ③ 旡生《辨惑》,见1912年8月21日《民立报》。
② 旡生《瓜分中国谈》,见1912年8月29日《民立报》。
④ 臞蝯《哀王旡生》,见1913年12月26日《神州日报》。
⑤ 邹小站《章士钊传》,郑州:河南文艺出版社,1999年,第76页。

即"不偏不倚"之旨①,务求消除党见,以开言论自由之正风。

《独立周报》从创刊(1912 年 9 月)至终刊(1913 年 7 月),十个月的时间内出版发行了 40 期。从《独立周报》各期目录来看,王钟麒和章士钊有着明确的分工。章士钊主持"论说部",以"秋桐"作笔名,撰写了大量社论,坚持"言论独立"的旗号,特别提出为政之本在于"有容",即"不好同恶异"的观点。王钟麒主持"文艺部",在文录、诗录、丛谈等子目下,大量刊录自己和友朋的诗词文作品,同时还在"小说"目中刊发长篇小说《血海花魂记》。

《独立周报》出版之时,正值临时政府北迁,国内各党派相互倾轧,政坛一片混乱。《独立周报》秉持"言论独立"的立场,就主权问题、内阁设置问题、集权与分权问题等,从法学、政治学等专业的理论视角展开辩论,在报界很快崭露头角,吸引了不少进步青年的关注,同时也引起了当权者的注目。就像研究者所指出的,"《独立周报》如它所标树的那样基本坚持了'独立'立场,但就章先生的'健全稳练之论'来看,总的倾向和立宪派——共和党主张相近,和同盟会——国民党激进派主张相左,对后者的'暴烈'行为指责更多,因此被激进派指责为'媚袁'。"②袁世凯的确想利用《独立周报》与《民立报》之间的嫌隙,将章士钊和王钟麒争取过来,以《独立周报》为舆论阵地,为推行他的政见造势。袁世凯采取的策略,不外乎权势和金钱之诱。根据章士钊在《与黄克强相交始末》一文的回忆:"吾脱离《民立报》后,与扬州王无生别创《独立周报》布于世。报社设小花园。吾勤勤执笔,仍旧贯,然党气一落千丈矣。继知无生暗受袁世凯津贴,余尤意兴索然,不数期即搁笔。"③

袁世凯的策略取得了一定的成效,却也始料未及地离间了两位主创人员,最终促成《独立周报》以关张了事。章士钊的回忆仅提及"继知无生暗受袁世凯津贴",未明其详,所以具体情形,今日已经不可得而知了。颜廷亮主张王钟麒暗受袁世凯津贴之说不确,原因有三:其一,没有确证;其二,除了章士钊在《与黄克强相交始末》一文中提及此事外,再未见任何人述及此事;其三,王钟麒去世之后,《南社丛刻》仍刊录其遗作。如果王钟麒果真受了袁世凯津贴,则显然违背了南社"以研究文学,提倡气节为宗旨",他的遗作不太可能再收入《南社丛刻》。④ 按推,如王钟麒果真接受过袁世凯的津贴,时间应在 1912 年底至 1913 年初,当时王钟麒的身体状况,据其好友朦蝀所言,已经糟糕到"脑气散漫,临文或不能终篇"⑤,乃至不得不请朋友待为捉笔的地步。王钟麒究竟有没有接受袁世凯的津贴以及接受津贴之举是否出自本意,尚存疑。即便王钟麒写了一些为袁世凯辩护的文章,这也并不见得就说明其人品如何,实在是所持政见使然。王钟麒对于袁世凯的认知,有一个变化的过程。从 1909 年 2 月为袁世凯弑君之说作辩护⑥,到 1910 年 8 月冀望袁

---

① 秋桐《发端》,见《独立周报》第 1 号。
② 龙敏贤《章士钊与〈独立周报〉》,《出版科学》2004 年第 4 期,第 68 页。
③ 中国人民政治协商会议全国委员会文史资料研究委员会编《辛亥革命回忆录(第二集)》,北京:中华书局,1962 年,第 143 页。
④ 详见颜廷亮《王无生的小说理论》,《天水师范学院学报》1986 年第 3 期。
⑤ 朦蝀《哀王无生》,见 1913 年 12 月 26 日《神州日报》。
⑥ 僇《知言篇》,见 1909 年 2 月 9 日《神州日报》。

世凯联盟美国,救国于危亡①,再到1911年11月指斥袁世凯为屠戮同胞的刽子手②,三年之内,王钟麒对袁世凯的态度,从"吾昔年与友人论中国人物,以公为能造时势之伟人"转变为"吾今日则以公为不识时务之小人"。其实这也符合当时国人对袁世凯的认知过程。

  1913年12月23日,王钟麒在上海病逝,享年34岁。临终前,留下《长别诸知好书》,其中有"文人末路,千古伤心"之语,堪为一生断语。1914年5月,时距王钟麒逝后近半年,章士钊与谷钟秀等在东京创办《甲寅杂志》,章士钊为主编。让人惊讶的是,这本杂志不但在创刊号上刊载了王钟麒早年写就的《答陈伯韬书(辛亥)》,发行人一栏竟然仍署王无生,这也算是出版界的一件奇事了。

  综上,在王钟麒三十三岁短暂的人生中,报人生涯实为最浓墨重彩的一笔。从1903年文字初见报端到旅居沪上历主《申报》《神州日报》《民呼日报》《民吁日报》《民立报》等报笔政,再到创办《独立周报》,王钟麒是近代报界不容忽视的人物。据笔者查证,除了前文提及的诸报之外,《寰球中国学生报》《广益丛报》《南方报》《东方杂志》《神州女报》《月月小说》《地学杂志》《国是》《须弥日报》《国民白话日报》《安徽白话报》《天铎报》《甲寅杂志》等报刊都登载过他的文章,文章的门类涉及小说、诗歌、骈文、小说专论、戏剧专论、社论文,体裁丰富,数量庞大。可以这么说,在20世纪初期,"王无生"三个字,在沪上文坛自有其独特的分量,时人目之为"当世隽才"③,"当今文学界巨子"④,不为过誉。作为清末脱旧入新的知识分子的代表,王钟麒借近代报刊的新型平台,也在很大程度上实现了少年时所树立的"树民族之伟义,为光复之先河"⑤的理想。

[作者简介] 邓百意,文学博士,海南大学国际教育学院教授。

---

① 僇《中国救亡论》,见1910年8月31日《神州日报》。
② 天僇《再告袁世凯》,见1911年11月6日《神州日报》。
③ 朣螟《哀王无生》,见1913年12月26日《神州日报》。
④ 高旭《愿无尽庐诗话》,见1915年5月15日《民权素》第6集。
⑤ 郁仁《报马君武书》,见《南社丛刻》第1集。

宇文所安《文心雕龙》英译指谬

赵树功　李　莉

[摘　要]　在目前已有的《文心雕龙》英译本中，影响最大的当属宇文所安的选译本。这一译本虽然出色，也有不少失误或值得商榷的地方，主要体现在四个方面：语际转换中的范畴翻译谬误、"复原失败"导致的章句谬误、与作者观念统合失败导致的理念谬误、具体误解导致的细节译文谬误。

[关键词]　《文心雕龙》　宇文所安　英语译本　谬误

《文心雕龙》作为中华古代文论的经典巨著，至今已有施友忠（Vincent Yu Chung Shih）杨宪益和戴乃迭（Hsien Yi Yang and Galdys Yang）、宇文所安（Stephen Owen）、杨国斌等多种译本传世，[①]其中宇文所安的英译出自其 Readings in Chinese Literary Thought，[②]该书选译的《文心雕龙》是目前传播最广、关注度最高的《文心雕龙》译文之一。

从译文反映文本、文化所达到的高度而言，有学者指出："（它）是过去百年文学理论在'文本'和'历史'的不同侧重之间辩证、综合过程的投影。紧扣文本，向历史敞开，文学、思想与文化史、社会交光互影，相互映照。"[③]从翻译学视角出发，宇文所安《文心雕龙》翻译中的意识形态创构、译介模式、翻译策略等，都值得我们认真关注。[④]尽管如此，由于《文心雕龙》本身体大思精、中西文化语境相异、古今思理难以彻底吻合等诸多原因，宇文所安的译文还是存在不少值得商榷甚至谬误的地方。这一点近年来已有学者关注[⑤]，但

＊　本文系国家社会科学基金重大项目"古代文论研究文献辑录、学术史考察及数据库建设（1911—1949）"（项目批准号：18ZDA242）的阶段性成果。

①　Vincent Yu Chung Shih, *The Literary Mind and the Carving of Dragons*, New York: Columbia University Press, 1959; Hsien Yi Yang & Galdys Yang, "Carving a Dragon at the Core of Literature", *Chinese Literature*, Vol.8, 1962, p.58-71; Stephen Owen. *Readings in Chinese Literary Thought*, Cambridge: Harvard University Press, 1992; Liu, Xie. *Wenxin Diaolong*, . Yang Guobin Trans.Beijing: Foreign Language Teaching and Research Press, 2003.

②　本书有王柏华、陶庆梅中译本，题为《中国文论：英译与评论》，上海：上海社会科学院出版社，2003年。

③　陈引驰，赵颖之《与"观念史"对峙："思想文本的本来面目"——宇文所安〈中国文论〉评》，《社会科学》2003年第4期。

④　该视角的相关研究如：胡作友，张丁慧《翻译对意识形态的创构——以宇文所安〈文心雕龙〉英译本为例》，《外语学刊》2020年第4期；胡作友，刘梦杰《〈文心雕龙〉英译的陌生化策略分析——以宇文所安英译本为例》，《中国翻译》2019年第40期；胡作友，张丁慧《传播学视域下〈文心雕龙〉的译介模式与翻译策略》，《出版广角》2017第24期。

⑤　参阅潘雪月《象＝Image?——哲学阐释学看宇文所安对〈文心雕龙·原道〉中"象"的翻译》，成都：四川外语学院，2008年；石晓玥《浅谈宇文所安对中国文论"气"的翻译与评论——以〈文心雕龙〉为例》，《汉字文化》2020年第二期；伍凌《论典籍翻译中的过度诠释——以宇文所安所译〈文心雕龙〉的3个核心术语为例》，《外语学刊》2014年第6期。

多由个案申发。本文以宇文所安译本及其依托的黄叔琳、范文澜、杨明照、詹锳、周振甫、陆侃如、牟世金等《文心雕龙》注本与相关研究成果为基本考察对象,结合《文心雕龙》其他研究成果,寻绎考索,从宇文所安译文语际转化中的范畴翻译谬误、"复原失败"导致的章句谬误、与作者观念统合失败导致的理念谬误、理解错误导致的细节译文谬误出发,系统探讨宇文所安译文存在的缺陷,以期更好地推动中华文化经典的跨文化传播。

一、语际转换中的范畴翻译谬误

《文心雕龙》的译者难免遭遇其中数目繁多且内涵深广的范畴,而宇文所安对这些范畴的译介存在着一定缺陷。

(1) 文,德:"文之为德也大矣"(《文心雕龙·原道》)

宇文所安译为:"As an inner power, pattern is very great indeed."①(直译:作为一种内在力量,文是非常伟大的。)

关于"文"之本义,许慎释曰:"文,错画也。象交文",段玉裁注曰:"错画者,文之本义;彣彰者,彣之本义。义不同也。……依类象形,故谓之文。象交文,像两纹交互也。纹者,文之俗字。"②据此,则"文"之本义包括:交错的纹样、文章。历代运用过程中,又由"纹样"义衍生出事物的形状、特征之含义,由"文章"义衍生出文采、文化、人文等含义。

具体到《文心雕龙》,根据陆侃如、牟世金统计,"文"在全书出现约337处,"文"的复合词约计187处。③ 仅以《原道》为例,六百多字的篇幅,"文"频繁出现:"文之为德""道之文""言立而文明""动植皆文""声发则文生""其无文欤""人文""言之文也""文字""文章""文胜其质""天文""道沿圣以垂文""圣因文而明道"。其中"文"的基本义项均有所涉及。作为总起《文心雕龙》群言的首句,"文之为德也大矣"之"文"是"与天地并生"之"文",是涵盖其后诸"文"之义的元、总之"文"。

国内《文心雕龙》译注者如王运熙、周振甫、王志彬等,对启首之句的"文"基本取如上理解,如王运熙即认为:"《文心雕龙》全书单独用'文'字时含义有多种:有时指文学、文章或词藻、文采;有时指文化、文明、学术;有时指一切事物的形状、颜色、花纹、声韵、节奏等。此句中的'文'包括上述所有含义,是最广泛意义上的'文'。"④据此,则宇文所安所选的"pattern"(据牛津词典、柯林斯词典等,作动词时,该词意为:模式、图样、图案等)之含义远远不能呈现此处"文"之丰富内涵。

至于"德"的意蕴,国内学者译注各有不同,但皆偏重由字义训释。詹锳义证:"德即宋儒'体用'之谓,'文之为德'即文之体与用,用今日的话说,就是文之功能、意义。重在文而不在德。"⑤杨明照亦取此义。周振甫采用"属性(文的形、声、情)"说法、王运熙认为"德"即"质、意义"。

---

① Stephen Owen, *Readings in Chinese Literary Thought*, Cambridge:Harvard University Press,1992,p.187.
② 许慎著,段玉裁注《说文解字》,南京:凤凰出版社,2017年,第744页。
③ 陆侃如、牟世金《文心雕龙译注》,济南:齐鲁书社,1996年,第96页。
④ 刘勰著,王运熙、周锋译注《文心雕龙》,北京:中华书局,2010年,第2页。
⑤ 刘勰著,詹锳义证《文心雕龙》,北京:中华书局,2010年,第2页。

究竟何为"文德"之"德",其根本意蕴则要在《原道》篇章语境下理解。本文标题立目为"原道",但开篇却称:"文之为德也大矣,与天地并生者,何哉?"随之刘勰自问自答:"夫玄黄色杂,方圆体分,日月叠璧,以垂丽天之象;山川焕绮,以铺理地之形:此盖道之文也。仰观吐曜,俯察含章,高卑定位,故两仪既生矣。惟人参之,性灵所钟,是谓三才,为五行之秀,实天地之心。心生而言立,言立而文明,自然之道也。"①日月附于天,山川布于地,属于"道之文";人备其心而能言即成其文,这同样是"道之文"。既为道之文而言"德",是先秦道家道德关系言说的基本形式,道言本体,德论具体,德是道在具体对象中的呈现。由此而论,与天地并生的"文德"之"德",其真正内涵乃是:道的具体显现。

宇文所安的"内在力量(inner power)"与"道的具体显现"之间是一种一多关系,不足以圆满呈示"德"的本然意蕴。

(2) 文,质:"逮及商周,文胜其质"(《文心雕龙·原道》)

宇文所安译为:"When it reached the dynasties of Shang and Chou, patterning became greater than substance."②(直译:到了商代,文采胜过了内容。)

该句涉及"文"与"质"两个范畴。"文"之本训上文已言及,关于"质",《说文》训称:"质,以物相赘。"段玉裁注:"以物相赘,如春秋交质子是也。引申其义为朴也、地也。"③据此,"质"义出于以物易物的交换行为,由于交换依托彼此的诚信,其后衍生出朴素、本然等义,因而郑玄、孔颖达注《礼记·乐记》"礼之质也",便分别以"本也""礼之本质也"释"质"。④ 就这个"质"的内蕴而言,它不仅指向与外在文饰对应的内容,而且还指向决定内容的本然诚挚的规约。这是中国古代提倡文质彬彬的根本所在,是历代论者对于"质"孜孜以求不敢懈怠的根本所在。

而就"文""质"在古代汉语中的运用范围而言,可谓历史弥久、维度弥广。诸子百家论文质,《论语》《墨子》《庄子》《韩非子》《离骚》以及后世诸多文论皆有直接或间接的文质论,以"文、质"论国、家、人、礼、法、乐、诗文。小而言之如个人品性修为:"质胜文则野,文胜质则史;文质彬彬,然后君子。"⑤大而言之如社会风化:"虞夏之质,殷周之文,至矣。虞夏之文,不胜其质;殷周之质,不胜其文。"⑥刘勰"逮及商周,文胜其质"⑦直接源出后句。

综合"质"的内蕴与"文、质"的运使范围反观《文心雕龙·原道》文质之论,我们可以看到:此处的"文"与"质",并不拘泥于宇文所安所译的修辞层面,也不拘泥于文学层面,乃是两种内涵相对的风貌与特征,是文明文化层面的"文"与"质";中国文化论"质",也绝非仅仅就内容立论,而是兼容着对于内容内蕴德性正确的约定。如此而言,宇文所安明

---

① 刘勰著,黄叔琳、李详、杨明照注《文心雕龙》,北京:中华书局,2010 年,第 1 页。
② Stephen Owen, *Readings in Chinese Literary Thought*, 1992, p.191.综合柯林斯、牛津词典,pattern 作动词,意为装饰,所以其动名词形式 patterning 可作"装饰"解;亦有"图案、花纹"义;substance 为"内容、实质"义。又因为宇文所安在同段译文中出现过以 patterned words 表"修饰后的文字"。所以,宇文所安该译文可直译为:修饰胜过实质。根据篇章语境,即文采胜过了内容。
③ 许慎著,段玉裁注《说文解字》,第 281 页。
④ 李学勤《礼记正义》,北京:北京大学出版社,1999 年,第 1090、1091 页。
⑤ 皇侃著,高尚榘校点《论语义疏》,北京:中华书局,2013 年版,第 140 页。
⑥ 戴圣《礼记》,北京:中华书局,2017 年,第 1058 页。
⑦ 刘勰著,黄叔琳、李详、杨明照注《文心雕龙》,第 12 页。

显受西方文论"形式、内容"前理解影响的译文便有失偏狭。

(3) 象:"神用象通,情变所孕"(《文心雕龙·神思》)

宇文所安译为:"Spirit gets through by images(hsiang 象),giving birth to mutation of the affections."①(直译:精神以意象贯通,孕育了感情的变化。)

"image"在文论术语中一般作"意象"解,据宇文氏对"象"的这种译法,精神以意象贯通,产生了感情的变化,则意象不是审美加工后的产物,反而一跃成为作者构思中的情感的来源。这种解读无论于构思的客观过程还是作者的创作行为,皆有悖谬。

关于宇文所安对"象"的翻译,已有研究者明确提出:"image"建立在西方哲学与文论语境之下,与"象"的意蕴并不对等。② 国内学者较为普遍的观点是,"神用象通"之"象"乃指客观物象。詹锳义证:"用,与也。《孟子·公孙丑下》:'王由足用为善。'这是说精神与物象相接触,就会产生情感的变化。此所谓'象',是指客观的物象,而不是主观的意象。《文赋》'遵四时以叹逝,瞻万物而思纷。悲落叶于劲秋,喜柔条于芳春;心懔懔以怀霜,志眇眇而临云。'这就是'神与物游''物用象通'所本。"③王运熙、周振甫等皆从此义。笔者认为,无论于创作实际还是《神思》篇章语境,这是相比宇文所安的"意象"更合理的解释。

纵观宇文所安的《文心雕龙》英译本,无论是"文"这样的元范畴,还是"德""质""体性"等范畴的翻译,其准确度均有所欠缺。而不准确的主要根源在于:范畴本身内涵的博杂和中英文语际转换、文论呈现要求的多重制约。语际转换需要一个固定的词来承担原文中范畴的职能,但中国文论范畴在具体运用时往往涉及共时的语义转换、历时的语义流变,实难以一个既有的英文单词对接如此丰富的意蕴。若译者在一篇文章里按照语义翻译出全部不同的含义,则直接损害或背离原作文体与精神;直接音译,英文受众又不知所云。可见如此格义之中中外范畴难以彻底吻合,这是文化差异带来的不可避免的遗憾。

二、"复原失败"导致的章句谬误

从结构而言,《文心雕龙》以《原道》至《辨骚》五篇言"文之枢纽";以《明诗》至《书记》二十篇"论文叙笔";以《神思》至《程器》二十四篇"剖情析采";以《序志》"驭群篇",是一部密而周、辩而当、华而巧的系统论文著作。这种结构的高度系统化从篇体架构延续到了每一篇章的内部,刘勰常常明题以总起,继之以选文定篇、敷理举统,文末又以"赞"收结。从内容而言,《文心雕龙》骈四俪六,行文雅正凝练,省略颇多。因此,宇文所安对这种结构把握的失败与对省略内容的还原失败,都容易导致他的译文出现章句谬误。

(1)"神理设教"(《文心雕龙·原道》)

宇文所安译为:"the principle of spirit establishes teaching."④(直译:精神的原则设

---

① Stephen Owen, *Readings in Chinese Literary Thought*, p.210.
② 潘雪月《象=Image?——哲学阐释学看宇文所安对〈文心雕龙·原道〉中"象"的翻译》,成都:四川外语学院,2008。
③ 刘勰著,詹锳义证《文心雕龙》,第1008页。
④ Stephen Owen, Readings in Chinese Literary Thought, Cambridge:Harvard University Press,1992,p.193.

立了教育。)

"神理设教"见于《原道》篇赞语,其文有云:"道心惟微,神理设教。光采玄圣,炳耀仁孝。龙图献体,龟书呈貌。天文斯观,民胥以效。"《文心雕龙》各篇由释名章义至赞语综括,都延续着意蕴的贯通性,《原道》本文中包含着圣人以文章宣扬仁孝、教化天下之意,赞语所言正是这一意旨。可见"神理设教"这句话正是典型的省略句,省去了"设"的隐形主语,而这个主语就是"圣人",而非"神理"。詹锳义证即云:"'神理设教',即以神道设教。"①"以"字表明"神道设教"是有主体的。王运熙、周振甫在译注时也都进行了句式复原,即"圣人以神理设教"。翻译此句,需要"结构性复原",由"赞"复原到正文,再进一步复原出主语。可以推测,宇文所安的失误在于没有从此句回溯到正文的"玄圣创典,素王述训,莫不原道心以敷章,研神理而设教"。在此之外,宇文所安对"赞"的功能理解也有根本性的偏误,他认为赞语是"supporting verse(辅助性段落)",如果他能准确理解"赞"即conclusion/summary(结论/总结),与正文在结构上前后贯通,则这种文本理解断裂导致的失误则有避免的可能性。

(2)"各师成心,其异如面"(《文心雕龙·体性》)

宇文所安译为:"Each person takes as his master his mind as it has been fully formed, and these are as different as faces."②(直译:每个人的心志形成时,都把他的老师作为自己的心志,这跟面貌一样不同。)

宇文氏把"师"译为名词"master",老师,大师。"成心"一词,也被其拆分为"心之形成"。关于这两词的理解,詹锳和杨明照都引《庄子·齐物论》"夫随其成心而师之,谁独且无师乎"句,认为刘勰系承袭该句。至于"成心",郭象所注云:"夫心之足以制一身之用者,谓之成心。"③应是比较恰当的理解。则此处"师"是"以之为师、遵从"之义,动词。"成心"也非动宾短语,而是名词,近乎"主体才性或本性"。宇文氏此处属明显翻译谬误。

结合此句出现于刘勰以性论体的句段中,体性,根据黄侃:"体斥文章形状,性谓人性气有殊,缘性气之殊而所为之文异状。"④则此句需要还原成"各以成心为师做文,其体异如面",每个人遵照自己的本性学养写作,他们文章的风格就如同面目一样不同。刘勰省略了"体",宇文所安还原失败,导致译文原文难以对接。

三、与作者观念统合失败导致的理念谬误

在翻译过程中,译者需要暂时达成与作者观念的统合,才能最大程度理解并用目的语呈现作者的原文。而宇文所安的《文心雕龙》译文,多次出现其与刘勰观念统合失败导致的谬误。

(1)"古来文章,以雕缛成体,岂取驺奭之群言'雕龙'也?"(《文心雕龙·序志》)

宇文所安译为:"Moreover, literary works (wen-chang) have always achieved their

---

① 刘勰著,詹锳义证《文心雕龙》,第30页。
② Stephen Owen, *Readings in Chinese Literary Thought*, p.212.
③ 刘勰著,黄叔琳、李详、杨明照注《文心雕龙》,第385页。
④ 黄侃《文心雕龙札记》,北京:中华书局,2016年,第83页。

form (ti) by carving and rich ornamentation. Yet I do not mean what the group of people around Tsou Shih called 'carving dragons' (tiao-lung)."①(直译:"而且,文章总是通过雕镂和丰富的修饰来实现其形式——体。但我意指的不是驺奭那群人所谓的雕龙。")

本句译文有两处值得探讨。

其一,对"雕龙"的理解。

宇文所安在正式译文前就预先阐释了"雕龙":"It seems to be a positive transformation of an old pejorative term for literary craft, tiao-ch'ung 雕虫, 'to carve insects' (a 'dragon', as a reptile, was classified under the general category of ch'ung, 'insects', but its position in that generally lowly category raises it to the sublime)."②他的意思是:"'雕龙'似乎是'雕虫'(即雕刻昆虫)这个传统而贬义的文学技巧的积极性转化(龙作为爬行动物,通常被归为虫类,但在这个惯常低下的分类中,龙的地位却是崇高的)"。首先,"雕虫"并非宇文所安理解的雕刻昆虫,此"虫"乃是指传统的八种书体之一:纤巧难工的"虫书",是一种"象卧而曲尾形"③的字体。而"雕龙",乃是驺奭善于修饰文辞"若雕镂龙纹",是一种文辞技巧,不是宇文所安理解的"雕刻龙"。其次,即便超出本义,取后世通行的"雕虫小技"类贬义,也没有材料证明"雕龙"转化自"雕虫"。所以,宇文氏"雕龙"来自"雕虫"转化之说实难立足。

宇文氏在《序志》篇译文中进一步明确自己对"雕龙"的看法:"Yet 'carving dragons' is an activity that carries potentially pejorative connotations, connotations of delusory craft and Liu Hsieh tries to take care to dissociate his own sense of craft from the pejorative sense."④(直译:然而"雕龙"带着贬义,有"欺瞒之伎俩"之义,刘勰试图把自己对为文之技巧的理解从这种贬义中分离出来)。至此,宇文氏直接表明他认为驺奭等的"雕龙"也具有贬义。

那么,"雕龙"究竟何义?有无贬义?依据刘向《别录》的观点,"雕龙"指的是驺奭如雕镂龙纹一样修"迂大而闳辩"之书,即雕琢言语,并无贬义。《后汉书·崔骃传》"崔为文宗,世禅雕龙",以之作褒赏之辞;比及南朝,与刘勰同代的任昉《宣德皇后令》中则用"文擅雕龙"赞誉太后,并被昭明太子编入《文选》。笔者认为,以上文献恰可为理解刘勰"雕龙"提供线索。首先,以语境论,最有可能与刘勰"雕龙"用法内涵接近的,正是任昉这样的同代文人;其次,对刘勰"深爱接之"的萧统,其《文选》入选篇目、选篇的文体特征甚至其文学观点与《文心雕龙》呈现出很大的同质化。原因可能有二:这是包括萧统、刘勰在内的时人共识,或是萧刘二人观念想通,互相影响。⑤ 无论哪种原因,正说明以"雕龙"喻文符合萧统"事出于沈思,义归乎翰藻"的"文"的标准,也并不背离刘勰的文学思想。综上可推断,"雕龙"并无贬义。而宇文氏此句翻译失当的根源即在于其对"雕龙"先入为主

---

①②④ Stephen Owen, *Readings in Chinese Literary Thought*, p.292、185、293。

③ 许慎著,段玉裁注《说文解字》,第1153页。

⑤ 据《梁书·刘勰传》:"……(刘勰)兼东宫通事舍人。……昭明太子好文学,深爱接之。"(刘勰著,黄叔琳、李详、杨明照注《文心雕龙》,第16、20页。)

的理解与刘勰相左。

其二,对整句的理解。本句的翻译,在理解"雕龙"的基础上,还需要结合其前二句进行篇章复原和缺省补足。"古来文章,以雕缛成体,岂取驺奭之群言'雕龙'也"一句出现于"夫'文心'者,言为文之用心也。昔涓子《琴心》,王孙《巧心》,'心'哉美矣,故用之焉"之后,是刘勰明"文心雕龙"之题的关键论述。所以"以雕缛成体"需要复原为"以'心'雕饰而成体",刘勰强调的是作文时"心"对"体"的重要性,以"心"论"体",则于主体"才气学习"尽括其中,于创作最终目标在于"成体",而非仅如驺奭那样雕饰群言,这在齐梁之际表现为鲜明的绮丽藻饰风气。宇文所安的失误在于,由于未能充分理解或者补足创作的主体在"心"、创作的目的在"成体"而非止华辞丽句,因而将刘勰反对把"雕龙"仅仅视为藻饰群言之术的论述误解为了刘勰对"雕龙"之术的贬抑。

(2)"惟人参之,性灵所钟"(《文心雕龙·原道》)

宇文所安译为:"the human being, endowed with the divine spark of consciousness, ranks as a third with this pair."①直译:人被神圣的意识闪现凭附,与这两者(指天地——作者注)并立。

此句的"性灵",詹锳义证:"性灵,指人的智慧。"②王运熙、周振甫亦取此义。中西分歧由此出现:人能并列于三才,就中国既有的思想而言,其原因是人内生的;而在宇文所安译文中则体现为外在的、神的意识。此处的"钟",国内译注者多用凝聚、孕育这样的主动性动作,宇文所安则采用"endowed(被凭附)"。

人因为凝聚着智慧所以并天地而三之,人因为被神的意识凭附得以跻身三才,中文与英文译注之间如此的差距,事实上有着深刻的中西文化背景:中华文明很早即肯定了人的本然价值,无论老子的"道大,天大,地大,人大,域中有四大""人法地、地法天,天法道,道法自然",还是孟子提出的天时地利人和,都可以直观意识到人在宇宙间的地位。天地人三才论成为一种习见的思维,三者相并,人为五行之秀、天地之心,这在汉代即已成为常识。③ 中国译注者的"内生说""主动说"与此一脉相承。西方文明对神的肯定自其理论的原初阶段即已显著,如柏拉图把灵感归为"诗神凭附"。如此则美国出生成长、完全接受西式教育的宇文所安以"凭附说"理解"性灵所钟"也便渊源有自了,其误解也就由此而生。

(3)"知音"(《文心雕龙·知音》)

宇文所安把《知音》篇名译为"The One Who Knows the Tone"④:知道音(音调/音色)的人。这种译法来源于其对"知音"的前理解。在《知音》译文中,《列子·汤问》中的高山流水故事被宇文所安作为序推介给译文读者,并认为该故事是"知音"一词的直接来源("The story of Po-ya and Chung Tzu-chi is the source for the phrase chih-yin."⑤)。

---

①④ Stephen Owen, *Readings in Chinese Literary Thought*, p.188、288.
② 刘勰著,詹锳义证《文心雕龙》,第6页.
③ 关于"三才"相关论述,参阅赵树功《道贯三才与骋才创体——论〈文心雕龙〉以才为核心的理论体系》,《文艺研究》2017年第10期。
⑤ Stephen Owen, *Readings in Chinese Literary Thought*, p.286.

首先，不可否认伯牙子期事典对"知音"内涵的影响，但这并非唯一的"知音"典故。《韩诗外传》即有其他涉"知音"之事：曾点、子贡等学生通过聆听孔子鼓瑟探求孔子心志。事实上，"知音"一词初见于《吕氏春秋·长见》："晋平公铸为大钟，使工听之，皆以为调矣。师旷曰：'不调，请更铸之。'平公曰：'工皆以为调矣。'师旷曰：'后世有知音者，将知钟之不调也，臣窃为君耻。'"①此句"知音"指的是通晓音律、懂得音乐。《礼记·乐记》："是故不知声者不可与言音，不知音者不可与言乐。"②也是同样的动宾用法。统观《知音》一篇，既缺乏刘勰之"知音"来源于伯牙子期事典的直接论述，"知音"也鲜少作为名词使用，诸如"知音其难哉！音实难知，知实难逢，逢其知音，千载其一乎""夫古来知音，多贱今而思古""知音君子，其垂意焉"等论，刘勰着意所言，在于知音之难与如何方可知音——读者如何摒弃偏见，"披文以入情，沿波以讨源"，与作者达成内在的默契。《知音》篇中，刘勰念兹在兹的是这种文学审美原则，而非伯牙子期事典之中心心相印的情感渲染，故将"知音"译为"知道音调之人"，实与篇旨有其不尽统一之处。

退而言之，即便《知音》题目附丽上情怀与共之人的意义，译为"知道音调的人"（The One Who Knows the Tone）亦有其不妥："知音"内涵魏晋以来获得拓展，前有曹丕《与吴质书》论徐陈应刘之文，其"痛知音之难遇"已经是对文学而非音乐知己的痛惜，后有《世说新语》所载风骨高标的名士把"知音"引向人格维度的相知，可见魏晋六朝"知音"早已超越音乐范畴，刘勰所继承的，正是这样的"知音"。宇文所安以语义多重③且一般偏重音乐性的"tone"来译此处的"音"，本已很难实现意义圆满的对接。兼其虽以定冠词 the 限定，但 the tone 可指作者之 tone，也可指作品之 tone，语涉两歧。溯及正文，宇文所安也时时在"作者之音"与"作品之音"间摇摆，这便令读者难以准确领会刘勰"知音"之"音"的本意。须知刘勰所论之"音"兼容着作者之心、作品之意，失其一端也便难明真谛，自然也便不成其为"知音"。因此我们说宇文所安此处翻译值得进一步推敲。

四、具体误解导致的细节译文谬误

除了对范畴、结构、章句、作者观念的把握失当，就具体文本而言，宇文所安的具体理解和表达失策导致的细节瑕疵也值得关注。

其一，逻辑错误。宇文所安对句内成分的逻辑误解，导致其译文出现偏误。

"雕琢情性，组织辞令"（《文心雕龙·原道》）

宇文所安译为"sculpt human nature in the interweaving of their words"④（直译：以组织辞令来雕琢情性。）这即是对原文逻辑关系把握不确。雕琢情性是修身，组织辞令指修辞，二者应当是并列兼因果的关系。

其二，词性选择失误。由于不同语系的缘故，翻译过程中的词性转换比较常见，但宇文氏的词性转换有时导致偏误、歧义。

---

① 吕不韦《吕氏春秋》，北京：中华书局，2007年，第188页。
② 李学勤《礼记正义》，第1028页。
③ 据柯林斯和牛津词典，tone 可作为音质、音调、口气、风格等义解。
④ Stephen Owen, *Readings in Chinese Literary Thought*, p.190.

"益稷陈谟,亦垂敷奏之风"(《文心雕龙·原道》)

宇文所安的翻译是:"The expostulation offered in the Yi-chi handed down to us the custom of memorials to the throne."①(直译:益稷为我们传下记录帝王/纪念帝王/向帝王请愿的风气。)宇文所安把"敷奏"译为"memorials to the throne",memorial 按照语法,这里词性是名词,其作名词时,指纪念、请愿书、记录等义皆可。则伯益后稷究竟所垂何风反而不甚了了。此处的"敷奏",詹锳、王运熙、周振甫、王志彬皆沿袭孔传"敷,陈也,奏,进也"说法,取臣下向帝王进言之义,作动词。所以"敷奏"译为"expostulating to the throne"(向帝王进言),或更准确.

其三,词义误解。词义误解是指译者对于原文词义理解的错误。

(1)"故两仪既生矣"(《文心雕龙·原道》)

宇文所安译为:"and the two standards were generated."②(直译:两套规范产生)"两仪",宇文所安译为 two standards(两套规范、准则)。无论历史文献还是当代注者,其普遍的共识是:两仪指天地。

(2)"形在江海之上,心存魏阙之下"(《文心雕龙·神思》)

宇文所安译文:"the physical form's being by rivers and lakes, but the mind's remaining at the foot of the palace tower of Wei",③可理解为:身在江边湖边,但是心留在魏朝/国的宫殿之下。宇文氏把句末的"Wei"大写,即作专有名词处理,则只能推断宇文氏认为此处的"魏"指的是国家或朝代,魏国或北魏。"身在江海之上,心居乎魏阙之下"出自《庄子·让王》:此处的"魏"若作"魏国"解,身为宋国公室后裔的庄子想"心居"魏国宫殿之下,未免荒谬;作"北魏"解,庄子生于战国,北魏在其逝世后七百年左右才立国,也难以成说。根据《庄子》文本语境,此处的"魏"作通假字,同巍,"高"义,应是比较恰当的解释。目前国内通行的《文心雕龙》诸种版本,皆从此义。故此处为宇文氏词义理解偏误致谬。

其四,修辞干扰。刘勰的修辞,也往往成为宇文所安的翻译障碍。

(1)"有心之器"(《文心雕龙·原道》)

宇文所安直译为"vessel of mind"④,心的容器,读之暧昧不通。古代文献时有以器以物论人的传统,国内注者普遍译为"有心智的人/人类",相较而言,后者更准确直观。

(2)"经纬区宇"(《文心雕龙·原道》)

宇文所安译为"establish the warp and woof of the cosmos"⑤:建立宇宙的经纬。同样比较难以理解,如何建立宇宙的经纬?什么是宇宙的经纬?其实"经纬区宇"即治理天下之义。之所以出现如此的翻译,可能是宇文所安对于刘勰或者中国古代这种修辞手段还有隔阂。

结　　语

作为中国古代经典跨文化传播的重要实践,宇文所安的《文心雕龙》英译可谓功莫大

---

①②③④⑤ Stephen Owen, *Readings in Chinese Literary Thought*, p.191、188、202、190、193.

焉。其中出现一些谬误或者值得商榷之处实则带有一定的必然性。

首先,宇文所安缺乏《文心雕龙》诞生的语境和今天的中文语境,也没有中华文化基因。但《文心雕龙》是与中文语境严密捆绑的文本,它对接受者有高度的语境要求。正如索绪尔所言:"能指对它所表示的观念来说,看来是自由选择的,相反,对使用它的语言社会来说,却不是自由的,而是强制的。"[①]《文心雕龙》中的一切能指,对使用它们的语言社会具有强制性,它们蕴藉复杂深厚的所指,要求一群浸淫在中华文化下的接受者,根据语境、知识、经验去识别、理解。

其次,翻译《文心雕龙》,哪怕仅仅其中某一篇章,都不仅仅是从一段中文文本到英文文本那么简单,译者需要穿梭的是文本背后两套完全不同社会文化、两套各自都无比庞杂的语言系统。

而且,译者能否最大限度理解文本、还原作者的文化缺省、成为作者的"知音",也将直接影响译本的良莠。如同没有绝对客观的文学性作品一样,也没有完全压抑自己的文化基因以顺从作者的绝对客观的作品译者。宇文氏个人的历史、文化、语言、观念,注定成为其理解阐释《文心雕龙》的基础。这种先入之见,对具体对象而言,就像海德格尔所提出的"理解前结构"理论一样,有存在合理性但未必导向或者接近文本的准确理解。

[作者简介]　赵树功,宁波大学人文与传媒学院教授。
　　　　　　李　莉,宁波大学人文与传媒学院文艺学研究生。

---

① 费尔迪南·德·索绪尔《普通语言学教程》,岑麒祥、叶蜚声、高名凯译,北京:商务印书馆,1999年,第110页。

"合理"的荒诞
——论余华《活着》的死亡文本设计

林静声

[摘　要] 《活着》是余华享誉最高的长篇作品,余华在其中传达出一种朴素的生存理念——人是为了"活着"而"活着",不是为了"活着"以外的任何事物。为了印证这一人类生存状态的合理性,余华在《活着》的文本逻辑设计上独具匠心地采用了反证法,设计了一系列离奇非理性的荒诞死亡事件,以证明生存本身的艰难、坦然而乐观地承担苦难的必要和追求"活着"之外的各种欲望的无益。"活着"与"死亡"的强烈反差,折射出文本虚构的荒诞死亡叙事的内在逻辑合理性。本文通过逐一解剖《活着》中每个死亡情节的象征意义,追溯余华死亡文本表象下的深层意蕴,透视作家的人生感悟。

[关键词] 余华　活着　死亡

余华在当代文坛最引人瞩目的特质是他冷酷、残忍的写作方式,具体的表现是余华喜欢、甚至可以说痴迷于在文本中大量运用各种有关死亡的描述。《活着》是余华第一部直接以"死亡"的对立面"活着"来命名的小说,但是《活着》里仍然出现了大量与"活着"相悖的死亡事件:全书共描写了10个人的死亡、10次死亡事件,导致人物死亡的原因各不相同,表面看似均具偶然性,但实质上都指向了一种宿命式的必然性。余华在"必然的死亡"里论证人"应该活着",这种巧妙的安排以反差感强烈的文本效果蕴含了作者的深意。以往有些学者对余华小说死亡叙事的研究采用的都是正向研究的方法,即通过文本里的"死亡"表面意象探讨余华对人性、生存、现实等思考,而对余华死亡文本设计的本身用意和缘由缺乏必要的关注。本文试以逆向思维的角度深入到余华死亡文本的内部结构,立足余华的内心世界,探究余华死亡文本设计的原因以及其中蕴含的深刻思想。

一、形式多样的荒诞的死亡文本设计

《活着》中唯一的一个没有死亡的人物是徐福贵。余华在《活着》中让福贵一生遭遇了无数苦难,他最大的特点就是无欲无求,淡然乐观地面对生活,支撑他生命的唯一动力就是"活着"。除了福贵之外,他的家人、朋友、对头,无一例外地遭到了死亡的命运。导致这些人死亡的原因各不相同:人为的、自然的、偶然事件……但是都使得人物走向了不可避免的死亡结局。《活着》里的死亡文本可以根据不同人物的死亡原因分为欲望灾难、人性灾难、自然灾难和现实世界不可预知的灾难。余华通过这些极尽荒诞的死亡文本，说明灾难是任何人都不可逃避的。

(一) 个人欲望导致的死亡

余华认为，人性恶的本质使得人对物质和权力等世俗欲望有强烈的追求，而这种追求必然会带来死亡的厄运。《活着》里的龙二、春生和福贵父亲的死亡都属于这一类。

龙二是个精于算计的赌博师傅，花了半年多时间处心积虑地赌赢了"徐家少爷"，赢来了福贵家的一百多亩田和一栋房子，摇身一变成了大地主"龙老爷"。然而，龙二的富人日子仅仅过了四年，便在土地改革里成了福贵的"替死鬼"，连挨了五抢毙命。福贵在事后想起都觉得十分后怕，觉得龙二是替自己去死的。可见，如果龙二没有贪恋福贵的家产，就不会在土改中被枪毙。此外，福贵的父亲和春生的死亡也是这一原因造成的。福贵的父亲对儿子最大的要求和期望就是儿子能够"光宗耀祖"，当福贵把家产全部输光后，他"光宗耀祖"的心愿也成了泡影，气急之中掉进粪缸而死。试想如果福贵的父亲没有过度地追求家族名誉，能够像福贵的母亲和家珍一样以平常心态看待福贵赌博，也就不会因此掉入粪缸而死。春生和福贵在战场上结识，被俘虏后参军，后来当上了县长。春生不仅自己手握权力，成一方"霸主"，就连自己的家人也随时享受着"领导"的优遇，甚至包括夺去他人的无辜生命，福贵的儿子就死在了为县长夫人献血上。然而，县长的身份使他的家人幸免于难，也最终害死了他。春生在后来成了"走资派"，游街、批斗、每天挨打，最终不堪凌辱自杀而死。如果当初春生退伍后选择过普通百姓的生活，也足以让他安居乐业，但是他选择了权力，即使曾经在战场上几度死里逃生，还是躲不过最后这一劫。

(二) 非人力所为的自然性灾难引起的死亡

如果说金钱、权力的追求者的死亡是传统意义上的"恶有恶报"，那么在《活着》中，余华还描写了一部分本性善良、但是依然遭遇不测的人物死亡。

二喜是个本分老实的搬运工，虽然有"偏头"的残疾，但是丝毫没有遮掩住一颗善良美好的心灵。福贵的女儿凤霞因为聋哑到了三十多岁还没能找到婆家，二喜相过亲后，亲自拉着一辆板车回到福贵家，重新修缮了福贵家的屋子，又为患病的家珍带来了一个方便吃饭的小方桌。凤霞出嫁那天，二喜不惜借债让苦命的凤霞成了村子里十几年来嫁得最风光的姑娘。按常理来看，这个勤劳而善良且有先天残疾的人应该得到善报，可是余华的安排恰恰相反，二喜在工地出意外被两块水泥板夹得血肉模糊。二喜不仅没有得到善终，反而死于非命，可能比恶人死得还要惨烈。同样死于意外的还有家珍和凤霞母女二人。因高烧落下聋哑的凤霞十几岁就承担起整个家庭的重担，不仅要照顾弟弟、料理家务，还经常因为不会说话被人欺负，渴望爱情却因疾病缺陷无法拥有。嫁给二喜后凤霞第一次感受到了被人爱护的幸福。可是余华竟然还是不肯让命运多眷恋这个一生多舛的朴实少女，设计凤霞死在了产后大出血。福贵的妻子家珍是一个不容置疑的好妻子、好母亲，即使看到福贵赌博、去青楼鬼混，也只是委婉地劝诫福贵，当福贵败掉家产后又协助福贵勤勉持家，对这样一位心地善良的人，仍被余华在文中安排为因常年积劳患上罕见的软骨病，在被病痛折磨数年后不治而亡。

（三）来自现实生活人性灾难的死亡

余华在文本里设计了两个因现实生活中的人性灾难导致的死亡事件——福贵的母亲和徐有庆的死亡

有庆在为县长夫人献血时被医生抽干血而死。抽血时的有庆已经嘴唇发青，然而医生熟视无睹，为了救县长夫人竟然抽干了有庆的血，直到有庆的头"咚"地一声撞到桌面，医生一摸有庆已经没了心跳才慌了神。更加令人发指的是，得知情况的主治医生竟然只是骂了抽血医生一句"胡闹"，就立刻回去抢救县长夫人。医院因为县长夫人是县领导的女人便倾一县之人为她一人献血；势力的医生为了讨好县长让针管变成屠刀，不顾医疗规定把一个年仅十二岁的孩子的血抽干，本是救死扶伤的人反成了杀人凶手。福贵母亲的死同样被设计为人性灾难所致。福贵母亲得病后因家中无药救治，福贵揣着家珍仅有的两块银圆到县城买药，却遇到了赶往前线打仗的国民党兵，被蛮横不讲理的国民党兵抓了壮丁，被迫离开家乡两年之久，导致福贵的母亲因没有得到及时救治而死亡。

（四）不可预知原因导致的诡异性死亡

余华在不可预知原因导致的诡异性死亡文本里设计了两种不同的死亡例子，一是老全的死亡，另一是苦根的死亡。

老全是福贵在战场上遇到的战友，老全总是告诉福贵不用担心被子弹打死，因为他自己"命大"，枪林弹雨了多少个来回也没死。因为这种心理，老全在战场上毫无戒备地寻找粮食，福贵和春生几番提醒他也没有在意，最后被一颗流弹击中而死。余华用老全的死亡说明人没有所谓的"命好"，即使这次"大难不死"，也不代表"必有后福"。人的命运都是一样的，没有孰好孰坏，抱着老全那样的想法是必然走向死亡的。

余华在小说里写到的最后一个人物的死亡是福贵的外孙苦根。苦根的死不能用以上任何一个原因解释，文本中苦根是因为吃豆子太多被撑死的，这是极其荒诞的，在现实生活中人即使饥饿也不可能出现撑死的情况，余华的这种死亡设计犹如"人倒霉时喝水也呛"。这种无法解释的死因其实就是一个死亡原因——死亡可以是完全没有原因而存在的。在余华眼里，这种近乎荒谬的死亡展现的是一种普遍存在的事实——即使人不因个人欲望、自然和人性灾难导致死亡，也可能因无法解释的原因导致死亡，灾难是时刻存在的。

二、死亡文本的反设计："不死"的福贵与乐观的福贵

《活着》虽然名为"活着"，作者余华实际置入文本的基本都是死亡，唯一的一个到小说结尾还"活着"的人物就是主人公徐福贵。通过福贵的一生遭际，余华阐明了人生存的艰难和不易，以及人应该如何面对生活和生存的不幸和灾难。

福贵的一生鲜活地展现出了人"活着"的艰难。福贵一帆风顺、安然享乐的人生在由"徐少爷"变成为"徐福贵"后，就彻底结束了。一贫如洗的福贵浪子回头，决心从此勤俭持家、善待家人，本分地过一生，不想余下的生命里都是在接受亲人死去的艰辛中度过。福贵去县城为母亲抓药，被无理的士兵抓了壮丁，战场上的福贵既随时面临着在枪林弹雨中丧命，又要为了争抢一块活命的"大饼"和其他战友厮杀。福贵经受了两年多梦

魔般的战场生活,饱受思念家乡、思念家人的精神之苦。战争结束后万幸之中被放回家乡,可是老母已经因为迟迟未抓回的药去世,不仅如此,女儿在发了一场高烧后再也不会说话。福贵返乡的喜悦被母亲过世和女儿从此留下的残疾几乎浇灭。福贵与妻子和一双儿女相依为命,但很快就遇上了大旱灾。身为家长的福贵不忍看着一家人忍饥挨饿,忍受着巨大的无奈和痛苦把亲生女儿凤霞送人,作为一个父亲,福贵独自承受了很多酸楚和心痛。当福贵把对下一辈的所有期望寄托在了儿子有庆身上,把家里仅有的钱供有庆上学读书,眼看着有庆愈来愈活泼懂事地长到了十二岁时,命运的魔爪继续伸向这个可怜的父亲,有庆在献血时被抽干血而死。白发人送黑发人的悲剧还没有结束:凤霞死于产后大出血;女婿二喜在意外中惨死;只有七岁的外孙苦根吃豆子撑死。贤惠的妻子家珍也因为患上无法治愈的软骨病,福贵只能无能为力地看着妻子在病痛的折磨中死去。福贵一生中遇到的事情,除了天灾,就是人祸。作为一个在生存底层谋生的小人物,福贵不具备任何改变现实和命运的能力,福贵能做的,就是忍耐、接受生命为他准备好的全部苦难。福贵的命运不仅是他个人的命运,也不仅是那个时代人的共同命运,即使是当下只要是生活在现实之中的人就会面临各种各样的生存难题,这种生存的艰难性是普遍并且永久存在的。通过福贵的"活着",余华让我们看到了人"活着"本身的艰难和不易。

余华在通过福贵展现了人生存的不易后,同时让福贵显现出人应该如何"活着"的生存哲学。福贵在自己手上败光了祖上攒下的家业,从阔少爷成了一无所有的平民后,就开始认识到人不能追求名利财富,生活得平淡乐观才能安安稳稳地活下去。福贵不再有年轻时的世俗欲望,他不再好赌、逛窑子,而是实实在在地度过生命里的每一天,承担起一家之长的责任。虽然生活没有眷顾过他,他不断地遭受至亲家人的离世,但是他从来没有对生活失去信心而一蹶不振,一直在坦然、乐观地承受命运的无常和生命的磨难。有庆死在献血后,福贵承受着巨大的丧子之痛,但是只是因为愤怒说了一句"我要杀了他"而没有真的去做杀人的事情,并在最后原谅了县长。"文革"开始后,县长春生饱受折磨,福贵和家珍还像家人一样宽慰和鼓励春生。女儿凤霞因生产大出血死去后,福贵还是一边忍耐着内心的巨大悲痛,一边劝慰女婿二喜,只是简单地说了一句"二喜,我们回家吧"①,没有更多怨天尤人的话语,为被痛苦淹没的家庭重新燃起了一份温暖和力量。二喜在工地意外横死后,福贵拉着父母双亡的外孙走在回家的路上,"……越走心里越冷,想想从前热热闹闹一家人,到现在只剩下一老一小,我心里苦得连叹息都没有了。可看看苦根,我又宽慰了,先前是没有这孩子的,有了他比什么都强,香火还会往下传,这日子还得好好过下去。"②福贵为二喜痛心,但是为了年幼的外孙,福贵还是理智坚强地继续生活下去。当福贵的妻子被病痛折磨了多年后不治而亡,福贵也只是平静地说,"家珍死得很好,死得平平安安、干干净净,死后一点是非都没留下,不像村里一些女人,死了还有人说闲话。"③在最后和福贵相依为命的苦根吃豆子撑死后,福贵没有失去理智,而是冷静地检讨了自己:"苦根是吃豆子撑死的,这孩子不是嘴馋,是我家太穷,村里谁家的孩

---

①②③ 余华著《活着》,北京:作家出版社,2008年,第162、173、166页。

子都过得比苦根好,就是豆子,苦根也是难得能吃上。我是老昏了头,给苦根煮了这么多豆子,我老得又笨又蠢,害死了苦根。"①不仅是自己的家人,福贵对待遇到的灾祸他人也显示出了他乐观"活着"的品质。春生在"文革"的折磨里产生了轻生的念头,福贵苦心孤诣地几番鼓励春生要活下去,"你千万别糊涂,死人都还想活过来,你一个大活人可不能去死"②。春生还是因不具备福贵这样乐观面对磨难的精神而自己选择了死亡。还有福贵的父亲如果能像福贵这样乐观地去应对当初家道中落的灾祸,那么也许并不至于那样死去。福贵总是能够在遇到灾难时乐观地面对,不怨天、不尤人。如果生命之重使人难以负荷,那么福贵以乐观和坦然将苦难揉碎、消解,生活虽然不幸、劳苦、平平淡淡,但是福贵的生命力在苦难的炼狱中愈发坚韧。最后"活着"战胜了"死亡",福贵诠释了人在极其艰难的"活着"里,应该如何"活着"才能"活着"。

三、死亡文本的正反设计与余华对人生存内在逻辑的洞见

余华在《活着》中将包含多个死亡事件的死亡文本正设计和唯一"活着"的福贵呈现的死亡文本反设计相结合,形式的强烈反差指向了一个共同的生存本质——现实中的灾难是不可避免的、人的生存状态的艰难以及人应该如何面对不可改变的生存现实。余华以对人类生存内在逻辑的洞悉,为我们深刻剖析了人在不可改变的生存现实里应该如何生存。同时,余华的死亡文本设计呈现出了作者关于世界本原和本质的人生观。

余华通过四种不同类型的死亡文本正设计充分地阐明了一个生存的现实和本质——死亡和灾难是不可避免的。无论是"恶有恶报"的个人欲望膨胀者,还是心思善良、应当获得"善报"的人,甚至是人在毫无原因的情况下,都随时可能遭受灾难和死亡。即使是"活着"的福贵也从侧面印证了这一生存内在的逻辑性。福贵在全部家人死去后在枕头下留下了十元钱"收尸钱",因为福贵也知道死亡同样是他不可避免的结局,自己最终也会像家珍那样患病,或是遭遇意外而死。余华用荒诞的死亡文本阐明了一个合理的生存现实的本质,这就是任何人,只要生活在现实之中,就不能避免来自各种各样原因的灾难和死亡。自然性和人为性的灾难是世界中一种合理的存在。同时,在不可避免的灾难和死亡的生存本质里,余华说明了人类生存的艰难状态。无论人心善良还是为私欲蒙蔽,死亡都对他们"一视同仁",芸芸众生之中的每一个生命都要面对他们各自的生存困苦,人类的生存困境是普遍存在的。在死亡文本的反设计里,余华还指向了一个终极的生存哲学命题——人应该怎样"活着"。人首先不能像龙二、春生和福贵父亲那样有超出自身"活着"外的世俗追求,正如余华在小说里让晚年的福贵在身边所有人都死去后无限感慨,"……这样反倒好,看看我身边的人,龙二和春生,他们也只是风光了一阵子,到头来命都丢了。做人还是平常点好,挣这个挣那个,挣来挣去赔了自己的命。"③余华让我们明白名利和财富对生命的无益,人只有本分地生活,不图钱财,不慕权势,才不会死在物欲之上。同时,人必须认识到生存现实的苦难本质,并以乐观的态度面对生活,坦然地接受生命里种种可能的不幸和灾祸。余华通过荒诞的死亡文本,浮现出一个合理的世

---

①②③ 余华著《活着》,第 180、156、179—180 页。

界。不仅折射了理性世界的悲喜无常,也映射了人在这样一个悲喜无常的理性世界中应持有的精神应对态度。余华让我们看到,世界上的灾祸是永远不可避免的,它是一种合理的存在。承认、面对,继而乐观知命,才是最简单而最高尚的生存姿态。

余华独特的生存本质和生命哲学的本源阐释,源于他对世界认识的独特感觉——"世界结构论"。"……世界自身的规律便体现在这命运之中,世界里那不可捉摸的一部分开始显露其光辉,我有关世界的结构开始重新确立……我感到这样能体现命运的力量,即世界自身的规律。"①《活着》的死亡文本设计充满着余华的"世界结构论"元素。首先人性善恶为"世界结构"所定,传统的"性本善"论是片面的,人性恶同样是"世界结构"中自然合理的存在。在《活着》的死亡文本中,理性世界迫压导致的死亡占据了很大比例,死亡文本映射着现实世界之中的人性恶:有庆、福贵母亲的死是现实丑陋直接造成的死亡;家珍、苦根这样的自然死亡事件或意外死亡事件,也有现实间接导致的一部分;即使是春生和尤二这样恶有恶报的人,他们的死因也不可排除负面的现实因素。有别于别的作家作品,余华依据"世界结构论",虽然指出了现实畸形发展的根源是人性深处的丑恶,但是他既没有为"性本善"唱着颂歌,也不是简单地把人性恶作为控诉对象。余华没有在对世界做一元阐释,人性本就天然善恶同存,无论人性善或人性恶都是世界结构论的一部分。面对人性恶就如同遭遇不可预知的灾难,人该做的就是坦然处之。余华世界结构论内蕴的人性观使《活着》的死亡文本设计呈现独特的人性多样形态。

其次,自然"恶"更为"世界结构"所定。在《活着》的死亡文本设计里,二喜、凤霞和家珍的死亡均属自然"恶"。依据"世界结构论",余华显然并不认为"人定胜天",愚公可移山,但不能移"天"。二喜死于一块倒落的水泥板无非是自然力轻飘的一拨;家珍死于疾病为自然力轻盈的吟唱……所有这些自然"恶",在余华眼里均与秀美的山川一样奇妙而平常,来去顺畅于自然,为自然本源力所塑。这正如他所言:"我有关世界结构的思考已经确立,并开始脱离现状提供的现实依据。我发现了世界里一个无法眼见的整体存在,在这个整体里,世界自身的规律也开始清晰起来……这个思考让我意识到,现状世界出现的一切偶然因素,都有着必然的前提。"②余华的死亡叙事经常被质疑过于荒谬而匪夷所思,实际并非如此。在死亡文本荒诞的外衣下,包裹着的是现实的本质和世界的本原。简单的悲观或乐观主义、宿命论都不能定义余华,他是让笔下的人物按照世界本源赋予人的形式去生活,荒诞的文本设计蕴含了非荒诞的深邃思想。余华依据其《世界结构论》设计的自然力死亡文本,简单但有力,震撼但无声,教人尊重自然、融于自然、享受自然,教人珍惜生命、享受生命、平视生命。

四、荒诞死亡设计的文学价值

在 20 世纪 90 年代的文学语境里,启蒙退位,现实性占据主导。余华这部产生在 90 年代的长篇,以大量的死亡文本叙事构成,却已然超越了形式主义和简单控诉,这也是《活着》成为 90 年代文学经典的原因。余华笔下的死亡文本是作者对世界本原的深刻揭

---

①② 余华著《我能否相信自己》,北京:人民日报出版社,1998 年,第 170、169—170 页。

示,而死亡最终指向的是对人性和人类生存的终极关怀,这一超现实的世界性命题使得余华的死亡文本蕴含了巨大的时代力量。

死亡叙事在古今中外的文学作品中并不少见,是许多作家反映主题思想、烘托主题氛围的常用方法,死亡文本设计对死亡叙事的效果有重大影响。外国文学中的死亡文本通常以现实主义和自然主义的方式表现出来,如福楼拜笔下的死亡通常是一种冰冷的客观呈现,来透视法国社会的病态;福克纳则是带着浓厚人道主义精神的死亡叙事,鼓励人们战胜苦难、走向美好;雨果的死亡描写是他本人对圣爱救赎的呼喊;中国古典名篇里也常可以找到死亡描写:如长篇小说《金瓶梅》《醒世姻缘传》《红楼梦》,杂剧《赵氏孤儿》等或是通过"恶有恶报"的恶人和捐躯的英雄人物劝人向善、颂扬崇高的价值观,或是用"花朵般"生命的陨落强化悲剧色彩以做现实批判。即便是一些表现超然生死的死亡文本,宣扬的也是人神化了的意念;转眸当代,和余华同时代的女性作家迟子建也经常描写到人的意外死亡,但是作者的意图是从死亡和黑暗中发掘美,死亡往往被升华为一种神圣的存在方式;莫言、苏童等则通过大量的死亡文本着力披露人性之恶。在文学死亡文本延续的长流中,余华的死亡文本设计无疑是一朵有力而惊人的浪花。《活着》的死亡文本设计虽然源于作家自身的人生经历和内心真实体验,但是也有着余华卓越的艺术加工力。在直面真实的同时超越现实主义的揭露和批判,以哲学家般的洞察力将所有过往文学化了的世事无常和人世险恶平铺而现,死亡文本不再承担批判时代、救赎人类的重担,人也不再需要靠脱离现实的意念挣脱生存的苦痛,余华娓娓道来的人如何面对和应对自然人性与世界才是人之于命运、世界真正坚实的力量。

"……我意识到伟大作家的内心没有边界,或者说没有生死之隔,也没有美丑和善恶之分,一切事物都以平等的方式相处;他们对内心的忠诚使他们写作时同样没有了边界,因此生和死、花朵和伤口可以同时出现在他们的笔下,形成叙述的和声。"[①]传统的批判写实文学势必将灾难归咎于环境和时代,余华则将这一笔延伸得更加遥深:命运即世界规律。他没有就此把自己限制在无尽的愤怒与无奈之中,也没有将死亡文本做启蒙意义上的狭窄阐释。就像余华在《活着》的中文版自序里说过的,"……作家的使命不是发泄,不是控诉或揭露,他应该向人们展示高尚。这里所说的高尚不是那种单纯的美好,而是对一切事物理解之后的超然,对善与恶一视同仁,用同情的目光看待世界"[②],凭着对生活乐观和忠诚唯一存活下来的福贵是余华对死亡和命运的精神救赎,更代表着余华心底那份对"活着"希望的向往。这与新文学先驱者鲁迅先生的一句话恰好不谋而合:"我想,希望是本无所谓有,也无所谓无的。这正如地上的路;其实地上本没有路,走的人多了,走的人多了,也就成了路。"[③]余华在以高度的责任感孜孜不倦地警示人类正确地认识世界本质的同时,也表现出了超意识形态的对人的终极存在的深切关怀。20世纪的中国文学为启蒙话语的霸权占领,作家习惯性地以现实经验话语赋予的"使命"去写作。这种工具化的文学每当准备触及人性和现实的种种丑陋时,要么以改造为目的,力图把现实改造

[①②] 余华著《我能否相信自己——余华随笔集》,山东:明天出版社,2007年,第10、3页。
[③] 鲁迅著《故乡》,周作人编《呐喊》,北京:新潮社,1923年,第112页。

为他们理想的世界,把人改造为"高大全"的英雄人物;要么对世界的发展夸大其词、极端乐观化。这种启蒙话语严重忽视了世界发展的自身规律,更不能正确认识到人类存在与世界的关系,这样的理念一旦形成权威并注入文学里,就会对文学造成严重的负面影响。当代文学在经济全球化的浪潮里终于结束了长期的启蒙话语,但是如愿以偿进入现代化的 90 年代文学却只是停留在"私人化"写作等格局狭窄的圈子里,一直未能出现几部能够与世界文学精神相通、在世界文学格局中立足的作品。余华的《活着》可以说及时填补了这一缺憾。死亡对余华来说不是形式的炫耀,而是对世界本身的荒诞状态,以及对人的精神失落与道德缺席的超前表现。在死亡的荒诞之中,余华指向了一个世界性的命题——在世界的自然规律里,人应该如何对待生命才能"活着"。这种"活着"的理念价值预示着余华这部 90 年代小说已然具备了某种世界性文学的精神特质,可以说,余华《活着》的死亡文本设计为当时还处在彷徨之中的当代文学拓展出了一个弥足珍贵的世界性命题。

[**作者简介**]　林静声,复旦大学中文系博士研究生。

"杨氏词学厅堂"的建构
——再读《杨海明词学文集》*

陈国安

[摘　要]　杨海明教授是当代著名词学家,《杨海明词学文集》再版十册,是现代词学研究的重要成果。他从张炎诸词人的考证微观研究入手,深入研究词体内在的风格特质。从词体内在的审美风貌及其嬗变入手,作了第一部《唐宋词史》,他的词学宏观研究又转头向更为广阔的现实生活"挺进",把唐宋词研究落实到现代人的人生体验上去,拓展了古代文学研究的新领域。

[关键词]　杨海明　《杨海明词学文集》　当代词学研究

杨海明先生的词学文集由江苏大学出版社再次刊印,十册,典藏版。若以二万余首唐宋词为"心灵文献",那么杨先生的词学文集就是现代学术园地中唐宋两代人"心灵文献"的现代"典藏版"解读。

"心灵文献"是杨先生在三十多年的唐宋词研究中不断明晰起来的一个内涵极为丰富的概念,似乎这个概念最能凸显唐宋词的特质。在唐宋词研究的"现代院落"中,杨先生建了一座厅堂,厅堂顶梁柱中深蕴着的就是:"心灵文献"。

宜于清茶小坐的"杨氏词学厅堂"不是一夜之间就从天而降的,这座"厅堂"是杨先生费三十年时光,专注一心倾情打造起来的。"国外学术界有一个说法,说基本上以十年为一个周期,学者的学术兴趣会发生转移。"[①]杨先生三十年的学术跋涉,大致可以用十年为一个阶段来划分,从词学的微观、中观到宏观研究,杨先生经过了三次循环螺旋上升的嬗变。他词学研究的历程是新时期学术图景中一个具有代表性的个案,也是中国20世纪第二代与第三代文史学人过渡性群体的一般研究样态。20世纪80年代,他们开始寻找并尝试自己最适应的研究方法,确立自己的研究领域;20世纪90年代,他们寻找新的命题和拓展新的研究领域,形成自己研究的个性;21世纪后,他们开始反思20世纪的学术史和自己的研究历程,彰显自己学术研究的价值观。

---

* 本文为国家社科项目"近代诗经学与文学研究"(项目批准号:19BZW167)的阶段性成果。
① 邵毅平《跟蒋天枢先生读书》,《中国古典文学论集》(第二版),上海:上海古籍出版社,2019年。

一、从《张炎词研究》的微观视角

"杨氏词学厅堂"建造的第一个阶段是 1978—1988 年,筑地基的时间大致可以算到 1980 年。杨先生的第一篇学术论文《张炎家世考》发表在 1981 年第 2 期的《文学遗产》,这是"杨氏词学厅堂"开始地面建设的起点。

《张炎词研究》始于 1978 年,杨先生攻读硕士学位时,唐圭璋先生授《山中白云词》作为毕业论文之题目。唐圭璋在序中说杨海明"专心致志,爬梳遗籍,详为考证,无间寒暑,终于辨明玉田生家世及北游等问题真相。继而又作竹山、碧山之考证,于晚宋词人之研究亦多创获"①。可见唐先生对杨先生词学研究的起步阶段所表现出来的"考证"功夫(这是学术研究的"硬功夫",尤其于古代文学研究而言)极为满意。词人考证研究是词学中最传统的微观研究,杨先生词学研究的第一个脚印很传统很微观。他在这一阶段考证的宋代词人有:张炎、张滋、蒋捷、王沂孙、胡仔、朱敦儒、庞籍等七人。《张炎词研究》是"杨氏词学厅堂"的门槛,而这部书中唐先生最为推扬赞赏的考证文字是不是全然的传统微观考证呢?门槛就是介于门内外之间的,杨先生的考证文字兼具了传统和现代微观研究的方法之妙。如考证张炎家世则更多的使用传统方法,着眼于张炎的曾祖张镃与祖父张濡,从正史方志笔记题跋四面八方下手,汇聚材料,排比前人论述,然后条分缕析得出结论。这是史学家的考证路数。考证张炎北游之行的真相则一改此路数,援引大量张炎北游词作,深挖文字背后的事实,得出同样令人信服的考证结论。此后考证蒋竹山、王碧山诸人也娴熟的以此种方式解决了问题,通过不同版本的丰富信息和词人词作互证,敲定了事实。我们不妨说这是一种"才子型"考证,不仅是单纯的版本目录材料中考证的,是传统微观研究考证方法中透出的一点新意,也可说大有传前辈学人陈寅恪他们从文学中考证史实法乳的意思。《李清照〈词论〉不提周邦彦的两种探测》也是典型的"才子型"考证,它不是采用一般史学家的考证路数,而是将笔记序跋诗话目录版本等材料作一番推排,参以两者生平史料,再从同时代诗话词话词选词集等词学史料中排出极可信的"轨迹"判断(此法与程千帆先生论述《春江花月夜》异曲同工),最后提出揣度性的结论。而考证庞籍《渔家傲》词非欧阳修所作,从《全宋词》追踪到词话里记载的欧阳修的断句再追踪到孔凡礼的《全宋词补辑》,断出为庞籍所作,由此延展开边塞词范仲淹《渔家傲》所牵涉到的词学观问题,把考证作为词学研究的基础。这是史学家与"才子型"兼具的考证方法。说这样的考证有现代性,其实是相对于第一代学人传统的考证方法而言的,而在今天,像黄一农先生的 E 时代考证,那才算是具有现代学术特征的考证方法了。② 所以,杨先生的词人词作考证仍还是体现了他传统微观研究的立场。

这一阶段杨先生传统微观研究方法还落实在词人词作的研究上。除上述考证过的词人,他微观研究专论的词人还有:黄庭坚、张舜民、刘克庄、秦少游、李清照、冯延巳、温庭筠、苏轼等十多人。也有专门论词作的微观研究如范仲淹等人的三首边塞词和柳永的

---

① 唐圭璋《张炎词研究》序,《杨海明词学文集》第九卷,镇江:江苏大学出版社,2020 年。
② 黄一农《二重奏:红学与清史的对话》第一章,北京:中华书局,2015 年,第 1—15 页。

《定风波》、张孝祥《念奴娇·过洞庭》等。这是"杨氏词学厅堂"最初第一阶段的基础建设：作家作品传统微观研究。这些微观研究分为两类：其一是传统微观研究的作家论，知人论世，从词人时代人生经历到词作分类研究，如《论张舜民和他的词作》《论赵鼎的词》《论朱敦儒的词》《论爱国词人刘克庄的词》《一部优秀的唐宋词选——介绍黄升的花庵词选》等，这些文章的写作集中在1984—1985年。这样的传统微观研究的作家论是《论张炎的词》(1981年写作，1982年发表于《古典文学论丛》)后继的巩固性传统作家论研究方法的"复习"，有的是该词人词作研究的首倡，也有的是该词人词作研究的新意翻出。另一类则是从一个微观的命题出发引发一个中观问题的思考。如《"心曲"的外物化和优美化——论温庭筠词》《论冯延巳词》《论秦少游词》《幽韵冷香白石词》《略论苏轼在宋词发展中所起的作用和影响》等最具特色，这些论文写于1984—1986年，从一个作家作品的研究切入，探讨一个文学史的命题，这是杨先生写作《唐宋词史》时的微观向中观研究拓展的范例。由温庭筠的词创作而民间词向文人词过渡，继而探论词从内容到形式的成熟问题；由冯延巳的词作而论及五代向北宋词风的过渡；由秦少游词作在当时代交口赞誉的风评而婉约词的发展过程中的其地位阐述，把苏轼的词创作放到宋词发展轨迹中来论述其意义……都是立足于一个代表作家，引申出一个更为开阔的文学史(词史)的命题进行阐论。或在比较同时代词人的论述中来讨论一个词人创作的独特词学史的价值，如《论晁补之》。再或通过一个词人创作的论述继而讨论起词学史上的价值，如《读李清照词杂识》等。

第一阶段杨先生的微观研究还有词论研究值得关注，如《论王灼的词学观点》《胡仔的生平、家世及其词学观》等；同时也值得注意由微观而中观研究的论文如《从厉鹗〈论词绝句〉看浙派词论之一斑》。这些论文都是古代文学传统微观研究的实践，是"杨氏词学厅堂"地面建设最坚实的墙体。词人词作研究如同外墙面，词论研究如同内墙墙面，一墙有两面，互为表里。第一阶段杨先生词学微观研究以《张炎词研究》(虽出版于1989年10月，但完成于1988年之前)专著的出版为标志。

二、从《唐宋词风格论》到《唐宋词史》

微观研究的积累一定会触发更广阔的问题思考，尤其在微观研究作家作品时就已经开始拓展的词史或词学史一些关键问题阐释性论文撰写的积累，必然会促使研究者不拘囿于一个词人一篇词作的论述，继而向外拓展探论词史或词学史的诸多命题，或者向内拓展探讨词体本身的各种问题。我们一般将词史或词学史的研究称为宏观研究，相对此来说，词体本身的探讨要更为具体一些，不妨称之为中观研究。

中观研究是词体本身的命题讨论，如词体艺术风格和内容主题以及词史或词学的重要命题，但作词史轨迹述论的研究不当归于此。这一阶段杨先生的中观研究论文又如：《"词境"：向着抒情的深度开掘——论晚唐五代的"词代诗兴"》《唐宋词中的"忧患意识"》《唐宋词艺术趣味——艺术风格谈》《"诗词有别"——城市经济带给词的印记》《论"以诗为词"》《论唐宋词所积淀的民族审美心理》《婉约——唐宋词的主体风格》《从词论看诗词风格之差异》等。再者就是以一个作家群体为研究对象，也可视为中观研究，如《论辛派爱国词中的"狂放"精神》等。这类研究贯穿于"杨氏词学厅堂"建设的第一个阶段,最后以《唐宋词风格论》专著的出版为标志。

同样贯穿于"杨氏词学厅堂"建设第一阶段的还有宏观研究,所谓词学宏观研究指的是词史、词学史的述论和相关命题探讨。或以一个断代词史、一个地域的词史为研究述论对象,或以词学史的关键问题为论述对象,这些应该都归为词学宏观研究。另外用社会学文化学的方法来研究词体风格变化,或深究其变化原因,或述论其变化轨迹者,也当属于词学宏观研究。杨先生在第一阶段的宏观研究的论文如《宋代词鸟瞰》《论唐五代词》《论五代西蜀词》《宋词与江西》《宋代词论鸟瞰》《"宋人选宋词"研究》《论宋词发展史中"雅"与"俗"之辨》《试论宋词所带有的南方文学特色》《略谈宋亡前后的政治批判词》《浅谈宋代戏谑词》等。当然,中观研究与宏观研究的界限也不是泾渭分明的,这里只是便于陈述作此划分,即便所列举的论文也未必就是最为准确的,模糊混言之可也。杨先生词学宏观研究在第一阶段以《唐宋词史》的出版为标志。

1978—1988年,杨先生以微观词学研究的作家作品论为基础,重点在于由此拓展开来的对词本体的中观研究和词史、词学史的宏观研究,从细致考证性研究转向多元探绎和历史述论相结合的感悟评论式研究。寻找到自己最适合的研究方法,如同一位侠士寻找到了自己最称手的武器一样,这种武器就成了他的标志。若以此来说的话,"杨氏词学厅堂"墙体底色就是"感悟式""评论性"和"赏析性"的,这一底色在第一阶段建设时就已经非常鲜明了。

三、多元综合视角的唐宋词研究

"杨氏词学厅堂"建设的第二阶段是1989—1998年,这是杨先生在圈定了研究领域之后,开始形成自己研究个性的十年。在第一阶段,杨先生虽也研究过宋人(如范仲淹、周密)的散文,也研究过清人厉鹗的词论和《红楼梦》中薛宝钗的词,然而,此外,"唐宋词"成为他研究领域的全部了,感悟式的评论与赏析的研究方法也成为这一阶段他最出色的研究格调了。在他看来,这样的感悟式评论性赏析性研究是最适合唐宋词学研究的了,在研究对象的范围和研究方法的范畴中,杨老师都为自己"圈定"了领域。

杨先生词学研究的第二阶段是以多元和综合的视角来开掘唐宋词的微观与中观研究,深入挺进词体内心寻找细微的词学命题,却以宏观的研究方法来论述,形成微观、中观和宏观研究浑然一体的研究个性。因此可以说,这时候第二阶段的"杨氏词学厅堂"已进入既砖砖实在又栋梁开阔的建设期了。

"杨氏词学厅堂"建设的第二阶段是杨先生学术研究的成熟期,无论侧重于微观还是中观、宏观研究都带有极其明显的"杨氏"风格。侧重于微观研究主要是《宋词三百首》新注和唐宋词的轶事探讨;侧重于中观研究主要是唐宋词的意象和主题阐述;宏观研究则主要是唐宋词美学问题的考察。

词学研究中大概最微观的研究算是词作笺注赏评了,而词选之作则又是既可学术探讨也可通俗阅读兼而有之的最佳凭借。自宋人选唐宋词以来,唐宋词选本数以千计,而最为学人关注和普通读者选择者之一当然是彊村先生所选的《宋词三百首》了。朱选《宋词三百首》注本至今也有数十种,杨老师和师母刘老师的新注虽不是流传最广的一种,但却是极具"杨氏"学术风格的注本。新注本中"评赏"是杨刘二师微观而细腻的研究特色,这样的评赏不同于当时流行的"鉴赏辞典"式的千字文。为满足普通读者的"快读"愿望,每篇评赏,少则二三百字,一般不超过五百字。"这些评赏,主要根据我们自身读词的心得与体会,或重在揭示词作的思想蕴涵,或重在分析词作的艺术特色,或结合生活体验来作鉴赏,或以现代人的眼光来探求古人的'词心'与'词境'。简而言之,企图通过自己的一得之见(当然也引用过不少前人的评语,吸收过今人的若干意见),来引发读者的阅读兴趣和更加深入的研讨。"①后来台湾出繁字体版时就直接改题为《宋词三百首鉴赏》了,这样的微观研究立足于"一己之得",落脚在"引发读者""兴趣"和研究者的"更加深入的研讨",学术性和通俗性兼顾。杨先生在20世纪80—90年代写了数十篇鉴赏文章,发表在《文史知识》(1985)、《唐宋词鉴赏辞典》(江苏古籍出版社,1986年)、《唐宋词鉴赏辞典》(上海辞书出版社,1988年)、《历代小令词精华》(岳麓书社,1993年)等刊物与辞书中,这是当时学者们以鉴赏辞典来文化普及风气最盛的时候。

对词史轶事的研究可能比词人词作的研究更加能引起普通读者的阅读兴趣。就一件词人趣事说开来,使普通"读者们一方面能增长自己的知识见闻,另一方面又定会怡情悦性、开胃解颐,从而越加对宋词这一老祖宗留给我们的古老的文学遗产平添几分亲近之感和喜爱之情。"②或也许据此还会生发开去说一个词学命题,普通读者在微观层面得到阅读愉悦和兴趣需求的满足,研究者在阅读一笑之后忽有所悟,从而引发更深入的"小中见大"的词学命题研讨,我们觉得这样的微观研究是最有通俗易懂与学术开悟魅力的了。这一微观研究以《唐宋词趣谈》的出版为标志。

相对于词史轶事,对词的意象和主题研究所涉及的词作词人就更多一些了,也更复杂一些,所关涉的问题必然会牵扯到很多词作词人。于是也就更能激发研究者向略为宏观的命题去思考,这就应该算作侧重中观的词学研究了。从词中"杨柳"的意象到"水"的意象群,从"少年"的咏叹到"佳人伤春"以及"男士悲秋",从一首词到一个词学问题,既有通俗的可读性,也有学术研究拓展的敏感性,我们说,这才是最令人着迷的词学中观研究吧。这一中观研究以《唐宋词纵横谈》的出版为标志。

在词的意象和主题研究的基础上,杨先生又一次把研究的兴趣向词体内心挺进,审视唐宋词这一"心灵文献"的美学价值。从词体风格学的论述到词体本身所呈现的美学特质到内容和形式的审美风貌,再落脚到与诗互动的流变轨迹中所显示出来的"变体"的独特审美倾向。这是向词体内部去寻找细微论题,但又以"凝聚态"的方式把很多词作词人放在一个点上考察,以宏观视野来讨论那个点的问题,如"唐宋词中的富贵气""词之言情'质量'优异于诗""雅俗共赏的语言美""唐宋词扫描:从'文学表现心理'的角度看唐宋词的发展历程"等等,唐宋词在美学视角研究中被重新定义为:"美文"史册。几乎所有美学论题"点"的讨论都是"史"的论述,在这里,微观、中观与宏观研究浑然难分了,视野上

---

① 杨海明、刘文华《宋词三百首新注》前言,《杨海明词学文集》第十卷。
② 杨海明《唐宋词趣谈》序,《杨海明词学文集》第八卷。

侧重于宏观研究罢了。这一阶段侧重宏观研究以《唐宋词美学》的出版为标志。

四、转向为人生的词学研究

如果说杨先生学术生涯第一个十年的研究兴趣在词体本身,那么第二个十年的兴趣则是向词体内部更为宏观的美学视域挺进,而第三个十年又转头向"词外"更为广阔的人生问题挺进,而其重心凭借始终是"词心"和"词境"。"杨氏词学厅堂"最后的建设期便是将体现"词心""词境"特质的四字——"心灵文献"——凸显出来的阶段。心灵是可以跨越时空沟通的,心灵是经典记忆记录可以在任何时候被激活的,文学研究的出发点和落脚处都是人的心灵,(文学史就是心灵史,)词学研究更应该面对跨越时空的一次次心灵的悸动,词学研究的价值应该落实到当时代一个个活着的人的心灵的需要或渴望。因此我们可以说,杨老师用了第三个十年把竣工的"杨氏词学厅堂"激活了!

其实杨先生从"杨氏词学厅堂"建设的第二个十年最后阶段就已经开始向"词外"研究进发了。1997年连续发表了:《从"死生事大"到"善待今生":试论唐宋词人的生命意识和人生享受》(《中国韵文学刊》)、《苏轼:睿智文人的人生感悟与处世态度》(《吴中学刊》)、《从"享受人生"唐宋词人个体价值的"升值"》(《西南师范大学学报》)、《柳永:世俗词人的人生哲学和人生况味》(《阴山学刊》)以及《联系人生问题读词——〈唐宋词与人生〉前言》等五篇论文,这是融微观、中观、宏观为一体侧重宏观研究"唐宋词与人生"的开始。

"杨氏词学厅堂"建设的第三个阶段是1999—2008年,从探论词作中的词人的人生意蕴到继而引发为人生的读词方法,"这种读词之法,所重视与强调的,即是读者须与古代词人进行有关人生体验的'交流'与'对话',如此才能达到两代人之间的精神沟通和心灵契合。"二万多首唐宋词就不再仅仅是历史文献了,而成为今人与古人心灵沟通的"心灵文献"了。

词学研究要面对活着的人的人生,那么首先是要在词作中透析出"古人"的人生,然后在阅读和阐释中激活透析出来的人生意蕴,让今人与古人在词的表达的"心灵"世界中对话。所以,杨老师在这一阶段的两部著作:《李璟·李煜》和《唐宋词与人生》是互相关联的。《李璟·李煜》是从"二主词"中透析出"二主"的人生体验,还原了一个时代和南唐"二主"。他在这本小册子中激活了"二主"的人生体验。《唐宋词与人生》则是将整个唐宋词篇看作唐宋两代人的人生体验和心灵记录,透析如:晏殊、柳永、晏几道、苏轼、李清照、朱敦儒、辛弃疾、姜夔和唐宋词人的集体咏叹以及南宋词人的群体责任感,继而在现代人的生活中讨论这些体验和意蕴的当代价值。

在这一阶段中,杨先生是将唐宋词作为一个整体,深入其中;又从唐宋词中走了出来,深入到了现代人的生活中。两个扩大而宏观的世界在杨老师的笔端无缝对接了。21世纪,新的世纪,杨先生打开了原来传统词学研究的藩篱,把书斋中的研究与烟火气腾跃的现实生活聚拢到了一起。他连续发表了:《试论人生意蕴是唐宋词的"第一生命力"》(《文学评论》2000)、《珍惜生命——宋词人生意蕴之本源》(《宋代文学研究丛刊》2000)、《略论晚唐五代词对正统文化的背离和修补》(《文学遗产》2001)、《残菊飘零满地金——

试论唐宋词中有益于今人的思想养料》(《文学评论》2002)、《角色转换"与唐宋词之人生意蕴"》(《学术月刊》2002)、《唐宋词的魅力来源与当代意义》(《学术研究》2003)、《珍惜生命：唐宋词人生意蕴之本源》(《南阳师范学院学报》2003)、《试论唐宋词中"归家"意蕴对前代作品的传承与变异》(《中国文学研究》2004)、《试论宋代词人享乐心理的雅俗分趋——以柳永、苏轼为例》(《湖南文理学院学报》2004)、《试论唐宋词中名句的生成奥秘及其他》(《社会科学战线》2005)、《试论普通读者对唐宋词的阅读欣赏活动》(《文学评论》2008)。之所以不避其烦的引述，是因为如此才能看出杨先生这十年为自己学术领域打开的一片新天地，也才能显现出他为词学研究空间拓展的竭力探索，这一探索更是为古代文学研究开辟出的一方新领域：文学（词、唐宋词）与人生。从1997年到2008年，杨先生让词学研究敞亮起来了。

唐宋词与现代文化生活，唐宋人与现代人，在一个阅读世界中相遇了！词学研究因着这样的古今相遇瞬间开阔起来了！《唐宋词与人生》如同"杨氏词学厅堂"中的一扇花窗，"杨氏词学厅堂"也一下子也敞亮了开来，无论"王侯将相"还是"斗升小民"在这里都可以平等地聊起文学与人生来！陪聊的有"王侯将相"也有"隐士文星"，当然也有普通人等，在作为"心灵文献"词作缔造的文学世界中，彼此讨论文学时"众生平等"。三十年建设，"杨氏词学厅堂"成为新时期以来的现代词学院落中的一处"示范田"了。

[作者简介]　陈国安，苏州大学文学院副教授、苏州大学第二实验学校校长，文学博士。

《中国文学研究》稿约

《中国文学研究》由教育部人文社会科学重点基地复旦大学中国古代文学研究中心主办，系中文社会科学引文索引(CSSCI)来源期刊，主要发表学术论文，也刊登少量书评，目前每年出版两辑。热忱吁请国内外同行赐稿，共同办好这一学术园地。

本刊设立编辑委员会，实行主编负责制，但稿件能否刊用，则采取严格的匿名评审制度，由审稿委员会决定。担任审稿委员者均为复旦大学及其他高等院校的著名专家。

本刊发表的稿件注重学术价值和学术规范，字数一般限于15 000字，既欢迎视野开阔、论述严谨、具有前沿性和开拓性的研究成果，也欢迎翔实可据的考证性、资料性论文。

在文献引证体例方面，我刊均统一采用页下注释的方式，在正文中用①②③④标注，并在相关页码用页下注释的方式以与正文中相同的注号引导注文。

标例：

① 洪远朋、卢志强、陈波《社会利益关系演进论》，上海：复旦大学出版社，2006年，第8页。

② 安雅·谢芙琳、埃默·贝赛特《全球化视界：财经传媒报道》，李良荣审译，上海：复旦大学出版社，2004年，第25页。

③ 吴艳红《明代流刑考》，《历史研究》2006年第6期。

④ 朱汉国《民国时期社会结构的变动》，《光明日报》1997年6月17日第4版。

⑤ 管志道《答屠仪部赤水丈书》，《续问辨牍》卷二，《四库全书存目丛书·子部》第88册，济南：齐鲁书社，1997年，第73页。

引证外文文献的标注项目和顺序与中文相同：

① 著作：Frank R. Wilson, *The Hand: How Its Use Shapes the Brain, Language, and Human Culture*, New York: Pantheon, 1998, p.32.

② 杂志：Janice P. Kelly, "Submarine Claustrophobia", *Today's Navy*, 14.4 (1979): pp.14 - 26.

③ 报纸：Pratap Bhanu Mehta, "Exploding Myths", *New Republic*, 6 June 1998: D2.

倘若赐稿，请以挂号函件寄上海市邯郸路220号复旦大学中国古代文学研究中心《中国文学研究》编辑部（邮编200433），或发送电子邮件至zhongguowenxueyanjiu@fudan.edu.cn，并附作者简介（包括真实姓名、出生年月、性别、工作单位、职称等），注明通讯地址和邮编。请勿一稿多投。

本刊编辑部人力有限，来稿一律不退，作者务请自留底稿；审稿周期为三个月，如未接到采用通知，请另投他刊。

《中国文学研究》编辑部

图书在版编目(CIP)数据

中国文学研究. 第三十四辑 / 陈尚君主编. —上海：复旦大学出版社，2021.6
ISBN 978-7-309-15765-9

Ⅰ.①中… Ⅱ.①陈… Ⅲ.①中国文学-古典文学研究-文集 Ⅳ.①I206.2-53

中国版本图书馆 CIP 数据核字(2021)第 115612 号

中国文学研究. 第三十四辑
陈尚君　主编
责任编辑/杜怡顺

复旦大学出版社有限公司出版发行
上海市国权路 579 号　邮编：200433
网址：fupnet@ fudanpress.com　http://www.fudanpress.com
门市零售：86-21-65102580　团体订购：86-21-65104505
出版部电话：86-21-65642845
上海崇明裕安印刷厂

开本 787×1092　1/16　印张 12.5　字数 273 千
2021 年 6 月第 1 版第 1 次印刷

ISBN 978-7-309-15765-9/I·1280
定价：58.00 元

如有印装质量问题，请向复旦大学出版社有限公司出版部调换。
版权所有　侵权必究